ANNE DE GREEN GABLES

L.M. Montgomery

2ª EDIÇÃO

Tradução
ANNA MARIA DALLE LUCHE

Sumário

Apresentação 7

I   A surpresa da Sra. Rachel Lynde 15
II   A surpresa de Matthew Cuthbert 25
III   A surpresa de Marilla Cuthbert 41
IV   Manhã em Green Gables 51
V   A história de Anne 59
VI   Marilla toma uma decisão 67
VII   Anne faz suas orações 75
VIII   Começa a educação de Anne 81
IX   A Sra. Rachel Lynde fica devidamente horrorizada 93
X   Anne se desculpa 103
XI   As impressões de Anne sobre a escola dominical 113
XII   Um voto solene e uma promessa 121
XIII   As delícias da expectativa 129
XIV   A confissão de Anne 137
XV   Tempestade em copo d'água na escola 149
XVI   Diana é convidada para o chá com resultados desastrosos 169
XVII   Um novo interesse na vida 183
XVIII   Anne ao resgate 191

XIX	Um recital, uma catástrofe e uma confissão	203
XX	Uma boa fantasia que deu errado	219
XXI	Uma evolução nos sabores	229
XXII	Anne é convidada para o chá	243
XXIII	Anne sofre por uma questão de honra	249
XXIV	A Srta. Stacy e seus alunos vão a um recital	259
XXV	Matthew insiste nas mangas bufantes	267
XXVI	Forma-se o Clube de Histórias	281
XXVII	Vaidade e humilhação	291
XXVIII	Uma donzela dos lírios infeliz	301
XXIX	Uma época importante na vida de Anne	313
XXX	Forma-se a turma da Academia Queen's	325
XXXI	Onde rio e riacho se encontram	341
XXXII	Sai a lista de aprovados	351
XXXIII	O recital no hotel	361
XXXIV	Uma garota da Academia Queen's	375
XXXV	Inverno na Academia Queen's	385
XXXVI	Glória e sonho	393
XXXVII	O ceifador cujo nome é Morte	401
XXXVIII	A curva na estrada	411

Apresentação

Quando a imaginação se torna verdade: uma ilusão de ótica?!

Lilian Cristina Corrêa*

 Imagine-se entrando em um universo visto pelos olhos de uma criança — o olhar é mais inquieto, mas ao mesmo tempo ricamente interessado em todos os detalhes; as cores são mais vibrantes e até o mais comum dos objetos toma uma forma diferente, uma nova perspectiva, quando esse mesmo olhar o encontra: é mágica na certa! As grandes descobertas de uma criança não acontecem somente nos primeiros anos de vida... elas se estendem, na verdade, a cada nova experiência com o passar dos anos e é de experiências e aprendizados o maior legado que construímos ao longo da leitura deste romance.

 Publicado pela primeira vez em 1908, *Anne de Green Gables* experimentou sucesso imediato, pois em apenas seis meses já estava em sua sexta edição, e sua autora, a canadense Lucy Maud Montgomery, originalmente professora primária, mas escritora desde criança, consolidou seu sonho de poder dedicar-se exclusivamente à escrita como meio de sobrevivência.

---

* Doutora em Letras pela Universidade Presbiteriana Mackenzie.

Montgomery escreveu diversas outras obras, entre romances, crônicas e contos, além de diversas narrativas dando continuidade a *Anne de Green Gables*.

O romance teve sucesso não somente no Canadá, mas no mundo todo — ao final da Primeira Guerra Mundial, em 1919, o nome de Montgomery já era conhecido em todos os países de língua inglesa.[1] Curiosamente, *Anne de Green Gables* tornou-se uma das obras mais populares entre os japoneses e passou a fazer parte das leituras do currículo nacional escolar a partir de 1952. A partir disso, a protagonista do romance passou a ser idolatrada: em 1979 houve uma adaptação televisiva em forma de anime com o mesmo título do romance.

Muitos japoneses começaram a visitar a Ilha do Príncipe Eduardo, uma província canadense, local onde se desenrola toda a narrativa do romance — a ilha e os arredores da Fazenda Green Gables passaram a vislumbrar como cenário para que diversos casais japoneses celebrassem casamentos, por exemplo. Turistas japonesas chegavam ao Canadá com seus cabelos tingidos de ruivo e penteados em duas tranças, assim como as da personagem Anne. No início da década de 1990 foi aberto o *Canadian World*, em Ashibetsu, Japão, um parque temático que trazia uma réplica em tamanho real de Avonlea e seus arredores, com atores e atrizes representando os principais personagens de *Anne de Green Gables* — o parque significava uma alternativa mais barata para aqueles que não podiam ir ao Canadá, além de todo o apreço daquele país à obra de Montgomery. Infelizmente, o empreendimento não resistiu à crise financeira e encontra-se abandonado desde 1997, embora muitos tenham tentado (e continuam tentando!) revitalizá-lo.

---

1 Excerto de HENLEY, M. "Montgomery, Lucy Maud." *Encyclopedia of Literature in Canada*. Ed. William H. New. Toronto: University of Toronto Press, 2002. 748-751.

Considerando as adaptações, muitas foram lançadas desde a publicação da obra. Não somente para a própria literatura, mas também para o teatro, o rádio, o cinema, a televisão e, mais atualmente, produções desenvolvidas especialmente para a web e para os serviços de streaming. O Instituto L. M. Montgomery, fundado em 1993, na Universidade da Ilha do Príncipe Eduardo, promove pesquisas acadêmicas sobre a vida, a obra, a cultura e as influências de L. M. Montgomery, além de ser responsável pela curadoria e preservação de todo o material de pesquisa disponível naquela região: romances, manuscritos, textos, cartas, fotografias, gravações de áudio e outros pertences da escritora.

Toda essa aura de encantamento provocada pelas personagens de *Anne de Green Gables* não é de todo incompreensível. Ainda que a referência temporal seja o início do século 20 quando, sabemos, ainda que mais avançados, se comparados a outras épocas, os posicionamentos políticos e sociais, as questões acerca do preconceito ainda eram extremamente severas e, muitas, indiscutivelmente consideradas fora de questão. Acrescentemos a isso os resquícios de comportamento da Era Vitoriana, com seus excessos de regras, em especial no tocante ao comportamento recluso da mulher que deveria dedicar-se exclusivamente às tarefas do lar e à maternidade, cabendo ao homem o sustento da família e o direito a certas liberdades, desde que dentro do decoro social. Nesse período, as crianças eram consideradas e tratadas como adultos em miniatura e sua função, além de decorativa, era obedecer aos mais velhos e aprender a seguir as regras impostas pelos pais e tutores, para que no futuro pudessem representar com excelência a família à qual pertenciam.

No caso de crianças sem estirpe, como diriam na época, a estas restava trabalhar nas minas de carvão, para ajudar no sustento da casa ou, se a família vivesse no interior, trabalhar com os afazeres locais, de forma que não houvesse desperdício de tempo, nem de braços aptos ao trabalho.

De certa forma, Montgomery seguiu uma tendência ao narrar a trajetória de Anne, uma órfã, e sua vida após ser adotada por uma família, depois de ser desprezada por tantas outras. Obras contemporâneas à da escritora comprovam o fato, como *As Aventuras de Tom Sawyer* (1876), o garoto aventureiro e sem destino, de Mark Twain, *Peter Pan* (1906), o menino que não queria crescer, de J. M. Barrie e, posteriormente, *Pollyanna* (1913), de Eleanor H. Porter, com o jogo do contente e sua eterna positividade, até chegarmos aos tempos mais atuais, com a saga do universo bruxo de *Harry Potter* (1997-2007), de J. K. Rowling.

Todas essas narrativas têm em comum protagonistas que sofrem por estarem sós, mas ao mesmo tempo, constituírem todo um universo em si mesmos. No caso de Anne não é diferente — sua chegada a Avonlea prova isso, pois ela tem que contornar diversos obstáculos domésticos para poder permanecer com os Cuthberts, além de sofrer preconceito por ser órfã, extremamente magra, ruiva, com olhos verdes e cheia de sardas. Considerando-se sua aparência física, os atributos, historicamente, não ajudavam em nada, pois sendo Avonlea como uma comunidade muito retrógrada que poderia manter crenças milenares, eles poderiam considerar a ideia de que meninas ruivas de olhos verdes eram vistas como bruxas e Anne, com sua imaginação fértil e falta de papas na língua, só poderia reforçar esse comportamento por parte de todos.

Mas... tudo o que é diferente causa curiosidade e é exatamente essa falha, ou diríamos, essa faceta do comportamento humano tão bem retratada por Montgomery em sua narrativa que traz até nós, leitores, a oportunidade de saber como Anne consegue provar que uma menina pode fazer tudo o que um menino faz ou até mais, pois o fato de ser menina nunca a impediria de fazer o que pretendesse, quer fossem tarefas na fazenda dos Cuthberts ou conquistar o mundo! Eis uma característica fundamental dessa protagonista que torna esta obra atemporal: somos todos iguais.

E é nesse espírito de energia contagiante e muitas e eternas descobertas que você, leitor(a) iniciará sua viagem a Avonlea e entrará em contato com Anne e toda sua trajetória — é impossível não aprender ou crescer com ela, não se emocionar e não se lembrar de como sempre é possível ver tudo sob uma ótica diferente e amadurecer com isso. Boa leitura.

REFERÊNCIAS

HENLEY, M. "Montgomery, Lucy Maud." *Encyclopedia of Literature in Canada*. Ed. William H. New. Toronto: University of Toronto Press, 2002.

https://www.cbc.ca/news/canada/prince-edward-island/pei-abandoned-avonlea-1.4080511 acesso em 16/06/19.

AN
GREEN
L.M. MONTGOME

VE DE
GABLES

I
A surpresa da Sra. Rachel Lynde

A Sra. Rachel Lynde morava bem onde a estrada principal de Avonlea mergulhava num pequeno vale, rodeado por amieiros e brincos-de-princesa e atravessado por um riacho que se formava lá no bosque do velho Cuthbert; era conhecido por ser um riacho intrincado e cheio de força em seu trecho inicial, que atravessava o bosque, com charcos e cascatas secretas e escuras; mas, próximo do Lynde's Hollow, tornava-se um pequeno riacho calmo e tranquilo, pois nem mesmo um riacho poderia passar pela porta da Sra. Rachel Lynde sem o devido respeito à decência e ao decoro. Provavelmente tinha consciência de que a Sra. Rachel estava sentada à janela, olhando atentamente para qualquer coisa que passasse, de riachos a crianças, e, caso notasse algo estranho ou fora do lugar, ela não descansaria até descobrir os porquês de tais impertinências.

Há muitas pessoas, dentro e fora de Avonlea, que gostam de cuidar da vida dos vizinhos em detrimento de seus próprios assuntos, mas a Sra. Rachel era uma daquelas criaturas eficientes que conseguem perfeitamente tomar conta da própria vida e da dos outros também. Era excelente dona de casa — seu trabalho estava sempre feito, e bem feito; ela presidia o grupo de costura; ajudava a organizar a escola dominical e era o membro mais ativo da Liga dos Amigos da Igreja e dos Grupos de Auxílio às Missões Estrangeiras. Mesmo com todas essas obrigações, a Sra. Lynde tinha tempo de sobra para se sentar durante horas à janela da sua cozinha, tecendo seus edredons de algodão — tinha feito dezesseis, segundo diziam as incrédulas donas de casa de Avonlea —, com os olhos sempre atentos à estrada principal, que atravessava o vale e percorria os montes vermelhos e íngremes à frente. Como Avonlea ficava em uma pequena península triangular que entrava no golfo de St. Lawrence, com água dos dois lados, qualquer pessoa que quisesse sair ou entrar teria de passar pela vigilância cerrada da Sra. Rachel.

Certa tarde, no início de junho, estava ela sentada ali. O sol quente e brilhante entrava pela janela; o pomar na encosta ao lado da casa estava repleto de brotos floridos rosa e brancos, e no ar pairava o zumbido de muitas abelhas. Thomas Lynde, um homem pequeno e pacífico, que os habitantes de Avonlea chamavam de "o marido da Rachel", estava plantando as últimas sementes de nabo no terreno da encosta atrás do celeiro, e Matthew Cuthbert devia estar plantando as suas na terra-roxa ao pé do riacho, nas cercanias de Green Gables. A Sra. Rachel sabia disso porque no dia anterior, na loja de William J. Blair, em Carmody, ouviu-o responder a Peter Morrison que pretendia plantar seus nabos na tarde seguinte. Peter certamente deve ter perguntado, porque nunca ninguém ouviu Matthew dar alguma informação que não lhe tivesse sido solicitada.

E, no entanto, lá estava Matthew Cuthbert, às três e meia da tarde de um dia de trabalho, guiando calmamente através do vale e subindo o monte; além disso, usava uma camisa branca e o seu melhor terno, o que demonstrava que estava saindo de Avonlea; estava conduzindo a charrete com a égua alazã, o que indicava que ia percorrer uma distância considerável. Então para onde ia Matthew Cuthbert, e por quê?

Se se tratasse de qualquer outro homem em Avonlea, a Sra. Rachel teria prontamente deduzido as respostas das duas perguntas. Mas Matthew saía tão raramente que só alguma coisa urgente ou fora do comum o faria sair. Ele era o homem mais tímido do mundo e detestava ter de estar com estranhos ou ir a qualquer lugar onde tivesse de falar. Matthew, em sua camisa branca e guiando a charrete, era algo que não se via com frequência. A Sra. Rachel, por mais que pensasse no assunto, não chegou a nenhuma conclusão, o que bastou para estragar sua tarde.

"Depois do chá, vou dar um pulo em Green Gables e perguntar à Marilla onde ele foi e por quê", concluiu finalmente a digna senhora. "Ele nunca vai à cidade nessa época do ano e nunca faz visitas; se as sementes de nabo tivessem acabado, ele não se vestiria tão bem só para ir comprar mais; e também não estava dirigindo tão rápido como se fosse buscar o médico. Entretanto, alguma coisa deve ter acontecido desde ontem à noite que o fez sair. Estou completamente confusa e não terei um minuto de paz enquanto não souber o que levou Matthew a sair de Avonlea hoje!"

Assim, logo após o chá a Sra. Rachel saiu e não precisou ir longe. A casa onde os Cuthbert viviam, grande e rodeada por um pomar, ficava a menos de quatrocentos metros de Lynde's Hollow, subindo a estrada. Ao chegar ali, a alameda se prolongava ainda um pouco mais para dentro da propriedade. O pai de Matthew Cuthbert, tímido e quieto como o filho, havia construído a casa o mais distante possível das casas das outras pessoas, sem, no entanto, entrar no bosque. Green Gables foi construída na ponta mais distante do seu pedaço de terra, e ali permanece até hoje, pouco visível da estrada principal, ao longo da qual todas as outras casas de Avonlea se situavam, de uma forma mais sociável. A Sra. Lynde achava que viver ali não era *realmente* viver.

— Isto não é *vida* — dizia enquanto andava pela alameda sulcada, coberta de relva e rodeada por roseiras selvagens. — Não admira que Matthew e Marilla sejam tão esquisitos, vivendo aqui atrás, sozinhos. As árvores não são grande companhia, apesar de serem muitas. Prefiro olhar para pessoas. Na verdade, parece que eles gostam disso e, também, já estão acostumados. Uma pessoa se acostuma com tudo, até com a forca, como diria o irlandês.

Com esses pensamentos a Sra. Rachel saiu da alameda para o quintal dos fundos de Green Gables. Era muito verde, arrumado com precisão, com enormes salgueiros de um lado e, do outro, álamos-negros. Não havia nem um pau ou pedra fora do lugar, e a Sra. Rachel teria visto, se houvesse. Pensou com seus botões que Marilla deveria varrer aquele quintal tantas vezes quantas varria a casa. Uma pessoa poderia comer naquele chão sem se sujar.

A Sra. Rachel bateu levemente à porta da cozinha e entrou quando lhe responderam. A cozinha de Green Gables era um ambiente alegre, ou assim seria, se não estivesse tão limpa quanto se nunca tivesse sido usada. Tinha janelas viradas para o leste e para o oeste; a janela oeste dava para os fundos, de onde entrava a luz suave de junho, e da janela do leste avistavam-se as cerejeiras em flor no pomar à esquerda e, mais à frente, as delgadas bétulas lá embaixo, no vale perto do riacho, verdejantes com um emaranhado de vinhas. Marilla Cuthbert às vezes se sentava ali, nos raros momentos em que não estava trabalhando, sempre desconfiada da luz do Sol, que lhe parecia demasiado volátil e irresponsável num mundo que deveria ser levado mais a sério; lá estava ela agora, sentada, tricotando com a mesa atrás de si já posta para o jantar.

Antes de fechar a porta, a Sra. Rachel prestou muita atenção em tudo que havia na mesa. Havia três pratos e, portanto, Marilla devia estar esperando alguém que viria com Matthew para o chá; mas esses eram pratos do dia a dia e havia apenas geleia de maçã e um tipo de bolo, o que lhe dizia que a visita não devia ser de cerimônia. Nesse caso, por que Matthew havia posto sua camisa branca e levado a égua alazã? A Sra. Rachel estava sentindo-se um pouco tonta diante desse enigma tão pouco usual, naquela casa calma e desprovida de mistérios.

— Boa tarde, Rachel — disse Marilla secamente. — É de fato uma belíssima tarde, não acha? Não quer se sentar? Como estão todos?

Sempre houve algo que se poderia considerar amizade (na falta de outra palavra) entre Marilla Cuthbert e a Sra. Rachel, apesar — ou talvez por causa — das suas diferenças.

Marilla era uma mulher alta e magra, com ângulos e sem curvas; seu cabelo escuro mostrava já algumas madeixas grisalhas e estava sempre torcido num pequeno coque preso entre dois grampos, espetados firmemente nele. Parecia ser uma mulher com pouca experiência e moral rígida, e realmente era, mas havia uma expressão em seus lábios que, apesar de pouco desenvolvida, podia ser o indicativo de algum senso de humor.

— Estamos todos muito bem — disse a Sra. Rachel. — Estava com receio de que *você* não estivesse, porque vi Matthew sair hoje. Pensei que talvez tivesse ido buscar o médico.

Os lábios de Marilla comprimiram-se ao abafar um sorriso. Ela havia estado à espera da Rachel; sabia que a saída de Matthew, tão fora do comum, seria demais para a curiosidade da sua vizinha.

— Oh, não, estou bem, apesar de ter tido uma dor de cabeça muito forte ontem — disse. — Matthew foi a Bright River. Vamos receber um rapazinho de um orfanato da Nova Escócia, que chega no trem de hoje à noite.

Se Marilla tivesse dito que Matthew tinha ido a Bright River buscar um canguru vindo da Austrália, a Sra. Rachel não teria ficado mais surpresa. Chegou a ficar sem palavras durante cinco segundos. Não era possível que Marilla estivesse debochando dela, mas a Sra. Rachel quase se viu obrigada a acreditar nessa possibilidade.

— Está falando sério, Marilla? — perguntou quando recuperou a fala.

— Sim, claro — disse Marilla, como se receber rapazes de orfanatos da Nova Escócia fosse parte das atividades normais de verão em qualquer fazenda bem administrada de Avonlea, e não uma inovação.

A Sra. Rachel sentiu que havia recebido um golpe mental. Pensou em pontos de exclamação. Um rapaz! Marilla e Matthew Cuthbert, dentre todas as pessoas, adotando um rapaz? De um orfanato? Bem, o mundo estava certamente virado do avesso! Não se surpreenderia com mais nada depois disso! Nada!

— O que deu em você, quem colocou isso na sua cabeça? — perguntou em tom de desaprovação.

A decisão fora tomada sem que tivessem pedido seu conselho e, portanto, não poderia ter sua aprovação.

— Bem, há algum tempo vimos pensando nisso; na verdade, desde o inverno — respondeu Marilla. — A Sra. Alexander Spencer esteve aqui um dia antes do Natal e nos disse que estava à espera de uma menina do orfanato de Hopetown, na primavera. Sua prima mora lá, e a Sra. Spencer já visitara o orfanato e sabe tudo a respeito. Matthew e eu temos conversado sobre isso desde então. Pensamos em pegar um rapaz. Matthew está ficando velho, está com sessenta anos e já não é tão ágil como antes. Tem problemas de coração e você sabe como é difícil encontrar jovens para a lavoura. Nunca há alguém para contratar, a não ser aqueles estúpidos rapazotes franceses; quando finalmente se consegue ensinar algo a eles e torná-los úteis, vão embora para os pesqueiros de lagostas ou para os Estados Unidos. No início, Matthew pensou em pedir um daqueles garotos de Barnado,[1] mas eu disse logo que não.

---

[1] Em meados do século XIX, Thomas Barnardo fundou um abrigo para crianças sem teto em Londres, iniciativa que se expandiu em uma série de outros abrigos, até hoje em funcionamento. Na época, muitos dos rapazes beneficiados acabavam indo para o Canadá, para trabalhar em fazendas. Na edição original da presente obra, consta a grafia "Barnado". (N.T.)

Podem até se dar bem, não digo que não, mas não quero nenhum londrino de rua aqui em casa. Que seja um rapaz nativo, pelo menos. Sempre será um risco, com quem quer que venha, mas vou me sentir melhor e dormir melhor à noite se tivermos um rapaz canadense aqui. Então, por fim, pedimos à Sra. Spencer que nos escolhesse um quando fosse buscar a menina para ela. Soubemos que ela iria até lá na semana passada e mandamos recado pelos familiares de Richard Spencer, de Carmody, para que nos trouxesse um rapaz esperto de mais ou menos onze anos. Decidimos que seria a melhor idade, suficientemente crescido para ajudar em algumas tarefas, mas novo o bastante para podermos educá-lo convenientemente. Pretendemos dar-lhe um bom lar e educação. Recebemos hoje um telegrama da Sra. Spencer dizendo que viriam no trem das cinco e meia, então Matthew foi à estação de Bright River para encontrá-los. Ela vai deixar o rapaz lá e seguir para White Sands com a menina.

A Sra. Rachel orgulhava-se de sempre dizer o que pensava e logo tratou de fazê-lo, já recuperada do impacto das novidades.

— Bem, Marilla, vou ser bem sincera e dizer que vocês estão fazendo algo muito pouco sensato — uma coisa arriscada, isso é o que é. Vocês não têm a menor ideia de quem vão colocar na sua casa. Está pondo uma criança estranha para dentro da sua casa — do seu lar — e você não sabe nada sobre ela, nem como é nem quem são seus pais, nem suas intenções, ou mesmo se vai ficar. Ora, ainda na semana passada li no jornal que um casal do lado oeste da ilha acolheu um rapaz de um orfanato e ele pôs fogo na casa, de noite — de propósito, Marilla —, e quase que todos morrem queimados em suas camas. E sei de outro caso em que um menino adotado costumava chupar ovos, e não havia o que fizessem para lhe tirar esse hábito. Se tivessem pedido um conselho a mim sobre esse assunto — o que você não fez, Marilla —, eu teria dito que nem pensassem em fazer isso, pelo amor de Deus.

Essas afirmações tão cheias de preocupação não pareceram ofender nem alarmar Marilla, que continuou a tricotar com a mesma calma.

— Não nego que você tenha razão no que está dizendo, Rachel. Eu também tive minhas dúvidas. Mas Matthew estava muito determinado. Percebi isso e acabei cedendo. Dificilmente Matthew põe algo na cabeça, mas, quando põe, sempre acho que é meu dever fazer sua vontade. Quanto aos riscos, há sempre riscos em qualquer coisa que se faça neste mundo. Existem riscos até para quem tem os próprios filhos — às vezes, as coisas nem sempre correm bem. Além disso, Nova Escócia fica muito perto da nossa ilha, não é como se o tivéssemos mandado vir da Inglaterra ou dos Estados Unidos. Ele não pode ser muito diferente de nós.

— Bem, só espero que tudo corra bem — disse a Sra. Rachel num tom que claramente indicava suas dúvidas. — Só não diga que não avisei, se ele acabar pondo fogo em Green Gables ou jogar estricnina no poço. Ouvi falar de um caso em Nova Brunswick em que uma criança de um orfanato fez isso e toda a família morreu em agonia terrível. Só que nesse caso era uma garota.

— Sim, mas nós não vamos adotar uma garota — disse Marilla, como se o envenenamento de poços fosse um feito exclusivamente feminino e não houvesse razão para temer que um rapaz fizesse algo assim. — Eu nunca aceitaria receber uma garota para criar — continuou Marilla. — Até me admiro que a Sra. Alexander Spencer esteja fazendo isso. Bem, mas ela adotaria um orfanato inteiro, se lhe desse na telha.

A Sra. Rachel teria gostado de ficar até Matthew aparecer com seu órfão importado. Mas, imaginando que ainda faltavam umas duas horas para chegarem, decidiu subir a rua até Robert Bell e contar as novidades. Certamente, isso causaria uma sensação e a Sra. Lynde adorava causar sensação. Assim, foi embora e deixou Marilla de certa forma aliviada, achando que suas dúvidas e receios fossem resultado da influência do pessimismo da Sra. Rachel.

— Ora, de todas as coisas possíveis e imagináveis! — exclamou a Sra. Lynde quando se viu em segurança, já fora da alameda. — Realmente parece que estou sonhando. Bem, tenho até pena do pobre rapaz que está para chegar. Matthew e Marilla não sabem nada sobre crianças e vão esperar que ele seja mais sabido e sensato do que o avô, se é que já teve avô! Parece estranho pensar numa criança em Green Gables; nunca houve uma criança por lá, pois, quando a casa ficou pronta, Matthew e Marilla já eram crescidos e, olhando para esses dois agora, até duvidamos se alguma vez foram crianças. Não gostaria nada de estar na pele daquele órfão. Tenho até pena dele, isso sim.

Isso foi o que a Sra. Rachel disse, do fundo do coração, para as roseiras silvestres, mas, se ela tivesse visto a criança que aguardava pacientemente na estação de Bright River naquele mesmo momento, sua compaixão seria ainda mais completa e profunda.

II
A surpresa de Matthew Cuthbert

Matthew Cuthbert e a égua alazã trotavam confortavelmente através dos mais de dez quilômetros até Bright River. Era uma estrada bonita, que se desenrolava entre fazendas bem cuidadas, com trechos de pinheirais aromáticos, por um vale onde ameixas selvagens se penduravam por entre os ramos floridos. O ar estava perfumado com os aromas de muitos pomares, e os prados sucediam-se a distância, entre mantos de pérola e púrpura; enquanto

Os passarinhos cantavam como se houvesse
Um único dia de verão em todo o ano.

Matthew gostava da viagem à sua maneira, exceto nos momentos em que encontrava mulheres e tinha de lhes acenar com a cabeça — porque na Ilha do Príncipe Edward deve-se acenar a todas as pessoas que se encontram no caminho, conhecendo-as ou não.

Matthew temia todas as mulheres, exceto Marilla e a Sra. Rachel. Tinha a sensação desconfortável de que as misteriosas criaturas estavam rindo dele em segredo. E não estava de todo errado, porque ele era uma figura desalinhada, com um cabelo cinza-escuro que descia até os ombros curvados e uma barba castanho-clara que usava desde os vinte anos. Na verdade, tinha agora o mesmo aspecto que tivera aos vinte anos, só que um pouco mais cinzento.

Quando chegou a Bright River, não havia sinal do trem. Pensou que chegara cedo demais e, assim, amarrou o cavalo no pequeno hotel e se dirigiu à estação. A longa plataforma estava quase deserta; a única criatura à vista era uma menina sentada numa pilha de telhas, em um dos extremos. Matthew, mal notando que se tratava de uma garota, passou tão depressa que nem olhou para ela. Se tivesse olhado, não deixaria de perceber sua expressão de tensão e ansiedade. Ela estava lá sentada à espera de algo ou de alguém e, como esperar sentada era a única coisa que podia fazer, ficou sentada esperando com toda a ansiedade.

Matthew encontrou o chefe da estação, que estava fechando a bilheteria e se preparando para ir para casa jantar, e perguntou-lhe se o trem das cinco e meia ainda ia demorar.

— O trem das cinco e meia já chegou e partiu há cerca de meia hora — respondeu secamente o chefe. — Mas deixaram um passageiro para você — uma menininha. Está ali fora, sentada nas telhas. Eu disse a ela que viesse para dentro e ficasse na sala de espera das senhoras, mas ela me disse que preferia esperar lá fora. "Aqui há mais espaço para a imaginação", ela disse. É um tipo estranho...

— Não estou esperando uma menina — respondeu Matthew, com simplicidade. — É um rapaz que venho buscar. Ele devia estar aqui. A Sra. Alexander Spencer deveria tê-lo trazido da Nova Escócia para mim.

O chefe da estação deu um assobio de admiração.

— Deve ter havido um engano. A Sra. Spencer saiu do trem com aquela garota e me pediu que tomasse conta dela. Disse que você e a sua irmã iam adotá-la de um orfanato e que você viria buscá-la. Tudo o que sei é que não tem mais órfãos escondidos por aqui.

— Não compreendo — disse Matthew, desconsolado, desejando que Marilla estivesse ali para resolver a questão.

— Bem, acho melhor perguntar à garota — disse o chefe da estação, despreocupadamente. — Parece que ela será capaz de explicar — ela sabe o que fala, disso não há dúvida. Talvez não houvesse rapazes do tipo que vocês pediram.

Ele saiu dali depressa, pois estava com fome, e o pobre Matthew teve de fazer o que, para ele, era mais difícil que entrar na cova de um leão: dirigir-se a uma garota, uma menina desconhecida, uma órfã, e perguntar-lhe por que ela não era um rapaz. Matthew gemia por dentro enquanto se virava e se dirigia lentamente para a plataforma, em direção à menina.

Ela já o observava desde que ele passara por ela e, naquele momento, tinha os olhos fixos nele. Matthew não estava olhando para ela e não saberia descrevê-la mesmo se estivesse, porém, um observador normal teria visto o seguinte: uma criança de cerca de onze anos, com um vestido de lã cinza muito curto, amarelado, muito apertado e muito feio. Usava um chapéu de marinheiro, castanho desbotado, e, sob ele, descendo até às costas, viam-se duas tranças grossas de cabelo muito ruivo. O rosto era pequeno, branco e magro, e também cheio de sardas; a boca era grande, assim como os olhos, que pareciam ora verdes, ora cinzentos, dependendo da luz e do seu estado de espírito.

Isso para um observador comum — um observador mais atento teria notado que a garota tinha o queixo pontiagudo e pronunciado, que os olhos grandes eram cheios de vivacidade e espírito, que a boca era cheia e expressiva, que a fronte era alta e perfeita; ou seja, o nosso observador mais atento teria concluído que não era uma alma banal que habitava o corpo daquela garotinha desamparada, de quem Matthew Cuthbert sentia tanto medo.

Matthew, no entanto, foi poupado do sacrifício de ter de lhe dirigir a palavra, porque, assim que ela concluiu que ele viera buscá-la, levantou-se e, enquanto agarrava com uma das mãos magras uma velha e surrada bolsa de viagem, estendeu-lhe decididamente a outra.

— Suponho que o senhor seja Matthew Cuthbert, de Green Gables — disse ela, com uma voz muito clara e suave. — Estou muito contente por vê-lo. Estava ficando com medo de que não viesse me buscar e estava imaginando tudo que poderia ter acontecido para impedi-lo de vir. Tinha decidido que, se o senhor não viesse me buscar hoje, iria até aquela grande cerejeira silvestre ali embaixo, na curva, e subiria na árvore para passar a noite. Não teria um pingo de medo, e seria maravilhoso dormir numa cerejeira toda florida, à luz do luar, não acha? Poderia imaginar que eu vivia em um palácio com salões de mármore, não poderia? E eu tinha certeza absoluta de que o senhor viria me buscar de manhã, se não tivesse vindo hoje.

Matthew apertou a frágil mãozinha, desconcertado. E, naquele exato momento, decidiu o que faria. Não tinha coragem de dizer àquela criança de olhos tão vivos que tinha havido um engano. Ia levá-la para casa e deixar Marilla cuidar disso. De qualquer maneira, não seria possível deixar a menina em Bright River, houvesse ou não ocorrido um engano, e, sendo assim, todas as perguntas e explicações poderiam muito bem ficar para depois, até ele se ver novamente na segurança de Green Gables.

— Desculpe-me o atraso — disse ele timidamente. — Vamos. O cavalo está ali na praça. Me dê sua mala.

— Ah, eu consigo carregá-la — a menina respondeu, com animação. — Não está pesada. Todos os meus bens estão aí dentro, mas a mala não está pesada. E, se não for carregada do jeito certo, a alça acabará se soltando. É muito velha. Oh, estou tão feliz que o senhor tenha vindo, apesar de que teria sido muito bom dormir numa cerejeira silvestre. Temos uma bela viagem pela frente, não é? A Sra. Spencer disse que eram doze quilômetros. Fico feliz, porque adoro passear de charrete. Oh, parece tão espantoso que eu vá viver com vocês e pertencer a vocês. Nunca fui de ninguém... não de verdade. Mas no orfanato era pior. Só fiquei lá quatro meses, mas foi o suficiente. Não creio que o senhor tenha morado num orfanato algum dia, por isso não pode saber como é. É pior que qualquer coisa que se possa imaginar. A Sra. Spencer disse que era maldade da minha parte falar desse jeito, mas não era minha intenção. É fácil ser má sem saber, não é? Sabe, eram boas... as pessoas do orfanato. Mas há tão pouco espaço para a imaginação num orfanato... há somente nos outros órfãos. Era muito interessante imaginar coisas a respeito deles: imaginar que talvez a menina ao meu lado fosse, na verdade, a filha de um conde distinto, arrebatada dos pais na infância por uma babá malvada que morreu antes de confessar o crime. Eu costumava ficar na cama à noite, acordada, imaginando coisas assim, porque durante o dia não me sobrava tempo. Creio que por causa disso sou tão magra... Sou horrivelmente magra, não acha? Só pele e osso. Adoro me imaginar mais cheinha e atraente, com covinhas nos cotovelos.

Com isso, a companheira de Matthew parou de falar, em parte porque havia perdido o fôlego, em parte porque haviam chegado à charrete. Ela não disse mais um palavra até que tivessem deixado o vilarejo e começado a descer uma colinazinha íngreme. Parte da estrada havia sido aberta tão fundo no solo macio que suas margens, repletas de cerejeiras selvagens em flor e bétulas brancas e esguias, ficavam vários metros acima deles.

A menina esticou o braço e quebrou um galho de ameixeira silvestre que roçava a lateral da charrete.

— Não é lindo? Aquela árvore que pende do barranco toda branca e parecendo uma renda faz o senhor se lembrar de quê? — Ela perguntou.

— Bem, ora, eu não sei — respondeu Matthew.

— Ora, de uma noiva, claro: uma noiva toda de branco, com um lindo véu quase transparente. Nunca vi uma, mas posso imaginar como ela seria. Não tenho a menor esperança de me tornar uma noiva um dia. Sou tão sem graça que ninguém vai querer se casar comigo... A menos que seja um missionário estrangeiro. Imagino que um missionário estrangeiro talvez não seja muito exigente. Mas espero que um dia eu tenha um vestido branco. Esse é meu ideal mais sublime de felicidade nesta vida. Simplesmente adoro roupas bonitas. Nunca tive um vestido bonito, não que eu me lembre... Mas, é claro, essa é mais uma coisa para se desejar, não é mesmo? Fora que posso imaginar que estou usando roupas lindas. Hoje de manhã, quando deixei o orfanato, tive muita vergonha por ter de usar este horrível e velho vestido de flanela. Sabe, todos os órfãos eram obrigados a usar isto. Um comerciante de Hopetown, no inverno passado, doou duzentos e setenta metros de flanela ao orfanato. Algumas pessoas disseram que foi porque o homem não conseguia vender o tecido, mas prefiro acreditar que foi por bondade, e o senhor? Quando subimos no trem, achei que todos estavam olhando para mim, com pena. Mas não perdi tempo e me imaginei usando o vestido de seda azul-claro mais bonito do mundo — porque, se é para imaginar, então que seja alguma coisa que valha a pena — e um grande chapéu cheio de flores e plumas esvoaçantes, um relógio de ouro, luvas de pelica e botas. Recobrei o ânimo no mesmo instante e desfrutei a viagem até a ilha com todas as minhas forças. Não enjoei nadinha durante a travessia de barco. Nem a Sra. Spencer, que geralmente se sente mal. Ela disse que não tinha tempo para ficar enjoada, tendo de me vigiar para que eu não caísse na água. Disse nunca ter visto uma criança tão irrequieta quanto eu. Mas, se isso evitou que ela ficasse enjoada, foi uma bênção eu ser irrequieta, não foi? E fiz questão de ver tudo que havia para ver no barco, porque não sabia se teria outra oportunidade. Oh, mais um monte de cerejeiras em flor! Não há lugar mais florido que esta ilha. Já estou encantada com ela e feliz por vir morar aqui. Sempre ouvi dizer que a Ilha do Príncipe Edward era o lugar mais lindo do mundo e costumava me imaginar vivendo aqui, mas nunca esperei que isso realmente fosse acontecer. Não é encantador quando aquilo que imaginamos se torna realidade? Mas essas estradas vermelhas são muito divertidas. Quando entramos no trem, em Charlottetown, e as estradas vermelhas começaram a passar rapidamente por nós, perguntei à Sra. Spencer por que eram vermelhas, e ela disse que não sabia, que eu tivesse piedade e não lhe fizesse mais perguntas. Disse que eu já devia ter feito umas mil àquela altura. Creio que fiz mesmo, mas, se não fizermos perguntas, como vamos descobrir as coisas? E por que mesmo as estradas são *vermelhas*?

— Bem, ora, eu não sei — respondeu Matthew.

— Bem, aí está uma coisa que precisamos descobrir um dia. Não é maravilhoso pensar em todas as coisas que ainda temos de descobrir? É o que me deixa feliz por estar viva... Este mundo é tão interessante. Não seria nem metade do que é se soubéssemos tudo, não é mesmo? Aí não haveria espaço para a imaginação, não é? Estou falando demais? As pessoas vivem me dizendo que falo demais. O senhor prefere que eu fique calada? Se preferir, *posso* parar de falar. Eu consigo parar, quando estou determinada, apesar de ser difícil.

Matthew, para sua própria surpresa, estava achando tudo muito bom. Como acontece com boa parte das pessoas quietas, ele gostava das pessoas conversadeiras sempre que se dispunham a falar e não esperavam que ele correspondesse. Mas nunca lhe ocorrera apreciar a companhia de uma garotinha. Mulheres eram terríveis, mas garotinhas eram ainda piores. Ele detestava a maneira como passavam timidamente por ele, com olhares enviesados, como se esperassem que ele as engolisse de uma só vez caso se atrevessem a dizer uma palavra. Essas eram as típicas garotinhas de boa família de Avonlea. Mas a bruxinha sardenta que tinha a seu lado era muito diferente e, embora achasse muito difícil acompanhar os efervescentes processos mentais da menina com sua inteligência algo lenta, ele percebeu que "até que gostava da tagarelice dela". E por isso disse, com a mesma timidez de sempre:

— Oh, pode falar o quanto quiser. Eu não me importo.

— Ah, que bom. Já vi que nós dois vamos nos dar muito bem. Que alívio poder falar quando se tem vontade, sem precisar escutar que as crianças foram feitas para ser vistas e não ouvidas. Já me disseram isso pelo menos um milhão de vezes. E as pessoas riem de mim porque uso palavras grandes. Mas quando se tem ideias grandes é preciso usar palavras grandes para expressá-las, não acha?

— Bem, ora, isso me parece razoável — disse Matthew.

— A Sra. Spencer disse que minha língua deveria ter duas pontas. Nada disso: tem uma só. A Sra. Spencer disse que sua casa, Sr. Cuthbert, se chama Green Gables. Perguntei de um tudo. E ela me disse que era cercada por árvores. Fiquei ainda mais contente. Simplesmente adoro árvores. E não havia nenhuma perto do orfanato, a não ser umas pobres coitadas, bem mirradinhas, na parte da frente, com cerquinhas brancas ao redor. Pareciam órfãs também, as árvores. Eu tinha vontade de chorar só de olhar para elas. Costumava lhes dizer: "Oh, *pobrezinhas!* Se estivessem numa floresta bem grandona, com outras árvores em volta, e tivessem musguinhos e campânulas para cobrir suas raízes, e um riacho não muito longe, e pássaros cantando em seus galhos, aí sim vocês conseguiriam crescer, não é mesmo? Mas, onde estão, não dá. Sei exatamente como se sentem. Foi uma pena deixá-las para trás hoje de manhã. A gente se apega demais a essas coisas, não é? Existe algum riacho perto de Green Gables? Esqueci de perguntar à Sra. Spencer.

— Bem, ora, sim, temos um perto da casa, descendo o morro.

— Fantástico! Um dos meus sonhos sempre foi morar perto de um riacho. Mas nunca esperei que isso fosse acontecer. Não é sempre que os sonhos se realizam, não é mesmo? Não seria bom se fosse sempre assim? Mas, neste exato momento, eu me sinto perfeitamente feliz, porque... Bem, para o senhor, que cor é esta?

Ela puxou uma de suas tranças brilhantes e compridas por sobre o ombro magro e ergueu-a na altura dos olhos de Matthew, que não estava acostumado a opinar sobre a cor das tranças das moças, mas, naquele caso, não havia muita dúvida.

— É ruiva, não? — disse ele.

A menina jogou a trança para trás com um suspiro que pareceu sair do fundo da alma e exalar todas as tristezas do mundo.

— É, é ruiva — disse ela, resignada. — Agora o senhor entende por que não posso ser perfeitamente feliz. Ninguém que tenha cabelos ruivos pode. Não me importo tanto com o resto: as sardas, os olhos verdes e a magreza. Posso fazer de conta que não existem. Posso imaginar que tenho uma linda pele rosada e olhos violeta, brilhantes e adoráveis. Mas não *consigo* me livrar dos cabelos ruivos. Faço de tudo. Penso comigo mesma: "Agora meus cabelos são negros e magníficos como as asas de um corvo". Mas nunca esqueço que são apenas ruivos, e isso me parte o coração. Essa será a grande tristeza da minha vida. Li uma vez um romance a respeito de uma moça que tinha uma grande tristeza na vida, mas não era por causa do cabelo ruivo. Ela tinha cabelos de ouro puro que desciam em ondas por sua fronte de alabastro. O que é uma fronte de alabastro? Nunca descobri o que era. O senhor saberia me dizer?

— Bem, ora, receio que não — disse Matthew, que já estava ficando um pouco tonto. Sentia-se como havia se sentido certa vez, em sua estouvada juventude, quando um garoto o instigara a experimentar o carrossel durante um piquenique.

— Bem, o que quer que seja, devia ser algo bom, porque ela era de uma beleza divina. O senhor já imaginou como deve ser alguém que tenha uma beleza divina?

— Bem, ora, não, nunca — admitiu Matthew, ingenuamente.

— Eu já, muitas vezes. Se pudesse escolher, o que o senhor preferiria ter: uma beleza divina, uma inteligência estonteante ou um coração angelical?

— Bem, ora, eu... não sei ao certo.

— Nem eu. Nunca consigo me decidir. Mas não faz muita diferença mesmo, pois não creio que eu vá ter uma dessas qualidades um dia. Com certeza não terei um coração angelical. A Sra. Spencer disse que... Oh, Sr. Cuthbert! Oh, Sr. Cuthbert! Oh, Sr. Cuthbert!!!

Não foi isso que a Sra. Spencer disse; a menina não caíra da charrete; tampouco Matthew fizera algo de extraordinário. Eles haviam simplesmente contornado uma curva da estrada e entrado na "Avenida".

A "Avenida", como era conhecida pelo povo de Newbridge, era um trecho de estrada de cerca de quatrocentos metros de extensão, completamente coberto por enormes macieiras de vastas copas, plantadas muito tempo atrás por um velho e excêntrico fazendeiro. A parte superior era como um grande toldo de flores perfumadas e brancas como a neve. Abaixo da ramagem, o ar enchia-se de um lusco-fusco púrpura e, mais à frente, uma nesga do céu, colorido pelo crepúsculo, brilhava como uma grande rosácea ao final da nave de uma catedral.

A beleza da cena parecia ter deixado a menina boquiaberta. Ela se reclinou sobre a charrete, com as mãos postas diante do rosto, e, extasiada, se voltava para o que brilhava em esplendor lá no alto. Nem mesmo depois de saírem da Avenida e descerem a longa encosta que levava a Newbridge ela conseguiu falar ou mover um músculo. Ainda extasiada, fitava o poente distante, e seus olhos viam miragens que desfilavam esplendidamente naquele pano de fundo fulgurante. Ainda em silêncio, os dois atravessaram toda Newbridge, uma atarefada vilazinha que os recebeu com cães latindo, a gritaria dos meninos pequenos e rostos curiosos nas janelas. Cinco quilômetros depois, a menina ainda estava em silêncio. Era evidente que sabia ficar quieta, com a mesma energia com que falava.

— Você deve estar bem cansada e faminta — arriscou Matthew, por fim, atribuindo ao prolongado silêncio da menina o único motivo que lhe ocorrera. — Mas não estamos muito longe, falta apenas um quilômetro e meio.

Ela saiu do seu devaneio com um suspiro profundo e fitou Matthew com o olhar fixo de alguém que estivera muito longe, levado pelas estrelas.

— Oh, Sr. Cuthbert — ela murmurou —, aquele lugar pelo qual acabamos de passar, aquele lugar todo branco, o que era aquilo?

— Bem, ora, você deve estar falando da Avenida — disse Matthew, depois de alguns instantes de profunda reflexão. — Até que é um lugar bonito.

— Bonito? Oh, *bonito* não parece ser a palavra certa. Nem lindo, por sinal. Não chegam nem perto. Oh, era maravilhoso... maravilhoso. É a primeira coisa que vejo que não conseguiria melhorar com a imaginação. Deixou-me tão feliz aqui — disse, levando uma das mãos ao peito —, provocou uma dor esquisita, mas agradável. Já sentiu uma dor assim, Sr. Cuthbert?

— Bem, ora, não que eu me lembre.

— Eu sinto isso sempre — sempre que vejo alguma coisa tão maravilhosa. Mas não deviam chamar um lugar lindo como aquele de Avenida. Não há o menor significado nesse nome. Deviam chamá-lo de... Deixe-me ver... Vereda Branca da Felicidade. Não é um nome bonito e criativo? Quando não gosto do nome de um lugar ou de uma pessoa, sempre imagino um novo, e sempre penso nele ou nela com esse nome. No orfanato, havia uma menina chamada Hepzibah Jenkins, mas eu sempre a imaginava como Rosalia DeVere. As outras pessoas podem chamar aquele lugar de Avenida, mas sempre vou chamá-lo de Vereda Branca da Felicidade. Falta mesmo só mais um quilômetro e meio para chegarmos em casa? Fico feliz e também triste. Triste porque este passeio foi tão bom, e sempre fico triste quando coisas boas acabam. Pode ser que depois venha algo ainda melhor, mas não dá para ter certeza. E geralmente o que vem não é nada melhor. Pelo menos, essa é minha experiência. Mas fico feliz de pensar que estamos chegando em casa. Sabe, nunca tive realmente uma casa, não que eu me lembre. Sinto de novo aquela dorzinha agradável só de pensar que estou chegando realmente em casa. Oh, como isso é lindo!

Eles haviam passado pelo topo de um morro. Lá embaixo, via-se um açude que, de tão comprido e sinuoso, quase parecia um rio. Sobre ele havia uma ponte que o dividia ao meio e, dali até sua extremidade inferior, onde uma faixa de dunas em tom de âmbar o separava do golfo azul-escuro, mais adiante, a água era furta-cor, uma deslumbrante mistura de tonalidades: em tons quase irreais de lilás, rosa e verde etéreo, e outros matizes indefiníveis, para os quais nunca haviam encontrado um nome. Subindo a ponte, o açude ia ao encontro de bosques ciliares de pinheiros e bordos e, nas sombras inconstantes da mata, ficava muito escuro e translúcido. Aqui e ali uma ameixeira silvestre se inclinava desde a margem, feito uma menina vestida de branco que, nas pontas dos pés, se aproxima para ver o próprio reflexo. Do brejo, na cabeceira do açude, vinha o coro claro, melancólico e suave das rãs. Havia uma casinha cinzenta que despontava em meio às macieiras brancas, numa encosta mais adiante, e, embora ainda não estivesse de todo escuro, havia luz numa das janelas.

— É o açude dos Barry — disse Matthew.

— Ah, também não gosto desse nome. Vou chamá-lo de... Deixe-me ver... Lago das Águas Cintilantes. Esse, sim, é o nome perfeito. Sei disso por causa do arrepio. Quando encontro o nome perfeito para uma coisa, sinto um arrepio. O senhor tem arrepios com certas coisas?

Matthew pôs-se a matutar.

— Bem, ora, sim. Sempre fico arrepiado ao encontrar aquelas lagartas brancas e feiosas nos canteiros de pepino. Não posso nem olhar para elas.

— Ah, mas não creio que seja exatamente o mesmo tipo de arrepio. O senhor acha que sim? Não parece haver muita relação entre lagartas e lagos de águas cintilantes, não é mesmo? Mas por que as pessoas o chamam de açude dos Barry?

— Acho que é porque o Sr. Barry mora lá em cima, naquela casa. O lugar se chama Ladeira do Pomar. Não fosse por aquele matagal atrás da casa, daria para ver Green Gables daqui. Mas temos de passar pela ponte e contornar a estrada, o que dá quase oitocentos metros ainda.

— O Sr. Barry tem filhas pequenas? Bem, nem tão pequenas assim... Do meu tamanho?

— Ele tem uma menina de onze anos. O nome dela é Diana.

— Oh! — exclamou ela, e puxou o ar longamente. — Que nome adorável!

— Bem, ora, não sei, não. A mim parece que o nome é pavorosamente pagão. Gosto mais de Jane, Mary ou outro nome razoável. Mas, quando Diana nasceu, havia um professor hospedado lá, então pediram-lhe que escolhesse o nome, e ele a batizou Diana.

— Como eu queria ter um professor assim por perto quando nasci. Oh, chegamos à ponte. Vou fechar e apertar bem os olhos. Sempre tenho medo de atravessar pontes. Não consigo deixar de imaginar que, na metade do caminho, a ponte pode desmoronar, fechar-se feito um canivete e nos esmagar. É por isso que fecho os olhos. Mas sou obrigada a abri-los de uma vez quando acho que estamos chegando ao meio. Porque, veja só, se a ponte realmente desmoronar como descrevi, vou querer ver. E que barulho delicioso ela faz! Sempre gosto da parte do barulho. Não é magnífico que existam tantas coisas das quais gostar neste mundo? Pronto, atravessamos. Agora vou olhar para trás. Boa noite, meu querido Lago das Águas Cintilantes. Sempre digo boa-noite para as coisas que amo, exatamente como diria às pessoas. Acho que elas gostam disso. A água parece estar sorrindo para mim.

Depois de terem subido um pouco mais a colina e feito uma curva, Matthew disse:

— Estamos bem perto de casa agora. Lá está Green Gables, em ci...

— Oh, não conte — ela o interrompeu, quase sem fôlego, puxando-lhe o braço meio erguido e fechando os olhos para não ver o gesto dele. — Deixe-me adivinhar. Tenho certeza de que vou acertar.

Ela ergueu as pálpebras e olhou ao redor. Estavam sobre o topo de uma colina. Fazia algum tempo que o Sol tinha-se posto, mas a paisagem ainda era nítida à luz suave do crepúsculo. À esquerda, a torre escura de uma igreja erguia-se contra um céu cor de damasco. Lá embaixo havia um pequeno vale e, mais adiante, um aclive suave e longo, pontuado por chácaras muito bem colocadas. De uma para outra, os olhos da menina cintilavam, ansiosos e súplices. Por fim, demoraram-se numa chácara que ficava mais à esquerda, bem longe da estrada, vagamente branca, com muitas árvores em flor, em meio à penumbra dos bosques que a cercavam. Acima dela, no céu límpido mais ao sul, uma grande estrela branca e cristalina brilhava como a luz de uma vela, como se estivesse ali para guiar e dar esperança.

— É aquela, não é? — perguntou, apontando.

Matthew, deliciado, fez estalar as rédeas na égua alazã.

— Bem, ora, você acertou! Mas acho que foi porque a Sra. Spencer a descreveu.

— Não... De verdade, não mesmo. Pelo que ela disse, poderia ser qualquer uma daquelas chácaras. Eu não fazia ideia de como era Green Gables. Mas, tão logo a vi, senti que ali era minha casa. Oh, parece até que estou sonhando. Sabe, meu braço deve estar todo preto e roxo do cotovelo para cima, porque eu me belisquei várias vezes hoje. De vez em quando, sentia uma náusea horrível e temia que tudo não passasse de um sonho. Aí eu me beliscava para ter certeza de que era real... até me lembrar de repente de que, mesmo se fosse apenas um sonho, era melhor continuar sonhando tanto quanto pudesse. Então, eu parava de me beliscar. Mas é real e estamos quase em casa.

Com um suspiro de enlevo, ela voltou a ficar em silêncio. Matthew se mexeu, todo incomodado. Que bom que caberia a Marilla, e não a ele, contar àquela criança abandonada que a casa que ela tanto desejava não seria dela. Passaram pelo Lynde's Hollow, onde já estava bem escuro, mas não o bastante para a Sra. Rachel deixar de vê-los da sua janela de vigia; subiram a colina e entraram na longa trilha de Green Gables. Quando chegaram em casa, Matthew temia a revelação com uma força que não conseguia compreender. Não estava pensando nele mesmo, nem em Marilla, nem no problema que aquele equívoco provavelmente causaria aos dois, mas na decepção da menina. Só de imaginar que a luz do seu olhar ia apagar-se, sentiu-se tão incomodado como se estivesse prestes a ajudar a matar alguma coisa — quase a mesma sensação que o acometia quando era obrigado a matar um cordeiro, um bezerro ou qualquer outra criaturinha inocente.

Quando fizeram a última curva e entraram no quintal, já estava bem escuro e, em toda a volta, as folhas dos álamos--negros farfalhavam suavemente.

— Escute só as árvores falando enquanto dormem — ela cochichou quando ele a ergueu em seus braços, para ajudá-la a descer da charrete. — Devem estar sonhando com coisas boas!

Em seguida, abraçada à mala de talagarça que continha todos os seus bens, ela entrou na casa logo atrás dele.

III
A surpresa de Marilla Cuthbert

Animada, Marilla avançou tão logo Matthew abriu a porta. Contudo, quando seus olhos pousaram sobre a estranha figurinha, metida naquele vestido feio e sem graça, de longas tranças ruivas, olhos ávidos e brilhantes, ela parou, surpresa.

— Matthew Cuthbert, quem é essa aí? — ela exclamou. — Onde está o menino?

— Não havia menino nenhum — respondeu o pobre Matthew. — Somente *ela*.

Ele indicou com a cabeça a menina e se lembrou de que nem sequer lhe havia perguntado o nome.

— Nenhum menino? Mas era para ser um menino — insistiu Marilla. — Mandamos um recado para a Sra. Spencer pedindo que nos trouxesse um menino.

— Bom, não foi o que ela trouxe. Trouxe *a menina*. Perguntei ao agente ferroviário. E tive de trazê-la comigo. Não podia deixá-la por lá, não importa de quem tenha sido o erro.

— Ora, mas que bela enrascada! — exclamou Marilla.

Durante todo esse diálogo, a criança permaneceu em silêncio, alternando o olhar entre os dois irmãos enquanto toda a excitação desaparecia do seu rosto. De repente, ela pareceu entender o significado do que diziam. Depois de soltar a mala de talagarça, deu um passo adiante e juntou as mãos.

— Vocês não me querem! — gritou. — Vocês não me querem porque não sou um menino! Eu devia saber. Ninguém nunca me quis. Eu devia saber que era bom demais para ser verdade. Devia saber que ninguém ia me querer realmente. Oh, o que vou fazer? Vou chorar!

E foi o que fez. Sentou-se numa cadeira, jogou os braços sobre a mesa, enterrou a cabeça entre eles e começou a chorar convulsivamente. Marilla e Matthew, um de cada lado do fogão, entreolharam-se com pena. Nenhum dos dois sabia o que dizer ou fazer. Por fim, Marilla tomou desajeitadamente a iniciativa.

— Ora, ora, não precisa chorar por causa disso.

— Claro que preciso! — A menina ergueu rapidamente a cabeça, mostrando o rostinho marcado pelas lágrimas e os lábios ainda tremendo. — *Você* choraria também, se fosse uma órfã e chegasse a um lugar que pensava que seria sua casa e descobrisse que ninguém a queria porque não era um menino. Ah, essa é a coisa mais trágica que já me aconteceu!

Algo parecido com um sorriso relutante e muito enferrujado pela prolongada falta de uso suavizou a expressão severa de Marilla.

— Bem, não chore mais. Não vamos colocar você para fora esta noite. Você terá de ficar aqui até descobrirmos o que aconteceu. Qual é o seu nome?

A menina hesitou um instante.

— Vocês poderiam, por favor, me chamar de Cordelia? — perguntou, ansiosa.

— *Chamar* você de Cordelia?! É esse o seu nome?

— Nããããão, não exatamente, mas eu adoraria ser chamada de Cordelia. É um nome tão perfeito e elegante.

— Não sei que diabos você quer dizer com isso. Se não se chama Cordelia, então qual é o seu nome?

— Anne Shirley — gaguejou a dona do nome, relutante —, mas, por favor, me chamem de Cordelia. Que diferença fará se me chamarem disso ou daquilo, já que ficarei aqui por pouco tempo? E Anne é um nome tão pouco romântico.

— Pouco romântico, mas que bobagem! — disse Marilla, com indiferença. — Anne é um nome muito bonito, simples e razoável. Não precisa se envergonhar dele.

— Ah, mas não me envergonho — explicou Anne —, só gosto mais de Cordelia. Sempre imaginei que meu nome fosse Cordelia... Pelo menos é o que tenho feito nos últimos anos. Quando era jovem, eu costumava me imaginar Geraldine, mas hoje gosto mais de Cordelia. Mas, se vão me chamar de Anne, por favor, que seja Anne com *e* no final.

— Que diferença faz como se soletra? — perguntou Marilla, abrindo um novo sorriso enferrujado ao pegar a chaleira.

— Ah, faz *muita* diferença. Parece muito mais bonito. Ao ouvir um nome, você não o imagina impresso? Eu imagino. E A-n-n parece horrível, mas A-n-n-e tem um aspecto muito mais distinto. Se me chamarem de Anne com *e* no final, tentarei me conformar com o fato de não me chamarem de Cordelia.

— Muito bem, então, Anne com *e* no final, sabe nos dizer como foi que se deu esse engano? Mandamos um recado para a Sra. Spencer pedindo um menino. Não havia meninos no orfanato?

— Ah, sim, havia meninos, e muitos. Mas a Sra. Spencer disse *especificamente* que vocês queriam uma menina de mais ou menos onze anos. E a inspetora disse que achava que eu serviria. Vocês não fazem ideia de como fiquei contente. Não consegui dormir ontem à noite, de pura alegria. Oh — acrescentou em tom de acusação, voltando-se para Matthew —, por que não me disse lá mesmo na estação que vocês não me queriam? Por que não me deixou lá? Se eu não tivesse visto a Vereda Branca da Felicidade e o Lago das Águas Cintilantes, não seria tão difícil.

— De que diabos ela está falando? — indagou Marilla, encarando Matthew.

— Ela... ela está só se referindo a uma conversa que tivemos vindo para casa — precipitou-se a dizer Matthew. — Vou sair e recolher a égua, Marilla. Apronte o chá até eu voltar.

— A Sra. Spencer trouxe mais alguém além de você? — continuou Marilla, depois de Matthew ter saído.

— Trouxe Lily Jones para ficar com ela. Lily só tem cinco anos e é muito bonita. Tem cabelos castanho-escuros. Se eu fosse muito bonita e tivesse cabelos castanho-escuros, vocês ficariam comigo?

— Não. Queremos um menino para ajudar Matthew na lavoura. De nada nos serviria uma menina. Tire o chapéu. Vou deixá-lo sobre a mesa do vestíbulo, e sua bolsa também.

Docilmente, Anne tirou o chapéu. Matthew voltou naquele mesmo instante, e os três se sentaram para jantar. Mas Anne não conseguiu comer. Mordiscou em vão o pão com manteiga e, em vão, beliscou a geleia de maçã silvestre sobre o pires de vidro ao lado do prato. Na verdade, não fez o menor progresso.

— Você não está comendo nada — disse Marilla rispidamente, observando a menina como se tivesse encontrado um defeito grave.

Anne suspirou.

— Não consigo. Estou desesperada. Consegue comer quando está desesperada?

— Nunca fiquei desesperada e, por isso, não sei dizer — respondeu Marilla.

— Nunca? Bem, a senhorita já tentou se *imaginar* entregue ao desespero?

— Não.

— Então não creio que consiga entender como é. É uma sensação muito ruim. A gente tenta comer e dá um nó na garganta, e a gente não consegue engolir nada, nem mesmo um caramelo de chocolate. Experimentei um caramelo de chocolate uma vez, há dois anos, e foi simplesmente delicioso. Desde então, sonhei várias vezes com montes de caramelos de chocolate, mas sempre acordava quando estava prestes a comê-los. Espero que vocês não se ofendam porque não consigo comer. Tudo está muito bom, mas não consigo comer.

— Acho que ela está cansada — disse Matthew, que ficara em silêncio desde que voltara do celeiro. — É melhor colocá-la na cama, Marilla.

Marilla vinha perguntando-se onde Anne deveria dormir. Ela havia preparado uma cama ao lado da cozinha para o desejado e esperado menino. Contudo, embora estivesse tudo limpo e arrumado, não parecia muito certo acomodar uma menina ali. Mas o quarto de hóspedes estava fora de cogitação para uma criança abandonada como aquela e, portanto, só restava o quarto da frente. Marilla acendeu uma vela e disse a Anne que a acompanhasse, o que a menina fez sem animação, levando sua mala de talagarça e seu chapéu, que estavam na mesa do vestíbulo imaculadamente limpo. O pequeno quarto onde Anne agora estava parecia ainda mais limpo.

Marilla colocou a vela sobre uma mesa de três pernas e três cantos e puxou as cobertas da cama.

— Você tem uma camisola, não? — perguntou.

Anne fez que sim.

— Tenho duas. A inspetora do orfanato costurou-as para mim. São pavorosamente curtas. No orfanato, tudo é escasso, e por isso as coisas sempre são pequenas... Pelo menos num orfanato pobre como o nosso. Detesto camisolas curtas. Mas é possível sonhar tão bem com uma delas quanto com uma adorável camisola longa, com babados em volta do pescoço. Resta esse consolo.

— Muito bem, dispa-se o mais rápido possível e vá para a cama. Voltarei daqui a alguns minutos para cuidar da vela. Não me atrevo a deixá-la para que você mesma apague. Você provavelmente botaria fogo na casa.

Depois que Marilla saiu, Anne deu uma olhada ao redor, com ar tristonho. As paredes caiadas eram tão claras e estavam tão aflitivamente nuas que lhe ocorreu que deviam sofrer com a própria nudez. O chão também estava nu, exceto por um tapete trançado e redondo, bem no meio do quarto, como Anne nunca vira igual. Num dos cantos ficava a cama alta e antiquada, com quatro pilares escuros, baixos e torneados. No outro canto, ficava a já mencionada mesa de três pernas, decorada com uma alfineteira gorda e vermelha, dura o bastante para entortar a ponta do alfinete mais atrevido. Acima dela pendia um espelho de quinze por vinte centímetros. Entre a mesa e a cama ficava a janela, com um babado de musselina de uma brancura glacial sobre ela, de frente para a qual havia um lavatório. O quarto inteiro era de uma austeridade inexprimível, que enregelou Anne até a medula. Com um soluço, ela se livrou apressadamente das roupas, vestiu a camisola curtíssima e pulou na cama, enterrando o rosto no travesseiro e puxando as cobertas por sobre a cabeça. Quando Marilla subiu para apagar a vela, os vários artigos diminutos de vestuário espalhados desordenadamente pelo chão e a aparência tempestuosa da cama eram as únicas indicações de que havia ali outra pessoa além dela mesma.

Deliberadamente ela recolheu as roupas de Anne, colocou-as arrumadinhas sobre uma cadeira amarela e empertigada e, em seguida, apanhou a vela e aproximou-se da cama.

— Boa noite — ela disse, um pouco sem jeito, mas não sem ternura.

O rosto branco e os grandes olhos de Anne apareceram por cima das cobertas com uma rispidez surpreendente.

— Como pode me desejar uma *boa* noite sabendo que esta provavelmente será a pior noite da minha vida? — Anne a censurou.

Então mergulhou novamente na invisibilidade das cobertas.

Marilla desceu devagar até a cozinha e começou a lavar a louça do jantar. Matthew fumava: um sinal claro de agitação.

Ele raramente fumava, pois Marilla reprovava o mau hábito, mas, em certas ocasiões e épocas do ano, ele sentia vontade de fumar, e Marilla fazia vista grossa, dando-se conta de que um homem precisava dar vazão a suas emoções.

— Ora, mas que bela enrascada — ela disse, irada. — É o que acontece quando mandamos recados, em vez de cuidarmos pessoalmente das coisas. Os parentes de Robert Spencer devem ter embaralhado a mensagem. Um de nós terá de pegar a charrete e visitar a Sra. Spencer amanhã, não há dúvida. É preciso mandar a menina de volta ao orfanato.

— É, acho que sim — disse Matthew, relutante.

— Você *acha* que sim! Não tem certeza?

— Bem, ora, é que ela é mesmo uma gracinha de menina, Marilla. É uma pena termos de mandá-la de volta quando ela parece estar tão bem aqui.

— Matthew Cuthbert, você não está querendo dizer que devemos ficar com ela!

O espanto de Marilla não teria sido maior se Matthew tivesse expressado sua predileção por andar de cabeça para baixo.

— Bem, ora, não, acho que não... não exatamente — gaguejou Matthew, incomodamente acuado ao tentar encontrar as palavras certas. — Acho que... ninguém esperaria que ficássemos com ela.

— Eu diria que não. Que bem ela nos faria?

— Talvez nós façamos algum bem a ela — disse Matthew, de maneira inesperada.

— Matthew Cuthbert, creio que você foi enfeitiçado por aquela criança! Dá para ver claramente que quer ficar com ela.

— Bem, ora, ela é mesmo uma coisinha interessante — insistiu Matthew. — Você devia tê-la ouvido falar na viagem para cá.

— Ah, sim, ela fala muito bem. Já vi tudo. E isso não é um elogio. Não gosto de crianças que têm tanta coisa a dizer. Não quero uma menina órfã e, se quisesse, ela não é do tipo que eu escolheria. Não consigo entender certas coisas nessa criança. Não, é preciso mandá-la imediatamente de volta ao lugar de onde veio.

— Eu poderia contratar um francesinho para me ajudar — disse Matthew —, e ela faria companhia a você.

— Não sinto falta de companhia — disse Marilla, seca. — E não vou ficar com ela.

— Bem, está claro que será como você quiser, Marilla — disse Matthew, levantando-se e guardando o cachimbo. — Vou para a cama.

E assim ele fez. E, depois de ter guardado a louça, Marilla foi para a cama também, com uma carranca das mais decididas. E lá em cima, no quarto da frente, uma criança solitária, carente de amor e sem amigos, chorou até adormecer.

IV
Manhã em Green Gables

Já era dia claro quando Anne acordou, sentou-se na cama e, confusa, ficou olhando para a janela, por onde um feixe de luz forte entrava profusamente, e lá fora surgia algo branco e plumoso por entre os vislumbres do céu azul.

Por um momento, ela não conseguiu lembrar-se de onde estava. Primeiro, veio um arrepio delicioso de prazer; depois, uma recordação terrível. Ela estava em Green Gables, e eles não a queriam porque ela não era um menino!

Mas era de manhã e, sim, havia uma cerejeira lá fora e inteiramente florida, do outro lado da janela. De um salto, Anne saiu da cama e atravessou o quarto. Ergueu a vidraça, que emperrou e rangeu no início, como se ninguém a abrisse havia um bom tempo — o que era o caso —, e depois ficou tão bem presa que não foi preciso mais nada para mantê-la suspensa.

Anne ajoelhou-se e olhou para aquela manhã de junho com os olhos radiantes de prazer. Oh, mas não era lindo? Não era um lugar adorável? E pensar que ela realmente não ia ficar ali! Mas imaginaria que sim. Ali havia espaço para a imaginação.

Havia uma cerejeira enorme lá fora, tão perto que os galhos roçavam a casa e tão florida que mal se via uma folha. Havia pomares dos dois lados da casa, um de macieiras, outro de cerejeiras, também carregadas de flores. E a relva estava toda salpicada de dentes-de-leão. No jardim, mais abaixo, havia lilases, e seu perfume, de uma doçura estonteante, era trazido à janela pela brisa da manhã.

Abaixo do jardim, um campo verdejante e repleto de trevos descia a encosta até onde corria o regato e cresciam dezenas de bétulas brancas saídas airosamente de uma moita, que, com samambaias, musgos e outros matinhos, sugeriam muitas possibilidades deliciosas. Mais além ficava uma colina verde e aveludada, cheia de pinheiros de todos os tamanhos. Havia um espaço no morro por onde se via a empena cinzenta da casinha que ela vislumbrara da outra margem do Lago das Águas Cintilantes.

À esquerda, ficavam os grandes celeiros e, além deles, bem ao longe, depois dos campos verdes e levemente inclinados, via-se de relance um pedaço azul e resplandecente do mar.

Os olhos de Anne, enfeitiçados com tanta beleza, fixaram-se em todas essas coisas, absorvendo avidamente tudo que viam. Tinha visto tantos lugares desagradáveis na vida, a pobre criança; mas aquilo era a coisa mais adorável com que já sonhara.

Ficou ali, ajoelhada, contemplando toda a beleza que a cercava, até que, assustada, percebeu que havia uma mão em seu ombro. Marilla chegara sem ser percebida pela pequena sonhadora.

— Você já devia estar vestida — disse a mulher, secamente.

Marilla não sabia como falar com a menina, e sua desconfortável inexperiência a fizera soar firme e lacônica, sem que tivesse a intenção.

Anne levantou-se e respirou fundo.

— Oh, não é maravilhoso? — disse, abraçando o mundo lá fora com um gesto largo dos braços.

— É uma árvore grande — replicou Marilla — e dá muitas flores, mas as frutas são sempre poucas, pequenas e bichadas.

— Oh, mas eu não estava falando só da árvore. Claro que é adorável... adorável e *radiante*. E parece gostar de dar flores;

mas eu falava de tudo, do jardim e do pomar, do regato, do bosque, desse mundo imenso e querido. Veja, não é para amar o mundo numa manhã como esta? E daqui consigo ouvir o barulhinho do regato. Já reparou que coisinhas mais alegres são os regatos? Estão sempre rindo. Mesmo no inverno, já os ouvi rir debaixo do gelo. Que bom que há um regato perto de Green Gables. A senhorita pode pensar que não fará a menor diferença para mim, já que vocês não ficarão comigo, mas faz. Vou sempre gostar de lembrar que Green Gables tem um regato, mesmo se nunca mais voltar a vê-lo. Se não houvesse um regato, eu seria assombrada pela sensação incômoda de que deveria haver. Não estou desesperada esta manhã. Isso nunca acontece comigo de manhã. Não é magnífico que as manhãs existam? Mas estou muito triste. Estava justamente imaginando que era a mim que vocês queriam, afinal, e que eu ficaria aqui para sempre. Foi uma sensação muito boa enquanto durou. Mas a pior parte de imaginar as coisas é que chega um momento em que é preciso parar, e isso dói.

— É melhor você se vestir, descer e não se preocupar com as coisas que imagina — disse Marilla, tão logo viu uma brecha. — O café da manhã a espera. Lave o rosto e penteie os cabelos. Deixe a vidraça aberta e coloque as cobertas ao pé da cama. Seja rápida.

Anne, evidentemente, era rápida quando queria, pois desceu em apenas dez minutos, já perfeitamente vestida, de cabelos penteados e trançados, de rosto lavado e consciência tranquila por ter cumprido todas as exigências de Marilla. Na verdade, ela se havia esquecido de arrumar as cobertas.

— Estou com tanta fome hoje — ela anunciou ao se acomodar na cadeira oferecida por Marilla. — O mundo não parece tanto um deserto imenso como ontem à noite. Estou feliz que seja uma manhã de sol. Mas também gosto de manhãs chuvosas. Todas as manhãs são interessantes, não acham? Não se sabe o que vai acontecer durante o dia, e há tanto espaço para a imaginação... Mas que bom que não está chovendo, porque é mais fácil ficar alegre e suportar o fardo da aflição em um dia ensolarado. Desconfio que tenho um bocado de aflição para suportar. Uma coisa é ler a respeito do sofrimento e imaginar-se resistindo heroicamente a tudo, mas ter de passar realmente por ele é bem diferente, não é mesmo?

— Pelo amor de Deus, feche o bico — disse Marilla. — Você fala demais para uma garotinha.

E Anne fechou o bico com tamanha perfeição e obediência que seu prolongado silêncio deixou Marilla bastante nervosa, como se tivesse diante de si algo não exatamente natural. Matthew também calou a boca — mas isso, pelo menos, era natural — e, portanto, foi uma refeição bastante silenciosa.

Conforme o tempo passava, Anne foi ficando cada vez mais distraída, comia mecanicamente, com seus grandes olhos absortos cravados no céu que se entrevia pela janela. Isso deixou Marilla ainda mais nervosa, com a sensação incômoda de que, embora o corpo daquela estranha criança estivesse ali, à mesa, seu espírito estava longe, em algum reino de nuvens remoto e etéreo, voando nas asas da imaginação. Quem ia querer uma criança como aquela por perto?

E, no entanto, o mais inexplicável era Matthew querer ficar com ela! Marilla desconfiava que era o que ele queria naquela manhã, tanto quanto o quisera na noite anterior, e continuaria querendo. Matthew era desse jeito: se colocasse um capricho na cabeça, agarrava-se a ele com uma persistência silenciosa, dez vezes mais forte e eficaz do que se a declarasse.

Terminada a refeição, Anne saiu do seu devaneio e ofereceu-se para lavar a louça.

— Você sabe lavar louça? — perguntou Marilla, desconfiada.

— Muito bem, mas o que faço melhor é cuidar de crianças. Tenho muita experiência com isso. É uma pena que vocês não tenham crianças para cuidar.

— Não acho que gostaria de cuidar de mais crianças do que tenho neste momento. *Você* já é problema suficiente, não há dúvida. Não sei o que fazer com você. Matthew é um homem muito ridículo.

— Eu acho que ele é um amor — retrucou Anne com firmeza. — Ele é tão simpático. Não se importou com meu falatório... Pareceu até gostar. Senti que éramos espíritos afins assim que o vi.

— Vocês dois são bem esquisitos, se é isso o que quer dizer com espíritos afins — comentou Marilla, torcendo o nariz. — Sim, pode lavar a louça. Use bastante água quente, e não se esqueça de secar bem os pratos. Tenho muita coisa para fazer agora de manhã, pois à tarde terei de ir a White Sands ver a Sra. Spencer. Você irá comigo e vamos decidir o que fazer com você. Quando terminar com a louça, suba e arrume a cama.

Anne lavou a louça com bastante destreza, como pôde verificar Marilla, que acompanhou de perto todo o processo. Depois, já não obteve tanto sucesso quando foi arrumar a cama, pois nunca aprendera a arte de lutar com um travesseiro de plumas, mas acabou dando um jeito de alisá-lo. Depois, para se livrar da menina, Marilla disse-lhe que fosse lá fora brincar até a hora do almoço.

Anne disparou até a porta, com o rosto iluminado e um brilho nos olhos. Parou um pouco no limiar, girou nos calcanhares, voltou e sentou-se perto da mesa, agora sem o brilho no olhar, como se alguém o tivesse desligado completamente.

— O que foi agora? — perguntou Marilla.

— Não me atrevo a sair — disse Anne, com a voz de um mártir que renunciou a todas as alegrias terrenas. — Se não posso ficar aqui, para que vou me apaixonar por Green Gables? E, se eu sair e conhecer todas as árvores e flores, o pomar e o regato, não vou conseguir deixar de me apaixonar. Já é difícil agora: não vou dificultar ainda mais as coisas. Quero tanto sair... Parece que estão me chamando: "Anne, Anne, venha,

Anne, queremos brincar"... Mas é melhor não. Por que amar as coisas, se é para nos separarmos delas? Foi por isso que fiquei tão feliz quando pensei que ia morar aqui. Achei que teria muitas coisas para amar e nada que me impedisse. Mas esse sonho momentâneo acabou. Já estou conformada com meu destino e, por isso, acho melhor não sair, pois receio que acabaria inconformada novamente. A senhorita poderia me dizer o nome daquele gerânio sobre o parapeito da janela?

— Gerânio-cheiroso.

— Ah, eu não quis dizer esse tipo de nome. Estava falando de um nome que a senhorita mesma lhe tenha dado. A senhorita não lhe deu um nome? Posso dar um, então? Posso chamar a plantinha de... Deixe-me ver... Bonny está bom... Posso chamá-la de Bonny enquanto eu estiver aqui? Oh, por favor!

— Deus do céu, eu não me importo. Mas para que dar nome a um gerânio?

— Ah, gosto que as coisas tenham nomes, mesmo que sejam apenas gerânios. Parece que elas se tornam pessoas. Como saber se o gerânio não fica magoado por ser chamado de gerânio e nada mais? A senhorita não gostaria de ser chamada o tempo todo apenas de mulher. Sim, vou dar-lhe o nome de Bonny. Batizei a cerejeira que fica ao lado da janela do meu quarto hoje cedo. Chamei-a de Rainha da Neve, pois estava muito branquinha. É claro que nem sempre estará florida, mas podemos imaginar que sim, não é?

— Nunca vi nem ouvi nada igual a essa menina em toda a minha vida — murmurou Marilla, batendo em retirada para a despensa, à procura de batatas. — Ela *é* mesmo interessante, como disse Matthew. Já vi que vou ficar curiosa para saber o que ela dirá a seguir. Ela vai me enfeitiçar também. Enfeitiçou Matthew. Aquele olhar que ele me deu ao sair repetiu tudo que ele disse ou insinuou ontem à noite. Como eu queria que ele fosse igual aos outros homens e dissesse o que pensa!

Seria possível responder e fazê-lo enxergar a razão com bons argumentos. Mas o que fazer com um homem que só faz *olhar*?

Anne estava de volta a seus devaneios, com o queixo nas mãos e os olhos no céu, quando Marilla retornou da despensa. E ali Marilla a deixou até o almoço estar na mesa.

— Creio que posso ficar com a égua alazã e a charrete hoje à tarde, Matthew? — disse Marilla.

Matthew acenou afirmativamente e olhou inquieto para Anne. Marilla interceptou o olhar e disse, com cara feia:

— Vou a White Sands resolver isso. Levarei Anne comigo, e a Sra. Spencer provavelmente providenciará para que a menina seja mandada de volta à Nova Escócia de uma vez. Vou deixar seu chá preparado e estarei de volta a tempo de ordenhar as vacas.

Matthew continuou calado, e Marilla ficou com a impressão de ter desperdiçado fôlego e palavras. Não havia nada mais irritante do que um homem que não conversava, a não ser uma mulher com o mesmo hábito.

Matthew atrelou a égua alazã à charrete, quando chegou a hora, e Marilla e Anne puseram-se a caminho. Matthew abriu o portão do quintal e, enquanto as duas o cruzavam devagarzinho, disse, aparentemente para ninguém em particular:

— O pequeno Jerry Buote, lá do Creek, passou por aqui hoje cedo, e eu lhe disse que estava pensando em contratá-lo no verão.

Marilla não deu resposta, mas chicoteou a pobre égua com tamanha ferocidade que o animal, indignado, acima do peso e desacostumado com tal tratamento, relinchou e desceu a vereda numa velocidade alarmante. Marilla olhou para trás só uma vez, enquanto a charrete pulava pelo caminho, e viu o irritante Matthew reclinado sobre o portão, observando-as com tristeza.

V
A história de Anne

— Sabe — disse Anne, em tom de confidência —, estou decidida a desfrutar esta viagem. Sei, por experiência própria, que quase sempre é possível desfrutar as coisas se nos decidirmos firmemente a isso. Claro que é preciso decidir com firmeza. Não vou pensar em voltar ao orfanato durante nossa viagem. — Oh, veja só, ali há uma rosinha silvestre temporã! Não é adorável? Deve ser muito bom ser uma rosa, a senhorita não acha? Não seria bom se as rosas falassem? Tenho certeza de que nos contariam coisas adoráveis. E rosa não é a cor mais encantadora do mundo? Eu adoro rosa, mas não posso usá-la. Gente ruiva não pode usar rosa nem na imaginação. A senhorita conhece alguém que tenha sido ruivo na infância, mas tenha ficado com os cabelos de outra cor depois de crescer?

— Não, não conheço e nunca conheci — disse Marilla, sem misericórdia —, e não acho que isso possa acontecer no seu caso.

Anne suspirou.

— Bem, lá se vai mais uma esperança. Minha vida é um cemitério de esperanças. Li essa frase num livro, certa vez, e a repito como consolo sempre que me decepciono com alguma coisa.

— Não vejo onde está o consolo nisso — disse Marilla.

— Ora, é porque soa tão bem e é tão romântico, como se eu fosse a heroína de um livro, sabe? Gosto tanto de coisas românticas, e um cemitério cheio de esperanças enterradas é a coisa mais romântica que se pode imaginar, não? Fico feliz por ter um. Vamos atravessar o Lago de Águas Cintilantes hoje?

— Não vamos ao açude dos Barry, se é o que quer dizer com Lago de Águas Cintilantes. Vamos pela estrada da praia.

— Nossa, parece muito bom, ir pela estrada da praia — disse Anne, em devaneio. — O lugar é tão bonito quanto o nome? Quando você disse "estrada da praia", veio uma imagem na minha mente, rápido assim! E White Sands também é um nome bonito, mas gosto mais de Avonlea. Avonlea é um nome adorável. Parece música. A que distância fica White Sands?

— São oito quilômetros. E, já que você está tão disposta a falar, que seja então com alguma finalidade: conte-me o que sabe a seu respeito.

— Ah, o que sei a meu respeito não vale a pena contar — disse Anne, impaciente. — Se me deixar contar o que imagino a meu respeito, a senhorita achará muito mais interessante.

— Não, não quero nenhuma de suas invenções. Quero apenas os fatos. Comece pelo começo. Onde você nasceu e quantos anos tem?

— Fiz onze anos em março — disse Anne, conformando-se, com um suspiro, em ater-se aos fatos. — Nasci em Bolingbroke, Nova Escócia. Meu pai se chamava Walter Shirley e era professor no Liceu de Bolingbroke. Minha mãe se chamava Bertha Shirley. Walter e Bertha não são nomes adoráveis? Que bom que meus pais tinham nomes bonitos. Seria uma verdadeira desgraça ter um pai chamado... Bem, por exemplo, Jedediah? Não?

— Acho que não importa o nome da pessoa, desde que ela se faça respeitar — disse Marilla, sentindo-se obrigada a transmitir à menina alguma boa e proveitosa noção de moral.

— Bem, não sei — disse Anne, pensativa. — Li num livro, certa vez, que o que chamamos de rosa exalaria o mesmo perfume agradável, se tivesse outro nome, mas nunca consegui acreditar nisso. Não acredito que uma rosa pudesse ser tão bela caso se chamasse cardo ou repolho. Imagino que meu pai teria sido um homem bom mesmo se seu nome fosse Jedediah, mas tenho certeza de que seria sempre uma cruz. Bem, minha mãe também era professora no Liceu, mas, naturalmente, quando se casou com meu pai, deixou de lecionar. Um marido já seria muita responsabilidade. A Sra. Thomas dizia que eram duas crianças, pobres como ratos de igreja. Foram morar numa casinha minúscula e amarela em Bolingbroke. Nunca vi a casa, mas a imaginei milhares de vezes. Acho que devia ter madressilvas sobre a janela da sala, lilases no jardim e lírios do vale perto do portão. Ah, sim, e cortinas de musselina. Cortinas de musselina dão um belo ar a uma casa. Eu nasci nessa casa. A Sra. Thomas disse que eu era o neném mais sem graça que ela já vira: era tão magra e pequena, só tinha olhos, mas minha mãe me achou linda e perfeita. Acho que as mães estão mais qualificadas a julgar do que uma pobre mulher que cuidava da faxina, não é? De qualquer maneira, que bom que ela estava satisfeita comigo. Eu ficaria tão triste se pensasse que fui uma decepção para ela... porque ela não viveu muito tempo depois disso, sabe? Morreu de febre quando eu tinha apenas três meses. Como eu queria que ela tivesse vivido o suficiente para me lembrar de tê-la chamado de mamãe. Seria tão bom poder dizer "mamãe", não seria? E meu pai morreu quatro dias depois, também de febre, o que me deixou órfã, e as pessoas já não sabiam mais o que fazer comigo. Foi o que a Sra. Thomas disse. Veja só, ninguém me queria já naquela época. Parece ser minha sina. Meu pai e minha mãe, ambos vieram de muito longe, e todo mundo sabia que eles não tinham parentes vivos. Enfim, a Sra. Thomas disse que ficaria comigo, apesar de ser pobre e de ter um marido bêbedo. Ela me criou no bico da mamadeira. Você sabe se as pessoas criadas no bico de mamadeira são melhores do que as outras, que não são criadas desse modo? Porque, sempre que eu aprontava alguma travessura, a Sra. Thomas me perguntava como eu podia ser uma menina tão má, sendo que ela havia me criado no bico da mamadeira... em tom de reprovação.

— O Sr. e a Sra. Thomas — continuou Anne — se mudaram de Bolingbroke para Marysville, e vivi com eles até os oito anos. Eu ajudava a cuidar dos filhos da Sra. Thomas — eram quatro, todos mais novos do que eu — e, acredite, precisavam de muitos cuidados. Aí o Sr. Thomas morreu, atropelado por um trem, e a mãe dele se ofereceu para ficar com a Sra. Thomas e as crianças, mas ela não me quis. E então a Sra. Thomas não sabia mais o que fazer comigo, foi o que ela disse. E a Sra. Hammond, que morava rio acima, apareceu e disse que ficaria comigo, vendo que eu sabia lidar com crianças. Então, subi o rio para morar com ela, numa pequena clareira entre tocos de árvores. Era um lugar muito solitário. Tenho certeza de que nunca conseguiria ter vivido lá sem minha imaginação. O Sr. Hammond tinha um pequeno moinho lá em cima, e a Sra. Hammond tinha oito filhos. Teve gêmeos três vezes. Gosto de bebês, mas sem excessos, e gêmeos três vezes seguidas é demais. Foi o que disse com firmeza à Sra. Hammond quando os dois últimos nasceram. Eu ficava terrivelmente cansada de tanto carregá-los para lá e para cá. Morei com a Sra. Hammond por mais de dois anos, aí o Sr. Hammond morreu, e a Sra. Hammond desistiu da vida doméstica. Ela dividiu os filhos entre os parentes e foi para os Estados Unidos. Tive de ir para o orfanato de Hopetown, porque ninguém me queria. E tampouco me queriam no orfanato: disseram que estavam superlotados. Mas tiveram de me aceitar e fiquei lá por quatro meses, até a Sra. Spencer aparecer.

Anne terminou com mais um suspiro, dessa vez de alívio. Era evidente que não gostava de falar sobre sua vida num mundo que não a queria.

— Você chegou a frequentar a escola? — perguntou Marilla, fazendo a égua alazã pegar a estrada da praia.

— Não muito. Frequentei um pouco no último ano que fiquei com a Sra. Thomas. Quando subi o rio, estávamos tão longe de uma escola que, no inverno, não dava para andar até lá e, no verão, havia as férias, e por isso eu só conseguia ir na primavera e no outono. Mas, obviamente, fui à escola enquanto estive no orfanato. Sei ler muito bem e também sei de cor vários poemas: "A Batalha de Hohenlinden", "Edimburgo após Flodden" e "Bingen sobre o Reno", vários trechos de "A Dama do Lago" e a maior parte de "As estações", de James Thompson. Você não adora poemas que provocam aquele arrepio gostoso na espinha? Há um trecho do Quinto Livro de Leitura, "A Queda da Polônia", que simplesmente tem vários momentos emocionantes. Naturalmente, eu não estava no Quinto Livro, só no Quarto, mas as meninas grandes costumavam me emprestar os livros para ler.

— Essas mulheres, a Sra. Thomas e a Sra. Hammond, eram boas para você? — perguntou Marilla, observando Anne com o canto do olho.

— A-a-a-a-h — hesitou Anne. Seu rostinho sensível corou-se de repente, e o constrangimento tomou conta dele. — Ah, elas queriam ser. Sei que queriam ser boas e gentis tanto quanto possível. E, quando as pessoas querem ser boas, a gente não se importa muito se elas nem sempre forem... boas. Sabe, elas tinham muitas preocupações. Entenda, é duro ter um marido bêbado, e deve ser uma provação ter gêmeos três vezes seguidas, não acha? Mas tenho certeza de que queriam ser boas para mim.

Marilla não fez mais perguntas. Anne entregou-se a um arrebatamento mudo por causa da estrada da praia, e Marilla, distraída, ia conduzindo a égua alazã enquanto refletia profundamente. De súbito, um sentimento de pena pela menina começou a invadir seu coração. Que vida miserável e sem amor ela havia levado: uma vida de labuta, pobreza e abandono, pois Marilla era bastante perspicaz para ler nas entrelinhas da história de Anne e adivinhar a verdade. Não era de admirar que tivesse ficado tão deliciada com a possibilidade de ter realmente um lar. Era uma pena que tivessem de mandá-la de volta. E se ela, Marilla, consentisse com o capricho inexplicável de Matthew e deixasse a menina ficar? Ele estava determinado, e a menina parecia ser uma coisinha dócil e simpática.

"Ela fala demais", pensou Marilla. "Mas pode aprender a falar menos. E não há nada grosseiro ou vulgar no que diz. Parece uma dama. É provável que seus pais tenham sido gente de bem."

A estrada da praia era "silvestre, selvagem e solitária". À direita, cresciam pinheiros grossos e mal-encarados, de espírito indômito, mesmo depois de anos de batalhas com os ventos que vinham do golfo. À esquerda, ficavam os penhascos íngremes e vermelhos de arenito, tão próximos da trilha em certos pontos que um animal um pouco menos firme que a égua alazã tiraria a coragem de quem o conduzisse. Lá embaixo, na base dos penhascos, havia um monte de pedras gastas pelas ondas ou pequenas enseadas de areia, adornadas com cascalho, como joias marinhas; depois vinha o mar, azul e cintilante, e sobre as águas pairavam as gaivotas de asas prateadas pela luz do Sol.

— O mar não é maravilhoso? — disse Anne, despertando de um prolongado e maravilhado silêncio. — Certa vez, quando eu morava em Marysville, a Sra. Thomas alugou uma carroça e nos levou para passar um dia na praia, a uns quinze quilômetros da cidade. Aproveitei cada instante daquele dia, mesmo tendo de cuidar das crianças o tempo todo. Revivi aqueles momentos felizes em meus sonhos durante anos. Mas essa praia é mais bonita que a de Marysville. Aquelas gaivotas não são magníficas? Você gostaria de ser uma gaivota? Eu talvez... Quero dizer, se não pudesse ser uma menina humana. Não seria bom acordar com o Sol, atirar-se num voo rasante por cima da água e depois voar por aquele azul adorável o dia todo? E, então, à noite, voar de volta ao ninho? Ah, posso me imaginar fazendo isso. Poderia me dizer que casa grande é aquela ali adiante?

— É o hotel de White Sands, do Sr. Kirke, mas a temporada ainda não começou. Os estadunidenses vêm aos montes passar o verão ali. Acham essa praia perfeita.

— Fiquei com medo que fosse a casa da Sra. Spencer — disse Anne, pesarosa. — Não quero chegar lá. Tenho a impressão de que será o fim de tudo.

VI
Marilla toma uma decisão

E as duas lá chegaram, entretanto, no devido tempo. A Sra. Spencer morava numa grande casa amarela, na enseada de White Sands, e foi atender à porta com um misto de surpresa e hospitalidade no rosto bondoso.

— Deus do céu! — exclamou. — Vocês são as últimas pessoas que eu esperaria ver hoje, mas fico realmente feliz em vê-las. Gostaria de recolher o cavalo? E você, Anne, como está?

— Estou tão bem quanto possível, obrigada — disse Anne, sem sorrir. Parecia que uma desgraça lhe havia acontecido.

— Creio que nos demoraremos pouco, só até a égua descansar — disse Marilla —, porque prometi a Matthew que voltaria cedo. O fato, Sra. Spencer, é que em algum momento ocorreu um engano dos mais esquisitos, e vim aqui tentar descobrir como isso aconteceu. Matthew e eu mandamos um recado para que a senhora nos trouxesse um menino do orfanato. Pedimos a seu irmão, Robert, que lhe dissesse que queríamos um menino de dez ou onze anos.

— Marilla Cuthbert, não me diga uma coisa dessas! — disse a Sra. Spencer, angustiada. — Ora, Robert mandou dizer-me, por intermédio da filha, Nancy, que vocês queriam uma menina.

Não foi, Flora Jane? — reiterou ela, apelando para a filha, que apareceu nas escadas.

— Com certeza, Srta. Cuthbert — confirmou Flora Jane, muito séria.

— Sinto terrivelmente — disse a Sra. Spencer. — Que pena, mas por certo não foi minha culpa, não é, Srta. Cuthbert? Fiz o que pude e pensei que estivesse seguindo suas instruções. Nancy é mesmo muito avoada. Já precisei repreendê-la mais de uma vez por sua falta de atenção.

— A culpa foi nossa — disse Marilla, resignada. — Devíamos ter vindo pessoalmente, e não ter deixado uma mensagem dessa importância passar de boca em boca como aconteceu. De qualquer maneira, houve um erro e só nos resta agora corrigi-lo. Podemos devolver a criança ao orfanato? Imagino que a aceitariam de volta, não?

— Imagino que sim — disse a Sra. Spencer, pensativa —, mas não creio que seja necessário mandá-la de volta. A Sra. Peter Blewett esteve aqui ontem e me disse justamente que queria que eu lhe arranjasse uma garotinha para ajudá-la em casa. A família da Sra. Blewett é grande, sabe, e ela tem dificuldade para conseguir ajuda. Anne seria perfeita. Veja se não foi providencial.

Marilla não parecia achar que a Providência Divina tivesse algo a ver com aquela história. De repente, aparecera uma boa oportunidade para se livrar da órfã indesejada, e ela não se sentia agradecida por isso. Conhecia a Sra. Peter Blewett só de vista, uma mulher pequena, de rosto fino, tão magra que não tinha um grama sequer de carne supérflua nos ossos. Mas tinha ouvido falar dela. Diziam que era "terrível no trato e no comando", e os serviçais dispensados contavam histórias de arrepiar a respeito do temperamento e da sovinice da mulher e de seu monte de filhos malcriados e briguentos. Marilla sentiu uma dor na consciência ao pensar na possibilidade de deixar Anne à mercê daquela mulher.

— Bem, vamos entrar e discutir o assunto — ela disse.

— E veja se não é a Sra. Blewett quem vem subindo a vereda neste minuto! — exclamou a Sra. Spencer, empurrando as duas vestíbulo adentro, até a sala de visitas, onde foram recebidas por uma friagem insuportável, como se o ar tivesse feito tanta força para passar pelas persianas verde-escuras e hermeticamente fechadas que perdera toda e qualquer partícula de calor que já possuíra. — Mas que sorte; assim poderemos resolver este assunto agora mesmo. Fique com a poltrona, Srta. Cuthbert. Anne, sente-se no canapé, e não se mexa. Passem-me os chapéus, sim? Flora Jane, vá lá fora e ponha a chaleira no fogo. Boa tarde, Sra. Blewett. Estávamos justamente comentando a sorte que foi a senhora aparecer. Deixem-me apresentá-las, senhoras. Sra. Blewett, Srta. Cuthbert. Por favor, desculpem-me por um instante... Esqueci-me de dizer a Flora Jane que tirasse as broas do forno.

A Sra. Spencer sumiu de vista depois de erguer as persianas. Anne permaneceu muda, sentada sobre o canapé, com as mãos entrelaçadas e apertadas sobre o colo e o olhar fixo na Sra. Blewett... Será que ela seria entregue a essa mulher de rosto fino e olhar afiado? Sentiu um nó na garganta e apertou os olhos dolorosamente. Estava começando a se sentir apavorada e não conseguiu conter as lágrimas quando a Sra. Spencer voltou, corada e radiante, sentindo-se capaz de enfrentar qualquer tipo de situação, física, mental ou espiritual, e de resolvê-la facilmente.

— Parece que houve um erro a respeito dessa menina, Sra. Blewett — ela disse. — Eu tinha a impressão de que o Sr. e a Srta. Cuthbert queriam adotar uma menina. E isso certamente me foi dito. Mas parece que eles queriam um menino. Então, se o que disse ontem ainda está de pé, acho que essa garota vem bem a calhar para você.

A Sra. Blewett lançou os olhos sobre Anne, da cabeça aos pés.

— Quantos anos você tem e qual é o seu nome? — inquiriu ela.

— Anne Shirley — vacilou a criança encolhida, sem ousar fazer algum comentário sobre a ortografia do seu nome — e tenho onze anos.

— Humpf! Você não parece lá grande coisa. É magra, mas resistente. Não sei, mas parece que, no fim das contas, essas são as melhores. Bem, se eu ficar com você, terá de ser uma boa menina, entende? Boa, esperta e respeitosa. Terá de merecer seu sustento, e não se engane quanto a isso. Sim, creio que posso muito bem livrá-la desse fardo, Srta. Cuthbert. Meu filhinho é irascível e estou completamente esgotada de tanto cuidar dele. Se quiser, posso levá-la comigo agora mesmo.

Marilla olhou para Anne e se enterneceu ao ver o rosto pálido da menina, com seu ar de muda aflição: a angústia de uma criaturinha indefesa que se vê novamente presa na armadilha da qual acabara de escapar. Marilla tinha a incômoda certeza de que, se não atendesse à súplica daquele olhar, seria assombrada por ele até morrer. Além disso, ela não gostava da Sra. Blewett. Entregar uma criança sensível e "vivaz" a uma mulher como aquela! Não, ela não poderia permitir tal coisa!

— Bem, não sei — foi dizendo aos poucos. — Eu não disse que Matthew e eu decidimos em definitivo não ficar com ela. Na verdade, eu diria que Matthew está inclinado a adotá-la. Só vim até aqui para descobrir como se deu o equívoco. Creio que é melhor levá-la para casa comigo e discutir o assunto com Matthew. Acho que não devo decidir nada sem consultá-lo antes. Se resolvermos não ficar com ela, nós a levaremos ou a mandaremos para a senhora amanhã à noite. Se não fizermos isso, a senhora saberá que ela ficará conosco. Está bem assim, Sra. Blewett?

— Imagino que não tenho escolha — disse a Sra. Blewett, sem um pingo de delicadeza.

Enquanto Marilla falava, o Sol parecia recomeçar a brilhar no rosto de Anne. Primeiro, o olhar de desespero foi se apagando; depois, veio um rápido rubor de esperança; os olhos tornaram-se vívidos e brilhantes como as estrelas da alvorada. A criança transfigurou-se completamente e, um instante depois, quando a Sra. Spencer e a Sra. Blewett saíram em busca de uma receita que esta viera pedir emprestada, ela ficou de pé num salto e, correndo, atravessou a sala até onde estava Marilla.

— Oh, Srta. Cuthbert, você realmente disse que talvez eu possa ficar em Green Gables? — ela perguntou, num sussurro sem fôlego, como se ao falar em voz alta pudesse destruir aquela maravilhosa possibilidade. — Você disse isso mesmo? Ou foi apenas minha imaginação?

— Creio que é melhor você aprender a controlar essa sua imaginação, Anne, se não consegue distinguir o que é real do que não é — disse Marilla, irritada. — Sim, você me ouviu dizer isso mesmo, e nada mais. Nenhuma decisão foi tomada e talvez resolvamos deixar a Sra. Blewett ficar com você. Não há dúvida de que ela precisa de você mais do que eu.

— Prefiro voltar para o orfanato a morar com ela — disse Anne, com ardor. — Ela parece uma... uma fuinha.

Marilla abafou um sorriso, certa de que Anne precisava ser repreendida por falar daquela maneira.

— Uma garotinha como você deveria se envergonhar de falar desse jeito de uma senhora que mal conhece — ela disse, com severidade. — Vá se sentar quietinha, fique de bico calado e comporte-se como uma boa menina.

— Tentarei ser e fazer tudo que quiser, se ficar comigo — disse Anne, voltando docilmente para seu canapé.

Quando voltaram a Green Gables naquele fim de tarde, Matthew foi encontrá-las na vereda. Marilla o viu de longe, andando de um lado para outro, e imaginou o motivo. Ela já esperava encontrar o alívio que adivinhava no rosto dele ao ver que ao menos ela trouxera Anne de volta. Mas, sobre o assunto, ela não lhe disse nada até os dois estarem no quintal, atrás do celeiro, ordenhando as vacas. Só então ela contou rapidamente a história de Anne e o resultado da conversa com a Sra. Spencer.

— Eu não daria nem um cachorro a essa tal Sra. Blewett — disse Matthew, com rara veemência.

— Eu mesma não gosto do jeito dela — admitiu Marilla —, mas é isso ou ficarmos com a menina, Matthew. E, como parece que você quer adotá-la, creio que eu não me oporia... ou melhor, não teria como me opor. Andei repensando e acho que me habituei à ideia. Parece uma espécie de obrigação. Nunca criei uma criança, principalmente uma menina, e receio que boa coisa não sairá disso. Mas farei o possível. No que me diz respeito, Matthew, ela pode ficar.

O rosto tímido de Matthew iluminou-se de alegria.

— Bem, ora, achei que você acabaria vendo as coisas por esse lado, Marilla — disse ele. — Ela é uma coisinha tão interessante.

— Eu preferiria que, em vez de interessante, você dissesse útil — retrucou Marilla —, mas vou providenciar para que ela aprenda a ter serventia. E, olhe lá, Matthew, não vá interferir nos meus métodos. Pode ser que uma velha solteirona como eu não saiba muito bem como criar uma criança, mas deve saber muito mais que um velho solteirão. Então deixe que eu me encarregue dela. Você poderá meter o bedelho quando eu fracassar.

— Calma, Marilla, calma, que será do seu jeito — disse Matthew, tentando tranquilizá-la. — Basta ser bondosa e gentil com ela, sem mimá-la demais. Creio que, se conseguir fazer que ela a ame, ela vai se tornar o que você quiser.

Marilla torceu o nariz, para expressar seu desprezo pelas opiniões de Matthew a respeito de tudo que fosse feminino, e retirou-se para a leiteria, carregando os baldes.

"Esta noite ainda não direi a ela que poderá ficar", pensou, despejando o leite nos coadores das desnatadeiras. "Ela ficaria tão empolgada que não conseguiria pregar os olhos. Marilla Cuthbert, você está mesmo em maus lençóis. Quando é que imaginaria adotar uma garotinha órfã? É surpreendente, mas o mais surpreendente é Matthew estar por trás de tudo, logo ele, que sempre pareceu ter um pavor mortal de meninas. De qualquer maneira, decidimos fazer a experiência, e só Deus sabe qual será o resultado."

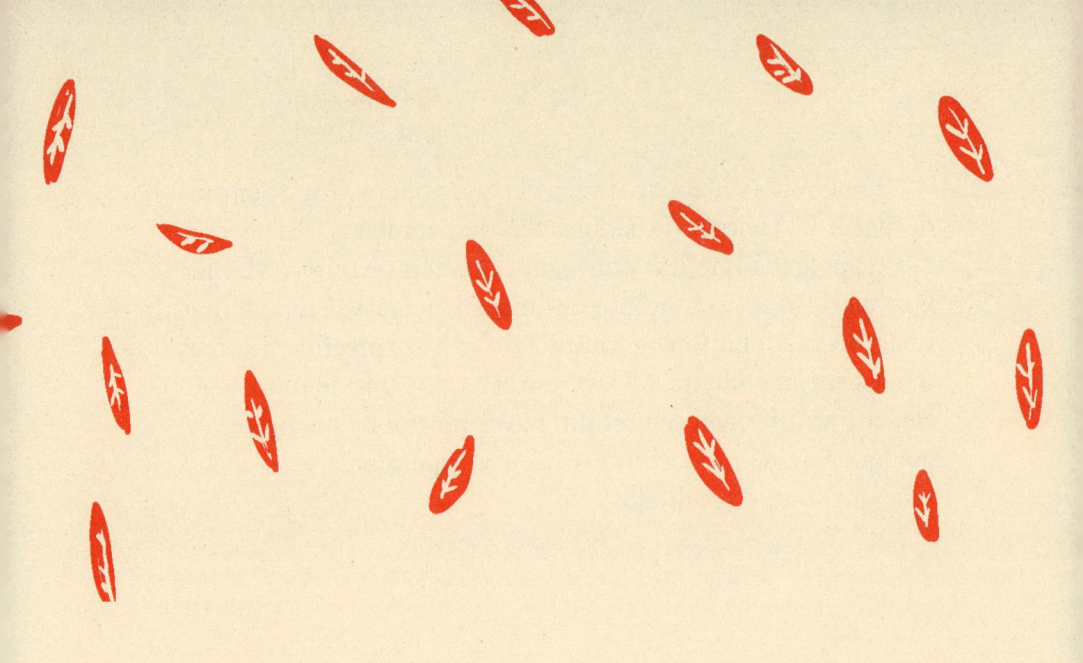

VII
Anne faz suas orações

Ao colocar Anne na cama naquela noite, Marilla foi severa ao dizer:

— Muito bem, Anne, ontem reparei que você jogou suas roupas todas no chão depois de se despir. É um grande desmazelo, e não posso tolerar esse tipo de coisa. Ao tirar cada peça de roupa, dobre-a direitinho e coloque-a sobre a cadeira. Menininhas desleixadas não têm serventia para mim.

— Eu estava tão nervosa ontem à noite que nem pensei nas roupas — explicou Anne. — Hoje vou dobrá-las com cuidado. Sempre nos mandavam fazer isso no orfanato. Mas, na metade das vezes, eu esquecia, tamanha era a pressa de me aconchegar na cama e imaginar coisas.

— Pois terá de se lembrar disso toda hora, se ficar aqui — ralhou Marilla. — Pronto, agora sim. Reze e vá dormir.

— Eu nunca rezei — anunciou Anne.

Marilla ficou pasma e horrorizada.

— Ora, Anne, como assim? Nunca ensinaram você a rezar? É a vontade de Deus que as garotinhas rezem. Você não sabe quem é Deus, Anne?

— Deus é um espírito infinito, eterno e imutável em Sua existência, sabedoria, poder, santidade, justiça, bondade e verdade — respondeu a menina, com presteza e desembaraço.

Marilla ficou bastante aliviada.

— Então, alguma coisa você sabe, graças a Deus! Você não é de todo pagã. Onde aprendeu isso?

— Ah, na escola dominical do orfanato. Eles nos ensinaram o catecismo inteiro. Eu gostava bastante. Algumas palavras têm um quê de magnífico: "infinito, eterno e imutável". Não é grandioso? Existe aí uma cadência... como a música de um órgão. Imagino que não poderíamos exatamente chamar isso de poesia, mas lembra bastante, não é?

— Não estamos falando de poesia, Anne. Estamos falando da necessidade de rezar. Você não sabia que é uma coisa terrível não rezar todas as noites? Receio que você seja uma garotinha muito má.

— Se fosse ruiva, a senhorita veria que é muito mais fácil ser má do que boa — censurou-a Anne. — Quem não é ruivo não sabe como é complicado. A Sra. Thomas disse-me que Deus me fez ruiva de propósito e, desde então, nunca me importei com Ele. E, de qualquer maneira, eu estava sempre muito cansada à noite para me importar em fazer minhas orações. Não se pode esperar que uma pessoa obrigada a cuidar de gêmeos faça suas orações. Sinceramente, acha possível?

Marilla decidiu que era preciso dar início à educação religiosa de Anne naquele instante. Não havia tempo a perder.

— Enquanto estiver sob meu teto, você terá de rezar, Anne.

— Ora, claro, se é o que a senhorita deseja — concordou a criança, contente. — Farei qualquer coisa para agradar-lhe. Mas, para começar, a senhorita terá de me dizer como rezar. Quando eu me deitar, vou imaginar uma prece bem bonita para fazer sempre. Creio que será interessantíssimo, pensando bem.

— Você deve se ajoelhar — disse Marilla, acanhada.

Anne ajoelhou-se, com as mãos postas sobre os joelhos de Marilla, e ergueu os olhos, toda séria.

— Por que as pessoas precisam se ajoelhar para rezar? Se quisesse de fato rezar, eis o que eu faria: iria até um campo muito, muito grande, sozinha, ou então entraria em uma floresta muito, muito profunda, e olharia para o céu... bem, bem, bem alto... para aquele céu tão adorável e azul que parece não ter fim. E então eu simplesmente *sentiria* uma prece. Bem, estou pronta. O que devo dizer?

Marilla nunca se havia sentido tão constrangida. Queria ensinar a Anne, a clássica oração infantil "Com Deus me deito, com Deus me levanto...", mas, como já lhes contei, ela tinha um vestígio de senso de humor, que é simplesmente outro nome para o senso de adequação, e ocorreu-lhe de repente que aquela simples oração, considerada sagrada por aquelas crianças vestidas de branco que a balbuciavam sobre os joelhos das mães, era totalmente inadequada para aquela bruxinha de sardas que desconhecia o amor de Deus e não se importava com ele, pois nunca lho haviam transmitido por meio do amor humano.

— Você já tem idade para rezar sozinha, Anne — disse, enfim. — Basta agradecer a Deus pelas bênçãos recebidas e pedir-Lhe humildemente aquilo que deseja.

— Bem, farei o possível — prometeu Anne, enterrando o rosto no colo de Marilla. — Misericordioso Pai celestial... É assim que os pastores dizem na igreja, então suponho que também possa dizer numa oração em casa, não é? — ela interrompeu, erguendo a cabeça por um momento.

Misericordioso Pai celestial, a Vós agradeço pela Vereda Branca da Felicidade, o Lago das Águas Cintilantes, pela Bonny e pela Rainha da Neve. Por tudo isso, sou extremamente grata. E essas são todas as bênçãos de que consigo me lembrar agora e pelas quais tenho de agradecer. Quanto às coisas que desejo, são tantas que levaria muito tempo para enumerar todas elas, por isso só mencionarei as duas mais importantes. Por favor, permita que eu fique em Green Gables e, por favor, que eu seja bonita quando crescer.

Respeitosamente, Anne Shirley.

— Pronto, fiz tudo certo? — perguntou, ansiosa, já se levantando. — Eu poderia ter floreado bem mais, se tivesse tido um pouco mais de tempo para pensar.

Pobre Marilla. Só não desmaiou de vez porque se lembrou de que não era a irreverência, e sim a absoluta ignorância espiritual de Anne, a responsável por aquele pedido extraordinário. Acomodou a criança na cama e cobriu-a, prometendo mentalmente ensinar-lhe uma prece logo no dia seguinte, e já estava saindo do quarto, levando a luz consigo, quando Anne a chamou de volta.

— Só pensei nisto agora. Eu devia ter dito "amém", em vez de "respeitosamente", não é? Como fazem os reverendos. Eu tinha me esquecido, mas achei que era preciso terminar a prece de algum modo, e por isso coloquei a expressão errada. Você acha que fará alguma diferença?

— Eu... eu imagino que não — disse Marilla. — Agora vá dormir, como uma boa menina. Boa noite.

— Hoje posso dizer boa-noite com a consciência tranquila — disse Anne, aconchegando-se majestosamente entre os travesseiros.

Marilla retirou-se para a cozinha, posicionou a vela firmemente sobre a mesa e fulminou Matthew com os olhos.

— Matthew Cuthbert, já era hora de alguém adotar aquela criança e ensinar-lhe alguma coisa. Mais um pouco e ela seria uma perfeita pagã. Acredita que ela nunca havia rezado na vida, até hoje? Vou mandá-la à igreja amanhã mesmo para pedir emprestado o livro de catecismo. E ela começará a frequentar a Escola Dominical tão logo eu consiga lhe fazer roupas mais adequadas. Já vi que terei muito trabalho. Bem, ninguém passa por este mundo sem carregar uma cruz. Minha vida foi muito fácil até agora, mas chegou minha vez, e imagino que só me resta tirar algum proveito disso.

VIII
Começa a educação de Anne

Por motivos que só ela conhecia, Marilla não contou a Anne até a tarde do dia seguinte que ela ficaria em Green Gables. De manhã, manteve a criança ocupada com várias tarefas e a vigiou atentamente o tempo todo. Por volta do meio-dia, ela concluíra que Anne era esperta e obediente, tinha disposição para trabalhar e aprendia rápido; seu defeito mais grave era uma tendência ao devaneio em uma tarefa e a esquecer-se completamente do que estava fazendo, até o momento em que era bruscamente chamada de volta à terra por uma reprimenda ou uma catástrofe.

Ao terminar de lavar a louça do almoço, sem aviso, Anne confrontou Marilla com o ar e a expressão de alguém desesperadamente determinada a ouvir o pior. Seu corpinho magro tremia dos pés à cabeça, tinha o rosto vermelho e os olhos se dilataram até ficarem quase negros. Ela juntou as mãos e implorou:

— Oh, por favor, Srta. Cuthbert, a senhorita não vai me dizer se me mandará ou não embora? Tentei ser paciente a manhã toda, mas creio que não aguentarei mais não saber. É uma sensação terrível. Por favor, diga-me.

— Você não escaldou o pano de prato em água quente e limpa como mandei — disse Marilla, impassível. — Vá fazer isso antes de perguntar qualquer outra coisa, Anne.

Anne foi cuidar do pano de prato. Em seguida, voltou-se novamente para Marilla e encarou-a com olhos suplicantes.

— Bem — disse Marilla, incapaz de encontrar outra desculpa para adiar mais ainda a decisão. — Imagino que é melhor contar de uma vez. Matthew e eu decidimos ficar com você... Isto é, se você tentar ser uma boa menina e demonstrar gratidão. O que é isso, criança, o que aconteceu?

— Estou chorando — disse Anne, aparentemente perplexa. — Não sei dizer por quê. Eu não poderia estar mais contente. Oh, contente não parece ser a palavra certa. Fiquei contente com a Vereda Branca e as flores de cerejeira, mas isso! Oh, é mais do que contente. Estou tão feliz! Tentarei ser boazinha. Imagino que não será fácil, pois a Sra. Thomas costumava dizer que não havia esperança para uma menina tão má quanto eu. No entanto, farei o possível. Mas a senhorita saberia me dizer por que estou chorando?

— Imagino que é porque você está toda empolgada e exaltada — disse Marilla, com ar reprovador. — Sente-se na cadeira e tente se acalmar. Creio que você ri e chora com muita facilidade. Sim, você pode ficar aqui e tentaremos tratá-la como se deve. Você terá de ir à escola; mas faltam só quinze dias para as férias, por isso, não vale a pena começar antes da volta às aulas, em setembro.

— Como devo chamar a senhorita? — perguntou Anne. — Devo sempre tratá-la como Srta. Cuthbert? Posso chamá-la de Tia Marilla?

— Não, você vai me chamar apenas de Marilla. Não estou acostumada a ser tratada como Srta. Cuthbert. Isso me deixaria muito desconfortável.

— Parece terrivelmente desrespeitoso chamá-la simplesmente de Marilla — protestou Anne.

— Acho que não é desrespeito nenhum, se você for respeitosa. Para falar a verdade, todo mundo em Avonlea me chama de Marilla, exceto o reverendo. Ele me chama de Srta. Cuthbert — quando lembra.

— Eu adoraria chamá-la de Tia Marilla — disse Anne, melancólica. — Nunca tive uma tia, nem parentes... nem mesmo uma avó. Isso me faria sentir como se eu realmente fosse sua. Não posso mesmo chamá-la de Tia Marilla?

— Não. Não sou sua tia e não acredito nessa história de chamar as pessoas por nomes que não lhes pertencem.

— Mas poderíamos imaginar que você é minha tia.

— Eu não conseguiria — disse Marilla, contrariada.

— A senhorita nunca imagina que as coisas possam ser diferentes do que são? — perguntou Anne, de olhos arregalados.

— Não.

— Oh — Anne respirou fundo —, senhorita, quero dizer, Marilla, não sabe o que está perdendo!

— Não acredito nisso de imaginar as coisas diferentes do que são na verdade — respondeu Marilla. — Quando Deus nos coloca em algumas situações, Ele não quer que imaginemos que elas não existem. O que me faz lembrar... Vá à sala de estar, Anne — tome o cuidado de limpar os pés, e não deixe entrar nenhuma mosca — e traga-me o cartão ilustrado que está sobre a cornija da lareira. Ali você encontrará o Pai-Nosso e dedicará todo o seu tempo livre desta tarde a decorá-lo. Não quero mais ouvir preces como aquela de ontem à noite.

— Imagino que fui muito mal — disse Anne, em tom de desculpa —, mas, até então, nunca tinha praticado. Não dá para rezar direito logo na primeira vez, não é? Inventei uma prece magnífica depois de ir para a cama, exatamente como prometi que faria. Era quase tão comprida quanto a de um reverendo e muito poética. Mas, imagine só, não consegui lembrar nem uma palavra quando acordei esta manhã. E receio que nunca mais conseguirei inventar outra tão boa. Não sei por quê, mas as coisas nunca são tão boas quando as inventamos pela segunda vez. Já reparou nisso?

— Quero que repare numa coisa, Anne. Quando digo a você que faça algo, quero que me obedeça imediatamente, e não que fique aí parada, discursando. Vá e faça o que mandei.

Anne partiu prontamente em direção à sala de estar, atravessou o vestíbulo e não voltou. Depois de esperar dez minutos, Marilla largou o tricô e, com uma carranca daquelas, foi atrás da menina. Encontrou Anne imóvel diante de um quadro pendurado entre duas janelas, o rosto erguido e os olhos perdidos em devaneio. A luz verde e branca, filtrada pelas macieiras e pelo emaranhado de vinhas lá fora, pousava sobre a figurinha extasiada com um esplendor quase sobrenatural.

— Anne, no que está pensando? — perguntou Marilla bruscamente.

Anne voltou à terra com um sobressalto.

— Nisto aqui — ela disse, apontando no quadro uma imagem muito vívida intitulada "Jesus Cristo abençoando as criancinhas" —, e estava me imaginando como uma delas, que eu era a menininha de vestido azul, sozinha ali no canto, como se não pertencesse a ninguém, exatamente como eu. Ela parece solitária e triste, não parece? Imagino que nunca tenha tido pai e mãe. Mas ela também queria ser abençoada, por isso esgueirou-se timidamente, um pouco longe da multidão, torcendo para que ninguém a visse... exceto Ele. Tenho certeza de que sei exatamente como ela se sentiu. O coração dela deve ter batido forte e as mãos ficaram geladas como as minhas, quando perguntei a você se eu poderia ficar. Ela temia que Ele não a visse. Mas é provável que Ele a tenha visto sim, não acha? Eu estava tentando imaginar a cena: ela se aproximando um pouco por vez, até estar bem perto Dele; e então Ele se volta para ela e toca-lhe os cabelos com a mão, e oh... ela fica toda arrepiada de alegria! Gostaria que o artista não O tivesse pintado com um ar tão tristonho. Todos os quadros Dele são assim, já reparou?

Mas não acredito que Ele parecesse realmente tão triste, pois, se fosse assim, as crianças teriam medo Dele.

— Anne — disse Marilla, perguntando-se por que demorou tanto para passar um sermão na menina —, não fale desse jeito. É desrespeitoso... Definitivamente desrespeitoso.

Anne olhou-a, admirada.

— Ora, a mim pareceu que mais respeitoso seria impossível. Tenho certeza de que não quis ser desrespeitosa.

— Bem, não acho que tenha sido... mas não parece certo falar disso com tanta intimidade. E mais uma coisa, Anne: quando eu mandar você buscar algo, é para buscar imediatamente, e não para ficar devaneando e imaginando coisas diante de quadros. Não se esqueça disso. Pegue o santinho com a oração e venha já para a cozinha. Agora, sente-se ali no canto e decore a oração.

Anne apoiou o santinho no vaso de flores de macieira que havia colhido para enfeitar a mesa de jantar — Marilla olhara de soslaio para o adorno, mas nada dissera —, apoiou o queixo nas mãos e pôs-se a estudar a prece, atenta e em silêncio, durante vários minutos.

— Gostei — ela anunciou, por fim. — É linda. Já a tinha ouvido antes... Ouvi o chefe da escola dominical do orfanato dizê-la uma vez. Mas, na ocasião, não gostei. Ele era muito desafinado e rezava com muita tristeza. Estou certa de que, para ele, rezar era uma obrigação desagradável. Não é poesia, mas faz que me sinta da mesma forma. "Pai-nosso, que estais no céu, santificado seja Vosso nome." Parece música. Oh, que bom que a senho... que você achou que eu deveria aprendê-la, Marilla.

— Bem, estude-a e feche o bico — disse Marilla, ríspida.

Anne inclinou o vaso de flores de maçã o suficiente para beijar de leve um botão rosado e depois estudou cuidadosamente por mais alguns minutos.

— Marilla — ela perguntou daí a pouco —, você acha que terei um dia uma amiga do peito em Avonlea?

— Uma... uma amiga o quê?

— Uma amiga do peito... Sabe, uma amiga do peito... Um espírito afim, a quem possa confiar os segredos mais profundos da minha alma. Sempre sonhei em conhecer essa pessoa. Nunca imaginei que isso aconteceria, mas foram tantos os sonhos que se realizaram de uma vez, entre os mais queridos que já tive, que pode ser que esse também se realize. Você acha possível?

— Diana Barry mora na Ladeira do Pomar e tem mais ou menos a sua idade. É uma garotinha muito simpática e talvez possa brincar com você, quando voltar para casa. No momento, está passando uns dias com a tia, em Carmody. Mas você terá de tomar cuidado com seu comportamento. A Sra. Barry é uma mulher muito especial. Ela só deixa Diana brincar com garotinhas boas e educadas.

Anne fitou Marilla através das flores de macieira, com os olhos iluminados pelo interesse.

— Como é a Diana? Ela não é ruiva, é? Ah, espero que não. Já é ruim que eu seja ruiva, não poderia tolerar tal coisa numa amiga do peito.

— Diana é uma garotinha muito bonita. Tem cabelos e olhos pretos e bochechas rosadas. E é boa e inteligente, e isso é muito melhor do que ser bonita.

Marilla gostava tanto de lições de moral quanto a Duquesa do País das Maravilhas e tinha a firme convicção de que era preciso acrescentar uma delas a toda e qualquer observação que fizesse a uma criança durante sua criação.

Mas Anne, inconsequentemente, ignorou a lição moral e fixou-se apenas nas deliciosas possibilidades que tinham aparecido pouco antes.

— Oh, que bom que ela é bonita. Já que ser linda é impossível no meu caso, não há nada melhor do que ter uma amiga do peito bonita. Quando eu morava com a Sra. Thomas, ela tinha na sala de estar um armário de livros com portas de vidro. Não havia livros lá dentro: a Sra. Thomas guardava ali sua melhor porcelana e as compotas... sempre que havia alguma. Uma das portas estava quebrada. O Sr. Thomas a arrebentou certa noite, quando estava ligeiramente embriagado. Mas a outra estava inteira, e eu costumava fingir que meu reflexo era uma garotinha que vivia dentro do armário. Eu a chamava de Katie Maurice e éramos muito próximas. Costumava passar horas conversando com ela, principalmente aos domingos, e contava-lhe tudo. Katie era o único consolo da minha vida. Fazíamos de conta que o armário era encantado e que, se descobrisse o encantamento certo, eu conseguiria abrir a porta e entrar no aposento onde Katie Maurice vivia, e não no armário de compotas e pratos de porcelana da Sra. Thomas. E, então, Katie Maurice pegaria minha mão e me levaria para um lugar maravilhoso, cheio de flores, sol e fadas, e lá viveríamos felizes para sempre. Quando fui morar com a Sra. Hammond, partiu-me o coração abandonar Katie Maurice. Ela também sentiu muitíssimo, sei que sentiu, pois estava chorando quando se despediu de mim com um beijo, através da porta do armário. Não havia uma estante de livros na casa da Sra. Hammond. Mas, subindo o rio, não muito longe da casa, havia um valezinho verde e comprido, e ali vivia um dos ecos mais adoráveis que já vi. Repetia cada palavra que se dissesse, mesmo quando dita em voz baixa. Então, imaginei que era uma garotinha de nome Violetta, e éramos grandes amigas, e eu a amava quase tanto quanto amara Katie Maurice... Não tanto quanto, mas quase, sabe? Uma noite antes de ir para o orfanato, fui me despedir de Violetta e, oh, o tom com que ela disse adeus foi tão, tão triste! Éramos tão unidas que, no orfanato, não tive ânimo para imaginar uma amiga do peito, e não teria conseguido mesmo se houvesse ali algum espaço para minha imaginação.

— Acho muito bom mesmo que não houvesse — disse Marilla, secamente. — Não aprovo essas maluquices. Você parece acreditar em metade do que imagina. Vai fazer muito bem a você ter uma amiga de verdade para tirar essas bobagens da cabeça. Mas não deixe a Sra. Barry ouvir essa coisa de Katie Maurice e Violetta, senão ela vai pensar que você é mentirosa.

— Oh, não vou deixar, não. Não posso falar a respeito delas com todo mundo: suas memórias são muito sagradas. Mas achei que você deveria saber. Oh, veja só, uma abelhona acabou de cair de uma das flores de macieira. Imagine só que lugar adorável para viver: uma flor de macieira! Imagine como seria recolher-se para dormir lá dentro, embalada pelo vento. Se não fosse uma menina humana, acho que gostaria de ser uma abelha e viver no meio das flores.

— Ontem você queria ser uma gaivota — disse Marilla, torcendo o nariz. — Creio que você seja muito volúvel. Mandei decorar a oração e ficar quieta. Mas parece impossível para você deixar de falar sempre que há alguém por perto para ouvi-la. Por isso, vá para o seu quarto e decore-a.

— Ah, já decorei quase tudo… Só falta o último verso.

— Que seja, faça o que estou mandando. Vá para o seu quarto e termine de estudá-la, e fique lá em cima até que eu a chame para me ajudar a pôr o chá.

— Posso levar as flores de macieira para me fazer companhia? — implorou Anne.

— Não, você não vai entupir seu quarto de flores. Deveria tê-las deixado na árvore, para começo de conversa.

— Também pensei nisso por um momento — disse Anne. — Quase senti que não devia colhê-las e abreviar suas vidas adoráveis: eu não gostaria de ser colhida, se fosse uma flor de macieira. Mas a tentação foi irresistível. O que fazer quando deparamos com uma tentação irresistível?

— Anne, você não me ouviu dizer que fosse para seu quarto?

Anne suspirou, retirou-se para o quarto e sentou-se numa cadeira perto da janela.

— Pronto: já decorei a oração. Aprendi a última frase enquanto subia as escadas. Agora vou imaginar coisas dentro deste quarto, porque quando as coisas são imaginadas elas duram para sempre. O piso está recoberto por um tapete de veludo branco com rosas cor-de-rosa, e há cortinas cor-de-rosa nas janelas. Nas paredes, tapeçarias feitas de brocados de ouro e prata. Os móveis são de mogno. Não conheço mogno, mas soa tão luxuoso! Aqui, um sofá recoberto por almofadas de seda azul, rosa e dourada, e eu, reclinada graciosamente sobre ele. Vejo meu reflexo naquele grande e magnífico espelho pendurado na parede. Sou alta e elegante, estou usando uma longa camisola de renda branca; tenho uma cruz perolada sobre o peito e pérolas nos cabelos, que são escuros como a noite, e minha pele é branca como marfim. Meu nome é *Lady* Cordelia Fitzgerald. Não, não é... Não consigo fazer isso parecer real.

Dançando, ela foi olhar-se no pequeno espelho. Seu rosto afilado, cheio de sardas, e os olhos cinzentos e solenes devolveram-lhe o olhar.

— Você é apenas a Anne de Green Gables — ela disse, com seriedade —, e é você quem vejo, exatamente como agora, toda vez que tento me imaginar como *Lady* Cordelia. Mas é um milhão de vezes melhor ser Anne de Green Gables do que Anne de lugar nenhum, não é mesmo?

Ela se debruçou, beijou afetuosamente o próprio reflexo e dirigiu-se à janela aberta.

— Querida Rainha da Neve, boa tarde. E boa tarde, bétulas queridas, lá embaixo no vale. E boa tarde, querida casinha cinza no alto da colina. Gostaria de saber se Diana será minha amiga do peito. Espero que sim, e hei de amá-la muito. Mas nunca devo esquecer Katie Maurice e Violetta. Elas ficariam muito magoadas se me esquecesse delas, e detesto a ideia de magoar alguém, até mesmo uma garotinha de armário e uma menina-eco. Preciso tomar o cuidado de me lembrar sempre delas e de mandar-lhes um beijo todos os dias.

Anne soprou dois beijos etéreos, que saíram das pontas de seus dedos e passaram pelas flores de cerejeira. Depois, com o queixo nas mãos, ela divagou suntuosamente por um oceano de devaneios.

IX
A Sra. Rachel Lynde fica devidamente horrorizada

Anne já estava em Green Gables havia duas semanas, quando a Sra. Lynde veio inspecioná-la. Justiça seja feita, a Sra. Rachel não teve culpa. Uma gripe horrível havia confinado a boa senhora em sua casa desde sua última visita a Green Gables. A Sra. Rachel não costumava ficar doente e não gostava muito de gente que adoecia, mas a gripe, afirmava ela, era uma doença sem igual que só poderia ser interpretada como uma das provações especiais da Providência. Tão logo o médico lhe permitiu botar o pé fora de casa, ela correu até Green Gables, quase explodindo de curiosidade para ver a órfã de Matthew e Marilla, sobre quem todo tipo de história e suposição circulara em Avonlea.

Anne utilizou muito bem cada minuto que passou acordada naqueles quinze dias. Já conhecia todas as árvores e todos os arbustos da chácara. Descobrira uma vereda que se abria abaixo do pomar de macieiras e seguia por uma faixa de floresta, e a havia explorado do começo ao fim, em cada um de seus deliciosos caprichos: o riacho e a ponte, o pinheiral e a abóbada de cerejeiras silvestres, todos os recantos cheios de samambaias e a rede de pequenas trilhas secundárias, com seus bordos e sorveiras.

Havia feito amizade com a fonte que ficava lá embaixo, no vale: aquela fonte profunda, maravilhosa, límpida e gelada, formada por pedras de arenito, lisas e vermelhas, e rodeada por enormes moitas de samambaias aquáticas que lembravam palmeiras. E, logo depois, havia uma ponte de troncos sobre o riacho.

Aquela ponte levara os pés saltitantes de Anne a subir por uma colina arborizada mais à frente, onde reinava o crepúsculo perpétuo sob os pinheiros e espruces com troncos retos e grossos. Ali as únicas flores eram miríades de delicados brincos-de-princesa, as mais tímidas e meigas dos bosques, e algumas leites-de-galinha, claras e etéreas, tais quais espíritos das flores do ano anterior. As teias de aranha brilhavam como fios de prata entre as árvores, e os ramos e pendões das pinhas pareciam falar de amizade.

Todas essas viagens extasiadas de exploração se davam nos momentos de folga em que lhe era permitido brincar, e Anne deixava Matthew e Marilla quase surdos contando suas descobertas. Não que Matthew reclamasse muito. Ele ouvia tudo com um sorriso mudo de contentamento estampado no rosto. Marilla deixava a "conversa" continuar até perceber que estava interessando-se, quando então sempre reprimia Anne, pronta e sumariamente, mandando-a fechar o bico.

Quando a Sra. Rachel chegou, Anne estava no pomar, vagando a seu bel-prazer pela relva trêmula e luxuriante, salpicada com a luz avermelhada do fim da tarde, de modo que a boa senhora teve a excelente oportunidade de falar sobre sua doença, descrevendo cada pontada de dor e cada palpitação com uma satisfação tão patente que Marilla chegou a pensar que até mesmo uma gripe forte tinha suas compensações. Quando se esgotaram todas as minúcias, a Sra. Rachel apresentou a verdadeira razão da sua visita.

— Tenho ouvido coisas surpreendentes a respeito de você e de Matthew.

— Imagino que sua surpresa não seja maior que a minha — disse Marilla. — Só agora a estou superando.

— É uma pena que tenha ocorrido tamanho equívoco — disse a Sra. Rachel, solidária. — Vocês não poderiam tê-la devolvido?

— Creio que sim, mas decidimos não a mandar de volta. Matthew acabou se afeiçoando à menina. E devo admitir que também gosto dela, embora tenha lá seus defeitos. A casa parece outra. Ela é realmente uma coisinha alegre.

Marilla disse mais do que pretendera dizer inicialmente, pois viu a desaprovação na expressão da Sra. Rachel.

— Você assumiu uma grande responsabilidade — disse sinistramente a mulher —, ainda mais não tendo experiência com crianças. Não deve saber muita coisa a respeito da menina, e imagino que tampouco conheça a sua verdadeira índole, e não há como adivinhar no que uma criança dessas vai dar. Mas eu não quero desanimá-la, Marilla.

— Não estou desanimada — foi a resposta seca de Marilla. — Quando decido fazer uma coisa, não volto atrás. Imagino que queira ver Anne. Vou chamá-la.

Anne entrou correndo daí a pouco, com o rosto reluzente de prazer depois do seu passeio pelo pomar. No entanto, desconcertada e confusa ao se ver inesperadamente diante de uma estranha, ela se deteve no limiar da porta. Era certamente uma criaturinha bizarra, metida naquele vestido de flanela curto e apertado do orfanato, sob o qual suas pernas finas pareciam desengonçadas e compridas. Suas sardas nunca foram tão numerosas e indiscretas. Por falta de um chapéu, o vento lhe havia despenteado os cabelos, que estavam desalinhados e excessivamente brilhantes: nunca foram tão ruivos quanto naquele momento.

— Bem, não escolheram você pela aparência, não há a menor dúvida — foi o comentário sardônico da Sra. Rachel Lynde. A Sra. Rachel era uma daquelas pessoas adoráveis e populares que se orgulhavam de dizer o que pensavam, sem um pingo de educação. — Ela é muito magra e sem graça, Marilla. Venha aqui, menina, deixe-me dar uma olhada em você. Ora essa, onde já se viram tantas sardas? E os cabelos são ruivos como cenouras! Venha aqui, menina, já disse.

Anne "foi até ela", mas não exatamente como a Sra. Rachel esperava. De um salto, atravessou a cozinha e colocou-se diante da mulher, com o rosto rubro de raiva, os lábios trêmulos e todo o corpo esguio tremendo, dos pés à cabeça.

— Odeio você — ela gritou, com a voz abafada, batendo o pé no assoalho. — Odeio, odeio, odeio você — e uma batida mais forte acompanhou cada declaração de aversão. — Como ousa dizer que sou magra e feia? Como ousa dizer que sou ruiva e sardenta? Você é uma mulher rude, mal-educada e insensível!

— Anne! — exclamou Marilla, consternada.

Anne, porém, continuou a encarar a Sra. Rachel altivamente, de cabeça erguida, olhos flamejantes e punhos cerrados, exalando indignação.

— Como ousa dizer essas coisas a meu respeito? — repetiu com veemência. — Você gostaria que dissessem isso de você? Que tal ouvir que é gorda, desajeitada e provavelmente sem um pingo de imaginação? E não me importo se, ao dizê-lo, estarei ferindo seus sentimentos! Espero mesmo que esteja. Você feriu os meus mais do que qualquer outra pessoa nesta vida, mais até que o marido bêbedo da Sra. Thomas. E *nunca* vou perdoar você, nunca, nunca!

Nova batida do pé! Mais uma!

— Onde já se viu um mau gênio desses?! — exclamou a Sra. Rachel, horrorizada.

— Anne, vá para seu quarto e fique lá até eu subir — disse Marilla, recuperando a fala, com dificuldade.

Anne, aos prantos, correu para a porta do vestíbulo e a bateu com tanta força que os ladrilhos de latão da parede da varanda, do lado de fora, retiniram em solidariedade. Ela passou voando pelo vestíbulo e pela escada, feito um turbilhão. Um estrondo fraco, vindo lá de cima, indicou que a porta do seu quarto tinha sido fechada com a mesma veemência.

— Bem, não invejo você, Marilla, por ter de criar *aquilo* — disse a Sra. Rachel, com uma solenidade indizível.

Marilla abriu a boca para se desculpar sabia-se lá como. Ela se surpreenderia com o que acabou realmente dizendo, tanto na ocasião quanto mais tarde.

— Você não devia tê-la criticado por causa da aparência, Rachel.

— Marilla Cuthbert, você não está querendo dizer que vai defendê-la, depois dessa exibição terrível de mau gênio que acabamos de ver? — perguntou a Sra. Rachel, indignada.

— Não — respondeu Marilla, devagar. — Não estou tentando desculpá-la. Ela foi muito malcriada e terei de lhe passar um sermão por conta disso. Mas precisamos fazer concessões. Nunca lhe ensinaram o que era certo. E você *foi* muito dura com ela, Rachel. — Marilla não pôde deixar de acrescentar a última frase, embora estivesse novamente surpresa consigo mesma. A Sra. Rachel levantou-se com ares de dignidade ferida.

— Bem, vejo que terei de tomar cuidado com o que digo de agora em diante, Marilla, pois os sentimentos delicados das pequenas órfãs, vindas sabe-se lá de onde, precisam ser levados em conta. Oh, não, não estou zangada, não se preocupe. Sinto tanta pena de você que não sobra espaço para raiva. Você também vai ter problemas com essa criança. No entanto, se aceitar meu conselho — e imagino que não aceitará, apesar de eu ter criado dez filhos e enterrado dois —, você vai "passar o sermão" que mencionou com uma boa vara de bétula. Creio que essa seria a linguagem mais eficaz para esse tipo de criança. O temperamento dela combina com os cabelos, imagino. Bem, boa tarde, Marilla. Espero que continue a me visitar como sempre. Mas não espere que eu volte a Green Gables tão cedo, para ser atacada e insultada dessa maneira. Eis aí algo *novo* na minha vida.

Com isso, a Sra. Rachel partiu rapidamente — se é que se poderia dizer que uma mulher obesa, que durante a vida inteira andou como um pato, fosse *capaz* de se mover rapidamente —, e Marilla, com uma expressão muito solene, dirigiu-se ao quarto de Anne.

Subindo as escadas, apreensiva, ela ia pensando no que deveria fazer. Estava bastante chateada com a cena que acabara de presenciar. Que horrível foi a exibição do mau gênio de Anne, justamente na presença da Sra. Rachel Lynde! E, naquele momento, Marilla se deu conta de que, por mais incômodo e censurável que fosse, ela se sentia mais humilhada com a situação do que triste ao descobrir um defeito tão grave na índole de Anne. E de que modo deveria castigar a menina? A sugestão amável da vara de bétula — cuja eficácia todos os filhos da Sra. Rachel poderiam confirmar dolorosamente — não agradava a Marilla. Não se sentia capaz de bater numa criança. Não, era preciso encontrar outro tipo de castigo para que Anne percebesse o tamanho da sua transgressão.

Marilla encontrou Anne com o rosto enterrado na cama, chorando copiosamente, alheia às botas enlameadas em cima da colcha limpa.

— Anne — ela disse, com certa delicadeza.

Não houve resposta.

— Anne — dessa vez mais severa —, saia já da cama e escute o que tenho a lhe dizer.

Anne deixou a cama, ligeiramente envergonhada, e sentou-se toda rígida numa cadeira próxima, com o rosto inchado e manchado pelas lágrimas e os olhos fixos no chão.

— Que bela maneira de se comportar, Anne! Você não tem vergonha do que fez?

— Ela não tinha o direito de me chamar de feia e ruiva — replicou Anne, evasiva e rebelde.

— Você não tinha o direito de se enfurecer daquela maneira e falar com ela daquele jeito, Anne. Você me envergonhou... me envergonhou completamente. Eu queria que você se comportasse bem na frente da Sra. Lynde e, em vez disso, você me desmoralizou. Não sei por que perdeu a calma daquele jeito, só porque a Sra. Lynde disse que você era ruiva e sem graça. Você mesma já disse isso mais de uma vez.

— Ah, mas há uma grande diferença entre dizer eu mesma e ouvir isso de outra pessoa — queixou-se Anne. — Sabemos que as coisas são como são, mas sempre existe a esperança de que as outras pessoas talvez pensem diferente. Você deve estar pensando que tenho um temperamento horrível, mas não consegui me conter. Quando ela disse aquelas coisas, algo simplesmente se revoltou dentro de mim. E *tive* de explodir com ela.

— Bem, você fez um papelão, isso sim. Aonde for, a Sra. Lynde terá uma bela história para contar sobre você. E ela vai falar mesmo. Foi uma coisa terrível ter perdido a calma daquele jeito, Anne.

— Imagine como você se sentiria se alguém lhe dissesse na cara que você era magra e feia — protestou Anne, com os olhos rasos d'água.

Uma antiga recordação apareceu de repente diante de Marilla. Ela era bem pequena quando ouviu uma tia dizer a outra, a respeito dela: "Que pena ela ser uma coisinha tão morena e sem graça". Marilla já estava com quase cinquenta anos quando a dor daquela lembrança finalmente desapareceu.

— Eu não disse que a Sra. Lynde estava totalmente certa ao dizer o que disse, Anne — ela admitiu, num tom mais conciliador. — Rachel fala sem pensar. Mas isso não é desculpa para seu comportamento. Tratava-se de alguém que você não conhecia, de uma pessoa mais velha e minha convidada: três bons motivos para você demonstrar respeito. Você foi rude e insolente e... — Marilla teve uma inspiração salvadora e pensou num castigo — você vai vê-la, vai dizer-lhe que sente muito por ter perdido a calma e vai lhe pedir desculpas.

— Não posso fazer isso — disse Anne, determinada e emburrada. — Pode me castigar como quiser, Marilla. Pode me trancar num calabouço úmido e escuro, habitado por sapos e serpentes, e me fazer passar a pão e água, e eu não vou reclamar. Mas não pedirei perdão à Sra. Lynde.

— Nós não temos o hábito de trancafiar as pessoas em calabouços úmidos e escuros — disse Marilla, com frieza —, principalmente porque as masmorras são bem raras em Avonlea. Mas você tem de se desculpar com a Sra. Lynde, e fará isso, sim, e ficará aqui no quarto até me dizer que vai fazê-lo.

— Ficarei aqui para sempre, então — retrucou Anne, pesarosa —, porque não posso dizer à Sra. Lynde que me arrependo de ter dito aquelas coisas. Como poderia? Não estou arrependida. Arrependo-me de ter chateado você, mas fico *feliz* de ter dito o que disse a ela. Foi uma grande satisfação. Não posso dizer que estou arrependida quando não estou, não é? Não consigo nem me imaginar arrependida, sinto muito.

— Quem sabe sua imaginação não estará funcionando melhor amanhã bem cedo — disse Marilla, levantando-se para sair. — Você terá toda a noite para repensar sua conduta e dar um jeito nesse seu humor. Você disse que tentaria ser uma menina muito boazinha se ficássemos com você aqui em Green Gables, mas sou obrigada a dizer que não foi bem essa a impressão que você nos passou hoje à tarde.

Com esse último comentário duro, que certamente chegaria ao íntimo atormentado de Anne, Marilla desceu para a cozinha, aflita, ansiosa e contrariada. Estava tão irritada consigo mesma quanto com Anne, porque, toda vez que se lembrava da expressão atônita da Sra. Rachel, seus lábios se contorciam de alegria, e ela sentia uma vontade absolutamente repreensível de rir muito.

X
Anne se desculpa

Marilla não contou a Matthew o que ocorrera naquela tarde, mas, como Anne ainda se mostrava obstinada na manhã seguinte, foi preciso dar alguma explicação sobre o fato de a menina não estar à mesa, no café da manhã. Marilla contou a história toda, dando-se ao trabalho de incutir em Matthew a noção exata da grosseria que Anne cometera.

— Acho muito bom que Rachel Lynde tenha ouvido poucas e boas: ela é uma velha fofoqueira e intrometida — foi a resposta consoladora de Matthew.

— Matthew Cuthbert, estou abismada com você. Sabe muito bem que Anne se portou de maneira terrível e, ainda assim, você toma o partido dela! Imagino que só lhe falta dizer que ela não deveria ser castigada.

— Bem, ora, não... não exatamente — disse Matthew, constrangido. — Acho que ela precisa de um castigo leve. Mas não seja muito dura com ela, Marilla. Não se esqueça de que ela nunca teve quem a ensinasse direito. Você vai... você vai deixá-la comer alguma coisa, não vai?

— Quando é que você me viu ensinar bons modos a uma pessoa fazendo-a passar fome? — perguntou Marilla, indignada. — Ela fará as refeições normalmente, e eu mesma vou levá-las ao seu quarto. Mas ela ficará lá em cima até se dispor a se desculpar com a Sra. Lynde, e ponto final, Matthew.

Café da manhã, almoço e jantar transcorreram em silêncio porque Anne continuou renitente. Após cada refeição, Marilla levava uma bandeja bem abastecida para o quarto de Anne e a trazia de volta mais tarde, sem que a menina tivesse tocado em alguma coisa. Matthew observou o retorno da última bandeja com preocupação. Anne não teria comido nada?

Naquela noite, quando Marilla saiu para recolher as vacas do pasto dos fundos, Matthew, que andara pelos celeiros, de olho na casa, entrou sorrateiramente, com o ar de um gatuno, e subiu as escadas. Em geral, Matthew mantinha-se na cozinha e no quartinho do outro lado do vestíbulo, onde ele dormia. Muito ocasionalmente, ele se aventurava com certo embaraço pela sala de estar ou de visitas, quando o reverendo vinha para o chá. Mas ele nunca mais tinha subido as escadas da sua própria casa desde a primavera em que ajudara Marilla a colar o papel de parede no quarto de hóspedes, e isso já fazia quatro anos.

Ele atravessou o corredor na ponta dos pés e ficou de pé por vários minutos em frente à porta do quarto, antes de criar coragem para bater nela com os dedos e depois abri-la e dar uma espiada lá dentro.

Anne estava sentada na cadeira amarela junto à janela, olhando com tristeza para o jardim. Parecia muito pequena e muito triste, e o coração de Matthew se apertou. Ele fechou suavemente a porta e se aproximou dela na ponta dos pés.

— Anne — sussurrou, como se com medo de que mais alguém o ouvisse. — Como você está, Anne?

Anne sorriu com tristeza.

— Muito bem. Fico imaginando coisas, e isso ajuda a passar o tempo. Naturalmente, é muito solitário. Mas, até aí, posso muito bem me acostumar com isso.

Anne sorriu novamente, encarando com valentia os longos anos de cárcere solitário que tinha pela frente.

Matthew lembrou-se de que era preciso dizer o que viera dizer sem perda de tempo, pois temia que Marilla voltasse antes da hora.

— Bem, Anne, você não acha melhor fazer o que tem de fazer e acabar logo com isso? — ele sussurrou. — Sabe, mais cedo ou mais tarde, você terá de fazê-lo, pois Marilla é uma mulher tão determinada que chega a dar medo... a dar medo, Anne. Faça de uma vez e acabe com isso.

— Você quer dizer pedir desculpas à Sra. Lynde?

— É... pedir desculpas... isso mesmo — disse Matthew, com impaciência. — É só para acalmar os ânimos, digamos assim. Era aonde eu estava tentando chegar.

— Acho que eu poderia me desculpar para agradar a você — disse Anne, pensativa. — Não seria faltar muito com a verdade dizer que sinto muito, porque estou arrependida agora. Não estava nem um pouquinho arrependida ontem à noite. Estava muito furiosa e continuei enfurecida a noite toda. Sei disso porque acordei três vezes e estava simplesmente furiosa em todas elas. Mas, hoje de manhã, tudo tinha passado. O mau humor tinha sumido. E deixou um vazio terrível. Senti muita vergonha de mim. Mas simplesmente não podia cogitar a ideia de dizer isso à Sra. Lynde. Seria muito humilhante. Decidi que ficaria trancada aqui em cima para sempre. Contudo... eu faria qualquer coisa por você... se realmente quisesse que eu...

— Bem, é claro que eu quero. Está muito solitário lá embaixo, sem você. É só ir até lá e esclarecer a situação... Você é uma boa menina.

— Muito bem — disse Anne, resignada. — Direi a Marilla, assim que ela entrar, que estou arrependida.

— Isso mesmo, isso mesmo, Anne. Mas não conte a Marilla que eu falei com você. Ela pode pensar que me intrometi na sua criação, e prometi a ela não fazer isso.

— Nem mesmo cavalos bravos arrancariam de mim o segredo — Anne prometeu solenemente. — Como é que cavalos bravos arrancariam um segredo de uma pessoa, por falar nisso?

Mas Matthew já tinha saído, assustado com o próprio êxito. Foi correndo para o canto mais remoto do pasto dos cavalos, para que Marilla não desconfiasse do que ele andara aprontando. A própria Marilla, ao entrar, teve uma surpresa agradável ao ouvir uma vozinha magoada chamá-la por sobre a balaustrada.

— E então? — ela disse, entrando no vestíbulo.

— Me desculpe, perdi a paciência, disse coisas horríveis e estou disposta a ir me desculpar com a Sra. Lynde.

— Muito bem. — A secura de Marilla não mostrou nenhum sinal do seu alívio. Ela já vinha pensando no que deveria fazer caso Anne não cedesse. — Levo você até lá logo depois da ordenha.

Dito e feito, depois da ordenha, lá foram Marilla e Anne pela vereda, uma ereta e triunfante, a outra abatida e desanimada. Mas, na metade do caminho, o desânimo de Anne desapareceu, como por encanto. Ela ergueu a cabeça e passou a caminhar alegremente, com os olhos fixos no céu do crepúsculo e um ar de contentamento reprimido. Marilla contemplou a mudança com desaprovação. Não era nenhuma penitente dócil aquela que lhe cabia apresentar à ofendida Sra. Lynde.

— No que está pensando, Anne? — ela perguntou abruptamente.

— Estou imaginando o que dizer à Sra. Lynde — respondeu Anne, perdida em sonhos.

Foi satisfatório... ou deveria ter sido. Marilla, porém, não conseguia livrar-se da ideia de que o castigo que ela planejara estava indo por água abaixo. Anne não tinha motivo para parecer tão alegre e radiante.

Alegre e radiante ela continuou até se verem diante da própria Sra. Lynde, que estava sentada à janela da cozinha, tricotando. Foi quando a alegria desapareceu por completo e deu lugar ao arrependimento. Antes que se dissesse uma palavra, Anne caiu de joelhos de repente, diante da atônita Sra. Rachel, e estendeu as mãos súplices.

— Oh, Sra. Lynde, estou extremamente arrependida — ela disse, com voz trêmula. — Nunca conseguiria expressar todo o meu arrependimento, oh, não, nem que usasse um dicionário inteiro. A senhora precisaria imaginá-lo. Portei-me de maneira terrível com a senhora e envergonhei meus caros amigos, Matthew e Marilla, que me deixaram ficar em Green Gables, apesar de eu não ser um menino. Sou uma menina terrivelmente má e ingrata, e mereço ser castigada e desterrada pelas pessoas de bem para todo o sempre. Foi muita maldade da minha parte ter um acesso de raiva só porque a senhora me disse a verdade. É tudo verdade; cada palavra que a senhora disse é verdade. Sou ruiva, sardenta, magra e feia. O que eu disse à senhora também é verdade, mas eu não devia tê-lo dito. Oh, Sra. Lynde, por favor, por favor, me perdoe. Se a senhora me negar isso, será uma vida inteira de tristeza para mim. A senhora não vai querer condenar uma pobre órfã a uma vida inteira de sofrimento, não é? Mesmo que ela tenha um gênio terrível? Oh, tenho certeza de que não. Por favor, diga que me perdoa, Sra. Lynde.

Anne juntou as mãos, abaixou a cabeça e esperou o veredito.

Não havia dúvida quanto à sua sinceridade — exalada em cada palavra proferida. Tanto Marilla quanto a Sra. Lynde reconheceram aquele tom inconfundível. Mas a primeira sentiu-se desanimada ao ver que Anne estava realmente gostando do seu teatro de humilhação — estava na verdade gostando da cena humilhante. Onde estava o castigo saudável do qual ela, Marilla, se havia vangloriado? Anne o transformara em algo positivo.

A boa Sra. Lynde, que não tinha como saber, não percebeu nada. Notou apenas que Anne fizera um pedido de desculpas perfeito, e todo o ressentimento desapareceu do seu coração bondoso, embora um tanto intrometido.

— Que é isso, menina, levante-se — ela disse cordialmente. — Claro que a perdoo. De qualquer maneira, creio que fui muito dura. Mas é que não tenho papas na língua. É só não se importar comigo, é isso. Não dá para negar que você é terrivelmente ruiva, mas conheci uma menina — na verdade, fui à escola com ela — que era tão ruiva quanto você quando criança, mas, quando cresceu, seus cabelos escureceram e ganharam um belo tom castanho-avermelhado. Não me surpreenderia nem um pouquinho se os seus também escurecessem, nem um pouquinho.

— Oh, Sra. Lynde! — Anne puxou o ar longamente ao ficar de pé. — A senhora me deu uma esperança. Sempre a considerarei uma benfeitora. Oh, eu suportaria qualquer coisa, se ao menos soubesse que teria lindos cabelos castanho-avermelhados quando crescesse. Seria tão mais fácil ser boazinha com lindos cabelos castanho-avermelhados, não acha? E agora posso ir ao jardim e me sentar naquele banco sob as macieiras, enquanto a senhora e Marilla conversam? Há muito mais espaço para a imaginação lá fora.

— Claro que sim, pode ir, menina. Se quiser, pode apanhar um ramalhete de narcisos lá naquele canto.

Quando Anne saiu e a porta se fechou, a Sra. Lynde levantou-se abruptamente para acender uma lamparina.

— Ela é realmente uma coisinha singular. Tome esta cadeira, Marilla; é mais confortável do que essa em que você está sentada, que deixo reservada para o rapazola que contratamos. Sim, ela certamente é uma criança peculiar, mas tem algo de cativante, no fim das contas. Já não estou tão surpresa por você e Matthew terem ficado com ela... nem tenho mais pena de você. Pode ser que, no fim, isso dê certo. Naturalmente, ela tem uma maneira esquisita de se expressar; um pouco... Bem, um pouco forçada, sabe? Mas é provável que perca esse hábito, agora que viverá entre pessoas civilizadas. E, imagino, resta o fato de que é geniosa. Mas isso é bom, pois criança geniosa explode e logo se acalma, e provavelmente nunca será manhosa nem mentirosa. Deus nos guarde de uma criança manhosa, isso sim. No geral, Marilla, acho que gosto dela.

Quando Marilla se pôs a caminho de casa, Anne saiu do crepúsculo perfumado do pomar com um ramo de narcisos brancos nas mãos.

— Pedi desculpas direitinho, não pedi? — disse ela, cheia de orgulho, enquanto seguiam pela vereda. — Pensei que, como tinha de me desculpar, o melhor seria me desculpar para valer.

— Você se desculpou perfeitamente, sem dúvida — foi o comentário de Marilla. Viu-se consternada ao descobrir que tinha vontade de rir da cena ao lembrá-la. Também tinha a incômoda sensação de que deveria repreender Anne por ter-se desculpado tão bem, mas seria ridículo! Chegou a um meio-termo com sua consciência ao dizer, com severidade: — Espero que você não tenha muitas outras ocasiões para se desculpar. Espero que tente controlar esse seu gênio de agora em diante, Anne.

— Não seria tão difícil, se as pessoas parassem de criticar minha aparência — disse Anne, suspirando. — Não me irrito com outras coisas, mas estou muito cansada de ouvir críticas aos meus cabelos, e isso simplesmente me faz ferver de raiva. Você acha que terei lindos cabelos castanho-avermelhados quando crescer?

— Você não deveria pensar tanto na aparência, Anne. Receio que você seja uma menininha muito vaidosa.

— Como posso ser vaidosa sabendo que sou sem graça? — protestou Anne. — Adoro as coisas bonitas e detesto olhar para o espelho e ver algo que não é bonito. Isso me deixa muito triste... Exatamente como me sinto ao ver uma coisa feia. Tenho pena do que não é belo.

— Beleza não se põe à mesa — disse Marilla.

— Já me disseram isso antes, mas tenho minhas dúvidas — observou Anne com ceticismo, cheirando os narcisos. — Oh, não são adoráveis estas flores? Foi muita gentileza da Sra. Lynde deixar que eu as colhesse. Não guardo mais ressentimento com relação a ela. É uma sensação adorável e reconfortante pedir perdão e ser perdoada, não é mesmo? As estrelas não estão brilhantes hoje? Se pudesse viver numa estrela, qual delas você escolheria? Eu ficaria com aquela grande ali, luminosa e adorável, lá longe, acima daquela colina escura.

— Anne, feche o bico — disse Marilla, completamente exausta de tanto tentar acompanhar as voltas dos pensamentos de Anne. Anne nada mais disse até entrarem na alameda de Green Gables. Uma brisa perfumada desceu até elas trazendo o perfume das folhagens cobertas de orvalho. Lá longe, no escuro, uma luz alegre atravessava as árvores, vinda da cozinha de Green Gables. Anne, de repente, aproximou-se de Marilla e colocou a mão na palma calejada daquela mulher já não tão jovem.

— Ah, é tão bom voltar para casa, quando a gente sabe que é a casa da gente — Anne disse. — Já amo Green Gables como nunca amei nenhum lugar antes. Antes, nenhum lugar parecia ser minha casa. Oh, Marilla, estou tão feliz. Eu poderia rezar agora e sem nenhuma dificuldade!

Uma sensação agradável e cálida brotou no coração de Marilla ao toque da pequena mão sobre a sua — um laivo de maternidade que nunca sentira, talvez. Ficou transtornada com a ternura e sua própria falta de hábito. Rapidamente, voltou seus sentimentos ao estado normal de calma e apressou-se em dar à garota uma lição de moral.

— Se for uma boa menina, você será sempre feliz, Anne. E nunca terá dificuldade para fazer suas preces.

— Fazer uma prece não é exatamente a mesma coisa que rezar — disse Anne, pensativa. — Mas vou imaginar que sou o vento soprando lá no topo daquelas árvores. Quando me

cansar das árvores, imaginarei que estou aqui embaixo, embalando as samambaias... Depois sobrevoarei o jardim da Sra. Lynde e colocarei as flores para dançar... Depois, despencando lá do alto, passarei por cima do campo de trevos... depois vou soprar no Lago das Águas Cintilantes e enchê-lo de ondinhas brilhantes. Oh, há tanto espaço para a imaginação no vento! E por isso não direi mais nada por ora, Marilla.
— Graças a Deus — disse Marilla, suspirando aliviada.

XI
As impressões de Anne sobre a escola dominical

— Bem, o que você acha deles? — disse Marilla.

Anne estava de pé em seu quarto, olhando solenemente para os três novos vestidos estendidos sobre a cama. O primeiro era de chita listrada, a qual Marilla não resistira e comprara de um vendedor ambulante no verão anterior e que lhe pareceu que poderia ser útil em algum momento; o segundo era de um cetim xadrez, preto e branco, que ela comprara numa promoção de inverno; e o terceiro era de um algodão estampado e engomado, num tom estranho de azul, que ela comprara naquela semana numa loja em Carmody.

Ela mesma os costurara e todos eram iguais: saias retas e franzidas até as cinturas retas, e mangas muito apertadas, tão retas quanto as cinturas e as saias.

— Vou imaginar que gosto deles — respondeu Anne, ponderadamente.

— Não quero que imagine nada — disse Marilla, ofendida. — Já vi que não gostou dos vestidos! Qual é o problema com eles? Não são bem-acabados, novos e simples?

— São.

— Então por que não gostou deles?

— Eles... eles não são... bonitos — disse Anne, relutante.

— Bonitos! — Marilla torceu o nariz. — Não me preocupei em fazer vestidos bonitos para você. Não acredito em estimular a vaidade, Anne, vou lhe dizer desde já. Esses vestidos são bons, simples e duráveis, sem babados nem frufrus, e é só o que você vai ter neste verão. O listradinho marrom e o estampado azul servirão para ir à escola, quando você começar. O de cetim é para usar na igreja e na escola dominical. Espero que você os mantenha em ordem e limpos, e que não os rasgue. Pensei que você ficaria agradecida por ganhar uma roupa, qualquer que fosse, depois daquelas minúsculas peças de flanela que estava usando.

— Ah, eu *estou* agradecida — protestou Anne. — É que eu ficaria muito mais grata se.... se você tivesse feito um deles com mangas bufantes. As mangas bufantes estão na moda. Seria de arrepiar, Marilla, usar um vestido de mangas bufantes.

— Bem, você terá de passar sem arrepios. Eu não tinha tecido para desperdiçar com mangas bufantes. E, de qualquer maneira, essas mangas são ridículas. Prefiro as mangas simples e práticas.

— Mas eu prefiro parecer ridícula como todo mundo a ser simples e prática sozinha — insistiu Anne, tristonha.

— Claro que prefere! Bem, pendure com cuidado os vestidos no guarda-roupa e vá estudar a lição da escola dominical. Vou lhe dar o catecismo trimestral que o Sr. Bell mandou, e você irá à escola dominical amanhã — disse Marilla, furiosa, desaparecendo escada abaixo.

Anne juntou as mãos e olhou para os vestidos.

— Eu realmente esperava que um deles fosse branco e tivesse mangas bufantes — ela murmurou, desconsolada. — Pedi um em minhas orações, mas não podia contar muito com isso. Não acho que Deus tenha tempo para se preocupar com o vestido de uma órfã. Eu sabia que teria de depender da Marilla para isso. Bem, felizmente posso imaginar que um deles é de musselina branca como a neve, com adoráveis babados de renda e mangas para lá de bufantes.

Na manhã seguinte, sintomas de uma terrível enxaqueca impediram Marilla de acompanhar Anne à escola dominical.

— Você terá de descer e chamar a Sra. Lynde, Anne — ela explicou. — Ela arranjará para que você entre na turma certa. Veja lá, comporte-se direitinho. Fique para o sermão no final e peça à Sra. Lynde que lhe mostre nosso banco cativo. Tome um centavo para a oferta. Não encare as pessoas e fique quietinha no lugar. Quero que me diga qual foi a leitura do dia quando você voltar.

Anne seguiu o caminho da igreja obedientemente, vestindo o vestido xadrez de cetim, que, apesar de decente no tocante ao comprimento e, sem dúvida alguma, nem um pouco curto, contribuía para ressaltar todos os ângulos de sua magra figura. O chapéu de palha era pequeno, sem abas, envernizado e novo, e sua absoluta simplicidade também havia decepcionado bastante a menina, que se permitiu imaginar em segredo algumas fitas e flores. Estas, porém, foram arranjadas antes que Anne chegasse à estrada principal, pois, vendo-se na metade do caminho vereda abaixo diante de um frenesi dourado de ranúnculos agitados pelo vento e de esplêndidas rosas silvestres, Anne rápida e generosamente enfeitou seu chapéu com uma grossa guirlanda de flores. O resultado, e não importava o que pensassem as outras pessoas, deixou Anne satisfeita, e ela saltitou alegremente estrada abaixo, ostentando com muito orgulho sua cabeça ruiva, enfeitada de rosa e amarelo.

Ao chegar à casa da Sra. Lynde, descobriu que a mulher já havia saído. Nem um pouco incomodada, Anne seguiu sozinha para a igreja. No pórtico, encontrou um bando de garotinhas, todas mais ou menos alegremente vestidas de branco, azul e rosa, e todas fitando com curiosidade aquela estranha entre elas, com seu extraordinário adereço de cabeça. As meninas de Avonlea já tinham ouvido histórias esquisitas a respeito de Anne: a Sra. Lynde dissera que tinha um gênio terrível; Jerry Buote, o garoto que trabalhava em Green Gables, dissera que ela falava sozinha ou então com as árvores e as flores, o tempo todo, como se fosse louca. Elas a observaram e cochicharam entre si, escondendo-se atrás dos catecismos. Ninguém tentou fazer amizade, nem naquele momento nem depois de terminada a cerimônia de abertura, quando Anne se viu na classe da Srta. Rogerson.

A Srta. Rogerson era uma mulher de meia-idade que lecionava na escola dominical havia vinte anos. Seu método de ensino era fazer as perguntas impressas no catecismo e olhar implacavelmente por cima do livro para a menina que ela queria que as respondesse. Olhou muitas vezes para Anne, que, graças ao ensaio de Marilla, respondia prontamente, mas era questionável se entendia de fato a pergunta ou a resposta.

Ela achou que não tinha gostado da Srta. Rogerson e sentiu-se infeliz. Todas as outras meninas da classe estavam usando vestidos com mangas bufantes. Anne chegou à conclusão de que a vida não valia a pena sem mangas bufantes.

— E então, o que achou da escola dominical? — Marilla quis saber quando Anne voltou para casa. Como a guirlanda havia murchado, Anne a havia jogado na vereda e, portanto, Marilla não ficaria sabendo desse detalhe tão cedo.

— Não gostei nem um pouco. Foi horrível.

— Anne Shirley! — ralhou Marilla.

Anne sentou-se na cadeira de balanço com um longo suspiro, beijou uma das folhas de Bonny e acenou com a mão para uma fúcsia em flor.

— Elas devem ter-se sentido sozinhas na minha ausência — explicou. — Quanto à escola dominical... comportei-me bem, como você pediu. A Sra. Lynde já tinha saído, mas fui para lá sozinha. Entrei na igreja, com um monte de outras meninas, e sentei-me na ponta de um banco, ao lado da janela, durante a cerimônia de abertura. O Sr. Bell fez uma prece terrivelmente comprida. Eu teria me cansado muito mais antes mesmo de chegar ao fim se não tivesse me sentado perto da janela, que dava para o Lago das Águas Cintilantes, e por isso fiquei simplesmente olhando para ele e imaginando coisas magníficas.

— Não devia ter feito nada disso. Era para ter prestado atenção ao Sr. Bell.

— Mas ele não estava falando comigo — protestou Anne. — Estava falando com Deus e também não parecia muito interessado no que dizia. Deve ter pensado que Deus estava longe demais. Havia uma fileira comprida de bétulas brancas debruçadas sobre o lago, e a luz do Sol as atravessava e chegava bem, mas bem lá no fundo da água. Ah, Marilla, foi como um lindo sonho! Fiquei arrepiada e disse simplesmente: "Obrigada, meu Deus", duas ou três vezes.

— Espero que não tenha sido em voz alta — comentou Marilla, apreensiva.

— Ah, não, foi só para mim mesma. Bem, finalmente o Sr. Bell terminou e me disseram que entrasse na sala de aula com a turma da Srta. Rogerson. Havia outras nove meninas na classe. Todas usavam mangas bufantes. Tentei imaginar que as minhas também eram, mas não consegui. Por que será? Foi tão fácil imaginá-las bufantes quando eu estava sozinha no meu quarto, mas foi terrivelmente difícil ali, no meio de outras meninas com mangas bufantes de verdade.

— Você não devia pensar em mangas durante o catecismo. Devia, isto sim, cuidar da lição. Espero que a tenha decorado.

— Ah, sim, e respondi a uma porção de perguntas. A Srta. Rogerson fez muitas. Não me pareceu justo que só ela perguntasse. Eu queria lhe perguntar tantas coisas, mas não me animei, porque não achei que ela fosse alguém mais sensível. Depois, todas as outras garotinhas recitaram uma paráfrase das escrituras. Ela me perguntou se eu conhecia alguma. Disse-lhe que não, mas que eu poderia recitar "O cão no túmulo do dono",[1] se ela quisesse. Está no Terceiro Livro de

---

[1] "The dog at his master's grave", famoso poema de Lydia Howard Hunter Sigourney, escritora americana, autora de "Pocahontas". (N. T.)

Leitura. Não é de fato um poema religioso, mas é tão triste e melancólico que bem poderia ser. Ela disse que não serviria e me mandou decorar a décima nona paráfrase[2] para domingo que vem. Eu a li durante o culto e achei-a magnífica. Dois versos em particular me deixaram arrepiada:

*Rápido como tombaram os esquadrões massacrados
No desastroso dia de Midiã.*

— Não sei o que significam "esquadrões" nem "Midiã", mas soa muito trágico. Mal posso esperar até domingo para recitá-la. Vou praticar a semana toda. Depois da escola, pedi à Srta. Rogerson, porque a Sra. Lynde estava muito longe, que me mostrasse o banco cativo de vocês. Sentei e fiquei a mais quietinha possível, e a leitura foi do Apocalipse, terceiro capítulo, versículos segundo e terceiro. Foi uma leitura muito longa. Se eu fosse um reverendo, escolheria as curtas e rápidas. E o sermão também foi terrivelmente longo. Imagino que o reverendo teve de fazê-lo para corresponder à leitura. Não o achei nem um pouco interessante. Parece que o problema dele é não ter imaginação suficiente. Não prestei muita atenção. Simplesmente dei liberdade a meus pensamentos e imaginei as coisas mais surpreendentes.

Impotente, Marilla achava que tudo aquilo deveria ser reprovado com rigor, mas foi impedida pelo fato incontestável de que algumas coisas que Anne disse, principalmente no tocante aos sermões do reverendo e às orações do Sr. Bell, eram o que ela mesma pensava bem lá no fundo do coração havia anos, mas nunca expressou. Quase lhe parecia que aqueles

---

[2] Trata-se provavelmente de um hino cristão, uma paráfrase de Isaías 9:2-8. (N.T.)

pensamentos secretos, críticos e nunca revelados haviam, de repente, assumido uma forma acusadora na pessoa daquele toco de gente, sincero e negligenciado.

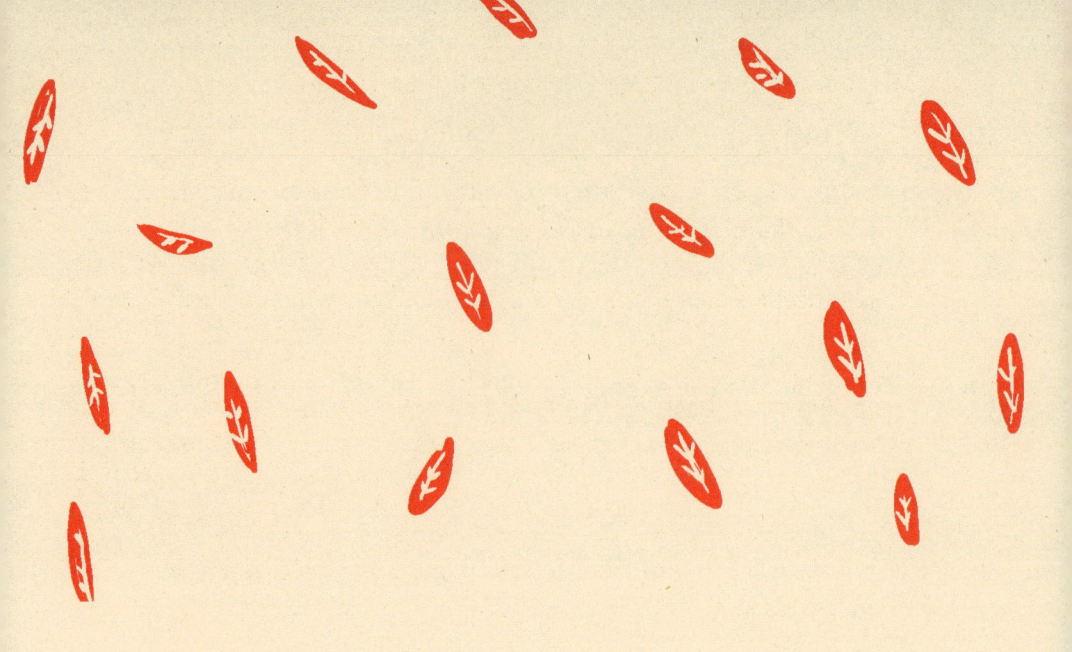

XII
Um voto solene e uma promessa

Só na sexta-feira seguinte é que Marilla ficou sabendo do chapéu enfeitado com flores. Chegou da casa da Sra. Lynde e chamou Anne para se explicar.

— Anne, a Sra. Rachel disse que você foi à igreja domingo passado com o chapéu enfeitado da maneira mais ridícula com rosas e ranúnculos. O que diabos passou por essa sua cabeça para fazer uma extravagância dessas? Deve ter ficado realmente uma beleza!

— Ah, eu sei que o rosa e o amarelo não ficam bem em mim — começou Anne.

— Não lhe ficam bem... uma ova! Ridículo foi colocar flores no chapéu, não importa de que cor. Você é uma criança absolutamente irritante!

— Não vejo por que seria mais ridículo levar flores no chapéu do que no vestido — protestou Anne. — Várias meninas tinham ramalhetes presos nos vestidos. Que diferença faz?

Marilla não se deixaria arrastar da segurança do concreto para os caminhos duvidosos do abstrato.

— Não me responda desse jeito, Anne. Foi muita tolice sua fazer uma coisa dessas. E que eu nunca mais pegue você fazendo isso. A Sra. Rachel disse que quase morreu de vergonha ao vê-la entrar toda enfeitada daquele jeito. Quando ela conseguiu se aproximar o suficiente para mandar você tirá-las, já era tarde demais. Disse que as pessoas falaram horrores a respeito. Claro que pensaram que fiz a loucura de deixar você ir à igreja toda enfeitada daquele jeito.

— Oh, sinto muito — disse Anne, com os olhos marejados. — Não imaginei que você se importasse. As rosas e os ranúnculos estavam tão bonitos e encantadores; achei que ficariam adoráveis no meu chapéu. Muitas meninas tinham flores artificiais no chapéu. Receio que serei um fardo e tanto para você. Talvez seja melhor me mandar de volta ao orfanato. Seria terrível: creio que eu não conseguiria suportar. É bem provável que começasse a definhar, e olhe que já sou magra. Mas antes isso do que ser um fardo para você.

— Bobagem — disse Marilla, irritada consigo mesma por ter feito a criança chorar. — Não quero mandá-la de volta ao orfanato, e disso estou certa. Só quero que você se comporte como as outras garotinhas e que não banque a ridícula. Não chore. Tenho uma novidade para você. Diana Barry voltou para casa hoje à tarde. Vou subir e ver se consigo emprestado um molde de saia com a Sra. Barry e, se você quiser, pode vir comigo e conhecer Diana.

Anne ficou de pé, com as mãos juntas e algumas lágrimas ainda a brilhar nas faces. O pano de prato cuja bainha ela estava fazendo deslizou até o chão sem que ela percebesse.

— Oh, Marilla, estou assustada... Agora que chegou a hora, estou realmente assustada. E se ela não gostar de mim?! Seria a decepção mais trágica da minha vida.

— Ora, não precisa ficar tão nervosa. E como eu queria que você não usasse palavras tão complicadas. Ficam muito esquisitas na voz de uma menininha. Creio que Diana vai gostar bastante de você. É com a mãe que precisa se preocupar. Se ela não gostar de você, não fará a menor diferença se Diana gostar ou não. Se já tiver ouvido falar daquele seu rompante com a Sra. Lynde e que você foi à igreja com as flores colhidas pelo caminho em volta do chapéu, não sei o que a Sra. Barry pensará a seu respeito. Seja educada, comporte-se bem e não faça nenhum de seus discursos extravagantes. Deus tenha piedade, a menina está mesmo tremendo!

Anne *estava* tremendo. Tinha o rosto lívido e tenso.

— Oh, Marilla, você também ficaria alvoroçada se estivesse prestes a conhecer a garotinha que você tanto esperava que se tornasse sua amiga do peito e cuja mãe talvez não gostasse de você — ela disse ao correr para pegar o chapéu.

Foram até a Ladeira do Pomar pelo atalho que atravessava o riacho e subia o pinheiral da colina. A Sra. Barry veio atender à porta da cozinha em resposta às batidas de Marilla. Era uma mulher alta, de cabelos e olhos negros e boca decidida. Tinha fama de ser muito rígida com as filhas.

— Como vai, Marilla? — ela disse, cordialmente. — Entre. E esta é a garotinha que vocês adotaram, não?

— Sim, esta é Anne Shirley — respondeu Marilla.

— Com *e* no final — acrescentou Anne, com a voz entrecortada. Por mais trêmula e alvoroçada que estivesse, ela estava determinada a não deixar uma questão tão importante sujeita a equívocos.

A Sra. Barry, sem ter ouvido direito ou compreendido, simplesmente lhe apertou a mão e disse, com toda a cortesia:

— Como vai você?

— Vou bem fisicamente, mas meu espírito anda consideravelmente maltratado, obrigada, senhora — disse Anne, circunspecta. Em seguida, à parte para Marilla, num sussurro audível: — Não disse nada de mais, disse, Marilla?

Diana estava sentada no sofá lendo um livro, que ela deixou de lado quando as visitas entraram. Era uma menina muito bonita, tinha os cabelos e os olhos negros da mãe e faces rosadas, além da expressão alegre que herdara do pai.

— Esta é minha filhinha Diana — disse a Sra. Barry. — Diana, pode levar Anne ao jardim e mostrar-lhe suas flores. Antes isso do que forçar a vista com esse livro. Ela lê demais — comentou com Marilla, depois que as meninas saíram —, e não posso impedi-la, pois o pai a apoia e incentiva. Ela está sempre lendo um livro. Que bom que ela pode ter aí uma amiguinha... Talvez isso a tire um pouco mais de dentro de casa.

Lá fora, no jardim, que se enchia com a luz suave do pôr do Sol que atravessava aos borbotões os pinheiros antigos e escuros mais a oeste, estavam Anne e Diana, fitando timidamente uma à outra por sobre uma moita de deslumbrantes lírios-tigrados.

O jardim dos Barry era uma vastidão frondosa de flores que teria deliciado o coração de Anne, se não fosse uma ocasião tão aguardada. Era cercado por velhos e imensos salgueiros e pinheiros altos, sob os quais brotavam flores que gostavam de sombra. Caminhos retos e perpendiculares, cuidadosamente delimitados por conchas, cruzavam-no como faixas vermelhas e úmidas e, nos canteiros, entre as flores antigas, corriam em todas as direções. Havia corações-sangrentos, de um vermelho intenso; magníficas peônias de cor púrpura; narcisos brancos e muito perfumados; flores de cardo, espinhosas e encantadoras; aquilégias rosadas, azuis e brancas, e erva-sabão lilás; moitas de artemísia, alpiste-do-campo e hortelã; orquídeas roxas, narcisos em grandes quantidades, com sua ramagem felpuda, delicados e aromáticos; silenes que atiravam suas lanças flamejantes sobre sapatinhos-de-vênus imaculadamente brancos. Era um jardim onde a luz do Sol se demorava, as abelhas zumbiam e os ventos, persuadidos a matar o tempo, ronronavam e farfalhavam.

— Oh, Diana — disse Anne, enfim, juntando as mãos e falando quase aos sussurros —, você acha... oh, você acha que poderia gostar de mim... o bastante para ser minha amiga do peito?

Diana riu. Diana sempre ria antes de falar.

— Ora, creio que sim — ela disse, com toda a franqueza. — Fico muito contente que você tenha vindo morar em Green Gables. Será uma delícia ter alguém com quem brincar. Não há nenhuma outra menina por perto, e não tenho irmãs da minha idade.

— Você jura ser minha amiga para todo o sempre? — Anne perguntou, ansiosa.

Diana ficou chocada.

— Ora essa, é muito feio jurar[1] — ralhou ela.

— Oh, não, não essa espécie de jura. Existem dois tipos, sabia?

— Só ouvi falar de um — duvidou Diana.

— Existe realmente um outro tipo. Ah, e não tem nada de feio. Significa apenas fazer uma promessa solene.

— Bem, isso eu não me importo de fazer — concordou Diana, aliviada. — Como se faz?

— Temos de nos dar as mãos... assim — disse Anne, com toda a seriedade. — Precisa ser sobre água corrente. Vamos simplesmente imaginar que este caminho seja água corrente. Farei o voto primeiro. Juro solenemente ser fiel a minha amiga do peito, Diana Barry, enquanto houver um Sol e uma Lua. Agora você dirá a mesma coisa, só que com meu nome.

Diana repetiu o "voto" com uma risada antes e outra depois. Então disse:

— Você é esquisita, Anne. Já tinha ouvido falar que você era esquisita. Mas creio que vou gostar muito de você.

Quando Marilla e Anne foram para casa, Diana as acompanhou até a ponte de troncos. As duas garotinhas andaram abraçadas. Às margens do regato, elas se despediram com muitas promessas de passarem juntas a tarde seguinte.

---

[1] *Swear*, no original, tem dois sentidos: "falar palavrão" ou "fazer um juramento". Essa ambiguidade não pôde ser recuperada na língua portuguesa. (N. T.)

— E então, Diana é um espírito afim? — perguntou Marilla, enquanto as duas atravessavam o jardim de Green Gables.

— Oh, sim — suspirou Anne, feliz, não percebendo a ironia de Marilla. — Oh, Marilla, sou a menina mais afortunada da Ilha do Príncipe Edward, neste exato momento. Garanto que hoje vou rezar com toda a disposição. Diana e eu vamos fazer uma casa de brinquedo no bosque de bétulas do Sr. William Bell amanhã. Posso ficar com aqueles cacos de porcelana que estão no telheiro da lenha? Diana faz aniversário em fevereiro e eu, em março. Não acha uma estranha coincidência? Diana vai me emprestar um livro para ler. Disse que o livro é absolutamente magnífico e muito, muito emocionante. Ela vai me mostrar um lugar no bosque onde crescem fritilárias. Você não acha que Diana tem olhos muito expressivos? Quem me dera ter olhos expressivos. Diana vai me ensinar uma canção chamada "Nelly no vale das avelãs".[2] Vai me dar um retrato para pendurar no meu quarto. Disse que é um retrato muito bonito: uma dama adorável num vestido de seda azul-claro. Foi um vendedor de máquinas de costura quem lhe deu. Como eu queria ter alguma coisa para lhe dar! Sou um pouquinho mais alta do que Diana, mas ela é muito mais cheiinha. Ela disse que gostaria de ser magra, porque é mais elegante, mas receio que só disse isso para me agradar. Qualquer dia desses vamos até a praia catar conchinhas. Ela concorda em dar o nome de Nascente da Dríade à fonte perto da ponte de troncos. Não é um nome elegante? Li uma história, certa vez, a respeito de uma fonte com esse nome. A dríade é uma espécie de fada, uma ninfa, mas já adulta, eu acho.

---

[2] *"Nelly in the hazel dell."* Música vitoriana cantada por Derek B. Scott e composta por George Root, sob o pseudônimo de Wurzel. Trata-se de um lamento pela morte prematura de Nelly, que agora dorme no vale das avelãs. Tornou-se popular na metade do século XIX e era apresentada regularmente em recitais no Reino Unido. (N. T.)

— Bem, só espero que não mate Diana de tanto falar — disse Marilla. — Mas não se esqueça de uma coisa, Anne. Você não vai poder brincar o tempo todo. Você tem suas tarefas, e o trabalho sempre vem em primeiro lugar.

O cálice de felicidade de Anne já estava cheio e Matthew o fez transbordar. Ele acabara de chegar de Carmody, onde fora a uma loja. Acanhado, ele tirou um pacotinho do bolso e o entregou a Anne, sob o olhar reprovador de Marilla.

— Ouvi dizer que você gosta de bombons e, por isso, trouxe-lhe alguns.

— Humpf — fez Marilla, torcendo o nariz. — Isso não é bom para os dentes nem para o apetite. Mas o que é isso, criança, não fique tão triste. Pode comê-los, já que Matthew os trouxe. Seria melhor se tivesse trazido balas de menta. São mais saudáveis. Não vá ficar enjoada comendo tudo de uma vez.

— Ah, pode deixar, não vou, não — disse Anne, com ansiedade. — Vou comer só um hoje, Marilla. E posso dar metade deles a Diana, não posso? A outra metade será duas vezes mais doce, se eu der um pouco a ela. É delicioso pensar que tenho algo para lhe dar.

— Uma coisa é certa sobre essa menina, Matthew — comentou Marilla, quando Anne já estava em seu quarto —, ela não é pão-dura. Fico feliz, porque, se há um defeito que odeio numa criança, é a sovinice. Deus meu, ela só chegou há três semanas e parece que sempre esteve aqui. Não consigo imaginar a casa sem ela. Ora, não me olhe com essa cara de "eu avisei", Matthew. Já é algo ruim de se ver numa mulher, mas num homem é insuportável. Estou perfeitamente disposta a admitir que fico feliz por ter concordado em adotar a menina e que estou me afeiçoando a ela, mas não precisa esfregar isso na minha cara, Matthew Cuthbert.

XIII
As delícias da expectativa

— Anne já devia ter entrado e começado a costurar — falou Marilla consigo mesma, olhando de relance para o relógio e depois lá para fora, para a tarde dourada de agosto em que todas as coisas dormitavam no calor. — Ela ficou brincando com Diana mais de meia hora além do que eu havia permitido. E agora está lá fora, empoleirada na pilha de lenha, numa conversa sem fim com Matthew, mesmo sabendo muito bem que devia estar trabalhando. E, claro, ele a ouve como um perfeito pateta. Nunca vi um homem tão enrabichado. Quanto mais ela fala, e quanto mais estranhas são as coisas que ela diz, é evidente que mais deliciado ele fica. Anne Shirley — gritou —, venha já para dentro, está ouvindo?

Uma série de passos pausados vindos da janela oeste trouxe Anne do quintal, e a menina entrou correndo, com os olhos brilhantes, as faces ligeiramente coradas e os cabelos soltos ondulando atrás dela, numa torrente de luz.

— Oh, Marilla — ela exclamou, esbaforida —, haverá um piquenique da escola dominical na semana que vem... no campo do Sr. Harmon Andrews, bem perto do Lago de Águas Cintilantes. E a Sra. Bell e a Sra. Lynde ficaram de fazer sorvete... Imagine só, Marilla: *sorvete*! E, oh, Marilla, posso ir ao piquenique?

— Dê só uma olhada no relógio, por favor, Anne. A que horas eu lhe disse que entrasse?

— Às duas... Mas não é magnífico, o piquenique, Marilla? Por favor, posso ir? Oh, nunca fui a um piquenique... Já sonhei com piqueniques, mas nunca...

— Sim, mandei você entrar às duas horas. E já são quinze para as três. Quero saber por que não me obedeceu, Anne.

— Bem, era essa a minha intenção, Marilla, era mesmo. Mas você não tem ideia de como o Recreio do Bosque é fascinante. E depois, naturalmente, eu tinha de contar ao Matthew sobre o piquenique. Matthew é um ouvinte tão atencioso. Por favor, posso ir ao piquenique?

— Você vai ter de aprender a resistir ao fascínio desse tal recreio. Quando digo que é para você entrar a uma certa hora, é nessa hora que espero que entre, e não meia hora depois. Tampouco precisa se deter no caminho para conversar com ouvintes atenciosos. Quanto ao piquenique, é claro que pode ir. Você é aluna da escola dominical. Como é que eu poderia me recusar a deixá-la ir, se todas as outras meninas irão?

— Mas... mas... — gaguejou Anne — Diana disse que todo mundo deve levar uma cesta de coisas para comer. Você sabe que não sei cozinhar, Marilla, e... eu não me importo tanto de ir ao piquenique sem mangas bufantes, mas seria uma humilhação terrível se eu tivesse de ir sem levar uma cesta. Isso está me afligindo desde que Diana me contou.

— Bem, não precisa mais ficar aflita. Vou preparar uma cesta para você.

— Oh, querida Marilla. Você é tão boa para mim. Oh, fico tão agradecida.

Sem mais nenhum "oh", Anne se atirou nos braços de Marilla e deu-lhe um beijo estalado no rosto pálido. Era a primeira vez que lábios infantis tocavam espontaneamente o rosto de Marilla. Mais uma vez, a sensação repentina de surpreendente ternura a deixou arrepiada. Em segredo, ela estava imensamente feliz com a carícia impulsiva de Anne, o que provavelmente a levou a dizer com rispidez:

— Pronto, pronto, chega dessa bobagem de beijos. Prefiro que faça o que lhe mandam. Quanto a cozinhar, pretendo começar a lhe dar algumas aulas de culinária um dia desses. Mas você é tão estouvada, Anne, que estou esperando que crie um pouco de juízo e aprenda a se controlar antes de começarmos. É preciso estar sempre alerta ao cozinhar, e não se pode parar no meio das coisas e deixar os pensamentos zanzarem por toda a criação. Agora pegue sua costura e termine de pregar o retalho antes da hora do chá.

— Eu *não* gosto de costurar retalhos — disse Anne, desconsolada, ao pegar sua cesta de costura e sentar-se, com um suspiro, diante de um montinho de retalhos quadrados, brancos e vermelhos. — Creio que certos tipos de costura são interessantes, mas não há espaço para a imaginação numa colcha de retalhos. É um ponto depois do outro, e parece que nunca se chega a lugar nenhum. Mas, claro, prefiro ser Anne de Green Gables e costurar retalhos a ser Anne de qualquer outro lugar sem nada para fazer a não ser brincar. Mas eu queria que o tempo passasse tão rápido quando estou costurando quanto quando estou brincando com a Diana. Oh, e nós nos divertimos muito, Marilla. Tenho de entrar com a maior parte da imaginação, mas isso não é problema. Quanto ao resto, Diana é simplesmente perfeita. Sabe aquele pedacinho de terra do outro lado do riacho, que fica entre nossa chácara e a do Sr. Barry? Pertence ao Sr. William Bell e, no canto direito, há um pequeno círculo de bétulas brancas: é tão romântico, Marilla. Diana e eu fizemos lá nossa casa de brinquedo. Batizamos o lugar de Recreio do Bosque. Não é poético? Posso garantir que levei algum tempo para bolar o nome. Fiquei acordada quase uma noite inteira. E, então, quando eu já estava caindo no sono, o nome surgiu como uma inspiração. Diana ficou *extasiada* quando lhe contei. Ajeitamos nossa casa com toda a elegância. Você precisa vê-la, Marilla... Diga que sim, por favor! Como cadeiras temos pedras imensas, todas cobertas de musgo, e tábuas estendidas entre uma árvore e outra, no lugar das prateleiras. E ali colocamos toda a nossa louça. Naturalmente, está toda quebrada, mas é a coisa mais fácil do mundo imaginá-la inteira. Temos um caco de prato pintado com um ramo de hera vermelho e amarelo que é especialmente lindo. Nós o deixamos na sala de visitas e ali também fica o vidro das fadas. O vidro das fadas é adorável como um sonho. Diana o achou no mato, atrás do galinheiro. Vive cheio de arcos-íris... Pequenos arcos-íris que ainda não cresceram... E a mãe da Diana disse que era um pedaço de um abajur que tiveram um dia. Mas é melhor imaginar que as fadas o perderam certa noite, durante um baile, e por isso o chamamos de vidro das fadas. Matthew vai nos fazer uma mesa. Oh, demos o nome de Laguna dos Salgueiros àquela lagoazinha redonda que fica no campo do Sr. Barry. Tirei o nome do livro que a Diana me emprestou. Era um livro emocionante, Marilla. A heroína tinha cinco namorados. Eu me contentaria com um, e você? Ela era muito bonita e passou por terríveis tribulações. Desmaiava por qualquer coisa. Eu adoraria poder desmaiar assim; e você, Marilla? É tão romântico. Mas tenho uma saúde muito boa, apesar de ser tão magra. Apesar de que acho que estou engordando. Não estou? Dou uma olhada nos meus cotovelos todas as manhãs ao me levantar, para ver se apareceram covinhas. Estão fazendo um vestido novo para a Diana, e as mangas chegam aos cotovelos. Ela o usará no piquenique. Oh, espero que faça tempo bom na quarta-feira. Não sei se conseguiria suportar a decepção, se alguma coisa me impedisse de ir ao piquenique. Imagino que sobreviveria, mas tenho certeza de que seria uma tristeza para a vida toda. Não faria diferença se eu fosse a uns cem piqueniques depois disso: não compensariam o fato de eu ter perdido esse. Vamos ter barcos no Lago de Águas Cintilantes... e sorvete, como eu já disse. Nunca tomei sorvete antes. Diana tentou explicar como era, mas acho que sorvete é uma daquelas coisas que escapam à imaginação.

— Anne, você não parou de falar durante dez minutos, contados no relógio — disse Marilla. — Agora, só para matar minha curiosidade, veja se consegue ficar esse mesmo tempo de bico fechado.

Anne fechou o bico, como Marilla pediu. Mas, durante o resto da semana, ela falou do piquenique, pensou no piquenique e sonhou com o piquenique. No sábado, choveu, e ela ficou tão frenética, com medo de que continuasse a chover até a quarta-feira, que Marilla a fez costurar um retalho a mais para acalmar os nervos.

No domingo, Anne confidenciou a Marilla, enquanto voltavam da igreja, que ficou petrificada de emoção quando o pastor anunciou no púlpito o piquenique.

— Um arrepio e tanto subiu e desceu pela minha espinha, Marilla! Acho que até aquele momento eu não acreditava realmente que teríamos um piquenique. Não pude evitar o medo de que eu tivesse apenas imaginado. Mas, quando um pastor diz uma coisa no púlpito, é preciso acreditar.

— Você deseja as coisas com muita força, Anne — suspirou Marilla. — Receio que terá muitas decepções nesta vida.

— Oh, Marilla, metade do prazer que há nas coisas é esperar por elas! — exclamou Anne. — Pode ser que nunca as tenhamos, mas nada nos impede de nos divertirmos enquanto esperamos. A Sra. Lynde diz: "Benditos aqueles que nada esperam, pois nunca ficarão decepcionados". Mas creio que seria pior não esperar nada do que se decepcionar.

Naquele dia, Marilla foi à igreja com seu broche de ametistas, como sempre fazia. Para ela, não o usar seria um sacrilégio, quase pior do que esquecer a Bíblia ou o dinheiro da oferta.

Aquele broche de ametistas era o bem mais querido de Marilla. Um tio marinheiro o dera à sua mãe, que por sua vez o deixou para Marilla. Era oval e antiquado, guardava uma trança dos cabelos da sua mãe e era delimitado por uma borda de ametistas perfeitas. Marilla sabia muito pouco a respeito de pedras preciosas para perceber como eram excelentes aquelas ametistas, mas as achava lindas, e era com prazer que nunca deixava de imaginar o brilho violeta na sua garganta, pousado sobre o bom e velho vestido de cetim marrom, muito embora não conseguisse vê-lo.

Anne ficara encantada de admiração e deleite ao ver o broche pela primeira vez.

— Oh, Marilla, que broche mais elegante. Não sei como você consegue prestar atenção ao sermão ou às orações quando o usa. Eu não conseguiria, sei disso. Acho as ametistas simplesmente encantadoras. São o que eu costumava pensar que eram os diamantes. Tempos atrás, antes de ter visto um diamante, li sobre eles e tentei imaginar como seriam. Pensei que seriam adoráveis pedras roxas e cintilantes. Quando vi um diamante de verdade no anel de uma senhora, certo dia, fiquei tão decepcionada que chorei. Naturalmente, era muito bonito, mas não era a ideia que eu tinha de um diamante. Posso pegar o broche um minutinho, Marilla? Você acha que as ametistas podem ser as almas de violetas boazinhas?

XIV
A confissão de Anne

Ao final da tarde da segunda-feira que antecedia o piquenique, Marilla saiu do seu quarto e desceu as escadas com ar de preocupação.

— Anne — disse ela à menina, que descascava ervilhas sobre a mesa limpíssima, cantando "Nelly no vale das avelãs" com a empolgação e o vigor que Diana lhe ensinara —, você viu meu broche de ametistas? Pensei que o tivesse espetado na almofada quando voltei da igreja ontem, mas não consigo encontrá-lo em lugar nenhum.

— Eu... eu o vi hoje à tarde, enquanto você estava na Sociedade Beneficente — disse Anne, titubeante. — Estava passando pela porta quando vi a almofada, daí entrei para dar uma olhada.

— Você o pegou? — perguntou Marilla, de cara feia.

— S-s-s-i-m — admitiu Anne. — Eu o peguei e o prendi no meu peito só para ver como ficaria.

— Não devia ter feito isso. É muito errado uma menina ser assim intrometida. Para começar, você não devia ter entrado no meu quarto e, em segundo lugar, não devia ter mexido no broche, que não lhe pertence. Onde você o colocou?

— Oh, eu o coloquei de volta na cômoda. Não fiquei com ele nem um minuto. Não queria me intrometer, Marilla. Não pensei que fosse errado entrar e experimentar o broche, mas agora vejo que foi errado e nunca mais farei isso. Aí está uma coisa boa a meu respeito. Nunca faço a mesma travessura duas vezes.

— Você não o pôs de volta. O broche não está na cômoda. Você o levou para fora ou algo assim, Anne.

— Eu *devolvi* — disse Anne, rapidamente. "Atrevida", pensou Marilla. — Só não me lembro se o espetei na almofada ou se o deixei na bandeja de porcelana. Mas tenho certeza absoluta de que o devolvi.

— Vou dar mais uma olhada — disse Marilla, determinada a ser justa. — Se você tiver devolvido o broche, ele ainda estará lá. Senão, saberei que não devolveu, simples assim!

Marilla foi para seu quarto e fez uma minuciosa busca não só na cômoda, mas em todos os outros lugares onde lhe ocorreu que o broche poderia estar. Não o encontrou em lugar nenhum e voltou para a cozinha.

— Anne, o broche sumiu. Você mesma admitiu ter sido a última pessoa a tê-lo nas mãos. Então, o que fez com ele? Diga-me já a verdade. Você o levou lá para fora e o perdeu?

— Não — disse Anne, com ar solene, enfrentando diretamente o olhar zangado de Marilla. — Nunca tirei o broche do quarto, a verdade é essa, mesmo que me levem ao cadafalso por isso... Apesar de não saber ao certo o que é cadafalso. Então, ficamos assim, Marilla.

O "ficamos assim" de Anne foi apenas para dar ênfase à sua afirmação, mas Marilla tomou isso como demonstração de rebeldia.

— Creio que você esteja mentindo, Anne — ela disse, ríspida. — Sei que está. Muito bem, não diga mais nada, a não ser para contar toda a verdade. Vá para o seu quarto e fique lá até estar disposta a confessar.

— Levo as ervilhas comigo? — perguntou Anne, humildemente.

— Não, eu mesma vou terminar de descascá-las. Faça o que mandei.

Depois que Anne saiu, Marilla continuou com as tarefas do fim do dia, mas muito perturbada. Estava preocupada com seu precioso broche. E se Anne o tivesse perdido? E que maldade da menina negar que o tinha levado, quando estava claro que só ela poderia tê-lo feito! E, ainda por cima, com a carinha mais inocente deste mundo!

"Não sei o que seria pior", pensou Marilla, descascando as ervilhas, ainda nervosa. "Claro, não creio que ela o tenha roubado de propósito ou coisa assim. Ela simplesmente o pegou para brincar ou para dar asas à sua imaginação. Só ela pode ter pegado o broche, não há dúvida, pois, pelo que ela mesma contou, não entrou ninguém naquele quarto depois dela, não até eu subir agora à noite. E o broche sumiu, não há a menor dúvida. Imagino que ela o tenha perdido e está com medo de confessar e ser castigada. Que coisa horrível pensar que ela é capaz de mentir. É muito pior que seus acessos de mau gênio. É uma responsabilidade terrível ter em casa uma criança na qual não se pode confiar. Dissimulação e falsidade: foi o que ela demonstrou. Sinto-me pior por isso do que por causa do broche. Se ao menos ela tivesse dito a verdade, eu não me importaria tanto."

Até o fim da noite, Marilla foi ao seu quarto várias vezes procurar o broche, sem encontrá-lo. Uma última visita ao quarto de Anne, na hora de dormir, e nada. Anne insistiu que não sabia do broche, mas Marilla só se convencia ainda mais de que a menina sabia, sim, de alguma coisa.

Ela contou a história a Matthew na manhã seguinte. Matthew ficou confuso e perplexo: não perderia tão rápido a fé em Anne, mas tinha de admitir que as circunstâncias estavam contra ela.

— Tem certeza de que o broche não caiu atrás da cômoda? — foi a única sugestão que conseguiu oferecer.

— Puxei a cômoda, tirei todas as gavetas, procurei em todos os cantos — foi a resposta categórica de Marilla. — O broche sumiu, a menina o pegou e mentiu para mim. Essa é a pura verdade, Matthew Cuthbert, e temos de encará-la de frente, por pior que isso seja.

— Bem, ora, o que você vai fazer? — Matthew perguntou, desanimado, agradecendo em segredo que Marilla, e não ele, tivesse de lidar com a situação. Não tinha a menor intenção de se intrometer dessa vez.

— Ela ficará no quarto até confessar — disse Marilla, carrancuda, recordando o êxito do método da primeira vez. — Depois veremos. Talvez consigamos encontrar o broche, se ela ao menos nos disser por onde andou com ele. Mas, de qualquer maneira, é preciso castigá-la de verdade, Matthew.

— Bem, ora, você terá de castigá-la — lembrou Matthew, apanhando o chapéu. — Não tenho nada a ver com isso, não se esqueça. Você mesma me mandou ficar de fora.

Marilla sentiu-se abandonada por todos. Nem sequer podia aconselhar-se com a Sra. Lynde. Ela subiu as escadas e entrou no quarto de Anne com uma expressão muito séria, e de lá saiu com outra mais séria ainda. Anne recusava-se a confessar terminantemente. Insistia em afirmar que não havia levado o broche. Era óbvio que a menina andara chorando, e Marilla sentiu uma pontada de pena, que reprimiu rapidamente. À noite estava, em suas próprias palavras, "em frangalhos".

— Você ficará neste quarto até confessar, Anne. Pode ir se conformando com a ideia — ela disse, com firmeza.

— Mas o piquenique é amanhã, Marilla — chorou Anne. — Você não vai me impedir de ir, vai? Vai me deixar sair à tarde, não vai? Depois ficarei aqui por todo o tempo que você quiser, e de *bom grado*. Mas *preciso* ir ao piquenique.

— Você não vai ao piquenique nem a lugar algum até confessar, Anne.

— Oh, Marilla — disse Anne, com a voz entrecortada.

Mas Marilla já havia saído e trancado a porta. A manhã de quarta-feira chegou tão luminosa e bonita como se tivesse sido especialmente encomendada para o piquenique. Os pássaros cantavam ao redor de Green Gables; os lírios brancos do jardim exalavam um perfume que, levado por brisas invisíveis, entrava na casa por todas as portas e janelas e percorria todos os cômodos, tal qual um espírito bondoso. As bétulas do pequeno vale abaixo acenavam com suas mãozinhas joviais, como se aguardassem a saudação matutina costumeira de Anne, de lá do seu quarto. Mas Anne não estava na janela. Quando Marilla entrou com sua bandeja de café da manhã, encontrou a menina sentada sobre a cama, muito séria, pálida e decidida, de lábios apertados e olhos brilhantes.

— Marilla, estou disposta a confessar — disse Anne.

— Oh! — Marilla pousou a bandeja. Seu método havia funcionado novamente, mas essa vitória lhe era muito amarga. — Vejamos o que você tem a dizer então, Anne.

— Eu peguei o broche de ametistas — disse Anne, como se tivesse decorado uma lição. — Eu o peguei, exatamente como você disse. Não era essa minha intenção quando entrei. Mas ficou tão lindo, Marilla, preso ao meu peito, que fui tomada por uma tentação irresistível. Imaginei que seria o máximo levá-lo ao Recreio do Bosque e fazer de conta que eu era *Lady* Cordelia Fitzgerald. Seria muito mais fácil imaginar que eu era *Lady* Cordelia se tivesse um verdadeiro broche de ametistas. Diana e eu fizemos colares com os frutinhos das roseiras, mas o que são frutinhos em comparação com ametistas? Por isso levei o broche. Imaginei que o devolveria antes de você voltar para casa. Dei a volta toda pela estrada para fazer o tempo passar mais devagar. Quando estava atravessando a ponte sobre o Lago de Águas Cintilantes, tirei o broche para dar mais uma olhada. Oh, como brilhava ao sol. E então, quando me debrucei sobre a ponte, o broche escorregou por entre meus dedos... deste jeito... e caiu, caiu, caiu, todo púrpura e refulgente, e afundou para todo o sempre no Lago de Águas Cintilantes. E essa é a melhor confissão que posso fazer, Marilla.

Marilla sentiu novamente seu coração se encher de fúria. Aquela criança havia levado e perdido seu querido broche de ametistas e, agora, sentada ali, recitava com toda a calma os pormenores, sem dar o menor sinal de tristeza ou arrependimento.

— Anne, isso é terrível — ela disse, tentando manter a calma. — Você é a menina mais perversa de que já ouvi falar.

— Sim, imagino que seja — concordou Anne, serena. — E sei que tenho de ser castigada. É seu dever me castigar, Marilla. Por favor, vamos logo com isso, pois eu gostaria de ir ao piquenique sem essa preocupação.

— Piquenique, pois sim! Você não vai a piquenique nenhum hoje, Anne Shirley. Essa será sua punição. E não é nem metade do castigo que você merece por ter feito o que fez!

— Não vou ao piquenique?! — Anne ficou de pé num salto e agarrou a mão de Marilla. — Mas você prometeu que me deixaria ir! Oh, Marilla, eu tenho de ir ao piquenique. Foi por isso que confessei. Castigue-me como quiser, mas não desse jeito. Oh, Marilla, por favor, por favor, deixe-me ir ao piquenique. Pense no sorvete! Pode ser que eu nunca mais tenha a oportunidade de provar um sorvete.

Impassível, Marilla desvencilhou-se das mãos crispadas de Anne.

— Não precisa implorar, Anne. Você não vai ao piquenique e ponto final. Não e nem mais um pio!

Anne percebeu que não havia como fazer Marilla mudar de ideia. Ela juntou as mãos, soltou um gritinho agudo e atirou-se de bruços sobre a cama, chorando e contorcendo-se no mais absoluto abandono, decepcionada, inconformada, desesperada.

— Misericórdia! — espantou-se Marilla, apressando-se em sair do quarto. — Creio que a menina seja louca. Nenhuma criança, em sã consciência, se comportaria dessa maneira. Isso se não for simplesmente má. Oh, meu Deus, receio que Rachel tivesse razão desde o início. Mas, já que lancei mão do arado, não olharei para trás.[1]

Foi uma manhã muito triste. Marilla trabalhou furiosamente e esfregou o chão da varanda e as prateleiras da leiteria quando já não havia mais nada para fazer. Nem as prateleiras nem a varanda precisavam de limpeza, mas Marilla as limpou assim mesmo. Depois saiu para varrer o quintal. Quando o almoço já estava servido, ela foi até as escadas e chamou Anne. Um rostinho manchado de lágrimas e com ar trágico apareceu sobre a balaustrada.

— Venha almoçar, Anne.

— Não quero almoçar, Marilla — disse Anne, aos soluços. — Não conseguiria comer. Meu coração está despedaçado. Espero que você, um dia desses, ainda sinta remorsos por tê-lo destruído, Marilla, mas eu a perdoo. Lembre-se de que, quando chegar a hora, eu a perdoo. Mas, por favor, não me peça que coma nada, principalmente carne de porco cozida e legumes. Porco cozido e legumes não têm nada de romântico quando se está aflita.

Exasperada, Marilla voltou à cozinha e desabafou com Matthew, que, dividido entre seu senso de justiça e sua simpatia desmedida por Anne, se sentiu muito infeliz.

— Bem, ora, ela não devia ter levado o broche, Marilla, nem mentido — ele admitiu, observando com tristeza o prato cheio de carne de porco e legumes, nada românticos, como se ele, da mesma forma que Anne, visse aquilo como uma refeição inapropriada para crises sentimentais —, mas

---

[1] Referência a Lucas 9:62. (N. T.)

ela é tão pequenininha... uma coisinha tão interessante. Não acha muito severo proibi-la de ir ao piquenique pelo qual ela esperou tanto?

— Matthew Cuthbert, estou abismada com você. Creio até que o castigo foi muito brando. E ela não parece ter entendido como foi má... Isso é o que mais me preocupa. Se ela realmente estivesse arrependida, não seria tão ruim. E você tampouco parece ter entendido: está inventando razões para desculpá-la aí dentro da sua cabeça... Sei que está.

— Bem, ora, ela é uma criança, ainda tão pequena — repetiu Matthew tristemente. — E precisamos fazer concessões, Marilla. Você sabe que ela nunca teve uma criação decente.

— Agora ela tem — retorquiu Marilla.

A réplica fez Matthew calar-se, embora não estivesse convencido. O almoço foi desolador. A única pessoa animada à mesa era Jerry Buote, o empregado, e Marilla tomou a animação do rapaz como um insulto.

Depois de ter lavado a louça, preparado a massa do pão e alimentado as galinhas, Marilla lembrou-se de ter visto um pequeno rasgo em seu melhor xale preto de renda ao tirá-lo na segunda-feira à tarde, quando voltou da Beneficência. Decidiu remendá-lo.

O xale estava numa caixa, dentro do baú. Quando Marilla o retirou, a luz do Sol, atravessando as videiras que se amontoavam em volta da janela, atingiu alguma coisa presa no xale: uma coisa de faces lilases que cintilou e refulgiu. Ofegante, Marilla o apanhou. Era o broche de ametistas, pendurado pela presilha num fio de renda!

— Por tudo que há de mais sagrado — Marilla disse estupidamente —, mas o que é isto? É meu broche, são e salvo, o broche que eu pensava estar no fundo do açude dos Barry. Por que a menina disse que o havia levado e perdido? Creio que Green Gables esteja enfeitiçada. Lembro-me agora de que, quando tirei meu xale segunda-feira à tarde, deixei-o sobre a cômoda por um minuto. Imagino que o broche se enredou nele de algum jeito. Que coisa!

Marilla dirigiu-se ao quarto de Anne com o broche numa das mãos. Anne havia parado de chorar e estava sentada à janela, desanimada.

— Anne Shirley — disse Marilla, em tom solene. — Acabei de encontrar o broche pendurado no meu xale preto de renda. Agora quero saber que história maluca foi aquela que você me contou hoje de manhã.

— Ora, você disse que me deixaria trancada aqui até eu confessar — respondeu Anne, abatida —, daí resolvi confessar, porque estava decidida a ir ao piquenique. Pensei numa confissão ontem à noite, depois de me deitar, e tornei-a a mais interessante possível. E a repeti várias vezes para não esquecer nenhum detalhe. Mas, no fim das contas, você não me deixou ir ao piquenique, e todo o meu esforço foi em vão.

Marilla foi obrigada a rir, apesar de tudo. Mas sua consciência a incomodava.

— Anne, você é realmente desconcertante! Mas eu estava errada... e vejo isso agora. Não devia ter duvidado da sua palavra, pois você nunca mentiu para mim. É claro que não devia ter confessado uma coisa que não fez... Foi muito errado da sua parte. Mas eu a levei a isso. Sendo assim, se você me perdoar, Anne, eu perdoarei você, e estaremos quites. E agora vá se aprontar para o piquenique.

Anne saltou feito um foguete.

— Oh, Marilla, não é tarde demais?

— Não, são apenas duas horas. As pessoas ainda devem estar chegando e o chá só será servido daqui a uma hora. Lave o rosto, penteie os cabelos e ponha o vestido de riscadinho. Vou preparar a cesta para você. Temos bastante comida em casa. E vou pedir a Jerry que atrele a égua alazã e leve você ao piquenique.

— Oh, Marilla — exclamou Anne, voando na direção do lavatório. — Há cinco minutos eu estava tão infeliz que desejei nunca ter nascido, e agora eu não trocaria de lugar com um anjo!

Naquela noite, Anne voltou para Green Gables completamente feliz e exausta, num estado indescritível de beatitude.

— Oh, Marilla, me diverti demais. Foi tão bom. Foi formidável. Formidável é uma palavra nova que aprendi hoje. Ouvi Mary Alice Bell usá-la. Não é expressiva? Foi tudo tão adorável. O chá foi magnífico, depois o Sr. Harmon Andrews nos levou para passear de barco no Lago de Águas Cintilantes: seis meninas de cada vez. E Jane Andrews quase caiu na água. Ela se debruçou para apanhar nenúfares e, se o Sr. Andrews não a tivesse segurado pelo cinto bem a tempo, ela teria caído e provavelmente se afogado. Como eu queria que tivesse sido eu. Seria uma experiência tão romântica quase se afogar. Eu teria uma história emocionante para contar. E tomamos sorvete. Não tenho palavras para descrever aquele sorvete. Marilla, garanto que foi sublime.

Naquela noite, Marilla contou a história toda a Matthew, enquanto cerzia meias.

— Estou disposta a admitir que cometi um erro — ela concluiu com toda a franqueza —, mas aprendi uma lição. Não posso deixar de rir ao pensar na "confissão" da Anne, mas acho que não deveria, pois foi de fato uma mentira. Mas, sei lá por que razão, não parece ser tão ruim quanto se fosse verdade e, de qualquer maneira, eu fui a responsável. É difícil entender aquela menina em certos pontos. Mas creio que ela ainda será uma boa pessoa. E uma coisa é certa: nenhuma casa jamais será monótona com ela por perto.

XV
Tempestade em copo d'água na escola

— Que dia esplêndido! — disse Anne, respirando fundo. Não é demais estar viva em um dia como este? Tenho pena das pessoas que ainda não nasceram, por estarem perdendo o dia de hoje. Por certo, existem dias maravilhosos, mas jamais serão tão lindos como hoje. E mais esplêndido ainda é poder ir para a escola por este caminho tão lindo, não acha?

— É muito mais bonito por aqui do que pela estrada, tão quente e poeirenta — disse Diana, de modo prático, xeretando em sua cesta de lanche, calculando mentalmente se três suculentas e deliciosas tortas de framboesa que lá repousavam poderiam ser divididas entre as dez garotas e a quantos pedacinhos cada uma teria direito.

As garotas de Avonlea sempre repartiam seus lanches e, além disso, caso comesse as três tortas de framboesa sozinha ou as repartisse apenas com a melhor amiga, por certo seria para sempre tachada de "mesquinha". E, no entanto, quando as tortas foram repartidas entre as dez meninas, ela se deu conta de que talvez tivesse conseguido comer tudo sozinha.

O caminho por onde Anne e Diana iam para a escola era muito bonito. Anne pensou que aquelas idas e vindas com Diana não poderiam ser melhores, nem com sua imaginação.

Passar pela estrada principal teria sido pouquíssimo romântico; mas nada era mais romântico do que passar pela Alameda dos Namorados, ou pela Laguna dos Salgueiros, ou pelo Vale das Violetas ou pela Trilha das Bétulas.

A Alameda dos Namorados começava logo abaixo do pomar de Green Gables e estendia-se até o bosque que ficava na extremidade da chácara dos Cuthbert. Era o caminho pelo qual se tangiam as vacas até o pasto dos fundos e por onde, no inverno, carregavam a lenha até a casa. Anne a batizara de Alameda dos Namorados antes de completar um mês em Green Gables.

— Não que passem realmente namorados por lá — explicou a Marilla —, mas Diana e eu estamos lendo um livro magnífico, e há uma Alameda dos Namorados na história. Daí queríamos ter uma também. E é um nome muito bonito, não acha? Tão romântico! Dá para imaginar os namorados passando por ela, sabia? Gosto dessa alameda porque ali podemos pensar em voz alta sem que as pessoas nos chamem de loucas.

Anne seguia sozinha de manhã e descia a Alameda dos Namorados até o riacho. Ali encontrava Diana, e as duas subiam a pequena trilha debaixo dos frondosos bordos — "os bordos são árvores muito sociáveis", dizia Anne, "estão sempre farfalhando e sussurrando coisas" — até chegarem a uma ponte rústica. Aí saíam da alameda e atravessavam o campo dos fundos do Sr. Barry para passar pela Laguna dos Salgueiros. Depois da laguna ficava o Vale das Violetas — uma pequena clareira verde na sombra, dentro do grande bosque do Sr. Andrew Bell.

— Claro que agora não há nenhuma violeta por ali — Anne contou a Marilla —, mas Diana disse que há milhões delas na primavera. Oh, Marilla, você consegue imaginá-las? Chego a ficar sem fôlego. Batizei o lugar de Vale das Violetas. Diana disse que nunca viu alguém igual a mim para arranjar nomes bonitos para os lugares. É bom ser esperta em alguma coisa, não é? Mas Diana batizou a Trilha das Bétulas. Ela quis, então deixei, mas tenho certeza de que teria encontrado um nome mais poético do que Trilha das Bétulas. Qualquer um pensaria nesse nome. Mas a Trilha das Bétulas é um dos lugares mais lindos do mundo, Marilla.

E era mesmo. Outras pessoas além de Anne pensavam a mesma coisa ao se depararem com o lugar. Era uma trilha pequena e estreita, cheia de meandros, que descia uma colina extensa e atravessava diretamente o bosque do Sr. Bell, onde a luz passava por tantos filtros cor de esmeralda que chegava ao chão tão perfeita quanto o centro de um diamante. Era margeada em toda a sua extensão por bétulas esguias e jovens, de troncos brancos e galhos flexíveis. Samambaias, leites-de-galinha, lírios-do-vale e ervas-do-canadá, com seus cachos vermelhos, estavam presentes em todo o percurso. E sempre havia algo de vívido e delicioso no ar, a música dos passarinhos, o murmúrio e o riso dos ventos silvestres nas copas das árvores. Vez ou outra, era possível ver um coelho atravessar o caminho aos saltos, se se fizesse silêncio, o que, no caso de Anne e Diana, acontecia muito raramente. Lá embaixo, no vale, a trilha dava na estrada principal, e depois era só subir o morro de pinheiros até a escola.

A escola de Avonlea era uma casa caiada, de beiral baixo e janelas amplas, mobiliada com carteiras confortáveis, razoavelmente antiquadas, que se abriam e fechavam e tinham entalhadas nos tampos as iniciais e os hieróglifos de três gerações de alunos. A escola ficava longe da estrada e, atrás dela, havia um bosque escuro de pinheiros e um riacho, onde todas as crianças deixavam suas garrafas de leite pela manhã, para mantê-las frescas até a hora do almoço.

Marilla viu Anne ir para a escola no primeiro dia de setembro com muita apreensão. Anne era uma menina muito estranha. Como se comportaria com as outras crianças? E, diabos, como é que conseguiria ficar de bico calado durante a aula?

Contudo, as coisas não foram tão ruins quanto Marilla temera. Anne voltou para casa muito bem-humorada naquele fim de tarde.

— Creio que vou gostar da escola daqui — anunciou. — Mas não achei o professor grande coisa. Ele passa o tempo todo torcendo o bigode e flertando com Prissy Andrews. Prissy já é adulta, sabia? Ela tem dezesseis anos e está estudando para o exame vestibular da Academia Queen's, em Charlottetown, no ano que vem. Tillie Boulter disse que o professor está *caidinho* por ela. Ela tem a pele bonita, cabelos castanhos e encaracolados e faz penteados muito elegantes. Fica sentada no banco comprido no fundo da sala, e o professor também fica sentado lá boa parte do tempo, para explicar a ela as lições. É o que ele diz. Mas Ruby Gillis disse que o viu escrevendo uma coisa na lousa da moça e, quando leu o que era, Prissy ficou vermelha feito uma beterraba e deu uma risadinha. E Ruby Gillis disse não acreditar que aquilo tivesse algo a ver com a lição.

— Anne Shirley, não quero nunca mais ouvi-la falar desse jeito do seu professor — disse Marilla, ríspida. — Você não vai à escola para criticá-lo. Creio que ele tenha algo a ensinar *a você*, e sua obrigação é aprender. E quero que entenda de uma vez que não é para voltar contando histórias a respeito dele. Não vou encorajar esse tipo de coisa. Espero que tenha sido uma boa menina.

— E fui — disse Anne, à vontade. — E nem foi tão difícil como você imagina. Sentei perto da Diana. Nossa carteira fica bem ao lado da janela e dali podemos ver o Lago de Águas Cintilantes. A escola tem muitas meninas simpáticas, e nos divertimos muito na hora do almoço. É tão bom ter um monte de meninas com quem brincar! Mas é claro que gosto mais da Diana, e sempre vou gostar. Adoro a Diana. Estou terrivelmente atrasada em relação aos outros. Estão todos no quinto livro, e estou apenas no quarto. Que desonra. Mas nenhum deles tem uma imaginação igual à minha, eu logo descobri. Hoje tivemos Leitura, Geografia, História do Canadá e um ditado. O Sr. Phillips disse que minha ortografia é um desastre e mostrou minha lousa para todo mundo, cheia de correções. Fiquei tão mortificada, Marilla! Creio que ele poderia ter sido um pouco mais educado com alguém que acabou de conhecer. Ruby Gillis me deu uma maçã e Sophia Sloane me passou um adorável cartão rosa, no qual se lia "Posso visitá-la?". Tenho de devolvê-lo amanhã. E Tillie Boulter me deixou usar seu anel de contas a tarde inteira. Posso ficar com aquelas contas peroladas que caíram da almofada velha da água-furtada e fazer um anel para mim? E, oh, Marilla, Jane Andrews me contou que Minnie MacPherson disse a ela que ouviu Prissy Andrews comentar com Sara Gillis que eu tenho um nariz muito bonito. Marilla, esse é o primeiro elogio que já recebi, e você não pode imaginar a sensação esquisita que isso me causou. Marilla, meu nariz é realmente bonito? Sei que você dirá a verdade.

— Não há nada errado com seu nariz — disse Marilla, em poucas palavras. Achava o nariz de Anne extraordinariamente bonito, mas não tinha a intenção de dizer-lhe o que pensava.

Tudo isso acontecera três semanas antes, e as coisas estavam indo muito bem até então. E agora, naquela manhã cintilante de setembro, Anne e Diana, duas das meninas mais felizes de Avonlea, saltitavam alegremente pela Trilha das Bétulas.

— Creio que Gilbert Blythe virá à escola hoje — disse Diana. — Passou todo o verão com os primos em Nova Brunswick e só voltou para casa na noite de sábado. Ele é muito bonito, Anne. E adora provocar as meninas. É simplesmente um tormento em nossas vidas.

A entonação de Diana deu a entender que ela preferia ter um tormento em sua vida.

— Gilbert Blythe? — perguntou Anne. — Não é o nome dele que está escrito na varanda da escola, ao lado do da Julia Bell, com um enorme "Tomem nota" em cima?

— Sim — respondeu Diana, atirando a cabeça para trás —, mas tenho certeza de que ele não gosta tanto assim da Julia Bell. Eu o ouvi dizer que estudava as tabuadas contando as sardas do rosto dela.

— Oh, não me fale em sardas — implorou Anne. — Não é nada gentil, considerando que tenho tantas. Mas realmente acho que deixar recados nas paredes para chamar a atenção sobre certos meninos e meninas é a maior bobagem de todos os tempos. Quero ver alguém ter a audácia de escrever o meu nome e o de um garoto. Claro, não que alguém fosse fazer isso — ela se apressou a acrescentar.

Anne suspirou. Ela não queria ver seu nome escrito na parede. Mas era um tanto quanto humilhante saber que não havia o menor risco de algo assim acontecer.

— Bobagem — disse Diana, cujos olhos negros e madeixas lustrosas haviam causado tamanha devastação no coração dos estudantes de Avonlea que o nome dela figurava nas paredes da varanda em meia dúzia daqueles recados. — É para ser apenas uma piada. E não tenha tanta certeza de que seu nome não aparecerá escrito. Charlie Sloane está *caidinho* por você. Ele contou para a mãe dele — veja bem, para a *mãe* dele — que você era a garota mais inteligente da escola. É melhor do que ser bonita.

— Não é, não — disse Anne, feminina até a alma. — Antes ser bonita do que esperta. E detesto Charlie Sloane. Não suporto meninos de olhos esbugalhados. Se alguém escrevesse meu nome e o dele, eu nunca esqueceria, Diana Barry. Mas é muito bom ser a melhor da classe.

— Gilbert estará em sua classe de agora em diante — disse Diana —, e ele costumava ser o melhor da turma, isso eu lhe garanto. Ele está apenas no quarto livro, apesar de ter quase catorze anos. Há quatro anos, o pai dele adoeceu e teve de ir a Alberta para cuidar da saúde, e Gilbert foi com ele. Ficaram lá três anos, e Gil mal foi à escola até voltar para cá. Você verá que não será tão fácil ser a melhor da turma de agora em diante, Anne.

— Fico feliz — respondeu rapidamente. — Não poderia de fato me orgulhar de ser a melhor numa turma de meninos e meninas de nove ou dez anos. Cheguei ao topo ontem, quando soletrei "ebulição". Josie Pye era a melhor e, veja você, ela colou do livro. O Sr. Phillips não viu... Estava olhando para Prissy Andrews... Mas eu vi. Fulminei-a com um olhar de profundo desprezo e ela ficou vermelha feito uma beterraba, e acabou soletrando errado.

— As irmãs Pye são umas trapaceiras — disse Diana, indignada, enquanto pulavam a cerca da estrada principal. — Ontem, Gertie Pye chegou a colocar a garrafa de leite dela no lugar da minha, à beira do regato. Onde já se viu uma coisa dessas? Não falo mais com ela.

Enquanto o Sr. Phillips estava no fundo da sala tomando o latim de Prissy Andrews, Diana sussurrou para Anne:

— Aquele é Gilbert Blythe, sentado bem na sua frente, do outro lado do corredor, Anne. Dê uma olhada nele e diga se não o acha bonito.

E Anne deu mesmo uma olhada. Teve uma boa oportunidade para fazer isso, pois o tal Gilbert Blythe estava distraído, tentando furtivamente, com um alfinete, prender a longa trança loura de Ruby Gillis, que estava sentada na frente dele, ao encosto da carteira. Era um garoto alto, de cabelos castanhos e encaracolados, olhos castanho-claros espertos e com um sorriso provocador na boca. Naquele momento, Ruby Gillis levantou-se para mostrar uma conta ao professor; caiu de volta na carteira com um gritinho agudo, achando que seus cabelos haviam sido arrancados pelas raízes. Todos se voltaram para ela, e o Sr. Phillips olhou-a de modo tão penetrante e severo que Ruby começou a chorar. Gilbert tinha escondido rapidamente o alfinete e fingia ler seu livro de História com a cara mais séria deste mundo, mas, quando tudo passou, ele olhou para Anne e deu-lhe uma piscadela com uma graça inexprimível.

— Acho que seu Gilbert Blythe *é* bonito — Anne confidenciou a Diana —, mas também acho que é muito atrevido. Não é de bom tom piscar para uma menina desconhecida.

Mas foi só à tarde que as coisas começaram a acontecer.

O Sr. Phillips estava de volta ao canto mais remoto da sala, explicando um problema de álgebra para Prissy Andrews, e o resto dos alunos estava praticamente fazendo o que bem entendia, comendo maçãs verdes, cochichando, desenhando em suas lousas e conduzindo grilos, atrelados a linhas, de um lado a outro do corredor. Gilbert Blythe tentava fazer Anne Shirley olhar para ele, sem êxito, pois Anne, naquele momento, estava absolutamente alheia não só à existência de Gilbert Blythe, como também à de todos os outros estudantes de Avonlea e à própria escola. Com o queixo apoiado nas mãos e os olhos fixos no vislumbre azul do Lago de Águas Cintilantes, que vinha da janela esquerda da sala, ela estava longe, muito longe, numa deslumbrante terra de sonhos, ouvindo e enxergando apenas seus próprios devaneios maravilhosos.

Gilbert Blythe não estava acostumado a fazer tanta força para uma menina olhar para ele, e sem sucesso. *Tinha* de olhar para ele, aquela tal de Anne, de cabelos ruivos, queixinho afilado e olhos grandes, incomparáveis aos de qualquer outra menina da escola de Avonlea.

Gilbert atravessou o corredor, segurou a ponta da trança ruiva e comprida de Anne, esticou o braço e disse, num sussurro agudo:

— Cenouras! Cenouras!

Anne fulminou-o com um olhar de vingança!

E fez mais. Levantou-se num salto, com suas esplêndidas fantasias irremediavelmente arruinadas. Lançou um olhar indignado para Gilbert, mas a faísca de raiva em seus olhos foi logo extinta por lágrimas igualmente raivosas.

— Seu garoto malvado e abominável! — exclamou, irascível. — Como se atreve?

E então... Pah! Anne deu com sua lousa na cabeça de Gilbert, rachando-a — a lousa, não a cabeça — de cima a baixo.

Os alunos de Avonlea adoravam um escândalo. E aquele foi especialmente saboroso. Todos disseram "oh", deliciados de horror. Diana ficou sem ar. Ruby Gillis, que tinha certa inclinação para a histeria, começou a chorar. Tommy Sloane deixou seus grilos escaparem enquanto olhava boquiaberto para a lousa quebrada.

O Sr. Phillips, furioso, avançou pelo corredor e pousou a mão pesada no ombro de Anne.

— Anne Shirley, o que foi isso? — ele disse, irritado. Anne não respondeu.

Era pedir demais de uma simples mortal que contasse, diante de toda a escola, que a haviam chamado de "cenoura". Foi Gilbert quem se pronunciou, intrépido:

— A culpa foi minha, Sr. Phillips. Eu a provoquei.

O Sr. Phillips não deu atenção a Gilbert.

— É lamentável ver uma aluna minha exibir tamanho mau gênio e espírito vingativo — ele disse, em tom solene, como se o mero fato de serem alunos dele pudesse eliminar todas as maldades do coração daqueles pequenos e imperfeitos mortais. — Anne, você ficará de pé ali no tablado, de frente para o quadro negro, pelo resto da tarde.

Anne teria preferido infinitamente o açoite àquele castigo, que fez seu espírito sensível estremecer como se tivesse levado uma chicotada. De rosto lívido e resoluto, ela obedeceu. O Sr. Phillips pegou um pedaço de giz e escreveu no quadro, acima da cabeça da menina:

"Ann Shirley tem um gênio muito ruim. Ann Shirley precisa aprender a se controlar" e leu em voz alta de modo que todos os alunos, até os da cartilha, que ainda não sabiam ler, pudessem ouvir.

Anne ficou ali o resto da tarde, com aqueles dizeres pairando sobre sua cabeça. Não chorou nem baixou a cabeça. A raiva ainda ardia muito forte dentro dela e foi o que a amparou em meio à agonia da humilhação. Com os olhos ressentidos e as faces rubras de emoção, ela confrontou o olhar solidário de Diana, os meneios indignados da cabeça de Charlie Sloane e os sorrisos maliciosos de Josie Pye. Quanto a Gilbert Blythe, nem sequer olhou para ele. Ela nunca mais olharia para ele! Nunca mais falaria com ele!!

Terminada a aula, Anne saiu da escola, com sua cabeça ruiva erguida. Gilbert Blythe tentou interceptá-la à porta da varanda.

— Sinto muitíssimo por ter zombado dos seus cabelos, Anne — ele sussurrou, arrependido. — Estou falando sério. Não vá ficar com raiva para sempre.

Anne, desdenhosa, passou por ele, sem dar sinal de tê-lo visto ou escutado.

— Oh, Anne, como você pôde? — murmurou Diana, enquanto as duas desciam a estrada, meio em tom de censura, meio admirada. Diana achava que ela nunca teria resistido ao pedido de Gilbert.

— Nunca perdoarei Gilbert Blythe — disse Anne, decidida. — E o Sr. Phillips escreveu meu nome sem o *e* no final. Minha alma foi ferida a ferro, Diana.

Diana não tinha a menor ideia do que Anne queria dizer com aquilo, mas entendeu que se tratava de uma coisa terrível.

— Não se importe se Gilbert zombar dos seus cabelos — ela comentou, tentando apaziguá-la. — Ora, ele zomba de todas as meninas. Ri dos meus por serem tão pretos. Já me chamou de corvo umas dez vezes; e nunca o vi pedir desculpas por alguma coisa.

— Há uma grande diferença entre ser chamada de corvo e ser chamada de cenoura — disse Anne, com dignidade. — Gilbert Blythe me magoou de um modo muito *profundo*, Diana.

O assunto poderia ter morrido ali, sem que ninguém mais fosse humilhado, se nada mais tivesse acontecido. Mas, quando começam a acontecer, as coisas têm a propensão de continuar.

Os estudantes de Avonlea costumavam passar a hora mais quente do dia mascando goma no bosque de pinheiros do Sr. Bell, que ficava sobre a colina, do outro lado do pasto grande. Dali era possível ficar de olho na casa de Eben Wright, onde o professor estava hospedado. Ao ver o Sr. Phillips sair, eles corriam para a escola; mas, sendo a distância aproximadamente três vezes maior que o caminho do Sr. Wright, a tendência era chegarem lá, sem ar e ofegantes, três minutos atrasados.

No dia seguinte, o Sr. Phillips foi tomado por um de seus ataques espasmódicos de reforma disciplinar e anunciou, antes de sair para almoçar, que esperava encontrar todos os alunos em suas carteiras quando voltasse. Quem chegasse atrasado seria castigado.

Todos os meninos e parte das meninas foram ao pinheiral do Sr. Bell como de costume, com a intenção de ficar apenas o suficiente para "dar uma mascadinha". Mas os bosques de pinheiros são sedutores e as gomas de mascar, uma grande distração. Eles mascaram, ficaram à toa e se atrasaram. E, como sempre, a primeira coisa que os fez lembrar que o tempo voava foi o grito de Jimmy Glover, do alto de um velho e patriarcal pinheiro:

— O professor está chegando!

As meninas, que estavam no chão, saíram correndo na frente e conseguiram chegar à escola a tempo, mas foi por pouco. Os meninos, que tiveram de descer às pressas das árvores, atrasaram-se um pouco. E Anne, que não estivera mascando goma, e sim passeando alegremente na outra ponta do bosque, com samambaias até a cintura, cantando baixinho para si mesma, com uma guirlanda de fritilárias nos cabelos, como se fosse alguma divindade silvestre dos lugares sombreados, foi a última a correr. Mas Anne era rápida como um gamo, e a diabinha acabou alcançando os meninos à porta e foi arrastada para dentro junto com eles, no exato momento em que o Sr. Phillips pendurava o chapéu.

A breve decisão do Sr. Phillips de disciplinar a turma já tinha passado: ele não queria dar-se ao trabalho de castigar mais do que alguns alunos. Mas era necessário fazer alguma coisa para não perder a autoridade, por isso procurou um bode expiatório e o encontrou em Anne, que despencara em sua carteira, sem fôlego, com a guirlanda de fritilárias esquecida e inclinada sobre uma orelha, o que lhe dava uma aparência particularmente desleixada e desgrenhada.

— Anne Shirley, já que você, aparentemente, gosta da companhia dos meninos, vamos matar sua vontade — ele disse, sarcástico. — Tire essas flores da cabeça e sente-se ao lado de Gilbert Blythe.

Os outros meninos riram baixinho. Diana, lívida de pena, tirou a guirlanda dos cabelos de Anne e apertou-lhe a mão. Anne fitou o mestre-escola como se estivesse petrificada.

— Ouviu o que eu disse, Anne? — indagou o Sr. Phillips, severo.

— Sim, senhor — disse Anne, devagar —, mas não achei que falasse sério.

— Garanto que estou falando sério — respondeu, ainda com a mesma inflexão sarcástica que todas as crianças, e principalmente Anne, odiavam. Era irritante. — Obedeça-me de uma vez.

Por um momento, pareceu que Anne tinha a intenção de desobedecer. Depois, percebendo que não havia nada a fazer, ela se levantou altivamente, atravessou o corredor, sentou-se ao lado de Gilbert Blythe e, sobre a carteira, enterrou o rosto nos braços. Ruby Gillis, que viu de relance a face de Anne, contaria aos colegas, ao voltarem para casa, que "nunca tinha visto nada parecido antes: ela estava muito branca e tinha uns pontinhos vermelhos horríveis no rosto".

Para Anne, parecia o fim. Já era péssimo ter sido a única a ser castigada, quando pelo menos outras dez crianças eram tão culpadas quanto ela. Pior ainda foi ter de se sentar ao lado de um menino, mas, quando esse menino era Gilbert Blythe, isso já era um insulto sem tamanho e absolutamente insuportável. Anne achou que não aguentaria e que nem adiantaria tentar. Estava completamente tomada por sentimentos de vergonha, raiva e humilhação.

No início, os outros alunos não paravam de olhar, cochichar, rir baixinho e cutucar uns aos outros. Mas, já que Anne não erguia a cabeça, e Gilbert calculava suas frações como se todo o seu ser estivesse ocupado com isso, e apenas isso, não demoraram a voltar a suas próprias tarefas, e Anne foi esquecida. Quando o Sr. Phillips anunciou a aula de História, Anne deveria ter acompanhado os outros alunos, mas não se mexeu, e o Sr. Phillips, que andou escrevendo alguns versos "para Priscilla" antes de começar a aula, pensava numa rima rebelde, e não deu por falta da menina. Em certo momento, quando ninguém estava olhando, Gilbert tirou da sua carteira um coraçãozinho de açúcar inteirinho rosa, com a frase "Você é um doce", escrita em dourado, e passou-a por baixo da curva do braço de Anne. Então Anne ergueu a cabeça, pegou o coração rosa com todo o cuidado, entre as pontas dos dedos, deixou-o cair no chão, pulverizou-o com o calcanhar e retomou sua posição sem se dignar olhar para o menino.

Quando a classe foi dispensada, Anne foi até sua carteira, tirou ostensivamente todas as coisas que havia lá dentro — os livros, a tabuinha de escrever, pena e tina, o evangelho e a aritmética — e empilhou-as caprichosamente em cima da lousa partida.

— Para que levar tudo isso para casa, Anne? — Diana quis saber, tão logo se viram na estrada. Não tivera coragem de perguntar antes.

— Nunca mais volto para a escola — disse Anne.

Diana ficou de boca aberta e encarou Anne para ver se ela estava falando sério.

— E Marilla deixará você ficar em casa?

— Ela terá de deixar. *Nunca mais* voltarei à escola enquanto aquele homem estiver lá.

— Oh, Anne! — Diana parecia prestes a chorar. — Como você é má. O que vou fazer? O Sr. Phillips me fará sentar ao lado daquela chata da Gertie Pye... Sei que sim, porque ela não divide a carteira com ninguém. Volte, Anne, por favor.

— Eu faria quase qualquer coisa por você, Diana — disse Anne, tristonha. — Eu deixaria que me esquartejassem, um membro por vez, se isso fosse ajudá-la. Mas não posso voltar e, sendo assim, por favor, não me peça tal coisa. Você me aflige a alma.

— Pense só em toda a diversão que vai perder — lamentou-se Diana. — Vamos construir uma casa nova às margens do riacho, e mais bonita ainda. E vamos jogar bola na semana que vem, e você nunca jogou bola, Anne. É tão empolgante. E vamos aprender uma canção nova, que Jane Andrews já está ensaiando. E Alice Andrews vai trazer um livro novo da Pansy[1] na semana que vem, e vamos lê-lo em voz alta, um capítulo cada uma, perto do riacho. E você sabe como gosta de ler em voz alta, Anne.

Nada disso comoveu Anne. Ela estava decidida. Não voltaria à escola enquanto o Sr. Phillips fosse o professor; foi o que disse a Marilla ao chegar em casa.

— Que absurdo — disse Marilla.

— Não é absurdo, não — disse Anne, fitando Marilla com um olhar solene e reprovador. — Você não entende, Marilla? Fui insultada.

---

[1] Apelido da escritora estadunidense Isabella Macdonald Alden (1841-1930). (N.T.)

— Insultada, mas que bobagem! Você irá à escola amanhã, como sempre.

— Oh, não — disse Anne abanando de leve a cabeça. — Para lá eu não volto, Marilla. Estudarei em casa, farei de tudo para ser boazinha e ficarei de bico fechado o tempo todo, se possível. Mas não voltarei à escola, garanto a você.

Marilla viu algo extraordinariamente semelhante a uma teimosia inflexível no rostinho de Anne. Compreendeu que seria difícil vencê-la, mas decidiu, muito sabiamente, não dizer mais nada naquele momento.

"Vou descer e pedir a opinião da Rachel", pensou. "De nada adianta argumentar com Anne agora. Ela está muito irritada, e tenho a impressão de que consegue ser terrivelmente teimosa quando lhe dá na telha. Se entendi bem o que Anne contou, o Sr. Phillips foi um tanto arbitrário. Mas não se pode dizer isso a ela. Vou conversar com Rachel. Ela mandou dez filhos para a escola e deve saber o que fazer. Além disso, a essa altura, ela já deve ter ficado sabendo de toda a história."

Marilla encontrou a Sra. Lynde tricotando colchas com a alegria e diligência de sempre.

— Imagino que já esteja sabendo por que vim aqui — disse ela, um tanto envergonhada.

A Sra. Rachel assentiu e disse:

— Sim, creio que por causa do estardalhaço que Anne fez na escola. Tillie Boulter passou por aqui ao voltar da escola e me contou.

— Não sei o que fazer com ela. Anne afirma que não vai mais voltar à escola. Nunca vi uma criança tão agitada. Eu estava esperando problemas desde que ela começou a frequentar a escola. Sabia que as coisas estavam correndo bem demais e que isso não ia durar. Ela é muito sensível. O que me aconselha, Rachel?

— Bem, já que pediu meu conselho, Marilla — disse a Sra. Lynde com toda a boa vontade, pois adorava quando lhe pediam conselhos —, eu faria um pouco a vontade dela no início. É o que eu faria. Acredito que o tal Sr. Phillips errou. Naturalmente, não se pode dizer uma coisa dessas às crianças, você sabe. E, claro, ele fez bem ao puni-la ontem, por ter dado vazão ao mau gênio. Mas hoje foi diferente. Os outros que também chegaram atrasados deviam ter sido castigados tanto quanto Anne, isso sim. E não acho que seja um bom castigo fazer as meninas se sentarem com os meninos. Não é decente. Tillie Boulter ficou ofendidíssima. Ela tomou o partido de Anne completamente e disse que todos os alunos fizeram a mesma coisa. Anne parece muito popular entre eles, sabe-se lá por quê. Nunca pensei que ela fosse se dar tão bem com essas crianças.

— Então realmente acha melhor que eu a deixe ficar em casa? — disse Marilla, admirada.

— Sim. Isto é, eu não voltaria a mencionar a escola para ela, a menos que ela mesma o fizesse. Pode contar com isso, Marilla, ela vai se acalmar daqui a mais ou menos uma semana e estará mais do que pronta para voltar de livre e espontânea vontade, isso sim. Ao passo que, se você a obrigar a voltar de imediato, só Deus sabe que espécie de capricho ou acesso de raiva ela teria da próxima vez, e se isso não causaria a maior encrenca deste mundo. Na minha opinião, quanto menos estardalhaço, melhor. E, para ser sincera, ela não vai perder muita coisa, se não for à escola. Esse Sr. Phillips não é bom professor. É um escândalo: ele não sabe manter a ordem e abandona a criançada para dar toda a atenção aos alunos crescidos que ele anda preparando para o vestibular da Academia Queen's. Ele nunca teria sido designado professor por mais um ano se o tio dele não fosse um dos conselheiros da diretoria, aliás, *o* conselheiro, pois simplesmente arrasta os outros dois pelo nariz, isso sim. Não sei onde vai parar a educação nesta ilha.

A Sra. Rachel meneou a cabeça, como se dissesse que, se ela estivesse à frente do sistema educacional da província, as coisas andariam muito melhores.

Marilla seguiu o conselho da Sra. Rachel e não disse nem mais uma palavra a Anne a respeito de voltar à escola. A menina estudava em casa, cuidava de suas tarefas e brincava com Diana nos crepúsculos purpúreos e friorentos do outono. No entanto, ao encontrar Gilbert Blythe na estrada ou na escola dominical, passava por ele com desdém glacial, que não se deixava amolecer nem um pouquinho, nem pelo evidente desejo que ele tinha de se reconciliar com ela. Nem mesmo o empenho de Diana como mediadora adiantou alguma coisa. Anne havia obviamente se decidido a odiar Gilbert Blythe pelo resto da vida.

No entanto, ela detestava Gilbert tanto quanto amava Diana, com todo o amor do seu coraçãozinho inocente, igualmente intenso no gostar e no odiar. Certo fim de tarde, Marilla, ao voltar do pomar com uma cesta de maçãs, encontrou Anne sozinha, sentada à janela, à luz do crepúsculo, chorando amargamente.

— O que foi isso agora, Anne? — ela perguntou.

— É a Diana — soluçou Anne, com total abandono. — Amo tanto a Diana, Marilla. Nunca conseguirei viver sem ela. Mas sei muito bem que, quando crescermos, Diana vai se casar, partir e me deixar. E, oh, o que vou fazer? Odeio o marido dela... Simplesmente o odeio com todas as minhas forças. Estava imaginando essas coisas, o casamento e tudo o mais, Diana vestida de branco, com um véu, linda e imponente como uma rainha. E eu, a dama de honra, usando também um vestido adorável, de mangas bufantes, mas de coração partido, disfarçado sob um sorriso. E depois dizendo "adeus, Diana-a--a-a"... — E, com isso, Anne sucumbiu de vez e chorou com uma amargura ainda maior.

Marilla virou-se rapidamente para esconder as contorções do rosto, mas não adiantou: ela desabou na cadeira mais próxima e irrompeu numa risada tão estrondosa e rara que

Matthew, que atravessava o quintal lá fora, parou, admirado. Quando é que ouvira Marilla rir daquele jeito antes?

— Bem, Anne Shirley — disse Marilla, tão logo conseguiu falar —, se é para se preocupar sem motivo, então, em nome de Deus, preocupe-se com algo mais útil. Eu já devia saber que você é cheia de imaginação.

XVI
Diana é convidada para o chá com resultados desastrosos

Outubro era um mês belíssimo em Green Gables: as bétulas do vale ficavam douradas como a luz do Sol; os bordos atrás do pomar apresentavam um vermelho majestoso; e as cerejeiras silvestres que margeavam a vereda se vestiam com os tons mais adoráveis de vermelho-escuro e um verde brônzeo, ao passo que o restante dos campos dourava ao Sol.

Anne deleitava-se com o mundo de cores ao seu redor.

— Oh, Marilla — ela exclamou numa manhã de sábado, ao entrar dançando, com os braços tomados por ramos deslumbrantes —, fico tão feliz por viver num mundo onde existem outubros. Seria terrível se simplesmente passássemos de setembro a novembro, não seria? Veja só esses ramos de bordo. Não são de arrepiar? Não dão um arrepio atrás do outro? Vou decorar meu quarto com eles.

— Que feio — disse Marilla, cujo senso estético não era lá dos mais apurados. — Você entulha seu quarto com esse monte de coisas que traz lá de fora, Anne. Os quartos foram feitos para dormir.

— Oh, e para sonhar também, Marilla. E, sabe de uma coisa, a gente sonha muito melhor num quarto com coisas bonitas. Vou colocar esses ramos na velha jarra azul e deixá-los em cima da minha mesa.

— Não vá deixar cair folhas pela escada, então. Anne, vou até Carmody hoje à tarde, a uma reunião da Sociedade Beneficente, e provavelmente só voltarei depois de escurecer. Você terá de servir o jantar a Matthew e Jerry, por isso não se esqueça de preparar o chá antes de se sentar à mesa, como fez da última vez.

— Que coisa terrível da minha parte ter esquecido — disse Anne, desculpando-se —, mas naquela noite eu estava tentando pensar num nome para o Vale das Violetas, e isso excluiu todas as outras coisas. Matthew foi tão bonzinho. Não resmungou nem um pouco. Ele mesmo colocou o chá na água e disse que podíamos muito bem esperar um pouco. E aproveitei para lhe contar um lindo conto de fadas enquanto esperávamos, por isso ele não achou a espera muito longa. Era um belo conto de fadas, Marilla. Esqueci como terminava, por isso eu mesma inventei um final, e Matthew disse que não dava para dizer onde foi que fiz a emenda.

— Matthew não veria problema, Anne, nem mesmo se você inventasse de levantar no meio da noite para almoçar. Mas fique atenta desta vez. E... não sei se estou fazendo a coisa certa... Pode ser que isso deixe você mais atrapalhada que nunca... mas pode convidar Diana para passar a tarde aqui com você e tomar chá.

— Oh, Marilla! — Anne juntou as mãos. — Que maravilha! Você *é* capaz de imaginar, afinal de contas, do contrário nunca teria entendido como eu desejei isso ansiosamente. Será tão bom, vou me sentir tão madura. Não se preocupe: não me esquecerei de preparar o chá, tendo uma visita em casa. Oh, Marilla, posso usar o aparelho de chá com os botões de rosa?

— De jeito nenhum! O aparelho de chá com os botões de rosa! O que mais vai pedir? Você sabe que só o uso para servir o pastor ou as senhoras da Sociedade Beneficente. Você vai usar o velho aparelho marrom. Mas pode abrir o potinho amarelo de compota de cereja. Já está mesmo na hora de comê-la: acho que está começando a fermentar. E pode cortar umas fatias de bolo de frutas e comer uns biscoitos e umas bolachinhas.

— Já posso me imaginar sentada à cabeceira da mesa, servindo o chá — disse Anne, fechando os olhos de êxtase. — E perguntando a Diana se ela vai querer açúcar. Sei que não vai, mas, claro, perguntarei como se não soubesse. E depois insisto para que ela coma mais um pedaço de bolo de frutas e sirva-se de um pouco mais de compota. Oh, Marilla, só de pensar nisso já tenho uma sensação maravilhosa. Posso levá-la ao quarto de hóspedes para deixar o chapéu quando ela entrar? E depois à sala de visitas para se sentar?

— Não. A sala de estar já é suficiente para você e sua amiga. Mas tenho meia garrafa de licor de framboesa que sobrou do encontro eclesiástico da outra noite. Está na segunda prateleira da copa, e você e Diana podem tomá-lo, se quiserem, e comer um biscoito para acompanhar. Creio que Matthew chegará tarde para o chá, pois está despachando as batatas.

Anne desceu voando até o vale, passou pela Nascente da Dríade e subiu a trilha de pinheiros que levava à Ladeira do Pomar, a fim de convidar Diana para o chá. Então, logo depois de Marilla sair com a charrete rumo a Carmody, Diana chegou, metida em seu segundo melhor vestido e com a exata aparência que cabe a uma convidada para o chá. Em outras ocasiões, era seu costume entrar correndo na cozinha, sem bater. Mas, dessa vez, ela bateu à porta da frente com toda a formalidade. E quando Anne, usando também seu segundo melhor vestido, a abriu com a mesma formalidade, as duas meninas apertaram-se as mãos, sérias, como se não se conhecessem. Essa solenidade nada natural continuou até Diana ser levada ao quarto de Anne para deixar o chapéu e sentar-se dez minutos na sala de estar, com os dedos dos pés alinhados.

— Como está sua mãe? — perguntou Anne educadamente, como se não tivesse visto a Sra. Barry de manhã, colhendo maçãs, em ótima saúde e com ótimo humor.

— Está muito bem, obrigada. Imagino que o Sr. Cuthbert esteja despachando as batatas no Lily Sands esta tarde, não? — disse Diana, que seguira de carona na carroça de Matthew até a casa do Sr. Harmon Andrews naquela manhã.

— Sim, nossa colheita de batatas foi muito boa este ano. Espero que a de seu pai também tenha sido.

— Foi sim, obrigada. Colheram muitas maçãs?

— Oh, mais do que esperávamos — disse Anne, esquecendo a dignidade e levantando-se de um salto. — Vamos ao pomar colher maçãs doces, Diana. Marilla disse que podemos ficar com todas as que sobraram no pé. Marilla é uma mulher muito generosa. Disse que poderíamos ter bolo de frutas e compota de cereja para o chá. Mas não é de bom tom dizer à convidada o que será servido, portanto não vou contar o que ela disse que poderíamos beber. Só que começa com um "l" e um "f" e é vermelho-vivo. Adoro bebidas dessa cor, e você? São duas vezes mais gostosas do que as de outras cores.

O pomar, com seus grandes galhos vergados, que, carregados de frutas, quase tocavam o chão, estava tão agradável que as meninas passaram ali boa parte da tarde, sentadas num cantinho coberto de relva, onde o inverno tinha poupado o verde e a luz suave do outono se demorava e aquecia, e comendo maçãs e falando pelos cotovelos. Diana tinha muita coisa para contar a Anne sobre a escola. Ela teve de se sentar ao lado de Gertie Pye e detestou. Gertie fazia o lápis chiar o tempo todo, e isso dava arrepios em Diana. Ruby Gillis livrara-se de todas as verrugas com uma simpatia, verdade verdadeira, usando uma pedrinha mágica que a velha Mary Joe do Regato tinha-lhe dado. Era só esfregar a pedra nas verrugas e depois jogá-la fora, por sobre o ombro esquerdo, durante a Lua nova, para todas as verrugas sumirem. Escreveram o nome de Charlie Sloane e Em White na parede da varanda, e Em White ficou louca da vida; o desbocado do Sam Boulter tinha "respondido" ao Sr. Phillips em sala de aula e foi açoitado pelo professor; o pai do Sam foi à escola desafiar o Sr. Phillips a encostar de novo um dedo que fosse nos filhos dele; e Mattie Andrews andava usando uma capa vermelha nova com um cordão azul e franjas, e a cara que fazia por causa disso era de dar nojo. E Lizzie Wright não falava mais com Mamie Wilson, porque a irmã mais velha de Mamie Wilson havia roubado o namorado da irmã mais velha de Lizzie Wright. E todos sentiam muita falta de Anne e queriam que ela voltasse à escola. E Gilbert Blythe...

Mas Anne não queria ouvir falar de Gilbert Blythe. Ficou de pé num salto, toda apressada, e sugeriu que as duas entrassem para tomar um pouco de licor de framboesa.

Anne vasculhou a segunda prateleira da copa, mas ali não havia nenhuma garrafa de licor de framboesa. A busca revelou que a bebida estava na última prateleira superior. Anne colocou-a numa bandeja e a depositou sobre a mesa, ao lado de um copo.

— Sirva-se, por favor, Diana — ela disse, polidamente. — Creio que não vou beber por ora. Não quero mais nada depois de todas aquelas maçãs.

Diana encheu um copo, deu uma olhada no tom vermelho-vivo do líquido, depois se deliciou ao prová-lo.

— Que delícia esse licor de framboesa, Anne — ela comentou. — Não sabia que era tão gostoso.

— Que bom que gostou. Beba o quanto quiser. Vou à cozinha avivar o fogo. São tantas as responsabilidades de quem cuida da casa, não?

Quando Anne voltou da cozinha, Diana estava tomando o segundo copo de licor e, estimulada por Anne, não fez objeção a tomar um terceiro. As doses foram generosas, e não havia dúvida de que o licor de framboesa era delicioso.

— O melhor que já tomei — disse Diana. — Muito melhor que o da Sra. Lynde, que se gaba tanto dele. Não parece nadinha com o dela.

— Creio que o licor de framboesa da Marilla deve ser, provavelmente, muito melhor que o da Sra. Lynde — disse Anne, sempre leal. — Marilla é uma cozinheira famosa. Ela está tentando me ensinar a cozinhar, mas garanto-lhe, Diana, é uma tarefa árdua. É muito pouco o espaço para a imaginação na culinária. É preciso seguir as regras. Da última vez que fiz um bolo, me esqueci de colocar a farinha. Estava pensando numa história adorável a respeito de nós duas, Diana. Imaginei que você estava muito doente, atacada de varíola, e foi abandonada por todos, mas eu, muito corajosa, fiquei ao lado do leito e cuidei de você até lhe devolver a vida. E peguei varíola, morri e fui enterrada sob os álamos do cemitério, e você plantou uma roseira ao lado do túmulo e regou-a com suas lágrimas. E nunca, nunca esqueceu a amiga de infância que deu a vida por você. Oh, era uma história tão comovente, Diana. As lágrimas simplesmente escorriam pelo meu rosto enquanto eu misturava a massa do bolo. Mas esqueci a farinha, e o bolo foi um fracasso terrível. A farinha é essencial para o bolo, sabe? Marilla ficou muito zangada, o que não me admira. Sou uma provação imensa para ela. Ficou mortificada por causa da calda do pudim na semana passada. Comemos pudim de passas no almoço de terça-feira, e sobraram metade do pudim e um jarro cheio de calda. Marilla disse que havia o suficiente para outro almoço e me pediu que cobrisse a calda e a colocasse na prateleira da copa. Eu tinha toda a intenção de cobri-la, Diana, mas, quando entrei com a calda, estava imaginando que eu era uma freira — claro, sou protestante, mas me imaginei católica — que usava o hábito para enterrar um coração partido na solidão do claustro. E me esqueci completamente de cobrir a calda do pudim. Só me lembrei na manhã seguinte e corri para a copa. Diana, imagine, se puder, meu extremo horror ao encontrar um camundongo afogado na calda do pudim! Tirei o camundongo com uma colher e o joguei no quintal, depois lavei a colher três vezes. Marilla estava lá fora, na ordenha, e eu tinha toda a intenção de lhe perguntar, tão logo entrasse, se queria que eu desse a calda aos porcos. Mas, quando ela finalmente entrou, eu estava imaginando que era uma fadinha do inverno a percorrer o bosque, pintando as árvores de vermelho e amarelo, da cor que elas quisessem, e não pensei mais na calda de pudim, e Marilla me mandou colher maçãs. Bem, o Sr. e a Sra. Chester Ross, de Spencervale, nos visitaram naquela manhã. Você sabe que eles são pessoas muito elegantes, principalmente a Sra. Chester Ross. Quando Marilla me mandou entrar, o almoço já estava pronto e todos se encontravam à mesa. Tentei ser a mais digna e cortês possível, pois queria que a Sra. Ross pensasse que eu era uma pequena dama, mesmo não sendo bonita. Tudo estava indo muito bem até eu ver Marilla trazendo o pudim de ameixas numa das mãos e o jarro de calda aquecida na outra. Diana, foi um momento terrível. Lembrei-me de tudo e simplesmente me levantei e gritei: "Marilla, não use essa calda. Havia um camundongo afogado nela. Esqueci de contar a você antes". Oh, Diana, não esquecerei aquele momento nem que eu viva cem anos. A Sra. Ross apenas olhou para mim, e pensei que morreria de vergonha de tão mortificada que fiquei. Ela é uma dona de casa tão perfeita, imagine só o que deve ter pensado de nós. Marilla ficou vermelha como brasa, mas não disse uma palavra... na hora. Saiu com a calda e o pudim e voltou trazendo compotas de morango. Chegou a me oferecer um pouco, mas não consegui engolir nadinha. Foi como se amontoassem brasas sobre a minha cabeça.[1] Depois que a Sra. Chester Ross saiu, Marilla me passou um pito terrível. Ora, Diana, o que foi?

Diana levantara-se, nada firme. Em seguida, sentou-se novamente, levando as mãos à cabeça.

— Estou... estou me sentindo muito mal — ela disse, com a fala um tantinho enrolada. — Eu... eu... preciso ir já para casa.

---

[1] Referência a Provérbios 25:21-22. (N.T.)

— Oh, nem sonhe em ir para casa sem tomar chá — gritou Anne, aflita. — Tratarei disso agora mesmo... Vou preparar o chá neste instante.

— Preciso ir para casa — repetiu Diana, ríspida e determinada.

— Deixe-me trazer-lhe o lanche, pelo menos — implorou Anne. — Deixe-me servir um pedaço de bolo de frutas e compota de cereja. Deite-se um pouco no sofá e você se sentirá melhor. O que está sentindo?

— Preciso ir para casa — disse Diana, e era só o que ela dizia. Anne implorava em vão.

— Nunca ouvi falar de uma visita que voltasse para casa sem tomar o chá — lamentou-se Anne. — Oh, Diana, será possível que vai mesmo contrair varíola? Se for, cuidarei de você, pode contar com isso. Nunca a abandonarei. Mas eu queria realmente que você ficasse para o chá. O que está sentindo?

— Estou tonta — disse Diana.

E, de fato, ela cambaleava bastante ao caminhar. Anne, com lágrimas de decepção, pegou o chapéu de Diana e acompanhou a amiga até a cerca do quintal dos Barry. Depois voltou chorando para Green Gables, onde guardou com tristeza o licor na copa e, completamente desanimada, preparou o chá para Matthew e Jerry.

O dia seguinte foi um domingo e, como choveu torrencialmente do nascer ao pôr do Sol, Anne não saiu de Green Gables. Na tarde de segunda-feira, Marilla mandou-a até a casa da Sra. Lynde. Num curtíssimo intervalo de tempo, Anne voltou correndo vereda acima, com lágrimas descendo pelas faces. Entrou precipitadamente na cozinha e, agoniada, atirou-se de bruços no sofá.

— O que foi agora, Anne? — indagou Marilla, confusa e consternada. — Espero que não tenha sido insolente com a Sra. Lynde de novo.

Nenhuma resposta de Anne, a não ser novas lágrimas e soluços ainda mais fortes!

— Anne Shirley, quando faço uma pergunta, quero que me responda. Sente-se direito agora mesmo e diga-me por que está chorando.

Anne sentou-se: era a tragédia em pessoa.

— A Sra. Lynde foi ver a Sra. Barry hoje, e a Sra. Barry estava péssima — ela se queixou. — Disse que eu tinha embebedado Diana no sábado e a mandado para casa num estado lastimável. E disse que devo ser uma menina absolutamente má e perversa, e nunca, nunca mais vai me deixar brincar com a Diana. Oh, Marilla, estou simplesmente consumida pela dor.

Marilla apenas a olhava, perplexa.

— Você embebedou a Diana?! — disse ao recuperar a voz. — Anne, foi você ou a Sra. Barry quem enlouqueceu? Que diabos você deu à menina?

— Nada além de licor de framboesa — soluçou Anne. — Nunca pensei que licor de framboesa pudesse embebedar as pessoas, Marilla... Nem se bebessem três copos grandes, como a Diana. Oh, parece até... até... o marido da Sra. Thomas. Eu não queria embebedá-la.

— Embebedá-la, mas que bobagem! — disse Marilla, a caminho da copa. Ali, na prateleira, havia uma garrafa que ela reconheceu na hora: um resto do seu vinho caseiro de groselha, envelhecido três anos, pelo qual era festejada em Avonlea, apesar de certos moradores mais rígidos, entre eles a Sra. Barry, verem aquilo com muito maus olhos. E, ao mesmo tempo, Marilla lembrou-se de ter colocado a garrafa de licor de framboesa lá embaixo, na despensa, e não na copa, como dissera a Anne.

Ela voltou à cozinha com a garrafa de vinho na mão. Seu rosto se contorcia, maldizendo-se a si mesma.

— Anne, você certamente leva jeito para se meter em encrencas. Você deu vinho de groselha a Diana, e não licor de framboesa. Não notou a diferença?

— Não cheguei a prová-lo — explicou Anne. — Pensei que fosse o licor. Queria tanto ser... uma boa anfitriã. Diana se sentiu muito mal e teve de ir para casa. A Sra. Barry disse à Sra. Lynde que a filha estava caindo de bêbada. Ela riu feito uma tonta quando a mãe lhe perguntou qual era o problema, e foi se deitar; dormiu horas e horas. A mãe examinou o seu hálito e foi assim que descobriu que Diana estava bêbada. Ontem, ela teve uma dor de cabeça terrível o dia inteiro. A Sra. Barry está tão indignada! Nunca acreditará que não fiz isso de propósito.

— Creio que ela deveria castigar Diana pela gulodice de beber três copos cheios de qualquer coisa — disse Marilla, seca. — Ora, três daqueles copos grandes a deixariam enjoada, mesmo se fosse apenas licor. Bem, essa história vai dar o que falar às pessoas que me olham torto por fazer o vinho de groselha, embora eu já não o faça mais há uns três anos, desde que descobri que o pastor não aprovava. Só guardei aquela garrafa para fins medicinais. Ora, ora, criança, não chore. Não vejo como a culpa poderia ser sua, mas lamento o que aconteceu.

— Tenho de chorar — disse Anne. — Meu coração está partido. As próprias estrelas, em seu curso, pelejam contra mim,[2] Marilla. Diana e eu fomos separadas para sempre. Oh, Marilla, não foi isso o que sonhei quando fizemos nossos votos de amizade.

— Não seja tola, Anne. A Sra. Barry mudará de ideia quando descobrir que você não teve culpa realmente. Imagino que ela esteja pensando que você fez isso por gosto ou algo do gênero. É melhor ir até lá ainda esta noite e contar-lhe o que aconteceu.

— Falta-me a coragem, só de pensar em confrontar a mãe da Diana, ofendida — suspirou Anne. — Queria que você

---

[2] Referência a Juízes 5:20. (N.T.)

fosse, Marilla. Você é tão mais digna do que eu. É provável que ela lhe dê ouvidos bem mais rápido do que daria a mim.

— Bem, irei então — disse Marilla, pensando que provavelmente seria a coisa mais ajuizada a fazer. — Não chore mais, Anne. Tudo acabará bem.

Marilla tinha mudado de ideia quanto à possibilidade de tudo acabar bem ao voltar da Ladeira do Pomar. Anne a esperava e correu em direção à porta da varanda para encontrá-la.

— Oh, Marilla, já vi pela sua expressão que não adiantou nada — ela se lamentou. — A Sra. Barry não vai me perdoar?

— A Sra. Barry, pois sim! — devolveu Marilla. — De todas as mulheres irracionais que já vi, ela é a pior. Disse-lhe que foi apenas um equívoco, que você não tinha culpa, mas ela simplesmente não acreditou. E me esfregou na cara que eu sempre dissera que meu vinho de groselha não fazia mal nenhum. Disse-lhe com todas as letras que não era para beber três copos cheios de vinho de groselha de uma só vez e que, se uma criança sob meus cuidados fosse tão gulosa assim, eu a deixaria sóbria com uma boa surra.

Marilla correu para a cozinha, claramente transtornada, deixando atrás de si, na varanda, uma garotinha muito aflita. No mesmo instante, de cabeça descoberta, Anne saiu no crepúsculo gélido de outono e, com muita determinação e firmeza, pôs-se a caminho: atravessou o campo de trevos secos, passou sobre a ponte de troncos e subiu a colina, através do pinheiral iluminado por uma Luazinha pálida que pairava baixo sobre a mata, à esquerda. A Sra. Barry, ao atender à porta em resposta à batida fraca, encontrou uma suplicante de lábios lívidos e olhos ávidos.

Seu rosto se enrijeceu. A Sra. Barry era uma mulher de birras e preconceitos fortes, e sua raiva era daquele tipo frio e taciturno que é sempre o mais difícil de vencer. Justiça seja feita, ela realmente acreditava que Anne embebedara Diana de propósito, e era autêntica sua ânsia de não deixar que a filhinha fosse contaminada ainda mais por qualquer intimidade com aquela criança.

— O que você quer? — perguntou, inflexível.

Anne juntou as mãos, em súplica, e disse:

— Oh, Sra. Barry, por favor, me perdoe. Não tinha nenhuma intenção de embebedar Diana. Como poderia? Imagine se a senhora fosse uma pobre órfã, adotada por pessoas bondosas, e tivesse apenas uma amiga do peito no mundo inteiro. A senhora a embebedaria de propósito? Pensei que aquilo fosse apenas licor de framboesa. Na minha cabeça, aquela bebida era simplesmente licor de framboesa. Oh, por favor, não me diga que não vai mais deixar a Diana brincar comigo! Se isso acontecer, minha vida ficará para sempre coberta com uma nuvem de tristeza.

Esse discurso, que teria amolecido o coração da Sra. Lynde num piscar de olhos, não teve esse efeito sobre a Sra. Barry. Pelo contrário, irritou-a ainda mais. Ela desconfiou das palavras complicadas e dos gestos dramáticos de Anne e imaginou que a garota estivesse zombando dela; e, por isso, com toda a frieza e crueldade, disse:

— Não creio que você esteja à altura da Diana. É melhor voltar para a sua casa e se comportar.

Os lábios de Anne tremeram.

— A senhora me deixaria ver Diana só mais uma vez, para eu me despedir dela? — a menina implorou.

— Diana foi para Carmody com o pai — disse a Sra. Barry, entrando e fechando a porta.

Anne voltou para Green Gables desesperada.

— Lá se foi minha última esperança — ela disse a Marilla. — Fui ver a Sra. Barry pessoalmente, e ela me tratou de um modo muito ofensivo. Marilla, *duvido* que ela seja uma mulher bem-criada. Não há nada mais a fazer, a não ser rezar, e não espero que isso ajude muito, Marilla, pois não acredito que

Deus possa fazer alguma coisa no caso de uma pessoa tão obstinada quanto a Sra. Barry.

— Anne, não diga uma coisa dessas — ralhou Marilla, esforçando-se para vencer a tendência perversa de rir que, para seu espanto, crescia dentro dela. E, de fato, ao contar a história toda a Matthew naquela noite, ela riu muito das aflições de Anne.

Mas, ao entrar de mansinho no quarto da garota antes de ir para a cama e descobrir que Anne havia chorado até adormecer, uma brandura incomum se instalou em seu rosto.

— Coitadinha — ela murmurou, tirando um cacho solto de cabelos da face manchada de lágrimas da criança. Em seguida, inclinou-se e beijou o rostinho corado sobre o travesseiro.

XVII
Um novo interesse na vida

Na tarde do dia seguinte, Anne, debruçada sobre sua colcha de retalhos junto à janela da cozinha, olhou de relance para fora e viu Diana na Nascente da Dríade, acenando misteriosamente. Num instante, Anne saiu e correu para o vale, com o espanto e a esperança se digladiando em seus olhos expressivos. Mas a esperança se apagou quando ela viu a fisionomia abatida de Diana.

— Sua mãe não cedeu? — ela perguntou, ofegante.

Diana sacudiu a cabeça pesarosamente.

— Não. E, oh, Anne, ela me disse que nunca mais brincasse com você. Chorei, chorei e disse que não era sua culpa, mas nada adiantou. Foi uma dificuldade convencê-la a me deixar descer para me despedir de você. Ela me disse que ficasse apenas dez minutos e está contando o tempo no relógio.

— Dez minutos não bastam para um adeus eterno — disse Anne, com lágrimas nos olhos. — Oh, Diana, promete que nunca me esquecerá, que nunca esquecerá sua amiga de infância, não importa que amigas mais queridas venham a dar-te atenção?

— Prometo — soluçou Diana —, e nunca mais terei outra amiga do peito… Não quero ter. Não conseguiria amar ninguém como amo você.

— Oh, Diana — gritou Anne, juntando as mãos —, você me *ama*?

— Ora, claro que sim. Não sabia?

— Não — Anne respirou fundo. — Achei que você *gostasse* de mim, naturalmente, mas nunca sonhei que me *amasse*. Ora, Diana, nunca pensei que alguém pudesse me amar. Ninguém jamais me amou, desde que me conheço por gente. Oh, é maravilhoso! É um raio de luz que brilhará para sempre nas trevas de um caminho longe de você, Diana. Oh, repita, por favor.

— Amo você de todo o coração, Anne — disse Diana, com firmeza —, e sempre vou amar você, pode ter certeza.

— E eu sempre amarei você, Diana — replicou Anne, estendendo solenemente a mão. — Nos anos que virão, a sua lembrança brilhará feito uma estrela sobre a minha vida solitária, como dizia aquela última história que lemos juntas. Diana, você não gostaria de me dar como presente de despedida um cacho de suas tranças negras, para que eu possa guardar para todo o sempre?

— Tem aí alguma coisa para cortar? — perguntou Diana, limpando as lágrimas que a entonação comovente de Anne fizera cair mais uma vez e voltando aos aspectos práticos.

— Sim, felizmente tenho a tesoura de costura aqui no bolso do avental — respondeu Anne, e cortou solenemente um dos cachos de Diana. — Adeus, minha querida amiga. Doravante teremos de ser como estranhas, apesar de vivermos lado a lado. Mas meu coração será sempre fiel a ti.

Anne ali permaneceu e ficou olhando até Diana sumir de vista, acenando tristemente com a mão toda vez que a amiga se virava e olhava para trás. Em seguida, voltou para casa, por ora nem um pouco consolada com aquela despedida romântica.

— Está tudo acabado — ela informou a Marilla. — Nunca terei outra amiga. Na verdade, nunca estive em situação pior, pois agora não tenho Katie Maurice nem Violetta. E, mesmo que tivesse, não seria a mesma coisa. Não sei por quê, mas as meninas imaginárias já não bastam depois de uma amiga de verdade. Diana e eu tivemos uma despedida tão comovente lá na fonte! Será uma lembrança sagrada para todo o sempre. Empreguei a linguagem mais comovente na qual consegui pensar e acho que usei "tu" e "ti". "Tu" e "ti", pois me parecem muito mais românticos que "você". Diana me deu um cacho de seus cabelos, e vou costurá-lo dentro de um saquinho e usá-lo em volta do pescoço pelo resto da vida. Por favor, cuide para que seja enterrado comigo, pois não creio que eu vá viver muito. Talvez, ao me ver morta e fria, estendida diante dela, a Sra. Barry se arrependa do que fez e deixe Diana vir a meu funeral.

— Não acho que você corra o risco de morrer de tristeza enquanto for capaz de falar, Anne — disse Marilla, nada simpática.

Na segunda-feira seguinte, Anne surpreendeu Marilla ao descer do seu quarto trazendo a cesta de livros no braço e os lábios aprumados num rasgo de determinação.

— Vou voltar à escola — anunciou. — É tudo o que me resta na vida, agora que minha amiga foi impiedosamente separada de mim. Na escola posso olhar para ela e contemplar os dias que se foram.

— É melhor você contemplar suas contas e lições — disse Marilla, disfarçando seu deleite com o desenrolar da situação. — Se vai voltar à escola, espero não ouvir mais falar de lousas quebradas na cabeça das pessoas nem de rebuliços desse tipo. Comporte-se e faça exatamente o que o professor mandar.

— Tentarei ser uma aluna-modelo — concordou Anne, desconsolada. — Imagino que não será nada divertido. O Sr. Phillips disse que Minnie Andrews é uma aluna-modelo, e ela não tem um pingo de imaginação. Ela é sem graça e enfadonha, parece que nunca se diverte. Mas estou tão deprimida que talvez seja fácil. Vou contornar pela estrada. Não suportaria ir sozinha pela Trilha das Bétulas. Derramaria lágrimas amargas, se o fizesse.

Anne foi recebida na escola de braços abertos. Sua imaginação fez muita falta nas brincadeiras; sua voz, no canto; e sua habilidade dramática, na leitura em voz alta, na hora do almoço. Ruby Gillis passou-lhe clandestinamente três ameixas pretas durante a leitura do Evangelho. Ella May MacPherson deu-lhe um enorme amor-perfeito amarelo, recortado das capas de um catálogo floral, uma espécie de adorno de carteira muito apreciado na escola de Avonlea. Sophia Sloane ofereceu-se para ensinar a ela um padrão novo e muito elegante de bico de crochê, muito bonito para enfeitar aventais. Katie Boulter deu-lhe um frasco de perfume para guardar água da fonte e Julia Bell copiou com todo o esmero, num pedaço de papel rosa-claro e de bordas rendilhadas, a seguinte estrofe:

Para Anne:

Quando o crepúsculo chegar
E no céu as estrelas começarem a brilhar,
Lembra-te que uma amiga tu sempre terás
Por mais distante que possa estar.

— É tão bom ser querida — suspirou Anne, enlevada, ao conversar com Marilla naquela noite.

As meninas não eram as únicas na escola que a "queriam bem". Quando Anne voltou para sua carteira depois do almoço, o Sr. Phillips mandou que ela se sentasse ao lado da exemplar Minnie Andrews e ali encontrou sobre a carteira uma grande e lustrosa "maçã moranga". Anne a apanhou, pronta para dar uma mordida, quando se lembrou de que o único lugar em Avonlea onde cresciam aquelas macieiras era o velho pomar dos Blythe, do outro lado do Lago das Águas Cintilantes. Anne largou a maçã, como se fosse um pedaço de carvão em brasa, e limpou ostensivamente os dedos no lenço. A maçã continuou intocada sobre a carteira até a manhã seguinte, quando o pequeno Timothy Andrews, que varria a escola e acendia o fogo, incluiu-a em sua remuneração. O lápis de lousa de Charlie Sloane — lindamente engalanado com um papel de listras vermelhas e amarelas, e que custava dois centavos, ao passo que os lápis comuns custavam só um —, que ele mandou entregar a ela depois do almoço, foi recebido com mais simpatia. Anne demonstrou com toda a graça sua satisfação ao aceitar o presente e premiou o remetente com um sorriso que elevou o jovem apaixonado ao sétimo céu das delícias e o fez cometer erros tão terríveis no ditado que o Sr. Phillips o obrigou a ficar na escola depois da aula para reescrevê-lo.

Mas, do mesmo modo que

> *O desfile de César, do busto de Bruto despojado,*
> *Do melhor filho de Roma só a fazia recordar,*

a ausência marcante de um presente ou de qualquer gesto de reconhecimento por parte de Diana Barry, que se sentava com Gertie Pye, amargou o pequeno triunfo de Anne.

— Acho que Diana poderia ter ao menos me cumprimentado com um sorriso — ela se lamentou com Marilla naquela noite. Mas, na manhã seguinte, um bilhete — torcido e dobrado de um modo tão admirável e maravilhoso[1] — e um pacotinho foram passados a Anne. Dizia o primeiro:

> Querida Anne, minha mãe disse para eu não brincar nem conversar com você, nem mesmo na escola. Não é culpa minha e não fique brava comigo, porque eu a amo tanto quanto antes. Sinto terrivelmente sua falta, não tenho para quem contar os meus segredos e não gosto nem um pouco de Gertie Pye. Fiz para você um dos novos marcadores de página, de papel de seda vermelho. Estão muito na moda agora e somente três meninas

---

[1] Referência ao Salmo 139:14. (N.T.)

na escola sabem fazê-los. Ao vê-lo, lembre-se da sua amiga de verdade,
Diana Barry.

Anne leu o bilhete, beijou o marcador e despachou uma resposta imediata para o outro lado da sala.

Minha queridíssima Diana,
Claro que não estou brava com você por ter de obedecer a sua mãe. Nossos espíritos estão unidos. Guardarei para sempre seu adorável presente. Minnie Andrews é uma menina muito simpática — apesar de não ter imaginação —, mas, depois de ter sido amiga *íntima* de Diana, não posso ser da Minnie. Por favor, perdoe-me os erros, pois minha ortografia ainda não é muito boa, apesar de ter melhorado bastante.
Sua amiga, até que a morte nos separe,
Anne ou Cordelia Shirley

P.S.: Dormirei com sua carta debaixo do travesseiro esta noite. A. ou C. S.

Pessimista, Marilla esperava mais problemas depois da volta de Anne à escola. Mas nada aconteceu. Talvez Anne se tivesse contagiado com um pouco do espírito "exemplar" de Minnie Andrews; pelo menos ela se deu muito bem com o Sr. Phillips dali em diante. Entregou-se aos estudos de corpo e alma, determinada a não ser superada em nenhuma matéria por Gilbert Blythe. A rivalidade entre eles logo ficou patente. Da parte de Gilbert, era algo totalmente jovial, mas temo que não se pudesse dizer o mesmo de Anne, que tinha, sem dúvida alguma, uma tenacidade nada louvável para guardar ressentimentos. Era tão veemente no odiar quanto no amar. Ela não se rebaixaria a admitir que tinha a intenção de competir com Gilbert nos estudos, pois seria reconhecer a existência dele, que Anne ignorava insistentemente. Mas a rivalidade existia, e as distinções acadêmicas eram divididas entre os dois. Ora Gilbert era o primeiro da turma ao soletrar, ora Anne, com um meneio de suas longas tranças ruivas, soletrava melhor do que ele. Um dia, Gilbert acertava todos os cálculos e tinha o nome escrito no quadro negro, no rol de honra; no dia seguinte, Anne, depois de se digladiar furiosamente com os decimais na noite anterior, seria a primeira. Num dia terrível eles empataram e tiveram seus nomes escritos lado a lado. Foi quase tão ruim quanto um "Tomem nota", e o pesar de Anne era tão evidente quanto a satisfação de Gilbert. Quando chegavam as provas escritas ao final de cada mês, o suspense era terrível. No primeiro mês, Gilbert destacou-se com três notas de vantagem. No segundo, Anne o venceu por cinco. Mas Gilbert estragou seu triunfo ao parabenizá-la, com toda a sinceridade, diante da turma toda. Teria sido tão mais delicioso se ele tivesse sentido a dor da derrota.

O Sr. Phillips podia não ser um bom professor, mas uma aluna como Anne, determinada de maneira tão inflexível a aprender, dificilmente deixaria de progredir, fosse quem fosse o mestre. Ao final do período letivo, Anne e Gilbert foram aprovados para o quinto ano e receberam permissão para estudar os elementos dos "ramos": Latim, Geometria, Francês e Álgebra. E na Geometria Anne encontrou sua Waterloo.

— É tão horrível, Marilla — ela se lamentou. — Tenho certeza de que nunca conseguirei entender patavina dessa matéria. Não há nela nenhum espaço para a imaginação. O Sr. Phillips diz que sou a aluna mais lerda que ele já viu. E Gil... digo, alguns alunos são tão bons nisso! É extremamente mortificante, Marilla. Até mesmo Diana está se saindo melhor do que eu. Mas não me importo de Diana ser melhor. Apesar de nos tratarmos como estranhas hoje, ainda a amo com um amor inextinguível. Às vezes me entristece muito pensar nela. Mas, na verdade, Marilla, é impossível ficar triste muito tempo num mundo tão interessante, não é?

XVIII
Anne ao resgate

Todos os grandes acontecimentos estão ligados aos pequenos. À primeira vista, não pareceria que a decisão de um certo primeiro-ministro canadense de incluir a Ilha do Príncipe Edward numa excursão política pudesse ter algo a ver com as vicissitudes da pequena Anne Shirley em Green Gables. Mas teve.

Foi em janeiro que o primeiro-ministro veio discursar para seus leais partidários e para os não partidários que decidiram aparecer no monstruoso comício em Charlottetown. Grande parte da população de Avonlea tomava o partido do primeiro-ministro; portanto, na noite do comício, quase todos os homens e uma boa parte das mulheres tinham ido à cidade, a quarenta e cinco quilômetros de distância. A Sra. Rachel Lynde também tinha ido. Ela era uma militante apaixonada e não acreditava que o comício pudesse acontecer sem sua presença, apesar de ser da oposição. E por isso foi à cidade e levou consigo o marido — Thomas poderia cuidar do cavalo — e Marilla Cuthbert. A própria Marilla tinha um interesse secreto pela política e, pensando que poderia ser sua única oportunidade de ver um primeiro-ministro de verdade ao vivo, aproveitou-a sem pestanejar, deixando Anne e Matthew para cuidar da casa até que voltasse, no dia seguinte.

Assim, enquanto Marilla e a Sra. Rachel se divertiam a valer no comício, Anne e Matthew tinham a alegre cozinha de Green Gables só para eles. Chamas vívidas ardiam no antiquado fogão modelo Waterloo, e cristais de gelo branco-azulados cintilavam nos vidros das janelas. Matthew, no sofá, quase cochilava sobre um exemplar da revista *Farmer's Advocate*,[1] e Anne, à mesa, estudava com uma determinação implacável, apesar dos diversos olhares ávidos que lançava para a estante do relógio, onde se encontrava um livro novo, que Jane Andrews lhe emprestara naquele mesmo dia. Jane lhe garantira que a leitura causaria muitos arrepios, não exatamente com essas palavras, e os dedos de Anne formigavam de vontade de pegar o livro. Mas isso implicaria o triunfo de Gilbert Blythe no dia seguinte. Anne deu as costas à estante e tentou imaginar que ela não existia.

— Matthew, você estudou Geometria na escola?

— Bem, ora, não — disse Matthew, acordando da soneca com um sobressalto.

— Como eu queria que tivesse — suspirou Anne —, porque assim você poderia me ajudar. Não dá para me ajudar quando não se estudou a matéria. Ela está obscurecendo toda a minha vida. Sou tão burra nisso, Matthew!

— Bem, ora, não sei — disse Matthew, tentando consolá-la. — Acho você boa em tudo. O Sr. Phillips me contou na semana passada, na loja do Blair, em Carmody, que você era a aluna mais inteligente da escola e que estava progredindo rápido. "Progredindo rápido" foram as exatas palavras que usou. Há quem faça pouco de Teddy Phillips e diga que ele não é lá grande coisa como professor, mas eu o considero uma boa pessoa.

---

[1] O Defensor do Agricultor. (N.T.)

Matthew teria julgado "boa pessoa" qualquer um que elogiasse Anne.

— Tenho certeza de que me sairia melhor em Geometria se ele parasse de mudar as letras — queixou-se Anne. — Decoro a proposição, e então ele a desenha no quadro negro e usa letras diferentes das do livro, e fico toda confusa. Não acho que um professor deva se aproveitar dos alunos de maneira tão mesquinha, e você? Estamos estudando agricultura agora, e enfim descobri por que as estradas são vermelhas. É um grande consolo. Imagino como Marilla e a Sra. Lynde estão passando. A Sra. Lynde diz que o Canadá acabará levando a pior da maneira que conduzem as coisas em Ottawa, e eis aí um alerta terrível para os eleitores. Ela diz que, se as mulheres pudessem votar, logo veríamos uma mudança para melhor. Em qual partido você vota, Matthew?

— Conservador — disse Matthew de imediato. Votar nos conservadores era parte da religião de Matthew.

— Então sou conservadora também — disse Anne, decidida. — Fico feliz, porque Gil... porque alguns meninos da escola são liberais. Imagino que o Sr. Phillips seja um liberal também, porque o pai de Prissy Andrews é, e Ruby Gillis diz que o homem, quando faz a corte, tem sempre de concordar com a mãe da moça na religião e com o pai na política. É verdade, Matthew?

— Bem, ora, não sei — disse Matthew.

— Você já fez a corte, Matthew?

— Bem, ora, não que eu saiba — disse Matthew, que certamente nunca cogitara uma coisa dessas em toda a sua vida.

Anne pôs-se a pensar, com o queixo sobre as mãos.

— Deve ser bem interessante, não acha, Matthew? Ruby Gillis diz que, quando crescer, terá muitos namorados a seus pés, todos loucos por ela. Acho que seria emoção demais. Prefiro ter um só e com a cabeça no lugar. Mas Ruby Gillis sabe bem dessas coisas, pois tem muitas irmãs mais velhas, e a Sra. Lynde disse que as filhas dos Gillis vendem mais que água no deserto. O Sr. Phillips sobe para ver Prissy Andrews quase toda noite. Ele diz que é para ajudá-la nas lições, mas Miranda Sloane também está estudando para o vestibular da Academia Queen's, e acho que ela precisa muito mais de ajuda do que Prissy, porque é muito mais burra, mas ele nunca vai ajudá-la à noite. Existem muitas coisas neste mundo que não entendo direito, Matthew.

— Bem, ora, também não sei se eu mesmo entendo — admitiu Matthew.

— Bem, acho que tenho de terminar minha lição. Não vou me permitir abrir o livro novo, que Jane me emprestou, até acabar. Mas é uma tentação terrível, Matthew. Mesmo quando me viro para o outro lado, posso vê-lo claramente. Jane disse que ficou doente de tanto chorar por causa dele. Adoro livros que me fazem chorar. Mas acho que vou levar aquele livro para a sala de estar, trancá-lo no armário de geleias e deixar a chave com você. E, Matthew, não a entregue até que eu tenha terminado a lição, nem que eu implore de joelhos. É muito bom poder dizer que resistimos à tentação, mas é muito mais fácil resistir quando não se pode ter a chave. Quer que eu vá à despensa pegar umas maçãs de inverno, Matthew? Que tal umas maçãs?

— Bem, ora, acho que seria bom — disse Matthew, que nunca comia maçãs de inverno, mas sabia que Anne tinha um fraco por elas.

No exato momento em que Anne voltava triunfante da despensa, com um prato cheio de maçãs, ouviu-se o som de passos rápidos no assoalho de tábuas coberto de gelo lá fora. No instante seguinte, a porta da cozinha se escancarou, e Diana Barry entrou correndo, com o rosto branco, sem fôlego e um xale enrolado às pressas em volta da cabeça. Anne, surpresa, largou prontamente a vela e o prato. E prato, vela e maçãs desceram estrondosamente a escada da despensa e, no dia seguinte, incrustados em sebo derretido, foram encontrados lá embaixo por Marilla, que os recolheu e deu graças por a casa não ter pegado fogo.

— Qual é o problema, Diana? — gritou Anne. — Sua mãe cedeu, enfim?

— Oh, Anne, venha rápido — implorou Diana, nervosa. — Minnie May está terrivelmente doente... Pegou crupe, diz a pequena Mary Joe... E meu pai e minha mãe estão na cidade, e não há ninguém que possa buscar o médico. Minnie May está muito mal, e a pequena Mary Joe não sabe o que fazer... E, oh, Anne, estou com tanto medo!

Matthew, sem dizer palavra, apanhou o gorro e o casaco, passou por Diana e saiu quintal afora, no escuro.

— Ele foi atrelar a égua alazã para ir a Carmody buscar o médico — disse Anne, que correu para pegar uma capa e um casaquinho. — É como se me tivesse dito. Matthew e eu somos espíritos tão afins que consigo ler os pensamentos dele, sem que as palavras sejam necessárias.

— Não creio que ele vá encontrar um médico em Carmody — disse Diana, aos soluços. — Sei que o Dr. Blair foi à cidade e imagino que o Dr. Spencer também tenha ido. A pequena Mary Joe nunca viu um caso de crupe e a Sra. Lynde está fora. Oh, Anne!

— Não chore, Di — disse Anne, animada. — Sei exatamente como tratar crupe. Você esqueceu que a Sra. Hammond teve gêmeos três vezes. Depois de cuidar de três pares de gêmeos, a gente ganha muita experiência. Todos eles viviam pegando crupe. Espere aqui que vou buscar a garrafa de ipecacuanha; pode ser que vocês não tenham o remédio em casa. Vamos, rápido.

As duas meninas saíram correndo, de mãos dadas, e atravessaram às pressas a Alameda dos Namorados e o campo endurecido logo depois, porque havia neve demais para que tomassem o atalho do bosque. Anne, apesar da pena que sinceramente sentia de Minnie May, estava bem feliz com o romantismo da situação e o encanto de compartilhá-la com sua amiga querida, novamente unidas.

A noite estava límpida e gelada, toda feita do ébano das sombras e da prata da encosta coberta de neve. Estrelas enormes brilhavam sobre os campos silenciosos. Aqui e ali surgiam os pontudos e escuros pinheiros, com a neve a polvilhar seus ramos e o vento soprando através deles. Anne achou delicioso atravessar todo aquele mistério e encanto com sua amiga do peito, de quem estivera tanto tempo afastada.

Minnie May, de três anos, estava de fato muito doente. Estava deitada no sofá da cozinha, febril e inquieta, e podia-se ouvir sua respiração rouca por toda a casa. A pequena Mary Joe — uma moça francesa, rechonchuda e de rosto largo, moradora do Creek —, que a Sra. Barry contratara para cuidar das crianças durante sua ausência, estava desamparada e aturdida, completamente incapaz de pensar em alguma coisa e, mesmo que conseguisse imaginar algo, não seria capaz de fazer nada.

Anne pôs-se a trabalhar com habilidade e diligência.

— Minnie May tem mesmo crupe: está muito mal, mas já vi casos piores. Primeiro, precisamos de um bocado de água quente. Veja só, Diana, não resta mais do que uma xícara de água na chaleira! Pronto, já a enchi e, Mary Joe, pode colocar lenha no fogão. Não quero magoá-la, mas me parece que você poderia ter pensado nisso antes, se tivesse um pouco de imaginação. Agora, vou tirar as roupas de Minnie May e colocá-la na cama; e você, Diana, tente encontrar algumas flanelas macias. A primeira coisa que farei é dar a ela uma dose de ipecacuanha.

Minnie May não gostou nada da ipecacuanha, mas Anne não tinha criado três pares de gêmeos à toa. Descer, a ipecacuanha desceu, não só uma vez, mas várias, durante a noite comprida e nervosa em que as duas meninas cuidaram pacientemente da pobre Minnie May, e a pequena Mary Joe, sinceramente ansiosa para fazer tudo o que estava a seu alcance, manteve aceso um exuberante fogo e aqueceu mais água do que seria necessário para um hospital inteiro de criancinhas atacadas de crupe.

Eram três da manhã quando Matthew chegou com o médico, pois fora obrigado a ir até Spencervale procurar por um. Mas a necessidade urgente de cuidados já havia passado. Minnie May estava muito melhor e dormia profundamente.

— Cheguei bem perto de desistir e me desesperar — explicou Anne. — Ela só piorava, até ficar mais doente do que os gêmeos Hammond já haviam ficado, mesmo os dois últimos. Pensei realmente que ela fosse morrer sufocada. Dei-lhe até a última gota de ipecacuanha da garrafa e, na última dose, eu disse comigo mesma — não para Diana nem para a pequena Mary Joe, pois não queria deixá-las ainda mais preocupadas —, mas tive de comentar comigo mesma, só para desabafar: "É a última esperança que resta e receio que seja vã". Mas, em coisa de três minutos, ela tossiu e expeliu o catarro, e começou a melhorar na hora. Imagine só meu alívio, doutor, porque não consigo colocá-lo em palavras. O senhor sabe que algumas coisas não podem ser colocadas em palavras.

— Sei, sim — concordou o médico. Ele olhava para Anne como se pensasse coisas a respeito da menina que não se poderiam colocar em palavras. Mais tarde, porém, ele as colocou, para o Sr. e a Sra. Barry:

— Aquela garotinha ruiva dos Cuthbert é tão inteligente quanto dizem que é. Estou dizendo que ela salvou a vida da criancinha, pois teria sido tarde demais quando cheguei aqui. Ela parece ter uma habilidade e uma presença de espírito prodigiosas para uma criança dessa idade. Nunca tinha visto nada parecido com aquele olhar, enquanto me explicava o caso.

Anne voltara para casa naquela maravilhosa manhã branquinha de inverno com os olhos vermelhos de sono, mas sem que isso a impedisse de conversar infatigavelmente com Matthew, enquanto os dois cruzavam o extenso campo branco e passavam sob a abóbada mimosa e cintilante dos bordos da Alameda dos Namorados.

— Oh, Matthew, não está maravilhosa a manhã? Não parece até que o mundo é algo que Deus imaginou só para Seu prazer? Sinto-me capaz até mesmo de derrubar aquelas árvores com um sopro... Puff! Fico tão feliz por viver num mundo em que existem geadas, e você? E, no fim das contas, fico muito feliz por a Sra. Hammond ter tido todos aqueles gêmeos. Mas, oh, Matthew, estou com tanto sono! Não posso ir à escola. Sei que não conseguiria ficar de olhos abertos e faria papel de boba. Mas detesto ficar em casa e deixar Gil... alguns alunos serem os primeiros da turma, e é tão difícil chegar de novo ao topo, embora, naturalmente, quanto mais difícil for, maior será a satisfação de chegar lá, não é mesmo?

— Bem, ora, acho que você conseguirá — disse Matthew, observando o rosto pálido de Anne e as sombras escuras sob seus olhos. — Vá direto para a cama e durma bastante. Eu cuidarei das tarefas.

E, assim, Anne foi para a cama e dormiu tanto, e tão bem, que já era de tarde — uma tarde branca e rosada de inverno — quando acordou e desceu até a cozinha, onde Marilla, que voltara para casa nesse meio-tempo, estava sentada, tricotando.

— Oh, você viu o primeiro-ministro?! — exclamou Anne de imediato. — Como ele é, Marilla?

— Bem, ele não se tornou primeiro-ministro por causa da aparência — disse Marilla. — Que nariz tinha aquele homem! Mas ele sabe falar. Fiquei orgulhosa de ser conservadora. Rachel Lynde, naturalmente, sendo liberal, não gostou dele. Seu almoço está no forno, Anne, e você pode se servir de um pouco da compota de ameixa-preta que está na copa. Imagino que esteja com fome. Matthew andou me contando o que aconteceu ontem à noite. Que sorte você saber o que fazer. Eu mesma não saberia, pois nunca vi um caso de crupe. Pronto, não diga nada até depois do almoço. Só de olhar para você, sei que deve estar cheia de histórias para contar, mas elas terão de esperar.

Marilla tinha algo a contar a Anne, mas nada disse naquele momento, pois sabia que, se o fizesse, o alvoroço de Anne a levaria para bem longe de questões materiais como fome e almoço. Foi só quando a menina terminou seu pratinho de ameixas-pretas que Marilla disse:

— A Sra. Barry passou aqui hoje à tarde, Anne. Ela queria ver você, mas achei melhor não a acordar. Ela disse que você salvou a vida de Minnie May e está muito arrependida de ter feito o que fez no caso do vinho de groselha. Disse que sabia que você não teve a intenção de embebedar sua filha e espera que você a perdoe, que volte a ser amiga de Diana. Pode ir à casa dela esta noite, se quiser, pois Diana não pode sair, devido ao resfriado que pegou ontem à noite. Ora, Anne Shirley, tenha piedade, e não saia voando.

A advertência não pareceu desnecessária, tão exaltadas e etéreas eram a expressão e a postura de Anne quando ela se levantou de um salto, com o rosto a irradiar o fogo do seu espírito.

— Oh, Marilla, posso ir agora mesmo, antes de lavar a louça? Vou lavá-la quando voltar, mas não consigo me prender a algo tão prosaico quanto lavar a louça neste momento emocionante.

— Está bem, está bem, pode ir — disse Marilla, indulgente. — Anne Shirley, você enlouqueceu? Volte agora mesmo e vista alguma coisa. É como falar com o vento. Ela saiu sem gorro e sem agasalho. Vejam só a menina atravessando o pomar com os cabelos soltos logo atrás dela. Será um milagre se não apanhar um resfriado mortal.

Anne voltou para casa dançando no crepúsculo avermelhado de inverno, atravessando os montes de neve. Longe, mais ao sul, avistava-se o lampejo reluzente e perolado de uma estrela vespertina, em um céu dourado-claro e rosa-celeste, acima de espaços brancos e cintilantes e dos barrancos do pinheiral. O som dos sinos dos trenós nas colinas nevadas soava como carrilhões no ar gelado, mas essa música não era tão melodiosa quanto a canção que tomava o coração e os lábios de Anne.

— Você tem diante de si uma pessoa perfeitamente feliz, Marilla — ela anunciou. — Estou perfeitamente feliz... Sim, apesar de ser ruiva. Neste exato momento, minha alma superou os cabelos ruivos. A Sra. Barry me beijou, chorou e disse que sentia muito, e que nunca conseguiria retribuir o que fiz. Senti-me terrivelmente constrangida, Marilla, mas disse com toda a educação possível: "Não guardo ressentimentos com relação à senhora, Sra. Barry. Garanto de uma vez por todas que não tive a intenção de embebedar Diana e, de agora em diante, cobrirei o passado com o manto do esquecimento". Não foi uma maneira digna de falar, Marilla? Senti como se amontoasse brasas sobre a cabeça da Sra. Barry.[2] E Diana e eu passamos uma tarde adorável. Ela me mostrou um novo e elegante ponto de crochê que sua tia de Carmody lhe ensinou. Ninguém mais o conhece em Avonlea, só nós duas, e fizemos um voto solene de nunca o revelar a ninguém. Diana me deu um belo cartão com uma guirlanda de rosas e um poema:

Se me amas como só eu sei te amar
Só a morte há de nos separar.

E é verdade, Marilla. Vamos pedir ao Sr. Phillips que nos deixe sentar na mesma carteira de novo, e Gertie Pye pode ficar com Minnie Andrews. Tomamos chá e foi muito elegante. A Sra. Barry usou seu melhor aparelho de porcelana, Marilla, como se eu fosse uma visita de verdade. Não sei explicar como isso me deixou arrepiada. Ninguém antes tinha usado sua

---

[2] Referência a Provérbios 25:21-22. (N.T.)

melhor porcelana por minha causa. E comemos bolo de frutas, bolo inglês, rosquinhas e dois tipos de compotas, Marilla. E a Sra. Barry me perguntou se eu aceitava um pouco de chá e disse: "Querido, passe os biscoitos a Anne, sim?". Deve ser ótimo ser adulta, Marilla, pois só o fato de ser tratada como uma já é muito bom.

— Não sei, não — disse Marilla, com um breve suspiro.

— Bem, de qualquer maneira, quando for adulta — continuou Anne, decidida —, sempre tratarei as meninas como se elas também fossem, e nunca darei risada quando usarem palavras complicadas. Sei por experiência própria como isso magoa. Depois do chá, Diana e eu fizemos puxa-puxa. Não saíram lá muito bons, talvez porque nem Diana nem eu os tínhamos feito antes. Diana me deixou mexer a massa enquanto besuntava as formas com manteiga, e eu me esqueci e a deixei queimar. E então, quando a despejamos no estrado para esfriar, o gato pisou numa das formas, que teve de ser jogada fora. Mas foi muito divertido fazer puxa-puxa. E depois, quando eu estava de saída, a Sra. Barry me pediu que voltasse sempre que pudesse, e Diana ficou à janela, mandando beijos até eu chegar à Alameda dos Namorados. Garanto-lhe, Marilla, que tenho vontade de rezar hoje à noite, e vou criar uma oração especial, novinha em folha, em homenagem à ocasião.

XIX
Um recital, uma catástrofe e uma confissão

— Marilla, posso ir ver a Diana só um minutinho? — pediu Anne, descendo às pressas e ofegante do seu quarto, certa noite de fevereiro.

— Não entendo por que você quer sair depois de escurecer — disse Marilla, ríspida. — Você e Diana voltaram juntas da escola e depois ficaram lá embaixo, na neve, mais meia hora tagarelando sem parar, blablablá. Não é possível que esteja tão desesperada assim para vê-la de novo.

— Mas ela quer me ver — implorou Anne. — Tem uma coisa muito importante para me contar.

— Como é que você sabe?

— Porque ela acabou de me mandar um sinal pela janela. Descobrimos um jeito de enviar sinais com nossas velas e um pedaço de papelão. Colocamos a vela no parapeito da janela e fazemos sinais luminosos passando o papelão de um lado para outro. Um determinado número de sinais significa uma certa coisa. Foi ideia minha, Marilla.

— Tenho certeza de que foi — disse Marilla, enfática. — E você acabará pondo fogo nas cortinas com essa história absurda de mandar sinais.

— Oh, tomamos muito cuidado, Marilla. E é tão interessante. Dois sinais significam "você está aí?". Três, "sim", e quatro, "não". Cinco significam "venha me ver assim que puder, porque tenho algo importante a revelar". Diana acabou de mandar cinco sinais, e estou realmente agoniada para saber o que é.

— Bem, não precisa ficar mais agoniada — disse Marilla com sarcasmo. — Pode ir, mas não se esqueça de voltar em dez minutos.

Anne não se esqueceu e voltou no prazo estipulado, apesar de que, muito provavelmente, nenhum mortal jamais viria a saber como foi difícil limitar a dez minutos a conversa sobre o importante comunicado de Diana. Mas ao menos ela os aproveitou muito bem.

— Oh, Marilla, o que você acha? Sabe que amanhã é o aniversário da Diana. Bem, a mãe dela disse que Diana poderia me convidar para ir à casa dela depois da escola, para ficar e passar a noite lá. Os primos e primas dela vão chegar de Newbridge num grande trenó para ir ao recital do Clube de Debates amanhã à noite, no teatro. Eles vão levar Diana e a mim ao recital... se você me deixar ir, claro. Você vai deixar, não vai, Marilla? Oh, estou tão entusiasmada.

— Pode ir se acalmando, porque você não irá a lugar algum. É melhor ficar em casa e dormir em sua própria cama. E, quanto ao recital do clube, além de ser uma grande bobagem, não é lugar para garotinhas.

— Tenho certeza de que o Clube de Debates é uma associação das mais respeitáveis — protestou Anne.

— Não estou dizendo que não seja. Mas você não vai começar a andar por aí, indo a recitais e passando a noite toda fora de casa. Não é coisa para crianças. Fico surpresa que a Sra. Barry deixe Diana ir.

— Mas é uma ocasião tão especial — lamentou Anne, à beira das lágrimas. — Diana só faz aniversário uma vez por ano.

Os aniversários não são coisas comuns, Marilla. Prissy Andrews vai recitar "O toque de recolher não deve tocar esta noite".[1] É um poema edificante e muito bom, Marilla. Tenho certeza de que me faria muito bem ouvi-lo. E o coro vai cantar quatro belas canções comoventes, que são quase tão boas quanto os hinos. E, oh, Marilla, o pastor vai participar. Sim, vai sim: ele fará um discurso. Será quase a mesma coisa que um sermão. Por favor, posso ir, Marilla?

— Você ouviu o que eu disse, ou não, Anne? Tire as botas agora mesmo e vá para a cama. Já passa das oito.

— Só mais uma coisa, Marilla — disse Anne, pelo jeito usando seu último recurso. — A Sra. Barry disse a Diana que poderíamos dormir no quarto de hóspedes. Pense só quanta honra para sua pequena Anne, ser acomodada no quarto de hóspedes.

— É uma honra da qual terá de abrir mão. Vá para a cama, Anne, e que eu não ouça nem mais uma palavra sua.

Depois de Anne ter subido as escadas com lágrimas no rosto, Matthew, que parecia dormir profundamente na espreguiçadeira durante toda a conversa das duas, abriu os olhos e disse, decidido:

— Bem, ora, Marilla, acho que você deveria deixar Anne ir.

— Eu não acho — retorquiu Marilla. — Quem é que está criando a menina, Matthew? Você ou eu?

— Bem, ora, você — admitiu Matthew.

— Pois então não interfira.

— Bem, ora, não estou interferindo. Ter opinião não é interferir. E minha opinião é que você deveria deixar Anne ir.

— Em sua opinião, eu deveria deixar Anne ir à Lua, se ela quisesse, não tenho dúvida — foi a réplica afável de Marilla. — Eu poderia deixá-la passar a noite com Diana, se fosse só isso.

---

[1] "*Curfew must not ring tonight*", poema narrativo de Rose Hartwick Thorpe (1850-1939), poetisa e escritora estadunidense. O poema data de 1867. (N.T.)

Mas não aprovo essa ideia do recital. Se ela for, acabará pegando um resfriado e voltará alvoroçada, com a cabeça cheia de bobagens. Ela ficaria agitada durante uma semana. Entendo a índole daquela criança e sei o que é bom para ela muito melhor do que você, Matthew.

— Acho que você deveria deixar Anne ir — repetiu Matthew, com firmeza. A argumentação não era seu forte, mas a insistência certamente era. Marilla soltou um suspiro impotente e refugiou-se no silêncio. Na manhã seguinte, quando Anne lavava a louça do desjejum na copa, Matthew deteve-se ao sair, a caminho do celeiro, para dizer mais uma vez a Marilla:

— Acho que você deveria deixar Anne ir, Marilla.

Por um momento, Marilla cogitou dizer coisas impronunciáveis. Depois se rendeu ao inevitável e disse com mordacidade:

— Muito bem, ela pode ir, já que só assim você ficará satisfeito.

Anne saiu correndo da copa, com o pano de prato encharcado numa das mãos.

— Oh, Marilla, Marilla, por favor, diga outra vez essas palavras abençoadas!

— Acho que uma vez já basta. Isso é coisa do Matthew, eu lavo minhas mãos. Se você pegar pneumonia por dormir numa cama estranha ou por sair do teatro quente no meio da noite, não bote a culpa em mim, e sim no Matthew. Anne Shirley, você está deixando água engordurada pingar no chão. Nunca vi uma criança tão descuidada.

— Oh, sei que sou uma provação enorme para você, Marilla — disse Anne, em tom de desculpas. — Cometo muitos erros. Mas pense só em todos os erros que eu poderia cometer, mas não cometo. Vou pegar um pouco de areia e esfregar as manchas antes de ir para a escola. Oh, Marilla, eu queria tanto ir ao recital. Nunca fui a um recital e, quando as outras meninas falam disso na escola, me sinto tão excluída. Você não entendia como eu me sentia, mas, veja só, Matthew sim. Matthew me compreende, e é tão bom ser compreendida, Marilla.

Anne estava empolgada demais para manter seu bom desempenho na escola naquela manhã. Gilbert Blythe soletrou melhor do que ela e a deixou bem para trás nos cálculos mentais. No entanto, a consequente humilhação de Anne foi bem menor do que poderia ter sido, diante do recital e da acomodação no quarto de hóspedes. Ela e Diana não pararam de falar a respeito o dia todo e, se tivessem um professor mais rígido que o Sr. Phillips, teriam recebido um belo castigo.

Anne pensou que, se não pudesse ir ao recital, não teria suportado aquele dia, pois não se falou em outra coisa na escola. O Clube de Debates de Avonlea, que se reunia a cada quinze dias durante todo o inverno, organizara vários espetáculos gratuitos e de pouca monta, mas o recital era um evento grande, e o ingresso custava dez centavos, para ajudar a biblioteca. Os jovens de Avonlea vinham ensaiando havia semanas, e todos os estudantes estavam particularmente interessados no recital, pois seus irmãos e irmãs mais velhos iam participar. Todos os alunos com mais de nove anos planejavam ir, exceto Carrie Sloane, cujo pai tinha a mesma opinião de Marilla a respeito de garotinhas que saíam à noite para ir a recitais. Carrie Sloane chorou em cima do livro de gramática a tarde toda e pensou que a vida não valia a pena.

Para Anne, a verdadeira emoção começou ao final da aula e, daí em diante, só fez aumentar num ritmo frenético até explodir em êxtase incontestável, durante o recital propriamente dito. Desfrutaram um "chá perfeitamente elegante", seguido da deliciosa ocupação de se vestir no quartinho de Diana, no andar de cima. Diana fez a franja de Anne no estilo *pompadour*,[2] Anne amarrou os laços de Diana com seu jeitinho especial, e as duas experimentaram pelo menos meia dúzia de penteados

---

[2] Penteado feminino que data do século XVIII, usado por grandes personalidades. Os cabelos ficam fofos e altos, com a ajuda de enchimentos que compõem coques elaborados. (N.T.)

diferentes. Por fim, estavam prontas, de faces coradas e olhos brilhantes de entusiasmo.

É verdade que Anne não pôde evitar um pouquinho de inveja ao comparar seu gorro preto e simples e o casaco cinzento de tecido feio e de mangas apertadas, feito em casa, com a elegante boina de pele e o casaquinho requintado de Diana. Mas, logo se lembrou de que tinha imaginação e podia usá-la.

Aí chegaram os primos de Diana, os Murray de Newbridge. Apinharam-se todos no grande trenó, aninhados entre palha e mantas de pele. Anne ficou deliciada com a viagem até o teatro, deslizando pelas estradas acetinadas, com o ruído da neve sob as lâminas. O pôr do Sol foi magnífico, e as colinas cobertas de neve e a água azul-escura do golfo de St. Lawrence pareciam cercar todo aquele esplendor, feito uma imensa bacia de pérolas e safiras, cheia de vinho e fogo. O tilintar dos sinos do trenó e o riso distante, que lembrava a alegria de elfos silvestres, vinham de todos os lados.

— Oh, Diana — suspirou Anne, apertando a mão enluvada de Diana sob a manta de pele —, será que tudo não passa de um lindo sonho? Pareço realmente a mesma de sempre? Sinto-me tão diferente que acho que isso deve ser até visível.

— Você está ótima — disse Diana, que, tendo acabado de receber um elogio de uma de suas primas, julgou ser sua obrigação passá-lo adiante. — Está com uma cor adorável.

O programa daquela noite foi uma série de "arrepios" para pelo menos uma ouvinte da plateia e, como Anne afirmaria a Diana, cada arrepio foi mais arrepiante que o outro. Quando Prissy Andrews, trajando seu novo corpete de seda cor-de-rosa, com um colar de pérolas em volta do pescoço liso e branco e cravos de verdade nos cabelos — diziam os boatos que o mestre-escola os tinha encomendado na cidade — "galgou os degraus escorregadios, escuros, sem um raio de luz",[3] Anne

---

[3] Citação da balada *Curfew must not ring tonight* (O toque de recolher não deve tocar esta noite), mencionado anteriormente. (N.E.)

estremeceu de emoção e excitação. Quando o coro cantou *Acima das meigas margaridas*,⁴ Anne fitou o teto como se ali houvesse afrescos de anjos. Quando Sam Sloane se pôs a explicar e ilustrar "Como Zacarias pôs uma galinha para chocar",⁵ Anne riu até as pessoas dos assentos próximos rirem também, mais por solidariedade do que por graça, diante de uma coletânea que era extremamente conhecida, até mesmo em Avonlea; e, quando o Sr. Phillips recitou o discurso de Marco Antônio no funeral de César da maneira mais comovente — olhando para Prissy Andrews ao final de cada sentença —, Anne achou que seria capaz de se insurgir e se amotinar ali mesmo, se algum cidadão romano tomasse a iniciativa.

Somente uma apresentação do programa não a interessou. Quando Gilbert Blythe recitou "Bingen sobre o Reno",⁶ Anne pegou o livro que Rhoda Murray retirara da biblioteca e o leu até o rapaz terminar, quando então continuou sentada, rígida, ereta e imóvel, enquanto Diana aplaudia até as palmas das mãos arderem.

Eram onze horas quando voltaram para casa, fartas de tanta arte, mas ainda lhes restava o deliciosíssimo prazer de comentar o recital. Todos pareciam estar dormindo, e a casa estava às escuras e em silêncio. Pé ante pé, Anne e Diana entraram na sala de visitas, um cômodo comprido e estreito que dava para o quarto de hóspedes. O aposento agradável era aquecido e levemente iluminado pelas brasas da lareira.

— Vamos nos despir aqui — disse Diana. — Está tão gostoso e quentinho.

---

⁴ *Far above the gentle daisies*, canção de George Cooper e Harrison Millard, de 1869. (N.E.)

⁵ "*How Sockery set a hen*". Espécie de anedota, ou "causo", do final do século XIX, comum em recitais. (N.T.)

⁶ Poema de Caroline E. Norton (1808-1877). (N.T.)

— Não foi encantadora esta noite? — suspirou Anne, extasiada. — Deve ser magnífico subir ao tablado e recitar. Você acha que um dia seremos convidadas, Diana?

— Sim, naturalmente, um dia desses. Sempre pedem aos estudantes mais velhos que recitem. Gilbert Blythe já o fez muitas vezes, e é apenas dois anos mais velho que nós. Oh, Anne, como você pôde fingir que não o ouvia? Quando chegou ao verso

Há mais alguém, não uma irmã,

ele olhou diretamente para você.

— Diana — disse Anne, com toda a dignidade —, você é minha amiga do peito, mas não posso permitir que mesmo você me fale dessa pessoa. Está pronta para dormir? Vamos apostar corrida e ver quem chega à cama primeiro.

A sugestão agradou a Diana. As duas figurinhas de branco atravessaram correndo a sala comprida, passaram pela porta do quarto de hóspedes e pularam na cama ao mesmo tempo. E aí... uma coisa... se mexeu debaixo delas, ouviu-se um arfar e um grito... e alguém disse, com voz abafada:

— Misericórdia!

Anne e Diana nunca conseguiram explicar como saíram da cama e do quarto. Depois de uma arrancada frenética, viram-se subindo as escadas nas pontas dos pés, tremendo de medo.

— Oh, quem era... O *que* era aquilo? — sussurrou Anne, batendo os dentes de frio e susto.

— Era minha tia Josephine — disse Diana, ofegante de tanto rir. — Oh, Anne, era a Tia Josephine, e não tenho ideia de como ela foi parar lá. Oh, e sei muito bem que ela ficará furiosa. É terrível, realmente terrível, mas você já viu coisa mais engraçada, Anne?

— Quem é a Tia Josephine?

— É tia do meu pai que mora em Charlottetown. É muito velha, tem uns setenta anos, e não acredito que tenha sido criança *um dia*. Esperávamos que ela nos fizesse uma visita, mas não tão cedo. Ela é muito formal e respeitável, e bem sei que vai resmungar horrivelmente por conta disso. Bem, teremos de dormir com Minnie May... E você nem imagina como ela dá pontapés.

A Srta. Josephine Barry não deu o ar da graça no desjejum da manhã seguinte. A Sra. Barry sorriu gentilmente para as duas meninas.

— Vocês se divertiram ontem à noite? Tentei ficar acordada até vocês chegarem, pois queria lhes dizer que a Tia Josephine viera e que vocês teriam de dormir lá em cima, no fim das contas, mas estava tão cansada que caí no sono. Espero que não tenham incomodado sua tia, Diana.

Diana guardou um silêncio discreto, mas trocou com Anne sorrisos furtivos de graça e cumplicidade por cima da mesa. Anne correu para casa depois do desjejum e, portanto, continuou ditosamente alheia à confusão que se instalou na casa dos Barry até o fim da tarde, quando foi à casa da Sra. Lynde a mando de Marilla.

— Quer dizer que você e Diana quase mataram a pobre Srta. Barry de susto ontem à noite? — perguntou a Sra. Lynde, séria, mas com um brilho no olhar. — A Sra. Barry parou aqui alguns minutos, a caminho de Carmody. Está realmente preocupada com a situação. A boa e velha Srta. Barry estava num mau humor terrível quando se levantou hoje de manhã: e o mau humor de Josephine Barry não é brincadeira, pode acreditar. Ela se recusou a falar com Diana.

— Diana não teve culpa — disse Anne, arrependida. — A culpa foi minha. Fui eu quem sugeriu que apostássemos corrida para ver quem chegaria à cama primeiro.

— Eu sabia! — disse a Sra. Lynde, com o enlevo dos bons palpiteiros. — Sabia que a ideia só poderia ter saído dessa sua cabeça! Bem, pois causou muitos problemas, isso sim. A Srta. Barry veio para ficar um mês, mas declarou que não ficaria nem mais um dia e voltaria para a cidade amanhã mesmo, apesar de ser domingo. Teria ido hoje, se houvesse alguém para levá-la. Tinha prometido pagar três meses de aulas de música para Diana, mas agora está determinada a não mover uma palha por uma moleca como aquela. Oh, imagino que tenham passado maus bocados hoje de manhã. Os Barry devem estar aflitos. A Srta. Barry é rica, e eles prefeririam continuar nas boas graças da mulher. Claro que a Sra. Barry não me contou nada disso, mas acontece que sou capaz de julgar muito bem a natureza humana, oh, se sou.

— Que má sorte a minha — lamentou-se Anne. — Estou sempre me metendo em enrascadas e arrastando comigo meus amigos, pessoas por quem eu daria minha vida. Saberia me dizer o motivo, Sra. Lynde?

— Porque você é muito imprudente e impulsiva, criança, isso sim! Você nunca para para pensar: diz ou faz o que lhe dá na telha, sem um momento de reflexão.

— Oh, mas essa é a melhor parte — protestou Anne. — Quando nos ocorre uma coisa simplesmente estimulante, é preciso externá-la. Se pararmos para pensar, acabaremos estragando tudo. A senhora nunca se sentiu assim, Sra. Lynde?

Não, nunca. A Sra. Lynde balançou sabiamente a cabeça.

— Você precisa aprender a parar e pensar, Anne, é isso. Ouça o ditado: "Pense duas vezes antes de agir"... Ou de pular na cama de um quarto de hóspedes.

A Sra. Lynde riu à vontade da sua piadinha, mas Anne continuou acabrunhada. Não via nada risível na situação, que, a seus olhos, parecia muito séria. Ao deixar a casa da Sra. Lynde, atravessou os campos endurecidos, a caminho da Ladeira do Pomar. Diana a encontrou à porta da cozinha.

— Sua Tia Josephine ficou muito zangada, não ficou? — murmurou Anne.

— Sim — respondeu Diana, abafando uma risadinha com uma olhadela apreensiva por sobre o ombro, na direção da porta fechada da sala de estar. — Estava praticamente pulando de raiva, Anne. Oh, como ela resmungou. Disse que eu era a menina mais malcomportada que já tinha visto, que meus pais deveriam se envergonhar da maneira como me criaram. Disse que não ficará aqui, e não me importo nem um pouco. Mas minha mãe e meu pai se importam.

— Por que você não lhes contou que a culpa foi minha? — indagou Anne.

— E você acha que eu faria uma coisa dessas? — disse Diana, com justificada ironia. — Não sou mexeriqueira, Anne Shirley, e, de qualquer modo, sou tão culpada quanto você.

— Bem, então eu mesma vou contar — disse Anne, convicta.

Diana a encarou.

— Anne Shirley, nem pense nisso! Ora, ela a comerá viva!

— Não me assuste ainda mais — implorou Anne. — Preferiria enfrentar a boca de um canhão. Mas tenho de fazê-lo, Diana. Foi minha culpa e tenho de confessar. Felizmente, tenho prática nisso.

— Bem, ela está ali na sala — disse Diana. — Pode entrar, se quiser. Eu não me atreveria. E não creio que isso vá resolver alguma coisa.

Com essas palavras encorajadoras, Anne foi enfrentar o leão em sua cova, ou seja, caminhou resolutamente até a porta da sala de estar e bateu de leve. Ouviu-se um agudo "entre".

A Srta. Josephine Barry, magra, empertigada e austera, tricotava ferozmente ao pé da lareira, sem que sua ira se tivesse aplacado, e seus olhos fuzilavam através dos óculos de aro dourado. Ela se virou na cadeira, esperando ver Diana, e contemplou uma menina de rosto lívido, com os olhos enormes transbordando de coragem desesperada e pavor hesitante.

— Quem é você? — perguntou a Srta. Josephine Barry, sem fazer cerimônia.

— Sou Anne de Green Gables — disse a pequena visitante, tremendo e unindo as mãos em seu gesto característico — e vim aqui me confessar, se a senhorita não se importar.

— Confessar o quê?

— Que foi minha culpa pularmos na sua cama daquele jeito, ontem à noite. Foi sugestão minha. Diana nunca teria pensado numa coisa dessas. Tenho certeza. Diana é uma menina muito educada, Srta. Barry. Sendo assim, a senhorita não pode deixar de ver como seria injusto culpá-la.

— Oh, não posso? Pelo que sei, Diana também pulou na cama. Onde já se viu tamanha sem-vergonhice numa casa de respeito!

— Mas estávamos só brincando — insistiu Anne. — Creio que a senhorita deveria nos perdoar, Srta. Barry, agora que nos desculpamos. E, de qualquer maneira, por favor, perdoe Diana e deixe-a cursar as aulas de música. Diana quer tanto as aulas de música, Srta. Barry, e sei muito bem o que é querer tanto uma coisa e não a ter. Se é para a senhorita se zangar com alguém, que seja comigo. Já estou tão acostumada, desde a tenra infância, a ver as pessoas se zangarem comigo, que sou capaz de suportar tal coisa muito melhor do que Diana.

Àquela altura, os olhos da velha senhora já tinham desistido de boa parte da fuzilaria, que fora substituída por um lampejo de interesse divertido. Ainda assim, ela disse com rigor:

— Não creio que seja desculpa o fato de estarem brincando. As meninas não brincavam desse jeito quando eu era jovem. Você não sabe o que é ser acordada de um sono profundo, depois de uma viagem longa e penosa, por duas meninas crescidas que correram para pular em cima de você.

— Eu não *sei*, mas consigo *imaginar* — disse Anne, impaciente. — Tenho certeza de que deve ter sido muito perturbador. Mas, e nosso lado da história? A senhorita tem imaginação, Srta. Barry? Se tiver, coloque-se em nosso lugar. Não sabíamos que havia alguém na cama, e a senhorita quase nos matou de susto.

A sensação foi simplesmente horrível. E aí não pudemos dormir no quarto de hóspedes, como nos prometeram. Imagino que a senhorita esteja acostumada a dormir em quartos de hóspedes. Mas imagine só como se sentiria se fosse uma pequena órfã que nunca tivesse tido essa honra.

Àquela altura, os olhos já não mais fuzilavam. Na verdade, a Srta. Barry riu: um som que fez Diana — à espera lá fora, na cozinha, em muda ansiedade — soltar um grande suspiro de alívio.

— Receio que minha imaginação esteja um pouco enferrujada: já faz tempo que não a uso — ela respondeu. — Eu diria que você é digna de pena tanto quanto eu. Tudo depende de como se vê a coisa. Sente-se aqui e me fale de você.

— Sinto muito, mas não posso — disse Anne, firme. — Bem que eu gostaria, porque a senhorita parece interessante e talvez seja até mesmo um espírito afim, apesar de não aparentar muito. Mas é meu dever voltar para casa, pois a Srta. Marilla Cuthbert me espera. A Srta. Marilla Cuthbert é uma dama muito bondosa que me adotou e está me criando como se deve. Ela está fazendo o possível, mas a empreitada não é nada encorajadora. Não a culpe por eu ter pulado na cama. Mas, antes de ir, eu gostaria realmente que a senhorita me dissesse se vai perdoar Diana e ficar em Avonlea tanto quanto tinha planejado.

— Acho que talvez eu fique, se você vier conversar comigo de quando em quando — disse a Srta. Barry.

Naquela noite, a Srta. Barry deu a Diana um bracelete de prata e contou aos adultos da casa que desfizera sua mala.

— Decidi ficar simplesmente para conhecer melhor a tal menina Anne — explicou ela, com toda a franqueza. — Ela me diverte e, na minha idade, as pessoas divertidas são uma raridade.

O único comentário de Marilla ao ouvir a história foi um "eu avisei", dirigido a Matthew.

A Srta. Barry ficou um mês e mais um pouco. Foi uma hóspede mais agradável do que de costume, pois Anne a manteve de bom humor. Elas se tornaram grandes amigas.

Ao partir, a Srta. Barry disse:

— Lembre-se, ó menina Anne, quando for à cidade, terá de me visitar, e eu acomodarei você na cama mais hospitaleira do meu quarto de hóspedes.

— No final das contas, a Srta. Barry era um espírito afim — Anne confidenciou a Marilla. — Não se pode dizer isso à primeira vista, mas ela é. Não dá para descobrir logo de cara, como foi o caso de Matthew, mas, depois de algum tempo, a gente começa a ver. Os espíritos afins não são tão raros como eu costumava pensar. É magnífico descobrir que há tantos deles neste mundo.

XX
Uma boa fantasia que deu errado

A primavera chegou mais uma vez a Green Gables — a primavera canadense, cheia de caprichos, relutante e maravilhosa, que, durante os meses de abril e maio, perdurava numa sucessão de dias amenos, frescos e gelados, com ocasos rosados e milagres de ressurreição e crescimento. Os álamos da Alameda dos Namorados estavam cobertos de brotos vermelhos e pequenas samambaias onduladas surgiam ao redor da Nascente da Dríade. Lá no alto, nos campos endurecidos atrás da propriedade do Sr. Silas Sloane, as flores de maio brancas e cor-de-rosa floresciam como estrelas perfumadas sob a folhagem marrom. Todas as meninas e meninos da escola passaram uma tarde dourada colhendo flores e depois retornaram entre os reflexos do entardecer límpido, com os braços e cestas carregados de flores coloridas.

— Lamento pelas pessoas que vivem em lugares onde não há flores de maio — comentou Anne. — Diana disse que elas talvez tenham algo melhor, mas não pode haver nada melhor do que flores de maio; você acha que pode, Marilla? Diana disse que, se não sabem como elas são, não podem sentir sua falta. Eu acho isso muito triste. Marilla, acho que seria trágico não saber como são as flores de maio e não sentir falta delas.

Sabe o que acho que as flores de maio são, Marilla? Acredito que elas devem ser as almas das flores que morreram no verão passado e que aqui é o paraíso delas. Mas hoje nós tivemos um dia esplêndido, Marilla. Almoçamos perto de um velho poço, numa vala enorme coberta de musgo... Um lugar tão romântico! Charles Sloane desafiou Arty Gillis a pular por cima do poço. E Arty pulou porque ele não recusa um desafio. Ninguém recusa desafios na escola. Desafiar está muito na moda. O Sr. Phillips deu todas as flores de maio que encontrou para Prissy Andrews. E eu ouvi quando ele disse: "Doces para um doce".[1] Ele tirou isso de um livro, eu sei; mas pelo menos mostra que tem um pouco de imaginação. Eu também ganhei algumas flores de maio, mas não as aceitei, por desdém. Eu não posso dizer de quem porque jurei que nunca permitiria que o nome dele saísse da minha boca. Fizemos grinaldas com as flores de maio e as colocamos em nossos chapéus; e, quando chegou a hora de voltar para casa, marchamos em procissão pela estrada, em duplas, com nossos buquês e grinaldas, cantando "Minha casa na colina".[2] Todos os parentes do Sr. Silas Sloane correram para nos ver e todos na estrada paravam para nos observar enquanto passávamos. Causamos uma verdadeira sensação.

— Não é de se espantar. Quanta bobagem! — foi a resposta de Marilla.

Depois das flores de maio vieram as violetas. E o Vale das Violetas ficava recoberto pelo tom púrpura das flores. Quando ia para a escola, Anne caminhava por elas com passos reverentes e olhos admirados, como se pisasse em solo sagrado.

— De alguma forma — disse para Diana —, quando passo por ali, realmente não me importo se Gil... se qualquer um passar na minha frente na escola ou não. Mas quando estou na

---

[1] Trecho de *Hamlet*, de William Shakespeare. (N.T.)
[2] *My Home on the Hill*, música folclórica de origem celta, comum nos países de língua inglesa. (N.T.)

escola tudo muda e volto a me importar. Existem tantas Annes diferentes em mim! Às vezes acho que é por isso que sou uma pessoa tão problemática. Se houvesse apenas uma Anne, seria tão mais confortável. Mas não seria tão interessante.

Numa tarde de junho, quando os pomares estavam novamente floridos e rosados, os sapos coaxavam sons doces como sinos de prata nos pântanos em volta do pontal do Lago de Águas Cintilantes, e o ar estava tomado pelo aroma de cravos e dos bosques de pinheiros balsâmicos, Anne sentava-se junto à janela do quarto, fazendo seus deveres de casa. Mas agora estava escuro para enxergar o livro; então, ela sonhava de olhos abertos, olhando para além das copas da Rainha da Neve, que, mais uma vez, estava estrelada e florida.

Basicamente, o pequeno quarto do piso superior permanecia o mesmo. As paredes continuavam brancas; a almofada de alfinetes, tão dura como sempre; e as cadeiras, tão eretas e amarelas como antes. No entanto, todas as suas características haviam mudado. O quarto estava todo impregnado de uma personalidade — nova, vivaz, latejante — que parecia infiltrar-se nele, independente dos livros, dos vestidos e das fitas da colegial. Até mesmo da jarra azul rachada em cima da mesa, cheia de flores de macieira. Era como se todos os sonhos, os adormecidos e os acordados, da sua enérgica ocupante tivessem adquirido uma forma visível, embora imaterial, e atapetado o quarto vazio com tecidos maravilhosos feitos de arco-íris e raios de luar. Naquele instante, Marilla entrou apressada com alguns aventais da Anne recém-passados. Pendurou-os no encosto de uma cadeira e sentou-se, dando um pequeno suspiro. Naquela tarde, tivera uma de suas dores de cabeça e, apesar de o desconforto já ter desaparecido, sentia-se fraca e "nas últimas", como costumava dizer. Anne olhou para ela com olhos puros de compaixão.

— Eu realmente gostaria de ter sentido a dor de cabeça no seu lugar, Marilla. Eu a teria suportado com alegria por você.

— Acho que você fez sua parte, deixando que eu descansasse e cuidando das tarefas — respondeu Marilla. — Parece que conseguiu terminar tudo e que errou menos do que de costume. Claro que não era exatamente necessário engomar os lenços do Matthew! E a maioria das pessoas coloca uma torta no forno apenas para esquentá-la para o jantar e a tira para comer quando está quente, em vez de deixá-la torrar. Mas é claro que você prefere fazer do seu jeito.

As dores de cabeça sempre deixavam Marilla um pouco sarcástica.

— Oh, sinto muito — respondeu Anne, arrependida. — Depois que coloquei a torta no forno, não pensei mais nela até agora, embora sentisse instintivamente que faltava alguma coisa na mesa do jantar. Hoje de manhã, quando você me pediu que preparasse tudo, eu estava firmemente decidida a manter meus pensamentos na realidade e não imaginar nada. Até colocar a torta no forno, tudo ia bem. Mas depois senti uma tentação irresistível de imaginar que eu era uma princesa encantada trancada numa torre solitária e que um belo cavaleiro, cavalgando um corcel negro como carvão, vinha me socorrer. E foi assim que acabei esquecendo a torta. Nem percebi que havia engomado os lenços. Durante todo o tempo em que passava as roupas, tentei não pensar num nome para uma nova ilha que Diana e eu descobrimos lá no riacho. Marilla, o lugar é dos mais encantadores. Ela tem duas bordas e o riacho corre em sua volta. Finalmente, ocorreu-me que seria esplêndido chamá-la de Ilha Vitória, porque a descobrimos no dia do aniversário da rainha. Diana e eu somos súditas muito leais. Mas sinto muito pela torta e pelos lenços. Você lembra o que aconteceu nessa data no ano passado, Marilla?

— Não, não consigo lembrar nada em especial.

— Oh, Marilla, foi o dia que vim para Green Gables. Nunca vou me esquecer desse dia. Minha vida mudou completamente. Claro que para você não deve parecer importante. Estou aqui há um ano e tenho sido muito feliz. Claro que tive meus problemas, mas os problemas podem ser superados. Você lamenta ter ficado comigo, Marilla?

— Não, não posso dizer que lamento — respondeu Marilla, que às vezes se perguntava como vivera antes da chegada de Anne a Green Gables. — Não, lamentar propriamente, não. Anne, se você terminou o dever de casa, preciso que você vá até a casa da Sra. Barry e pergunte a ela se pode me emprestar o molde do avental da Diana.

— Oh... Está... está muito escuro — gritou Anne.

— Muito escuro? Ora, está apenas entardecendo. E Deus sabe que você já esteve lá muitas vezes depois que escureceu.

— Irei amanhã bem cedo — respondeu Anne, ansiosa. — Levantarei assim que amanhecer e irei até lá, Marilla.

— O que deu na sua cabeça agora, Anne Shirley? Preciso daquele molde para cortar seu novo avental hoje à noite. Vá de uma vez e não demore.

— Então vou dar a volta pela estrada — disse Anne, pegando o chapéu com relutância.

— Ir pela estrada e demorar mais meia hora! Gostaria de entender você!

— Não posso passar pela Floresta Mal-Assombrada, Marilla — gritou Anne, desesperada.

Marilla olhou para ela fixamente.

— Floresta Mal-Assombrada! Você ficou louca? O que é isso de Floresta Mal-Assombrada?

— É o bosque de pinheiros que fica ao lado do riacho — explicou Anne num sussurro.

— Mas que bobagem! Não existe essa coisa de floresta mal-assombrada em nenhum lugar. Quem andou contando essas estórias para você?

— Ninguém — confessou Anne. — Diana e eu só imaginamos que a floresta era mal-assombrada. Todos os lugares por aqui são tão... tão... *lugares-comuns*. Inventamos isso para nos divertir. Começamos em abril. Uma floresta mal-assombrada é tão mais romântica, Marilla. Escolhemos o bosque de pinheiros porque é muito escuro. Oh, imaginamos as coisas mais tenebrosas. Tem uma mulher vestida de branco que caminha ao longo do riacho mais ou menos a esta hora da noite, torcendo as mãos e emitindo sons cheios de lamentos. Ela aparece quando vai acontecer uma morte na família. E o fantasma de uma criança assassinada assombra a esquina que fica lá perto do Recreio do Bosque; ela se aproxima bem devagar, por trás, e acaricia sua mão com dedos gelados... Bem assim. Oh, Marilla, fico toda arrepiada só de pensar. E tem um homem sem cabeça que fica à espreita, andando para cima e para baixo pela alameda e esqueletos que observam você com olhares ameaçadores por entre os galhos. Oh, Marilla, eu não passaria pela Floresta Mal-Assombrada depois de escurecer por nada neste mundo. Tenho certeza de que aquelas coisas brancas esticariam suas mãos e me agarrariam.

— Onde já se ouviu uma coisa dessas! — disse Marilla, que escutara tudo pasma. — Anne Shirley, está querendo dizer que acredita em todas essas bobagens horríveis que brotam da sua própria imaginação?

— Acreditar, não, não *exatamente* — respondeu Anne, hesitante. — Pelo menos não durante o dia. Mas depois que escurece é diferente, Marilla. É quando os fantasmas caminham.

— Essa coisa de fantasma não existe, Anne.

— Oh, eles existem sim, Marilla! — gritou Anne com veemência. — Conheço pessoas que viram fantasmas. E são pessoas respeitáveis. Charlie Sloane contou que uma noite sua avó viu o avô dele pastoreando as vacas, um ano depois do seu enterro. Você sabe que a avó de Charlie Sloane não contaria uma história à toa. Ela é uma mulher muito religiosa. Numa outra noite, um carneiro em chamas com a cabeça cortada e pendurada por um fiapo de pele perseguiu o pai da Sra. Thomas até ele chegar em casa. Ela disse que sabia que era a alma do seu irmão e que isso era um aviso de que ele ia morrer dentro de nove dias. Ele não morreu logo, mas morreu dois anos depois. Então, você vê que isso era verdade. E Ruby Gillis disse que...

— Anne Shirley — Marilla a interrompeu com firmeza —, nunca mais quero ouvir você falar assim. Tive dúvidas sobre essa sua imaginação desde o início. E, se o resultado é esse, não vou mais tolerar semelhantes maluquices. Você vai agora mesmo até a casa dos Barry e vai passar por aquele bosque de pinheiros para que isso lhe sirva de lição e de aviso. Nunca mais quero ouvir uma única palavra da sua boca sobre florestas mal-assombradas.

Anne podia suplicar e chorar o quanto quisesse — e o fez, porque seu terror era muito real. Sua imaginação corria solta. Para ela, o bosque de pinheiros representava um terror mortal depois do entardecer. Mas Marilla foi inflexível. Ela saiu marchando com a vidente de fantasmas até a fonte, mandou-a seguir imediatamente pela ponte e mais além, para os recessos escuros de mulheres que gemiam e espectros sem cabeça.

— Oh, Marilla, como pode ser tão cruel? — soluçou Anne. — Como se sentiria se uma coisa branca me agarrasse e me levasse com ela?

— Vou correr esse risco — respondeu Marilla friamente. — Você sabe que sempre digo o que penso. Vou curá-la desse seu medo de fantasmas. Ande, em marcha!

Anne marchou, isto é, foi tropeçando pela ponte e depois subiu, toda arrepiada, pela alameda escura e horrível. Anne nunca mais se esqueceu daquela caminhada e se arrependeu amargamente de ter dado trela à sua imaginação. Os duendes da sua fantasia a espiavam por trás de cada sombra e estendiam suas mãos frias e descarnadas para agarrar aquela menina apavorada que os havia chamado de volta à vida. Seu coração parou quando o vento soprou uma tira branca da casca de uma bétula por cima de uma cavidade no chão escuro do arvoredo. O gemido distante de velhos galhos roçando uns nos outros provocou gotas de suor na sua testa. Por cima da sua cabeça, as batidas de asas dos morcegos na escuridão pareciam asas de criaturas sobrenaturais. Quando alcançou a propriedade do Sr. William Bell, passou pelo campo voando, como se fosse perseguida por um exército de coisas brancas, chegando à cozinha dos Barry tão sem fôlego que mal conseguiu expressar o pedido do molde do avental. Como Diana não estava em casa, ela não tinha nenhum motivo para se demorar. Teria de enfrentar a pavorosa jornada de volta. Anne a fez de olhos fechados e preferiu correr o risco de arrebentar os miolos contra os galhos do que ver uma daquelas coisas brancas. Quando finalmente tropeçou sobre a ponte de troncos, soltou um longo e trêmulo suspiro de alívio.

— E então, alguma coisa pegou você? — perguntou Marilla, sem dar muita importância.

— Oh, Mar... Marilla — gaguejou Anne —, de... depois dessa eu v... vou me... c... c... cont... tentar c... com lug... gares c... comuns.

XXI
Uma evolução nos sabores

— Oh, céus, este mundo é feito apenas de encontros e partidas, como a Sra. Lynde costuma dizer — lembrou Anne num lamento, enquanto colocava a lousa e os livros em cima da mesa da cozinha, naquele último dia de junho, e enxugava os olhos avermelhados com um lenço muito úmido. — Marilla, não foi muita sorte ter levado mais de um lenço para a escola hoje? Tive um pressentimento de que seria necessário.

— Nunca pensei que você gostasse tanto assim do Sr. Phillips, para precisar de dois lenços para enxugar as lágrimas porque ele vai embora — replicou Marilla.

— Não acho que chorei porque gostava tanto dele assim — ponderou Anne. — Só chorei porque todos os outros choraram. Quem começou foi Ruby Gillis. Ruby Gillis sempre afirmou que detestava o Sr. Phillips, mas, assim que ele levantou para fazer seu discurso de despedida, ela explodiu em lágrimas. Aí, todas as meninas começaram a chorar, uma depois da outra. Tentei me segurar para não chorar, Marilla. Tentei me lembrar daquela vez em que o Sr. Phillips me fez sentar ao lado de Gil... ao lado de um menino; e de quando soletrou meu nome sem o *e* no quadro-negro; e de quando disse que eu era a pior aluna em Geometria que ele já havia encontrado e de quando riu da minha ortografia; e de todas as vezes em que ele foi tão horrível e sarcástico; mas, de alguma forma, Marilla, não consegui me segurar e tive de chorar também. Há um mês Jane Andrews não para de dizer como ficaria feliz depois que o Sr. Phillips partisse e jurou que nunca derramaria nem uma lágrima. Bem, ela foi a pior de todas e precisou pedir um lenço emprestado ao irmão — claro que meninos não choram —, porque não havia trazido o seu. Ela não esperava que fosse precisar de um. Oh, Marilla, foi de cortar o coração. O início do discurso de despedida do Sr. Phillips muito tão bonito: "O momento da nossa separação chegou...". Foi muito comovente. E ele também tinha lágrimas nos olhos, Marilla. Oh, como lamentei e senti remorso por todas as vezes em que falei mal dele e o desenhei na minha lousa, e fiz pouco dele e da Prissy. Garanto a você que eu queria ter sido uma aluna exemplar como Minnie Andrews. Ela não tem nenhum problema na consciência. As garotas choraram durante todo o caminho da escola para casa. A cada instante, Carrie Sloane dizia: "O momento da nossa separação chegou...", e, cada vez que surgia o perigo de ficarmos alegres, todas recomeçavam a chorar. Marilla, estou muito horrivelmente triste. Mas as pessoas não podem se sentir exatamente como se estivessem nas profundezas do desespero quando têm dois meses de férias pela frente, podem, Marilla? Além disso, encontramos o novo pastor e sua esposa, que vinham da estação. Apesar de estar me sentindo péssima por causa da partida do Sr. Phillips, não podia deixar de me interessar um pouquinho pelo novo pastor, podia? A esposa dele é muito bonita. Claro que ela não tem uma beleza régia. Acho que seria muito inconveniente para um pastor ter uma esposa de beleza régia porque poderia servir de mau exemplo. A Sra. Lynde disse que a esposa do pastor de Newbridge dá um mau exemplo porque se veste sempre na última moda. A esposa do nosso novo pastor estava com um vestido de musselina azul com lindas mangas bufantes e um chapéu com arremates de rosas. Jane Andrews disse que achava mangas bufantes mundanas demais para a esposa de um pastor, mas não fiz nenhum comentário negativo, Marilla, porque sei o que significa desejar ter mangas bufantes. Além disso, ela é a esposa do pastor há bem pouco tempo, então todos deveriam ser um pouco tolerantes, não deveriam? Eles vão morar na casa da Sra. Lynde enquanto o presbitério não fica pronto.

Se Marilla foi até a casa da Sra. Lynde por qualquer outro motivo além de devolver as armações para as colchas de retalhos que tomara emprestadas no último inverno, essa era uma amável fraqueza compartilhada pela maioria das pessoas de Avonlea. Naquela noite, muitas das coisas que a Sra. Lynde emprestara, às vezes sem jamais esperar vê-las outra vez, voltaram para sua casa. Um novo pastor, ainda mais um pastor com uma esposa, era um assunto digno de curiosidade numa aldeia pequena e tranquila, onde as emoções eram raras.

O velho Sr. Bentley, o ministro que Anne considerava sem imaginação, trabalhou como pastor de Avonlea durante dezoito anos. Era viúvo quando chegou e viúvo permaneceu, apesar de as fofocas o casarem com regularidade com essa, aquela, ou aquela outra a cada ano da sua estadia. Ele pedira demissão em fevereiro passado e partiu entre as lamentações dos membros da sua congregação, a maioria dos quais sentia por ele uma afeição que nasceu do longo relacionamento com o bom e velho pastor, apesar das suas falhas como orador. Desde então, a igreja de Avonlea passou por uma variedade de fragmentações religiosas, enquanto ouvia os muitos e diferentes candidatos e suplentes que vinham pregar em caráter experimental, domingo após domingo. Esses se mantinham ou eram dispensados segundo o julgamento dos mais velhos da congregação e conhecedores das escrituras, porém uma certa menininha de cabelos ruivos, que costumava ficar docilmente sentada no cantinho do banco do velho Cuthbert, também tinha suas opiniões a respeito e as discutia longamente com

Matthew, porque Marilla sempre se negou, por princípio, a criticar pastores de qualquer tipo ou feitio.

— Não acredito que o Sr. Smith teria servido, Matthew — foi a palavra final de Anne. — A Sra. Lynde disse que sua elocução foi pobre, mas acho que seu pior defeito era exatamente o mesmo do Sr. Bentley: não tinha imaginação. E o Sr. Terry tinha demais; deixou que ela tomasse conta dele exatamente como deixei a minha se apoderar de mim no caso da Floresta Mal-Assombrada. Além do mais, a Sra. Lynde disse que seu conhecimento de teologia não era sólido. O Sr. Gresham era uma pessoa excelente e um homem muito religioso, mas contava muitas histórias engraçadas e fazia as pessoas rirem na igreja; faltava-lhe dignidade, e as pessoas querem que um pastor tenha um mínimo de dignidade, não é, Matthew? Eu certamente achei o Sr. Marshall atraente; mas a Sra. Lynde disse que ele não era casado e nem sequer estava noivo, porque ela havia pesquisado a respeito dele, e que um pastor jovem e solteiro nunca daria certo em Avonlea, pois ele poderia casar com alguma moça da congregação, o que causaria problemas. A Sra. Lynde é uma mulher que enxerga adiante, não acha, Matthew? Estou muito contente por terem chamado o Sr. Allan. Gostei dele porque seu sermão foi interessante, e porque fez as orações como se realmente acreditasse nelas, e não só por hábito. A Sra. Lynde disse que ele não é perfeito, mas que não se pode esperar um pastor perfeito por setecentos e cinquenta dólares por ano, e que, de qualquer forma, seu conhecimento de teologia era sólido, porque ela o interrogara minuciosamente sobre todos os pontos da doutrina. E ela conhece a família da esposa dele, e todos são pessoas muito respeitáveis. As mulheres são todas ótimas donas de casa. A Sra. Lynde disse que uma doutrina sólida no homem e um bom conhecimento dos trabalhos domésticos na mulher são a combinação ideal para a família de um pastor.

O novo pastor e sua mulher eram um casal de feições agradáveis e ainda em lua de mel. Estavam repletos de disposição e entusiasmo pelo trabalho que haviam escolhido para toda a vida. Avonlea abriu seu coração para eles desde o início. Tanto os mais velhos como os mais jovens gostaram daquele rapaz honesto e alegre, com seus ideais elevados, e daquela senhora pequena, gentil e animada, que assumiu a direção do presbitério. Anne se sentiu atraída pela Sra. Allan imediatamente, de todo o coração. Ela descobriu outro espírito afim.

— A Sra. Allan é perfeitamente adorável — anunciou numa tarde de domingo. — Ela assumiu nossa classe e é uma professora esplêndida. Ela disse imediatamente que achava injusto que o professor fizesse todas as perguntas; e, sabe, Marilla, sempre pensei exatamente a mesma coisa. Ela disse que poderíamos perguntar o que quiséssemos, e fiz uma porção de perguntas. Sou boa em fazer perguntas, Marilla.

— Não duvido — foi o comentário enfático de Marilla.

— Com exceção de Ruby Gillis, que perguntou se nesse verão haveria o piquenique dominical da escola, ninguém mais fez perguntas. Achei que não era uma boa pergunta porque não tinha nada a ver com a lição — a lição era sobre Daniel na cova dos leões —, mas a Sra. Allan apenas sorriu e respondeu que haveria sim. Ela tem um bonito sorriso; tem umas covinhas *tão* lindas nas bochechas! Eu queria ter covinhas nas minhas bochechas, Marilla. Já não sou mais tão magrela como quando cheguei aqui, mas ainda não tenho covinhas. Se tivesse, talvez eu pudesse influenciar as pessoas a fazer o bem. A Sra. Allan disse que nós devemos sempre tentar influenciar as pessoas a fazer o bem. Ela falou sobre tudo de um modo muito agradável. Antes dela, eu nunca conseguiria imaginar que a religião pudesse ser algo tão divertido. Sempre achei que era um pouco melancólica, mas a religião da Sra. Allan não é e, se eu pudesse ser como ela, gostaria de ser uma pessoa cristã, e não como o Sr. Superintendente Bell.

— Você não deve falar assim do Sr. Bell — advertiu-a Marilla com severidade. — O Sr. Bell é um homem muito bom.

— Oh, claro que é bom — concordou Anne —, mas não parece tirar proveito disso. Se eu fosse boa, dançaria e cantaria o dia todo de tão contente que ficaria. Imagino que a Sra. Allan não tem mais idade para cantar e dançar, e claro que isso não seria digno da mulher de um pastor. Mas posso sentir exatamente como ela está feliz por ser cristã e que também o seria mesmo se conseguisse ir para o céu sem nada disso.

— Acho que teremos de convidar o Sr. e a Sra. Allan para tomar chá em breve — ponderou Marilla. — Eles já passaram por todas as casas, menos por aqui. Vejamos... Quarta-feira próxima seria um bom dia para recebê-los. Mas não diga nem uma palavra para Matthew, porque, se ele souber, encontrará alguma desculpa para se ausentar nesse dia. Ele estava tão habituado com o Sr. Bentley que não se importava com ele, mas terá alguma dificuldade para se familiarizar com um novo pastor e vai morrer de medo da esposa dele.

— Levarei o segredo para o túmulo — prometeu Anne. — Mas, oh, Marilla, me deixa fazer um bolo para essa ocasião? Eu gostaria de fazer alguma coisa para a Sra. Allan, e você sabe que agora eu já sei fazer um bolo bem gostoso.

— Você pode fazer um bolo recheado — concordou Marilla.

Segunda e terça-feira foram dias de grandes preparativos em Green Gables. Receber o pastor e sua mulher para um chá era um empreendimento sério e importante, e Marilla estava decidida a não ser suplantada por nenhuma das outras donas de casa de Avonlea. Anne não se aguentava de tanta excitação e prazer. Ela comentou tudo com Diana durante o cair da tarde de terça-feira, enquanto estavam sentadas nas grandes pedras vermelhas da Nascente da Dríade desenhando arcos-íris na água com pequenos galhos embebidos em bálsamo de pinheiro.

— Está tudo pronto, Diana, menos meu bolo, que vou fazer amanhã de manhã, e os bolinhos de farinha de trigo, que

Marilla vai fazer pouco antes de servir o chá. Diana, posso assegurar a você que Marilla e eu tivemos dois dias muito ocupados. Receber a família de um pastor para o chá é uma responsabilidade enorme. Nunca passei por isso antes. Você deveria ver nossa copa. É uma visão impressionante. Teremos galinha em gelatina e língua de boi fria; serão dois tipos de gelatina: uma vermelha e outra amarela; creme batido; torta de limão e torta de cereja; três tipos de biscoitos; bolo de frutas; as famosas compotas de ameixas-amarelas da Marilla, que ela costuma guardar especialmente para pastores; um bolo inglês e um bolo recheado; e, como já mencionei, bolinhos de farinha de trigo; e pão dormido e fresco, para o caso de o pastor sofrer de dispepsia e não poder comer pão fresco. A Sra. Lynde disse que os pastores sofrem de dispepsia, mas acho que o Sr. Allan ainda não foi pastor por tempo suficiente para que o pão fresco tenha um efeito ruim sobre ele. Tremo só de pensar no meu bolo recheado. Oh, Diana, e se não ficar bom? Ontem à noite sonhei que um duende horroroso, com uma cabeça em forma de um enorme bolo recheado, não parava de me perseguir.

— Claro que vai ficar bom — garantiu Diana, que era do tipo de amiga que adorava reconfortar. — Posso garantir a você que aquele bolo que comemos quando almoçamos no Recreio do Bosque, há duas semanas, era perfeitamente elegante.

— É verdade; mas os bolos têm esse hábito horroroso de não ficar bons logo quando você quer que fiquem especialmente bons — suspirou Anne, fazendo flutuar um galho todo embebido em bálsamo de pinheiro. — Mas imagino que terei de confiar na Providência Divina e prestar atenção quando for acrescentar a farinha. Oh, olhe, Diana, que lindo arco-íris! Você acha que depois que formos embora a dríade virá e o usará como um lenço em volta do pescoço?

— Você sabe que essa coisa de dríade não existe — respondeu Diana. A mãe de Diana ficou muito aborrecida quando descobriu tudo sobre a Floresta Mal-Assombrada. Desde então,

Diana se absteve de quaisquer outros voos da imaginação semelhantes e considerava uma imprudência cultivar esse tipo de crença, mesmo no caso de dríades inofensivas.

— Mas é tão fácil acreditar que elas existem — revidou Anne. — Todas as noites eu olho pela janela antes de ir para a cama e fico imaginando a dríade sentada lá, penteando seus cachos e usando a fonte como espelho. Às vezes procuro suas pegadas no orvalho da manhã. Oh, Diana, não desista de sua fé na dríade!

A manhã de quarta-feira chegou. Excitada demais para dormir, Anne levantou ao amanhecer. Estava com um forte resfriado porque se havia molhado na fonte na noite anterior; mas, naquela manhã, nada que não se assemelhasse a uma pneumonia seria capaz de apagar seu interesse nos assuntos culinários. Ela começou a fazer seu bolo logo depois do desjejum. Quando finalmente o enfiou no forno e fechou a porta, respirou fundo.

— Tenho certeza de que desta vez não esqueci nada, Marilla. Mas você acha que ele vai crescer? E se o fermento não for bom? Usei aquele da lata nova. A Sra. Lynde disse que hoje em dia é impossível ter certeza se o fermento é bom porque tudo está muito adulterado. A Sra. Lynde disse que o governo deveria se ocupar dessas coisas, mas que nunca verá o dia em que um governo Tory[1] tratará disso. Marilla, e se o bolo ficar solado?

— Não fará falta, temos muitas outras coisas — foi como Marilla encarou o assunto, despreocupada.

No entanto, o bolo não ficou solado, e saiu do forno tão macio e leve como uma espuma dourada. Com o rosto ruborizado de prazer, Anne arrumou-o em camadas com geleia

---

[1] Fundado em 1854, o Partido Conservador do Canadá é popularmente conhecido como os "Tories", ou "Tory", no singular. (N.T.)

vermelha e, na sua imaginação, viu a Sra. Allan comendo o bolo e até pedindo mais um pedaço!

— Claro que você vai usar o seu melhor jogo de chá, Marilla... Posso decorar a mesa com rosas silvestres e galhos de samambaias?

— Acho tudo isso uma bobagem — fungou Marilla. — Na minha opinião, o importante é o que será servido, e não essas paspalhices decorativas.

— A Sra. Barry decorou a mesa *dela* — respondeu Anne, que não era de todo desprovida da sabedoria viperina —, e o pastor lhe fez um belo elogio. Disse que era tanto uma festa para os olhos como para o paladar.

— Ora, faça como quiser — replicou Marilla, muito decidida a não ser superada pela Sra. Barry ou por qualquer outra pessoa. — Só preste atenção para deixar espaço suficiente para os pratos e a comida.

Anne planejava decorar de um modo e com um estilo que faria a mesa da Sra. Barry ser esquecida. Com rosas e samambaias em abundância, e um excelente senso estético, transformou a mesa do chá em algo tão bonito que, quando o pastor e sua mulher se sentaram, ambos soltaram uma exclamação em uníssono por causa da beleza.

— Foi Anne quem decorou — informou Marilla muito séria, mas fazendo justiça; e Anne sentiu que o sorriso aprovador da Sra. Allan era felicidade demais para este mundo.

Matthew estava lá, depois de ter sido aliciado para a festa, só Deus e Anne sabiam como. Ele estava tão tímido e nervoso que Marilla, em desespero, desistiu da presença dele, mas o sucesso de Anne em convencê-lo foi tamanho que agora ele estava sentado à mesa usando suas melhores roupas, e o colarinho branco, e até conversava muito interessado com o pastor. Ele nunca dirigia a palavra à Sra. Allan, mas talvez isso não fosse esperado.

Tudo ressoava tão alegremente como um sino de casamento até o instante em que o bolo recheado de Anne começou a ser servido. A Sra. Allan, que já tinha comido uma variedade impressionante de tudo, recusou-o. Porém, ao ver o desapontamento no rosto de Anne, Marilla disse, sorrindo:

— Oh, mas a senhora precisa provar um pedaço do bolo, Sra. Allan. Anne o fez especialmente para a senhora.

— Nesse caso, vou prová-lo — concordou a Sra. Allan, sorrindo e servindo-se de um triângulo rechonchudo; o pastor e Marilla fizeram o mesmo.

Quando a Sra. Allan colocou um pedaço na boca, seu rosto foi tomado por uma expressão das mais estranhas; no entanto, ela não disse uma só palavra, e continuou mastigando sem parar. Ao ver aquela expressão, Marilla se apressou em experimentar o bolo.

— Anne Shirley! — exclamou. — O que você colocou no bolo?

— Apenas o que estava na receita, Marilla — exclamou Anne, com um olhar angustiado. — Oh, não ficou bom?

— Bom? Está simplesmente horrível! Sra. Allan, não tente comê-lo. Prove você mesma, Anne. Que condimento você usou?

— Baunilha — respondeu Anne, com o rosto todo vermelho de vergonha depois de experimentar o bolo. — Só baunilha. Oh, Marilla, deve ter sido o fermento. Eu tinha minhas suspeitas que o fer...

— Fermento! Mas que bobagem! Vá buscar a garrafa de baunilha que você usou.

Anne correu até a copa e voltou com uma pequena garrafa parcialmente cheia de um líquido marrom e uma etiqueta amarelada colada nele, na qual se lia: "Baunilha Best".

Marilla pegou-a, tirou a rolha e cheirou.

— Meu Deus, Anne, você aromatizou o bolo com *linimento para dores*. Eu quebrei a garrafa de linimento na semana passada e coloquei o que sobrou na antiga garrafa vazia de baunilha. Acho que uma parte da culpa é minha... Eu devia ter avisado você... Mas tenha dó, Anne, você não poderia ter cheirado a garrafa antes?

Depois dessa desgraça dupla, Anne se desfez em lágrimas.

— Eu não podia... Estou tão resfriada! — e com isso saiu correndo para seu quarto, onde se jogou na cama e chorou como uma pessoa que recusa ser reconfortada.

Um leve ruído de passos logo se fez ouvir da escada, e alguém entrou no quarto.

— Oh, Marilla — soluçou Anne, sem levantar a cabeça —, estou desonrada para sempre. Nunca conseguirei me redimir. As pessoas vão saber... Em Avonlea sempre se acaba sabendo de tudo. Diana vai me perguntar como ficou o bolo, e vou ter de dizer a verdade. E sempre serei apontada como a menina que aromatizou um bolo com linimento para dores. Gil... os meninos na escola nunca vão parar de rir de mim. Oh, Marilla, se você tem um pingo de piedade cristã, não me diga que depois do que aconteceu eu tenho de descer e lavar a louça. Lavarei a louça depois que o pastor e sua esposa tiverem ido embora, mas nunca mais poderei olhar nos olhos da Sra. Allan. Ela deve estar pensando que tentei envenená-la. A Sra. Lynde disse que conhece uma menina órfã que tentou envenenar seu benfeitor. Mas o linimento não é venenoso. É para ser ingerido... apesar de que não em bolos. Marilla, você não pode dizer isso para a Sra. Allan?

— Acho melhor você levantar e dizer você mesma — sugeriu uma voz alegre.

Anne levantou-se com um pulo e deparou com a Sra. Allan de pé ao lado da cama, olhando para ela com olhos risonhos.

— Minha querida menina, você não deve chorar desse jeito — pediu, muito preocupada com a expressão trágica no rosto de Anne. — Ora, tudo não passou de um erro bobo que qualquer pessoa poderia ter cometido.

— Oh, não, só eu mesma para cometer erros assim — respondeu Anne, muito infeliz. — Queria que o bolo ficasse ótimo para a senhora, Sra. Allan.

— Sim, eu sei, minha querida. E garanto que sou grata pela sua gentileza e atenção tanto quanto se o bolo tivesse ficado ótimo. Agora você precisa parar de chorar; desça comigo e me mostre seu jardim de flores. A Srta. Cuthbert me contou que você tem um pedacinho de terra que é só seu. Quero vê-lo; eu me interesso muito por flores.

Anne permitiu que a Sra. Allan a levasse para baixo e a reconfortasse, e pensou que era realmente muita sorte ela ser um espírito afim. Não se falou mais nada sobre o bolo de linimento e, quando as visitas foram embora, Anne descobriu que, levando-se em conta o terrível incidente, ela se havia divertido mais do que poderia esperar. Mesmo assim, soltou um profundo suspiro.

— Marilla, não é maravilhoso pensar que amanhã será um novo dia, livre de erros?

— Aposto que você cometerá um monte deles amanhã — respondeu Marilla. — Ainda não vi você deixar de cometer erros, Anne.

— É verdade, e eu sei disso — admitiu Anne com tristeza. — Mas você já observou uma coisa encorajadora em mim, Marilla? Eu nunca cometo o mesmo erro duas vezes.

— Não sei como isso pode ser uma grande vantagem, se você está sempre cometendo erros novos.

— Oh, mas não percebe, Marilla? É *preciso* haver um limite para os erros que uma pessoa pode cometer e, quando eu chegar ao final deles, então terei cometido todos. É um pensamento muito reconfortante.

— Ora, é melhor ir agora e dar aquele bolo para os porcos — resmungou Marilla. — Ele não serve para ser comido por um ser humano, nem mesmo por Jerry Buote.

XXII
Anne é convidada para o chá

— Por que seus olhos parecem querer saltar da cabeça? — perguntou Marilla, quando Anne voltou do correio. — Encontrou mais algum espírito afim?

A excitação envolvia Anne como uma roupa, brilhava em seus olhos em cada uma de suas expressões. Ela veio dançando pela estrada, como um espírito do vento sob o sol agradável e sombras preguiçosas das tardes de agosto.

— Não, Marilla, mas, oh, sabe de uma coisa? Fui convidada para tomar chá na igreja amanhã! A Sra. Allan deixou uma carta para mim no correio. Olhe, Marilla: "Srta. Anne Shirley, Green Gables". É a primeira vez que me chamam de "senhorita". Fiquei toda arrepiada! Guardarei para sempre esta carta, com todo o carinho, entre os meus tesouros prediletos.

— A Sra. Allan me disse que pretende convidar todos os participantes da escola dominical para tomar chá com ela — contou Marilla, encarando o evento maravilhoso com muita frieza. — E não precisa ficar tão excitada. Precisa aprender a aceitar as coisas com calma, menina.

Para Anne poder aceitar as coisas com calma, teria de mudar sua natureza. Toda "espírito, fogo e orvalho" como era, os prazeres e os sofrimentos da vida a atingiam com uma intensidade triplicada. Marilla percebia isso e se preocupava apenas vagamente; sabia que provavelmente os altos e baixos da vida quase não pesariam nessa alma impulsiva, e que sua inexperiência para entendê-los seria mais do que compensada por uma enorme e idêntica capacidade de sentir prazer. Portanto, Marilla considerava seu dever treinar Anne para ter um temperamento tranquilo e uniforme, algo tão inviável e estranho para ela como para um raio de sol dançando nas águas rasas do riacho. Marilla não podia deixar de admitir, embora com certo desânimo, que não estava fazendo muito progresso. A destruição de algum plano, ou esperança, amado mergulhava Anne em "poços de aflição". E a materialização dele a exaltava e a transportava para reinos estonteantes de alegria. Marilla quase começara a desistir de, um dia, conseguir moldar aquela criança abandonada na sua menina-modelo, com maneiras recatadas e um comportamento correto. Tampouco teria acreditado que, na realidade, gostava muito mais de Anne como ela era.

Naquela noite, Anne foi para a cama calada e muito triste porque Matthew dissera que o vento estava soprando do noroeste e achava que no dia seguinte ia chover. O ruído das folhas dos álamos ao redor da casa, e o barulho dos pingos de chuva, a preocupavam; e o forte barulho do golfo ao longe, que ela costumava ouvir com prazer outras vezes e de cujo estranho e fantasmagórico ritmo sonoro gostava, agora lembrava a profecia de uma tempestade e de um desastre para aquela mocinha que desejava muito que o dia seguinte fosse lindo. Anne pensou que aquela manhã jamais chegaria.

Mas todas as coisas têm um fim, até mesmo as noites que antecedem o dia em que somos convidados para tomar chá na igreja. Apesar das previsões de Matthew, o dia amanheceu lindo e fez o espírito de Anne subir às alturas.

— Oh, Marilla, tem algo em mim hoje que me faz amar todo mundo que vejo — comentou, enquanto lavava a louça do café da manhã. — Você não pode imaginar como estou me sentindo bem! Não seria ótimo se isso durasse? Acho que poderia me tornar uma menina-modelo se fosse convidada para tomar chá todos os dias. Mas, oh, Marilla, a ocasião também é solene. Estou tão ansiosa. E se eu não me comportar de maneira apropriada? Você sabe que nunca tomei chá numa igreja antes, não tenho certeza se conheço todas as regras de etiqueta, apesar de estudá-las na Seção de Etiqueta do *Arauto da Família* desde que cheguei. Estou com muito medo de fazer alguma tolice ou me esquecer de fazer alguma coisa que deveria. Seria de bom tom me servir uma segunda vez de algo de que gostasse *muito*?

— Seu problema, Anne, é que você pensa muito sobre si mesma. Deveria pensar na Sra. Allan e no que seria melhor e mais agradável para ela — disse Marilla, acertando em cheio, uma vez na vida, ao dar um conselho fundamental e muito sensato. Anne entendeu imediatamente.

— Você tem razão, Marilla. Vou tentar não pensar só em mim.

Evidentemente a visita de Anne ocorreu sem nenhuma quebra mais séria de "etiqueta", porque, ao entardecer, ela voltou para casa feliz da vida sob um céu glorioso, imenso e profundo, coberto de rastros de nuvens rosadas e cor de açafrão, e num estado de espírito de bem-aventurança quando se sentou na grande pedra vermelha da soleira da porta da cozinha, apoiando a cabeça cacheada e cansada no avental quadriculado que cobria o colo de Marilla para contar o que lhe havia acontecido.

Um vento frio vindo das cristas das montanhas sólidas ao leste soprava através dos álamos. Uma estrela cristalina brilhava por cima do pomar e os vagalumes voavam ao lado da Alameda dos Namorados, indo e vindo por entre as samambaias e os galhos que farfalhavam. Anne os observava enquanto falava e, de alguma forma, sentia o vento e as estrelas; e os vagalumes estavam todos juntos e envolvidos em algo impossível de descrever, de tão encantador e maravilhoso.

— Oh, Marilla, tive momentos fascinantes. Sinto que não vivi em vão e que sempre me sentirei assim, mesmo que jamais me convidem novamente para tomar chá na igreja. Quando cheguei lá, a Sra. Allan me encontrou ainda na porta. Ela usava um lindo vestido de organdi rosa-claro, com dezenas de babados e com mangas até os cotovelos; parecia um ser celestial. Acho que quando eu crescer vou querer ser esposa de um pastor, Marilla. Um pastor não pensa em coisas mundanas e não se importará com meus cabelos ruivos. Mas é claro que eu teria de ser boa por natureza, o que nunca serei. Então acho que não vale a pena ficar pensando nisso. Sei que algumas pessoas são boas por natureza e outras não. Sou do segundo tipo. A Sra. Lynde disse que estou cheia do pecado original. Não importa o quanto me esforce para ser boa, posso nunca vir a ter o mesmo sucesso das pessoas que são naturalmente boas. É muito parecido com Geometria, imagino. Mas você não acha que tentar com tanto afinco deveria valer alguma coisa? A Sra. Allan é uma dessas pessoas que são boas por natureza. E a amo de todo o coração. Você sabe que existem pessoas, como Matthew e a Sra. Allan, que podemos amar de imediato, sem nenhum problema. E há outras, como a Sra. Lynde, que requerem um grande esforço para que as amemos. Você sabe que é *necessário* amá-las porque elas sabem muitas coisas e trabalham com grande vontade na igreja, mas é preciso se lembrar disso o tempo todo, senão acabamos esquecendo. Havia outra garotinha na igreja para o chá, da escola dominical de White Sands. Seu nome era Lauretta Bradley e era uma garotinha muito agradável. Sabe, ela não é exatamente um espírito afim, mas ainda assim é muito simpática. Serviram um chá muito elegante e acho que segui todas as regras de etiqueta. Depois do chá, a Sra. Allan tocou piano, cantou e fez que eu e Lauretta também cantássemos. A Sra. Allan disse que tenho uma boa voz e que depois dessa apresentação eu deveria cantar no coro da escola dominical. Você não imagina como fiquei entusiasmada só de pensar nisso. Queria tanto cantar no coro da escola dominical, como Diana, mas tinha medo de que fosse uma honra que jamais poderia almejar. Lauretta precisou ir cedo para casa porque hoje à noite vão apresentar um grande recital no hotel White Sands e a irmã dela vai declamar um poema. Lauretta disse que os estadunidenses que estão hospedados lá apresentam um recital a cada duas semanas em benefício do hospital de Charlottetown e chamam muitas pessoas de White Sands para declamar. Lauretta disse que esperava ser chamada qualquer dia desses. Eu só conseguia olhar para ela pasma de admiração. Depois que ela foi embora, a Sra. Allan e eu tivemos uma conversa muito íntima. Contei a ela tudo sobre a Sra. Thomas, os gêmeos, Katie Maurice e Violetta, de como vim parar em Green Gables e a minha dificuldade com Geometria. E sabe o quê? A Sra. Allan me disse que ela também era uma ignorante em Geometria. Você não imagina como isso me animou. A Sra. Lynde chegou à igreja pouco antes de eu ir embora e, sabe o quê, Marilla? A diretoria da escola contratou uma nova professora, uma mulher. Ela se chama Srta. Muriel Stacy. Não é um nome romântico? A Sra. Lynde disse que Avonlea nunca teve uma mulher lecionando antes e que achava essa inovação perigosa. Mas acho que será esplêndido termos uma professora, e realmente não sei como vou conseguir viver essas duas semanas antes do início das aulas. Estou muito ansiosa para conhecê-la.

XXIII
Anne sofre por uma questão de honra

Anne teve de esperar bem mais de duas semanas para que isso acontecesse. Já havia passado quase um mês desde o episódio do bolo de linimento, o que era por si só tempo mais que suficiente para que algum problema novo ocorresse; pequenos erros, coisas que não merecem ser levadas em conta, como despejar uma panela de leite desnatado dentro de uma cesta de novelos de linha na despensa em vez de colocar no balde dos porcos, ou andar na beirada da ponte de troncos sem parar e despencar no riacho, enquanto dava asas à sua fértil imaginação.

Uma semana após o chá na igreja, Diana Barry deu uma pequena festa.

— Pequena e seleta — informou Anne a Marilla. — Apenas garotas da nossa sala.

Elas se divertiram bastante e nada aconteceu até o final do chá, quando saíram para o jardim dos Barry, um pouco cansadas de tantas brincadeiras e prontas para qualquer tipo de travessura atraente que surgisse. Naquele momento, a travessura escolhida foi o "desafio".

Desafiar era a diversão que estava na moda entre as crianças de Avonlea. Começou entre os garotos, mas logo foi adotada pelas meninas. E todas as bobagens que aconteceram em Avonlea naquele verão, feitas pelos "desafiados", seriam suficientes para encher um livro.

Primeiro, Carrie Sloane desafiou Ruby Gillis a subir até uma certa altura do imenso e velho salgueiro que ficava diante da porta principal da casa; o que, para a frustração da própria Carrie Sloane, Ruby Gillis cumpriu com agilidade, apesar do terror mortal que tinha das lagartas verdes e gordas que infestavam a tal árvore e do medo estampado em seus olhos só de pensar na reação da mãe, caso rasgasse seu vestido novo de musselina.

Depois, Josie Pye desafiou Jane Andrews a saltar em volta do jardim só com a perna esquerda, sem parar uma única vez nem apoiar o pé direito no chão, um desafio que Jane Andrews aceitou com muita coragem, mas teve de desistir ao chegar ao terceiro canto da casa e reconhecer sua derrota.

Como Josie manifestou seu triunfo além do permitido pelo bom gosto, Anne Shirley a desafiou a caminhar em cima da cerca de madeira que limitava o lado direito do jardim. Ora, "caminhar" em cima de cercas de madeira requer mais habilidade, concentração e equilíbrio do que alguém que nunca tentou isso antes poderia supor. No entanto, se lhe faltavam algumas das qualidades necessárias para ser popular, pelo menos Josie Pye tinha o dom inato — e devidamente aperfeiçoado — de caminhar em cima de cercas de madeira. Josie caminhou pela cerca dos Barry com tamanha leveza e despreocupação que parecia implicar que uma coisinha daquelas não valia um "desafio". Sua façanha foi saudada por uma admiração relutante e a maioria das meninas a aprovou, pois elas mesmas haviam passado por muita coisa nos seus esforços de caminhar em cima de cercas. Ruborizada pela vitória, Josie desceu do seu poleiro e lançou um olhar desafiador para Anne.

Anne jogou suas tranças ruivas para trás e disse:

— Acho que não é algo tão maravilhoso caminhar em cima de uma cerca de madeira pequena e baixinha. Conheci uma menina em Marysville que conseguia caminhar em cima da viga-mestra de um telhado.

— Eu não acredito — retrucou Josie, com secura. — Não acredito que alguém possa caminhar em cima de uma viga-mestra. *Você* certamente não poderia.

— Eu não poderia? — gritou Anne impetuosamente.

— Então desafio você a fazer isso — respondeu Josie, num tom provocador. — Desafio você a subir até a viga-mestra do telhado da cozinha do Sr. Barry e a caminhar por cima dela.

Anne empalideceu, mas era evidente que não poderia recusar. Ela foi até a casa, onde havia uma escada encostada no telhado da cozinha. Todas as meninas da quinta série exclamaram "oh!", em parte por excitação, em parte por medo.

— Não faça isso, Anne — suplicou Diana. — Você vai cair e se matar. Não ligue para Josie Pye. Não é justo desafiar alguém a fazer algo tão perigoso.

— Preciso fazer isso. Minha honra está em jogo — respondeu Anne, com uma expressão solene. — Vou caminhar por cima daquela viga, Diana, ou morrer tentando. Se eu morrer, você pode ficar com meu anel de pérolas.

Anne subiu pela escada em meio a um silêncio total. E todas as meninas prenderam a respiração quando ela alcançou a viga-mestra, ficou em pé e, equilibrando-se naquele espaço precário, começou a caminhar por ele, um pouco tonta e consciente de que estava a uma altura extremamente desconfortável, e de que caminhar em cima de vigas-mestras não era algo em que sua imaginação poderia ajudar muito. Mesmo assim, conseguiu dar vários passos antes da catástrofe. Foi quando ela oscilou, perdeu o equilíbrio, tropeçou, cambaleou e caiu, escorregando pelo telhado aquecido pelo Sol, arrastando atrás de si um emaranhado de hera-americana e se espatifando no chão — tudo isso antes que o grupo assustado que acompanhava tudo de baixo pudesse soltar um grito de horror.

Se Anne tivesse caído do telhado do lado pelo qual subira, provavelmente Diana teria herdado o anel de pérolas naquele mesmo instante. Mas, por sorte, ela caiu do outro lado, onde o teto se estendia por cima da varanda e ficava tão próximo do chão que um tombo daquela altura não seria algo muito sério. Contudo, quando Diana e as outras meninas deram a volta correndo pela casa — com exceção de Ruby Gillis, que estava histérica e parecia ter criado raízes no chão —, elas encontraram uma Anne toda trêmula e tão branca como uma folha de papel, deitada no meio do que restara da hera-americana.

— Anne, você morreu? — gritou Diana, caindo de joelhos ao lado da amiga. — Oh, Anne, querida, Anne, fale comigo e diga se morreu.

Para o imenso alívio de todas as meninas, especialmente de Josie Pye, que, a despeito da falta de imaginação, havia sido invadida por visões horrorosas de um futuro no qual seria marcada como a menina que causara a morte trágica e prematura de Anne Shirley. Anne se sentou ainda meio tonta e respondeu, hesitante:

— Não, Diana, não morri, mas acho que estou perdendo a consciência.

— Onde? — soluçou Diana. — Oh, Anne, onde?

Antes que Anne pudesse responder, a Sra. Barry apareceu no meio daquela cena. Quando Anne a viu, tentou ficar em pé, mas deixou-se cair sentada novamente, com um gritinho agudo de dor.

— O que aconteceu? Você se machucou? — perguntou a Sra. Barry.

— Meu tornozelo — arfou Anne. — Oh, Diana, por favor, vá buscar seu pai e peça que me leve para casa. Nunca vou conseguir andar até lá. Tenho certeza de que não vou conseguir saltitar tão longe num pé só, se Jane não conseguiu saltitar em volta do jardim.

Marilla estava no pomar enchendo uma panela com maçãs de verão quando viu o Sr. Barry se aproximar pela ponte de troncos e pela ladeira, com a Sra. Barry ao seu lado e uma procissão inteira de menininhas atrás. Em seus braços, carregava Anne, com a cabeça recostada no ombro dele.

Naquele momento, Marilla teve uma revelação. Durante a pontada de medo que penetrou fundo no seu coração, soube o que Anne passou a significar para ela. Admitia que gostava da Anne — mais que isso: estava muito afeiçoada à menina. Mas agora, enquanto descia pela ladeira numa corrida desenfreada, sabia que a amava mais do que qualquer coisa na face da Terra.

— Sr. Barry, o que aconteceu? — arfou, mais branca e trêmula do que a sensata e autocontida Marilla que tinha sido a vida inteira.

Anne levantou a cabeça e tranquilizou-a:

— Não se assuste, Marilla. Eu estava caminhando por cima da viga-mestra e caí lá de cima. Acho que torci o tornozelo. Mas, Marilla, eu poderia ter quebrado o pescoço. É preciso ver o lado positivo das coisas.

— Eu devia saber que você acabaria aprontando algo parecido, se a deixasse ir àquela festa — disse Marilla, perspicaz e aborrecida em meio ao seu alívio. — Sr. Barry, traga-a para cá e a deite no sofá. Minha nossa, a criança perdeu os sentidos, ela desmaiou!

O que era verdade. Não aguentando mais a dor do ferimento, Anne conseguira realizar mais um de seus desejos. Ela desmaiara de vez.

Chamado às pressas do campo de colheita, Matthew foi enviado imediatamente atrás do médico, que chegou no tempo devido e diagnosticou que o ferimento era mais sério do que se pensava. Anne havia quebrado o tornozelo.

Naquela noite, quando Marilla subiu até o quarto de Anne, uma menina muito pálida deitada na cama cumprimentou-a com voz queixosa:

— Não está com pena de mim, Marilla?

— A culpa foi sua — disse Marilla, fechando a janela e acendendo a lâmpada.

— É exatamente por isso que deveria sentir pena de mim — respondeu Anne —, porque a ideia de que tudo foi culpa minha torna tudo mais difícil. Eu me sentiria muito melhor se pudesse jogar a culpa em outra pessoa. Mas o que você faria, Marilla, se alguém a desafiasse a caminhar por cima de uma viga?

— Eu teria ficado na boa terra firme e deixado que me desafiassem o quanto quisessem. Que absurdo! — revidou Marilla.

Anne suspirou.

— Mas você é muito forte, Marilla. Eu não sou. Senti que não aguentaria o desprezo de Josie Pye. Ela teria se vangloriado pelo resto da minha vida. Acho que fui castigada demais, você não precisa ficar tão aborrecida comigo, Marilla. Afinal, desmaiar não é tão agradável assim. E o médico me machucou terrivelmente quando colocou o tornozelo no lugar. Não vou poder caminhar durante seis ou sete semanas e não vou conhecer a nova professora. E, quando eu voltar para a escola, a professora já não será mais nova. E Gil... e todos estarão mais adiantados do que eu na classe. Oh, sou uma mortal tão sofrida. Mas posso tentar aguentar tudo com coragem, se você não ficar zangada comigo, Marilla.

— Calma, calma, não estou zangada — acalmou-a Marilla. — Você é realmente uma criança sem sorte; mas, como você mesma disse, agora tem de sofrer por isso. Pronto, vamos, tente comer um pouco do jantar.

— Não é muita sorte eu ter uma imaginação dessas? — perguntou Anne. — Acho que ela me fará passar por isso de maneira esplêndida. Marilla, o que você acha que as pessoas sem nenhuma imaginação fazem quando quebram os ossos?

Durante as próximas sete semanas, cheias de tédio, Anne teve boas razões para abençoar sua imaginação muitas vezes.

No entanto, ela não dependia apenas da imaginação. Recebeu muitas visitas. E não houve um só dia que uma ou mais colegas do colégio não passassem para vê-la, trazendo flores e livros, e para contar a ela tudo que estava acontecendo no mundo juvenil de Avonlea.

— Todo mundo tem sido tão bom e doce comigo, Marilla — suspirou Anne, feliz da vida quando conseguiu capengar pelo quarto pela primeira vez. — Ficar de cama não é muito agradável; mas tem o seu lado bom, Marilla. Você descobre quantos amigos tem. Ora, até o diretor Bell veio me visitar. Ele realmente é um bom homem. Claro que não é um espírito afim; mas gosto dele e sinto muito por ter criticado tanto suas orações. Agora sei que ele realmente acredita nelas, só que ficou com a mania de dizê-las como se não acreditasse. Ele poderia superar isso, se fizesse um pequeno esforço. Dei uma excelente sugestão para ele. Contei como fazia para tornar minhas orações pessoais interessantes. E ele me contou sobre a vez em que quebrou o tornozelo quando era menino. É muito estranho pensar que o diretor Bell já foi menino alguma vez. Até minha imaginação tem limites, porque não consigo imaginar *isso*. Quando tento imaginar como ele era, vejo-o de bigodes brancos e óculos, exatamente como é na escola dominical, só que menor. Mas imaginar a Sra. Allan como menina é muito fácil. A Sra. Allan me visitou catorze vezes. Isso não é algo de que se orgulhar, Marilla? A mulher de um pastor é tão ocupada! Ela também é uma pessoa muito alegre para se ter como visita. Nunca diz que a culpa é nossa e espera que nos tornemos meninas melhores com as coisas que acontecem. A Sra. Lynde repetiu isso cada vez que esteve aqui; e disse de um modo que me fez sentir que ela esperava que eu me tornasse uma menina melhor, mas que na verdade não acredita que me tornarei. Até Josie Pye veio me visitar. Eu a recebi tão educadamente quanto pude, porque acho que ela está arrependida por ter-me desafiado a caminhar por cima daquela viga. Se eu tivesse morrido, ela teria de carregar o peso negro do remorso pelo resto da vida. Diana tem sido uma amiga fiel. Ela veio todos os dias para afofar meu travesseiro solitário. Mas, oh, ficarei muito feliz quando puder voltar para a escola, porque ouvi muitas coisas empolgantes a respeito da nova professora. Todas as meninas acham que ela é perfeita e adorável. Diana contou que ela tem cabelos louros, cacheados e lindos e que seus olhos são maravilhosos. Ela se veste maravilhosamente bem e suas mangas bufantes são maiores do que as de qualquer pessoa em Avonlea. Sexta-feira sim, sexta-feira não, ela apresenta um recital, no qual todos os alunos precisam declamar um trecho ou participar de um texto. Oh, só de imaginar já é maravilhoso. Josie Pye disse que detesta recitais, mas isso é só porque ela tem muito pouca imaginação. Diana, Ruby Gillis e Jane Andrews estão preparando um texto chamado "Uma visita matinal" para sexta-feira que vem. E, nas tardes de sexta-feira em que não tem recital, a Srta. Stacy leva todos os alunos para a floresta para um dia de "estudo de campo", quando estudam as samambaias, as flores e os pássaros. E tem exercícios de educação física todas as manhãs e todas as tardes. A Sra. Lynde comentou que nunca ouviu falar de coisas assim e que tudo é consequência de termos uma mulher como professora. Mas acho que deve ser esplêndido e também que vou descobrir que a Srta. Stacy é um espírito afim.

— Uma coisa é certa, Anne — disse Marilla —, o tombo que você levou do telhado da casa dos Barry não machucou nem um pouco a sua língua.

XXIV
A Srta. Stacy e seus alunos vão a um recital

Era novamente outubro e Anne estava pronta para voltar para a escola — um outubro glorioso, todo vermelho e dourado, com manhãs amenas, quando os vales estavam cobertos por delicadas névoas, como se o espírito do outono as tivesse derramado para que o Sol as escoasse — em tons ametista, pérola, rosa e azul-esfumaçado. As gotas de orvalho eram tão pesadas que os campos reluziam como um tecido prateado e havia montes de folhas farfalhantes nos vales, de bosques repletos de galhos que estalavam conforme se passava por eles. A Trilha das Bétulas formava um dossel amarelo com samambaias chamuscadas de marrom ao longo de todo o caminho. O ar inspirava o coração das pequenas donzelas, que, ao contrário dos caracóis, caminhavam a passos ligeiros e decididos a caminho da escola. Era uma alegria estar de volta e sentar ao lado de Diana na pequena carteira marrom e com Ruby Gillis, que balançava a cabeça na primeira fila, Carrie Sloane mandando bilhetinhos e Julia Bell passando uma goma de mascar por baixo do banco, logo atrás. Anne respirou longa e profundamente de felicidade enquanto apontava o lápis e arrumava os cartões de imagens sobre a carteira. A vida era muito interessante, sem dúvida.

Ela encontrou na nova professora outra figura amiga verdadeira e prestativa. A Srta. Stacy era uma moça brilhante e compreensiva que tinha o dom de conquistar e de manter a afeição de seus alunos, extraindo deles o que tinham de melhor, tanto moral como mentalmente. Anne desabrochou como uma flor sob essa influência saudável e levou para casa relatos brilhantes dos trabalhos e objetivos escolares, para a admiração de Matthew e de uma Marilla criteriosa.

— Amo a Srta. Stacy com todo o meu coração, Marilla. Ela é muito elegante e tem uma voz muito doce. Quando ela pronuncia meu nome, sinto — instintivamente — que ela o pronuncia com *e*. Hoje à tarde recitamos. Eu queria que você pudesse estar lá para me ouvir declamar "Mary, a rainha dos escoceses".[1] Coloquei toda a minha alma no texto. Quando voltamos para casa, Ruby Gillis disse que o verso "Agora, dos braços do meu pai, meu coração de mulher se despede" fez o sangue gelar em suas veias.

— Bem, ora, um dia desses, você pode recitá-lo para mim lá no celeiro — sugeriu Matthew.

— Claro que sim — respondeu Anne, um tanto pensativa —, mas não poderei recitar tão bem, eu sei. Não será tão emocionante como é quando se tem uma porção de colegas diante de você, prendendo a respiração enquanto você se apresenta. Sei que não vou conseguir fazer gelar o sangue nas suas veias.

— A Sra. Lynde comentou que o sangue *dela* gelou sexta-feira passada, quando viu os meninos subindo naquelas árvores altas da colina dos Bell para apanhar ninhos de corvos — disse Marilla. — Me pergunto o porquê de a Srta. Stacy ter incentivado uma coisa dessas.

— Mas nós queríamos um ninho de corvos para o estudo da natureza —, explicou Anne. — Era nossa tarde de estudos de campo. As tardes de campo são esplêndidas, Marilla. E a

---

[1] Do poema "*Mary, Queen of Scots*", publicado em 1877. (N.T.)

Srta. Stacy explica tudo muito lindamente. Temos de escrever redações sobre nossas tardes de estudo no campo e eu escrevo as melhores.

— É muita vaidade falar dessa maneira. Você deveria deixar isso para a sua professora julgar.

— Mas foi o que *ela* disse, Marilla. E realmente não tenho vaidade alguma a respeito disso. Como posso ser vaidosa, se sou tão burra em Geometria? Apesar de também já estar entendendo um pouco. A Srta. Stacy faz tudo parecer muito claro. Mesmo assim, nunca serei boa em Geometria. Garanto a você que estou pensando de maneira muito humilde. Adoro escrever redações. Na maioria das vezes, a Srta. Stacy nos deixa escolher nossos próprios temas; mas, na semana que vem, teremos de escrever sobre uma pessoa notável entre as várias que já viveram. Não deve ser esplêndido ser uma pessoa notável e que as pessoas escrevam sobre você depois da sua morte? Oh, eu gostaria tanto de ser uma pessoa notável. Acho que vou ser uma enfermeira diplomada quando crescer e irei com a Cruz Vermelha para os campos de batalha, como mensageira da caridade. Isto é, se eu não me tornar uma missionária no exterior. Isso seria muito romântico. Mas eu teria de ser muito boa para ser uma missionária. Isso seria uma pedra no meu caminho. Também temos aulas de Educação Física todos os dias. Os exercícios físicos nos deixam mais graciosos e favorecem a digestão.

— Favorecem... Mas que bobagem! — exclamou Marilla, que, francamente, achava aquilo tudo uma tolice.

Mas todas as tardes no campo e todas as sextas-feiras de declamação e de contorções físicas empalideceram diante de um projeto que a Srta. Stacy apresentou em novembro. Os estudantes da escola de Avonlea deveriam preparar um recital, que seria apresentado no salão principal na noite de Natal e cujo louvável objetivo era levantar fundos para ajudar a pagar a bandeira da escola. Todos os alunos, animados, aceitaram o projeto com entusiasmo, e os preparativos começaram imediatamente. De todos os intérpretes eleitos, ninguém estava mais animado que Anne Shirley, que se lançou na tarefa de corpo e alma, apesar da desaprovação de Marilla, que achava tudo aquilo uma grande tolice.

— Isso serve apenas para encher a cabeça de vocês com bobagens e ocupar um tempo que deveriam dedicar aos estudos — resmungou. — Eu não aprovo que crianças participem de recitais e que saiam correndo por aí para ensaios. Isso faz que fiquem vaidosas e presunçosas e acabem gostando dessas diversões.

— Mas pense no objetivo louvável — suplicou Anne. — Uma bandeira ajudará a cultivar o espírito de patriotismo, Marilla.

— Tolice! Há muito pouco patriotismo no pensamento de qualquer um de vocês. Tudo que querem é se divertir.

— Bem, podemos combinar patriotismo e diversão, não concorda? Claro, é realmente bom estar num recital. Teremos seis corais e Diana fará um solo. Eu vou participar de dois diálogos: "A sociedade para a supressão da fofoca" e *A rainha das fadas*.[2] Os meninos também terão uma encenação. Vou declamar dois textos, Marilla. Chego a tremer toda quando penso nisso, mas é muito excitante. E, por último, faremos um quadro vivo: "Fé, Esperança e Caridade". Diana, Ruby e eu estaremos nele, todas cobertas de branco, com os cabelos soltos. E devo ser a Esperança, com as mãos juntas... e o olhar voltado para o alto. Vou ensaiar minhas falas no meu quarto. Não se assuste, se me ouvir gemer. Em um momento terei de gemer e parecer muito angustiada. É muito difícil soltar um bom gemido artístico, Marilla. Josie Pye ficou chateada

---

[2] *The Fairy Queen* é uma "semiópera" do compositor inglês Henry Purcell. Trata-se de uma adaptação cênica livre, baseada em *Sonho de Uma Noite de Verão*, de William Shakespeare. (N.T.)

porque não conseguiu o papel que queria na peça. Ela queria ser a rainha das fadas. Teria sido ridículo, porque onde já se viu uma rainha das fadas tão gorda como Josie? As rainhas das fadas precisam ser magras. Jane Andrews será a rainha, e eu, uma de suas damas de honra. Josie disse que acha que uma fada de cabelos ruivos é algo tão ridículo quanto uma fada gorda. Mas não me importo com o que ela diz. Vou usar uma grinalda de rosas brancas no cabelo e Ruby Gillis vai me emprestar suas pantufas, porque não tenho, sabe? As fadas têm de usar pantufas. Não dá para imaginar uma fada de botas, não é? Especialmente com bicos de cobre! Nós vamos decorar o salão com motivos de trepadeiras e samambaias misturadas com rosas de papel-crepom. E, depois que o público estiver sentado, marcharemos em filas, de duas em duas, enquanto Emma White tocará uma marcha no órgão. Oh, Marilla, sei que não está entusiasmada como eu. Mas você não tem esperanças de que sua pequena Anne se saia bem?

— Tudo o que quero é que você se comporte. Ficarei muito contente quando todo esse rebuliço terminar e você conseguir se acalmar. No momento, você não serve para nada, com essa sua cabeça cheia de encenações, gemidos e quadros. Quanto à sua língua, é um espanto que ela não se desgaste de vez.

Anne deu um suspiro e saiu para o quintal dos fundos, onde, através dos galhos desfolhados do álamo, no alto de um céu cor de maçã verde, a Lua nova brilhava no oeste, enquanto Matthew cortava lenha. Anne acocorou-se em cima de uma tora e conversou com ele sobre o recital, certa de encontrar um ouvinte simpatizante e interessado, pelo menos para aquele momento.

— Bem, ora, parece que vai ser um recital muito bonito. Tenho certeza de que você interpretará seu papel muito bem — disse, sorrindo para o rostinho animado e ansioso. Anne retribuiu o sorriso. Aqueles dois eram grandes amigos, e Matthew agradeceu às estrelas muitas e muitas vezes por não ter nada a ver com sua educação. Isso era um dever exclusivo da Marilla; do contrário, ele teria ficado preocupado com os conflitos frequentes entre a sua vontade e o que se supõe como dever. Assim, ele estava livre para "mimar Anne" — como Marilla costumava dizer — tanto quanto queria. Afinal, não era um acordo tão ruim assim; às vezes um pouco de "dengo" fazia tão bem quanto uma "criação" correta neste mundo.

XXV
Matthew insiste nas mangas bufantes

Matthew estava passando por alguns maus bocados. Chegou à cozinha no entardecer de um dia cinza de dezembro e sentou-se no canto, sobre uma arca de madeira, para tirar suas pesadas botas, sem notar que Anne e um grupo de coleguinhas de escola estavam ensaiando *A rainha das fadas* na sala de estar. Naquele momento, o grupo atravessou o vestíbulo, correndo pela cozinha, rindo e conversando alegremente. Elas não viram Matthew, que se encolheu, envergonhado e tímido, escondendo-se nas sombras atrás do móvel, segurando um pé de bota em uma das mãos e a calçadeira na outra, observando timidamente o grupo naqueles poucos minutinhos, enquanto as garotas colocavam seus gorros e casacos, conversando sobre o diálogo e o recital. Anne estava entre elas, com seus olhinhos brilhantes e animados como os das outras crianças; mas, de repente, Matthew se deu conta de que havia nela algo de diferente em relação às outras do grupo. O que preocupava Matthew era o fato de que essa diferença talvez fosse algo que não deveria existir. O rosto de Anne era o mais alegre e seus olhos eram os mais reluzentes e os mais animados, e suas feições, mais delicadas que as de qualquer outra menina; mesmo Matthew, que era tímido e pouco observador, aprendera a perceber essas coisas; mas a diferença que o perturbava nada tinha a ver com essas coisas. O que seria aquilo, então?

Matthew ficou incomodado com isso mesmo depois de as meninas terem ido embora, de braços dados pela longa e fria alameda congelada, e Anne ter retornado aos seus livros. Ele não podia conversar a respeito disso com Marilla porque tinha certeza de que ela ia torcer o nariz com pouco caso e dizer que a única diferença que via entre Anne e as outras era que, às vezes, as outras garotas mantinham a língua quieta, ao contrário de Anne. Matthew sabia que isso não ajudaria muito.

Naquela noite, recorreu ao seu velho cachimbo para ajudá-lo a pensar sobre tudo aquilo, para desgosto de Marilla. Depois de passar duas horas baforando e refletindo profundamente, Matthew chegou à resposta do problema. Anne não estava vestida como as outras meninas!

Quanto mais Matthew pensava no assunto, mais ficava convencido de que Anne nunca havia-se vestido como as outras garotas — nunca, desde que chegara a Green Gables. Marilla a mantivera sempre vestida com roupas simples, de tecidos escuros, e todos os vestidos que costurava tinham invariavelmente o mesmo molde. Matthew sabia que havia algo como uma moda para os vestidos; isso era tudo o que conseguia ter em mente sobre o assunto; porém, estava certo de que as mangas das roupas de Anne não pareciam nada com as dos vestidos das outras garotas. Ele se lembrou do que vira naquela mesma tarde, quando o grupo estava todo reunido em volta dela — todas estavam usando blusas de cores alegres: vermelho, azul, cor-de-rosa, branco —, e se questionava por que Marilla teimava em vesti-la sempre de maneira tão simples e discreta.

Claro que isso devia ser certo. Marilla sabia o que era melhor para Anne e quem estava criando a menina era ela. Era muito provável que o fizesse por algum sábio e impenetrável motivo. Mas certamente não haveria mal algum em permitir que a menina tivesse um vestido bonito — alguma coisa parecida com aqueles que Diana Barry sempre usava. Matthew, com ar de satisfação, decidiu que daria um vestido de presente para ela; isso certamente não poderia ser considerado uma intromissão injustificada de sua parte. O Natal seria dali a duas semanas. Um vestido novo e bonito era exatamente a coisa certa para dar a ela de presente. Matthew guardou o cachimbo e foi para a cama, enquanto Marilla abria todas as portas para arejar a casa.

Na tarde do dia seguinte, Matthew se pôs a caminho de Carmody para comprar o vestido. Tinha certeza de que não seria uma tarefa fácil. Havia coisas que Matthew sabia comprar, demonstrando ser bom de pechincha, mas sabia também que, em se tratando de comprar um vestido para uma menininha, certamente ficaria à mercê dos vendedores.

Depois de muito refletir, Matthew resolveu passar na loja de Samuel Lawson em vez de ir à loja de William Blair. Era verdade que os Cuthbert sempre compravam na loja de William Blair; para eles era uma questão de consciência, como ir à igreja presbiteriana e votar nos conservadores. Mas muitas vezes eram as duas filhas de William Blair que atendiam os fregueses na loja e Matthew tinha pavor disso. Ele podia tratar com elas quando sabia exatamente o que queria, apontando para a mercadoria; mas, num caso desses, que exigiria uma explicação e uma consulta, Matthew sentia que seria necessário que um homem estivesse atrás do balcão. Portanto, deveria ir à loja de Lawson, onde Samuel ou seu filho poderiam atendê-lo.

Ai!... Matthew não sabia que Samuel, ao expandir seus negócios recentemente, também havia contratado uma vendedora, que era sobrinha da sua esposa e também uma jovem de fato muito elegante. Usava os cabelos penteados para cima, num grande coque, no estilo *pompadour*, e tinha olhos castanhos grandes e expressivos, além de um largo e estonteante sorriso. Era muito elegante e usava vários braceletes com berloques que brilhavam e chacoalhavam, tilintando cada vez que ela movimentava as mãos. Matthew ficou completamente confuso quando se deparou com ela de forma tão inesperada; aqueles penduricalhos todos fizeram que se desconcentrasse no mesmo instante.

— O que posso fazer pelo senhor nesta tarde, Sr. Cuthbert? — perguntou a Srta. Lucilla Harris, com rapidez e atenção e as duas mãos no balcão.

— A senhorita tem um... um... bem, vejamos, um ancinho para jardim? — gaguejou Matthew.

A Srta. Harris pareceu um tanto surpresa, como era de se esperar, ao ouvir um homem pedir um ancinho para jardim em pleno mês de dezembro.

— Acho que ainda temos um ou dois — respondeu, mas estão lá em cima, no depósito de madeira. Vou dar uma olhada.

Durante sua ausência, Matthew se recompôs e se preparou para um novo esforço.

Quando a Srta. Harris retornou com o ancinho, perguntou alegremente:

— Deseja mais alguma coisa, Sr. Cuthbert?

Matthew reuniu toda a sua coragem e respondeu:

— Bem... agora já que sugeriu, preciso também com... com... comprar um pouco de... um pouco de sementes de feno.

A Srta. Harris ouvia as pessoas chamarem Matthew Cuthbert de esquisito. Agora chegava à conclusão de que ele era completamente maluco.

— Só temos sementes de feno na primavera — explicou, com entusiasmo. — No momento estamos em falta.

— Oh, certamente... certamente... a senhorita tem razão — gaguejou Matthew, muito infeliz e, pegando o ancinho, dirigiu-se à porta. Já saindo, se deu conta de que não havia pago e retornou meio sem jeito. Enquanto a Srta. Harris contava o troco, ele reuniu todas as forças numa última e desesperada tentativa.

— Bem, ora... se não for muito trabalho... eu queria aproveitar para... isto é... eu queria um pouco... de... açúcar.

— Branco ou mascavo? — indagou a Srta. Harris, pacientemente.

— Oh... bem, ora... mascavo — respondeu Matthew, quase sem forças.

— Tem um barril ali — disse a Srta. Harris, apontando o dedo e balançando os penduricalhos naquela direção. — Só temos desse tipo.

— Eu... eu... vou levar nove quilos — pediu Matthew, com a testa coberta de gotas de suor.

Matthew já estava a meio caminho de casa quando voltou a ser o mesmo homem de antes. Aquela tinha sido uma experiência terrível, mas era bem feito para ele, pensou, por ter cometido a heresia de entrar numa loja desconhecida. Quando chegou em casa, escondeu o ancinho no galpão de ferramentas, mas levou o açúcar para Marilla.

— Açúcar mascavo! — exclamou Marilla. — O que deu em você para comprar tanto assim? Você sabe que só uso açúcar mascavo para fazer o mingau do empregado ou para fazer o bolo escuro de frutas. Jarry já foi embora e meu bolo já está pronto há muito tempo. E nem é açúcar dos bons... é grosso e escuro... William Blair não costuma vender esse tipo.

— Eu... eu achei que poderia ser útil um dia — respondeu Matthew, conseguindo escapar dessa.

Quando Matthew voltou a pensar no assunto, decidiu que só uma mulher poderia resolver esse caso. Marilla estava fora de questão. Matthew tinha certeza de que ela jogaria imediatamente um balde de água fria em seu projeto. Restava apenas a Sra. Lynde; Matthew não se atreveria buscar um conselho desses com nenhuma outra mulher em Avonlea. E, assim, foi à casa dela, e a boa senhora tomou para si a missão, tirando-a das mãos daquele homem aflito.

— Quer que eu escolha um vestido para você dar de presente a Anne? Claro que escolho. Irei a Carmody amanhã e tratarei disso. Você tem algo especial em mente? Não? Então vou escolher o que achar melhor. Acho que Anne ficaria bem num marrom-escuro. William Blair recebeu um tecido mesclado de algodão e seda muito bonito. Talvez você queira que eu mande fazer o vestido também, porque, se Marilla o costurar, Anne vai acabar sabendo antes da hora e isso estragaria a surpresa. Bem, eu mesma farei o vestido. Não, não é trabalho algum. Gosto de costurar. Vou pedir a Janny Gillis, minha sobrinha, que o experimente. Ela e Anne têm exatamente o mesmo corpo.

— Bem, ora, fico muito agradecido — disse Matthew — e... e... não... mas eu gostaria... eu acho que hoje em dia fazem as mangas diferentes do que costumavam ser. Se não for pedir muito eu... eu gostaria que fossem feitas do jeito novo.

— Bufantes? Mas é claro. Não precisa se preocupar com mais nada, Matthew. Vou fazê-lo seguindo a última moda — disse a Sra. Lynde. Quando Matthew foi embora, ela acrescentou, de si para si: — Será realmente uma satisfação ver aquela pobre menina usar algo decente uma vez na vida. Marilla costuma vesti-la de uma forma certamente ridícula, isso sim; já morri de vontade de dizer isso a ela uma dúzia de vezes. Mas segurei minha língua porque dá para perceber que Marilla não aceita conselhos e acha que sabe mais que eu sobre como criar filhos, mesmo sendo solteira. Porém as coisas são assim mesmo. As pessoas que criaram seus próprios filhos sabem que não existe um jeito único, seguro e adequado que sirva da mesma forma para todas as crianças. Elas pensam que é tudo simples e fácil como uma regra de três, ou seja, que basta adicionar suas três condições ao seu modo que o resultado sairá perfeito. Mas nem a carne nem o sangue funcionam sob o domínio da aritmética, e é aí que Marilla Cuthbert se engana. Acho que ela está tentando cultivar um sentimento de humildade em Anne, vestindo-a daquela maneira; mas a única coisa que vai conseguir é desenvolver inveja e descontentamento na criança. Tenho certeza de que aquela menina percebe a diferença entre suas roupas e as das coleguinhas. Mas eu jamais poderia imaginar que Matthew perceberia! Aquele homem está acordando, depois de permanecer adormecido por mais de sessenta anos.

Durante as duas semanas que se seguiram, Marilla pressentiu que alguma coisa rondava a cabeça de Matthew, mas não conseguia atinar o que era, até a véspera de Natal, quando a Sra. Lynde apareceu com o vestido novo. De forma geral, Marilla até que se comportou bastante bem, embora seja bastante possível que tenha desconfiado da explicação diplomática da Sra. Lynde, quando ela disse que havia feito o vestido porque Matthew tinha receio de que Anne descobrisse tudo cedo demais, se Marilla o costurasse.

— Então era por isso que Matthew estava com um ar tão misterioso e não parou de rir sozinho durante duas semanas? — comentou de maneira um tanto seca, porém demonstrando alguma tolerância. — Sabia que ele ia aprontar alguma tolice. Bem, devo dizer que, no meu entendimento, Anne não precisa de mais vestidos. Costurei três vestidos para ela neste outono, todos de boa qualidade, quentes e práticos. Qualquer outra coisa não passa de pura extravagância. Só nessas mangas há tecido suficiente para fazer uma blusa, eu garanto que há! Você só vai inflar a vaidade da Anne, Matthew, e ela já é vaidosa como um pavão. Bem, espero que ela finalmente fique satisfeita, porque só eu sei como ela tem desejado essas tolices de mangas desde que foram lançadas, mesmo que não tenha comentado mais nada a respeito. Os enchimentos estão ficando cada vez maiores e mais ridículos; já estão enormes, feito balões. No próximo ano, todas as moças que usarem essas mangas terão de passar de lado pelas portas.

A manhã de Natal irrompeu em um mundo todo branco e maravilhoso. O mês de dezembro tinha sido ameno e as pessoas imaginavam que teriam um dia de Natal sem neve. Mas, durante a noite, a neve caiu suavemente, o suficiente para transformar a paisagem de Avonlea. Anne deu uma espiada através da janela gelada do seu quarto, com olhos cheios de encantamento. Os galhos dos pinheiros da Floresta Mal--Assombrada pareciam maravilhosos, como se cobertos de plumas; as bétulas e as cerejeiras selvagens estavam enfeitadas de pérolas; os campos arados pareciam extensões de covinhas nevadas e no ar havia um aroma fresco e glorioso. Anne desceu as escadas correndo e cantando até sua voz ecoar por toda Green Gables.

— Feliz Natal, Marilla! Feliz Natal, Matthew! Não é um Natal adorável? Estou feliz porque tudo está branco. Qualquer outro tipo de Natal não parece real, não concordam? Não gosto de Natais sem neve. Eles nem são verdes... são apenas de um marrom desbotado horroroso e cinzento. Por que será que as pessoas os chamam de verdes? Mas... mas... Matthew! Isto é para mim? Oh, Matthew!

Matthew, ansioso, havia desembrulhado o vestido que estava envolto em folhas de papel e o ergueu sob o olhar desaprovador de Marilla, que fingia encher o bule de chá com certo ar de desprezo, mas observava a cena pelo canto dos olhos com uma expressão bastante interessada.

Anne pegou o vestido e olhou para ele num silêncio cheio de reverência. Oh, como era bonito... A glória do algodão com toques suaves do brilho da mescla de seda; a saia tinha babados e plissados; na blusa havia pregas bem finas, costuradas de maneira muito delicada; e a gola era uma tira estreita de renda finíssima. Mas as mangas... eram o máximo da glória! Punhos alongados até os cotovelos e, acima deles, duas lindas mangas bufantes com detalhes em fileiras de laços e fitas de seda marrom e plissadas.

— É seu presente de Natal, Anne — disse Matthew, timidamente. — Ora... ora... Anne, você não gostou do vestido? Bem, ora... bem, ora...

Porque, de repende, os olhos de Anne se encheram de lágrimas.

— *Gostar!* Oh, Matthew! — Anne colocou o vestido por cima de uma cadeira e bateu palmas. — Matthew, é perfeitamente requintado. Nunca vou poder agredecer a você o suficiente. Veja só essas mangas! Oh, até parece que estou tendo um sonho feliz.

— Bem, vamos comer — interrompeu-a Marilla. — Preciso dizer uma coisa a você, Anne: acho que não precisa do vestido; mas, já que Matthew o comprou, trate de cuidar muito bem dele. A Sra. Lynde também deixou uma fita de cabelo. É marrom, para combinar com o vestido. Agora, sente-se.

— Não sei como vou conseguir comer — respondeu Anne, extasiada. — O café da manhã parece ser algo tão lugar-comum num momento tão empolgante. Prefiro me deliciar com o vestido. Estou tão feliz por as mangas bufantes ainda estarem na moda. Achei que jamais ia me recuperar se elas saíssem de moda antes que eu tivesse um vestido com mangas assim. Nunca me sentiria realizada, sabe? Foi muito gentil da parte da Sra. Lynde ter dado esta fita também. Devo ter sido uma boa menina, de verdade. É em momentos como esse que lamento não ser um modelo de menina; sempre tomo a decisão de ser uma boa menina no futuro. Mas, de alguma forma, é difícil manter minhas decisões quando surgem tentações irresistíveis. Mesmo assim, depois disso, garanto que vou me esforçar mais.

Quando a refeição "lugar-comum" terminou, Diana apareceu na ponte branca de madeira que passava por cima do pequeno vale; uma pequena e alegre figura vestindo seu casaco vermelho-carmim. Anne disparou ladeira abaixo, ao seu encontro.

— Feliz Natal, Diana! E, oh, sim, é um Natal maravilhoso. Tenho algo esplêndido para lhe mostrar. Matthew me deu de presente o vestido mais maravilhoso, com umas mangas... Eu jamais conseguiria imaginar algo mais lindo.

— Trouxe algo para você — disse Diana, sem fôlego. — Aqui está... É esta caixa. Tia Josephine mandou uma caixa enorme para nós, com muitas coisas diferentes dentro dela...

e essa caixa é para você. Eu a teria trazido ontem à noite, mas ela chegou no final da tarde e não me sinto muito confortável em passar pela Floresta Mal-Assombrada no escuro.

Anne abriu a caixa e deu uma espiada no seu interior. Primeiro viu um cartão com os dizeres: "Para a menina Anne e feliz Natal"; depois, encontrou um par de pantufas para criança, dos mais graciosos, coberto de contas, laços de cetim e fivelas brilhantes.

— Oh — disse Anne. — Diana, isso é demais. Devo estar sonhando.

— *Eu* chamo isso de providencial — afirmou Diana. — Agora você não precisa mais pedir as pantufas da Ruby emprestadas, e seria horrível se tivéssemos de ouvir uma fada arrastando os pés, já que ela calça dois números acima do seu. Josie Pye ficaria encantada. Você soube que Rob Wright acompanhou Gerie Pye até em casa depois do ensaio, duas noites atrás? Você pode imaginar uma coisa dessas?

Naquele dia, todos os estudantes de Avonlea estavam febris de tanta excitação porque o salão seria decorado e haveria o grande e último ensaio.

O recital foi apresentado naquela noite e foi um grande sucesso. O pequeno vestíbulo da escola estava lotado de gente; todos os intérpretes se saíram muito bem, mas Anne foi a estrela principal e a que mais brilhou naquela noite. Até mesmo a inveja, personificada em Josie Pye, não teve como negar isso.

— Oh, não foi uma noite brilhante? — suspirou Anne, depois que tudo terminou e ela e Diana caminhavam juntas para casa, sob um céu escuro e cheio de estrelas.

— Tudo correu muito bem — respondeu Diana, muito prática. — Acho que conseguimos arrecadar quase dez dólares. Fique sabendo que o Sr. Allan vai mandar para os jornais uma nota sobre o evento.

— Oh, Diana, vamos mesmo ver nosso nome nos jornais? Fico arrepiada só de imaginar uma coisa dessas. Seu solo foi perfeitamente elegante, Diana. Fiquei mais orgulhosa do que você quando pediram *bis*. Disse para mim mesma: "É minha amiga do peito que está sendo tão elogiada".

— Ora, Anne, a casa veio abaixo quando você declamou. Aquele trecho melancólico foi simplesmente esplêndido.

— Oh, eu estava tão nervosa, Diana. Realmente não sei como consegui subir naquele tablado quando o Sr. Allan chamou meu nome. Senti como se milhares de olhos estivessem sobre mim e, por um momento terrível, tive a certeza de que nunca conseguiria começar. Então, pensei nas minhas lindas mangas bufantes e criei coragem. Eu sabia que teria de mostrar que merecia aquelas mangas, Diana. Então, comecei, e minha voz parecia vir de muito, muito longe. Eu me senti como um papagaio. Nunca teria conseguido terminar, se não tivesse ensaiado os textos muitas vezes, lá em cima, no meu quarto. Gemi bem?

— Sim, com certeza gemeu graciosamente — tranquilizou-a Diana.

— Quando me sentei, a velha Sra. Sloane estava enxugando as lágrimas. Foi esplêndido saber que havia tocado o coração de alguém. Participar de um recital é tão romântico, não é mesmo? Oh, realmente foi uma ocasião memorável.

— O diálogo dos meninos não foi ótimo? — perguntou Diana. — Gilbert Blythe foi simplesmente esplêndido. Anne, acho mesmo uma maldade a maneira como você trata o Gil. Espere até eu dizer por quê. Depois do diálogo das fadas, quando você saiu correndo do tablado, uma das rosas caiu do seu cabelo. Vi o Gil apanhá-la e enfiá-la no bolsinho da frente do casaco. Entendeu? Você é tão romântica que tenho certeza de que ficará satisfeita com isso.

— O que essa pessoa faz não me diz respeito — respondeu Anne com altivez. — Eu apenas nunca perco meu tempo pensando nele, Diana.

Naquela noite, depois que Anne havia ido para a cama, Marilla e Matthew, que haviam comparecido a um recital pela primeira vez em vinte anos, ficaram sentados durante um momento, ao lado da lareira da cozinha.

— Bem, ora, acho que nossa Anne se saiu tão bem quanto qualquer um dos outros — comentou Matthew, orgulhoso.

— Sim, muito bem — admitiu Marilla. — Ela é uma menina esperta, Matthew. E também estava muito bonita. Eu era um pouco contra essa história de recital, mas agora penso que não faz tanto mal assim, afinal. De qualquer forma, nesta noite fiquei orgulhosa de Anne, embora não vá dizer isso a ela.

— Bem, ora, eu fiquei orgulhoso e lhe disse isso antes que ela subisse para o quarto. Qualquer dia desses vamos ter de pensar no que podemos fazer por ela, Marilla. Acho que aos poucos ela vai precisar de algo melhor que aquela escola de Avonlea.

— Temos tempo de sobra para pensar nisso — respondeu Marilla. — Ela só vai completar treze anos em março. Embora hoje à noite eu tenha percebido que ela está se tornando uma menina bem crescida. A Sra. Lynde fez aquele vestido um pouco comprido demais, o que fez que Anne parecesse mais alta. Ela aprende rápido e acho que o melhor que podemos fazer é mandá-la para a Queen's daqui a algum tempo. Mas não precisamos comentar nada com ela antes de um ano ou dois.

— Bem, ora, não faz mal nenhum pensar nisso de vez em quando — respondeu Matthew. — É ótimo ficar pensando nessas coisas.

XXVI
Forma-se o
Clube de Histórias

Todos os jovens de Avonlea tiveram certa dificuldade para se acostumar novamente à vida monótona do dia a dia. Para Anne, em especial, as coisas pareciam assustadoramente sem graça, paradas e estéreis, depois de ter experimentado momentos de tanta excitação durante semanas inteiras. Será que ela conseguiria sentir novamente os prazeres silenciosos daqueles dias que antecederam o recital? No início, como falou para Diana, achava que não.

— Tenho absoluta certeza, Diana, de que a vida nunca mais será a mesma, como naqueles velhos tempos — lamentou-se, como se estivesse falando de algo que havia vivido cinquenta anos antes. — Pode ser que me acostume depois de algum tempo, mas receio que os recitais prejudiquem o cotidiano das pessoas. Deve ser por isso que Marilla não os aprova. Marilla é uma mulher muito sensata. Deve ser muito melhor ser sensato, mas acho que não gostaria de ser assim. Não é nem um pouco romântico. A Sra. Lynde garantiu que não corro o risco de me tornar uma pessoa sensata, mas não dá para ter certeza. Neste instante, sinto que ainda posso vir a me tornar uma. Talvez seja por causa do cansaço. Ontem demorei muito para pegar no sono. Fiquei deitada acordada e não conseguia parar de pensar no recital. Esta é uma das coisas mais esplêndidas desses eventos — são maravilhosos de se recordar.

Contudo, com o passar dos dias, a escola de Avonlea retomou seu velho ritmo e seus antigos interesses. Sem dúvida, o recital deixou marcas. Ruby Gillis e Emma White, que haviam discutido sobre quem tinha preferência nos assentos, já não se sentavam juntas, e uma amizade promissora de três anos foi rompida. Josie Pye e Julia Bell não se "falavam" havia três meses porque Josie Pye disse para Bessie Wright que, quando Julia Bell se levantou para declamar, sua reverência a fez pensar numa galinha balançando a cabeça. Foi o que Bessie contou a Julia. Nenhum dos Sloane quis mais saber dos Bell, porque os Bell reclamaram que os Sloane participavam demais do programa, e os Sloane haviam respondido que os Bell não eram capazes sequer de dar conta do pouco que tinham para fazer. Por fim, Charles Sloane brigou com Moody Spurgeon MacPherson porque Moody Spurgeon acabou tomando "uma lavada"; por causa disso, Ella May, a irmã de Moody Spurgeon, não voltou a falar com Anne Shirley durante o resto do inverno. Com exceção desses atritos sem importância, o trabalho no pequeno reino da Srta. Stacy prosseguiu normalmente e sem maiores problemas.

As semanas de inverno passaram. Um inverno ameno, incomum, com tão pouca neve que Anne e Diana podiam ir a pé para a escola quase todos os dias pela Trilha das Bétulas. No aniversário de Anne, elas estavam andando a passos ligeiros e leves pela trilha, com olhos e ouvidos atentos, mas sem parar de tagarelar, porque a Srta. Stacy dissera que logo teriam de escrever uma redação sobre "uma caminhada de inverno pela floresta" e elas tinham de prestar atenção em tudo.

— Imagine só, Diana, hoje completo treze anos — observou Anne, num tom de voz meio assustado. — Quase não consigo acreditar que já sou uma adolescente. Quando acordei hoje pela manhã, tive a impressão de que tudo estava diferente. Mas já faz um mês que você completou treze anos, então acho que não deve parecer uma novidade para você como é para mim. Isso torna a vida muito mais interessante. Mais dois anos e estarei crescida de verdade. É muito reconfortante pensar que poderei usar aquelas palavras de gente adulta sem que as pessoas riam de mim.

— Ruby Gillis disse que pretende ter um namorado assim que completar quinze anos — informou Diana.

— Ruby Gillis só pensa em namorados — respondeu Anne com desdém. — Na verdade, ela adora quando qualquer pessoa escreve seu nome ao lado do de um menino, apesar de fingir que fica brava. Mas acho que esse discurso não é nem um pouco generoso. A Sra. Allan disse que nunca devemos dizer coisas pouco generosas; mas, muitas vezes, elas escapam antes que você possa pensar no que vai dizer, não é mesmo? Como simplesmente não consigo falar de Josie Pye sem ser maldosa, então nem digo nada sobre ela. Você deve ter percebido isso. Estou tentando ser tão parecida com a Sra. Allan quanto possível, porque acho que ela é perfeita. O Sr. Allan também pensa dessa forma. A Sra. Lynde disse que ele simplesmente adora o chão que a Sra. Allan pisa e que não acha muito correto um pastor colocar tanta afeição num ser humano mortal. Mas, sabe, Diana, até os pastores são humanos e estão sujeitos a pecados como qualquer outra pessoa. Na tarde do domingo passado, tive uma conversa muito interessante sobre pecados. Há apenas alguns assuntos, poucos, sobre os quais é apropriado conversar aos domingos, e esse é um deles. Meu maior pecado é imaginar demais e me esquecer dos meus deveres. Estou me esforçando muito para superar isso e, agora que tenho treze anos, talvez consiga melhorar.

— Apenas mais quatro anos e poderemos usar os cabelos presos — disse Diana. — Alice Bell só tem dezesseis e prende os dela. Eu acho ridículo. Vou esperar completar dezessete anos.

— Se eu tivesse o nariz torto de Alice Bell, não usaria o cabelo daquele jeito — opinou Anne, sem hesitar —, mas fazer o quê... Não vou dizer o que ia dizer porque seria pouquíssimo caridoso. Além do mais, eu estava comparando o nariz dela com o meu, e isso é vaidade. Acho que fico pensando demais no meu nariz desde que ouvi aquele elogio. Ele é realmente um grande conforto para mim. Oh, Diana, olhe, um coelho! Aí está algo para lembrar para a nossa composição sobre a floresta. Realmente acho que as florestas são tão bonitas no inverno quanto no verão. Elas ficam brancas e imóveis, como se estivessem dormindo e sonhando lindos sonhos.

— Não vou me importar de escrever a redação quando chegar a hora — suspirou Diana. — Eu consigo escrever sobre florestas, mas a redação que precisamos entregar segunda-feira é terrível. Que ideia da Srta. Stacy pedir para escrevermos uma história inventada da nossa cabeça!

— Ora, mas isso é tão fácil como piscar!

— Para você é fácil porque tem muita imaginação — replicou Diana —, mas o que faria se tivesse nascido sem imaginação? Suponho que já terminou a sua.

Anne balançou a cabeça afirmativamente, esforçando-se para não parecer virtuosa demais e falhando mais uma vez.

— Eu a escrevi na segunda-feira passada, de tarde. Chama-se "O rival ciumento" ou "Inseparáveis até a eternidade". Eu a li para Marilla e ela disse que era um completo absurdo. Depois a li para Matthew e ele disse que estava muito boa. Esse é o tipo de crítica de que gosto. É uma história triste, bem bonita. Chorei como um bebê enquanto a escrevia. É sobre duas lindas jovens, chamadas Cordelia Montmorency e Geraldine Seymour. Viviam na mesma aldeia e eram muito devotadas uma à outra. Cordelia era morena, usava uma tiara nos cabelos negros e tinha olhos brilhantes e escuros. Geraldine era loira, com porte de rainha, cabelos dourados e trançados e olhos aveludados de cor púrpura.

— Nunca vi alguém com olhos púrpura — comentou Diana, meio em dúvida.

— Nem eu. Apenas imaginei assim. Queria algo que fosse fora do comum. Geraldine também tem a testa de alabastro. Descobri o que é uma testa de alabastro. Essa é uma das vantagens de ter treze anos. Você sabe muito mais do que quando tinha doze anos.

— E, então, o que aconteceu com Cordelia e Geraldine? — perguntou Diana, que começava a se interessar muito pelo destino delas.

— Elas cresceram lado a lado, a cada dia mais bonitas, até completarem dezesseis anos. Então, Bertram DeVere veio morar na aldeia e se apaixonou pela bela Geraldine. Ele salvou sua vida quando o cavalo desembestou com ela dentro da carruagem; ela desmaiou em seus braços e ele a carregou até a casa dela, por cinco quilômetros; porque, sabe, Diana, a carruagem ficou toda despedaçada. Achei um pouco difícil imaginar a proposta de casamento porque não tinha nenhuma experiência na qual me basear. Perguntei a Ruby Gillis se ela sabia de alguma coisa sobre como os homens propõem casamento, porque achei que ela seria uma autoridade sobre o assunto, com tantas irmãs casadas. Ruby me contou que ela estava escondida na entrada da copa quando Malcolm Andrews pediu sua irmã Susan em casamento. Ela contou que Malcolm disse para Susan que seu pai havia colocado a fazenda em seu nome e depois acrescentou: "O que você acha, meu benzinho, de a gente se amarrar neste outono?", e Susan respondeu: "Sim... não... não sei... vou pensar" — e ficaram noivos assim, naquele momento. Mas achei que esse tipo de proposta de casamento não é nem um pouco romântico, então acabei imaginando algo da melhor forma que pude. Tornei a proposta muito poética e floreada, apesar de Ruby Gillis ter dito que hoje em dia essas coisas não são mais assim. Bertram se ajoelhou para fazer o pedido. Geraldine aceitou com um discurso do tamanho de uma página. Garanto a você que o discurso me deu muito trabalho. Eu o reescrevi cinco vezes e o considero minha obra-prima. Bertram deu um anel de diamantes e um colar de rubis para Geraldine e disse que iriam para a Europa numa viagem de núpcias, porque ele era imensamente rico. Mas aí, infelizmente, seus caminhos começaram a ficar sombrios. Cordelia estava secretamente apaixonada por Bertram e, quando Geraldine contou a ela sobre o noivado, a garota ficou furiosa, principalmente quando viu o colar e o anel. Toda a afeição que sentia por Geraldine se transformou em ódio cruel e ela jurou que Geraldine nunca se casaria com Bertram. Mas ela continuou fingindo que era a mesma amiga de sempre. Numa tarde, as duas estavam paradas na ponte que passava por cima de um riacho turbulento, cheio de corredeiras, quando Cordelia, achando que estavam sozinhas, empurrou Geraldine por cima do parapeito com um "Há, há, há..." selvagem e irônico. Mas Bertram viu tudo e mergulhou imediatamente na água, exclamando: "Vou salvar você, minha querida Geraldine!". Infelizmente, ele esqueceu que não sabia nadar e os dois morreram afogados e abraçados. Pouco depois, seus corpos foram levados pelas águas até a margem. Eles foram enterrados juntos e o enterro foi muito comovente, Diana. É muito mais romântico terminar uma história com um enterro do que com um casamento. Quanto à Cordelia, ela enlouqueceu de remorso e foi trancafiada num hospício. Achei que era uma justiça poética para seu crime.

— Mas é perfeitamente adorável! — suspirou Diana, que pertencia à escola de críticos de Matthew. — Não vejo como minha cabeça conseguirá inventar coisas tão arrepiantes, Anne. Eu queria ter uma imaginação tão boa quanto a sua.

— Ela seria, se você a cultivasse — respondeu Anne, para animá-la. — Acabo de imaginar um plano, Diana. Vamos criar um clube de histórias só nosso e escrever histórias, para praticar. Eu ajudarei você até que consiga escrever sozinha.

Sabe, você precisa cultivar sua imaginação. É o que diz a Srta. Stacy. Só precisamos começar pelo lado certo. Contei a ela sobre a Floresta Mal-Assombrada e ela disse que, nesse caso, nós começamos pelo lado errado.

E foi assim que o clube de histórias passou a existir. De início, limitou-se a Diana e Anne, mas logo foi ampliado para incluir Jane Andrews e Ruby Gillis e mais uma ou duas outras meninas que sentiam que sua imaginação necessitava de cultivo. Nenhum menino foi admitido no clube — apesar de Ruby Gillis opinar que a admissão de meninos o tornaria mais excitante —, e cada membro tinha de produzir uma história por semana.

— É extremamente interessante — contou Anne para Marilla. — Cada menina lê sua história em voz alta e depois a discutimos. Nós vamos guardar todas como uma coisa sagrada para um dia podermos lê-las para nossos filhos e netos. Cada uma escreve sob um pseudônimo. O meu é Rosamond Montmorency. Nós todas escrevemos muito bem. Ruby Gillis é um pouco sentimental. É melosa demais nas histórias, e você sabe que menos é mais. Jane nunca exagera no romantismo porque se sentiria ridícula demais quando tivesse de ler em voz alta. As histórias dela são extremamente sensatas. Diana coloca assassinatos demais nas dela. Diz que não sabe o que fazer com as pessoas durante a maior parte do tempo, então as mata para livrar-se delas. Geralmente preciso dizer o assunto sobre o qual terão de escrever, mas isso não é difícil, porque tenho um milhão de ideias.

— Acho que esse negócio de contar histórias é a maior tolice de todas até hoje — disse Marilla, num tom de voz zombeteiro. — Vocês vão botar um monte de besteiras na cabeça e ocupar um tempo que deveria ser usado para estudarem suas lições. Ler histórias já é ruim, mas escrevê-las é pior ainda.

— Mas, Marilla, nós temos muito cuidado para colocar uma moral em todas — explicou Anne. — Eu insisto nisso. Todas as pessoas boas são recompensadas e todas as más, punidas de acordo. Tenho certeza de que o efeito é muito sadio. A moral é uma grande coisa. Foi o que o Sr. Allan disse. Li uma das minhas histórias para ele e para a Sra. Allan e ambos concordaram que a moral estava excelente. Só que riram nos momentos errados. Gosto mais quando as pessoas choram. Jane e Ruby quase sempre choram quando chego às partes tocantes. Diana escreveu para a sua tia Josephine sobre o nosso clube, e ela respondeu que devemos mandar algumas das nossas histórias para ela. Nós fizemos cópia de quatro de nossas melhores histórias e as enviamos. A Srta. Josephine Barry escreveu de volta dizendo que nunca havia lido algo tão divertido. Isso nos deixou um pouco intrigadas, porque todas as histórias eram muito comoventes e quase todo mundo morre. Mas fico contente que a Srta. Barry tenha gostado delas. Isso prova que nosso clube está fazendo algo de bom para o mundo. A Sra. Allan disse que nosso objetivo deve ser fazer o bem sempre. Realmente tento fazer que esse seja meu objetivo, mas muitas vezes me esqueço disso quando estou me divertindo. Espero ser um pouco como a Sra. Allan quando crescer. Acha que há alguma chance de isso acontecer, Marilla?

— Não posso dizer que haja muita — foi a resposta incentivadora de Marilla. — Estou certa de que a Sra. Allan nunca foi uma menina tão tola e esquecida como você.

— Não, mas também não foi sempre tão boa como é hoje — replicou Anne, muito séria. — Ela me contou, isto é, ela disse que, quando menina, era tremendamente levada e que estava sempre se metendo em enrascadas. Eu me senti tão estimulada quando ouvi isso! Marilla, é muito errado da minha parte me sentir estimulada quando ouço outras pessoas dizerem que foram más ou levadas? A Sra. Lynde diz que é. A Sra. Lynde disse que sempre fica chocada quando alguém conta que foi malvado alguma vez, mesmo durante a infância. Ela disse que uma vez ouviu um pastor confessar que, quando era menino, roubou uma torta de morangos da despensa da casa da tia dele e ela nunca mais teve algum respeito por ele novamente. Eu não teria me sentido dessa forma. Teria pensado que foi muito nobre da parte dele confessar e que saber que poderão se tornar pastores um dia seria uma coisa muito encorajadora para meninos de hoje que cometem travessuras e se arrependem depois. É assim que eu me sentiria, Marilla.

— O que eu sinto agora, Anne — respondeu Marilla —, é que está na hora de lavar a louça. Você perdeu mais de meia hora com toda essa sua tagarelice. Aprenda a trabalhar primeiro e falar depois.

XXVII
Vaidade e humilhação

No final de uma tarde de abril, quando voltava para casa depois de um encontro beneficente, Marilla percebeu que o inverno chegara ao fim e sentiu o arrepio de prazer que sempre se manifesta tanto entre os mais velhos e tristes quanto entre os mais jovens e alegres. Marilla não costumava fazer análises subjetivas sobre seus pensamentos e sentimentos. Provavelmente imaginou que estava pensando na beneficência e na caixa de doações, e no novo tapete para a sacristia, porém, debaixo dessas reflexões, havia uma consciência harmoniosa com relação aos campos vermelhos que exalavam brumas em tons de lilás-claro no Sol poente, às sombras compridas dos pinheiros sobre os prados além do riacho, aos bordos imóveis cobertos de brotos vermelhos em volta do lago espelhado da floresta, ao despertar do mundo e ao terreno com grama acinzentada. A primavera chegara àquela terra e, por causa da sua alegria primordial e profunda, os sóbrios passos de uma Marilla na meia-idade estavam mais leves e mais rápidos.

Seu olhar pousou afetuosamente sobre Green Gables, que estava parcialmente visível entre o emaranhado de árvores, e cujas janelas refletiam a luz do Sol em centelhas pequenas e fulgurantes. Enquanto caminhava a passos rápidos pela vereda úmida, Marilla pensou que realmente era uma satisfação saber que estava indo para casa, para o calor de uma lareira na qual as toras queimavam e estalavam e para uma mesa de chá bem-posta, diferente das antigas tardes frias e sem conforto dos encontros beneficentes antes da chegada de Anne a Green Gables.

Consequentemente, quando Marilla entrou na cozinha e viu o fogo apagado, e nem sinal de Anne em parte alguma, ela se sentiu, com toda razão, desapontada e irritada. Dissera a Anne que não se esquecesse de deixar tudo pronto para o chá às cinco horas, e agora teria de se apressar, tirar seu segundo melhor vestido e preparar ela mesma a refeição antes que Matthew voltasse do campo.

— Vou acertar umas contas com a Srta. Anne quando ela voltar para casa — disse muito aborrecida enquanto raspava uns gravetos com a faca de carne com mais força do que o necessário. Matthew chegara e esperava pacientemente pelo seu chá no seu canto. — Ela deve estar por aí com Diana, escrevendo histórias ou ensaiando diálogos ou fazendo qualquer outra tolice sem pensar uma única vez nos seus deveres. Ela vai ter de parar com esse tipo de comportamento de uma vez por todas. Não me importo se a Sra. Allan diz que ela é a criança mais simpática e esperta que já conheceu em toda a sua vida. Ela pode ser muito esperta e simpática, mas sua cabeça está cheia de besteiras, e a gente nunca sabe o que vai acontecer no momento seguinte. Mal termina com um capricho e já começa outro. Ora veja! Estou repetindo exatamente as mesmas palavras que me aborreceram tanto quando Rachel Lynde as disse, hoje, na beneficência. Eu realmente fiquei muito contente quando a Sra. Allan defendeu Anne, porque, se ela não o tivesse feito, eu teria dito algo desagradável para Rachel diante de todo o mundo. Deus sabe que Anne tem muitos defeitos, e longe de mim negar isso. Mas quem a está criando sou eu, e não Rachel Lynde. Ela encontraria defeitos até no próprio Anjo Gabriel, se ele morasse em Avonlea. Mesmo assim, Anne não devia ter deixado a casa desse jeito, quando eu disse que ela devia estar aqui hoje à tarde para cuidar dos afazeres. É verdade que, apesar de todas as suas falhas, nunca achei que ela fosse desobediente, ou que não pudesse confiar nela, e lamento muito que seja assim agora.

— Bem, ora, não sei — disse Matthew, que, sendo um homem paciente e sábio e, acima de tudo, estando faminto, achou melhor deixar Marilla desabafar sua raiva sem interrupções, pois sabia por experiência que ela terminaria o que tivesse de fazer mais depressa se ninguém a atrasasse com um argumento fora de hora. — Talvez você a esteja julgando depressa demais, Marilla. Não diga que não pode confiar nela até ter certeza de que ela a desobedeceu. Pode ser que tudo tenha uma explicação. Anne é muito boa em dar explicações.

— Ela não estava aqui, conforme eu mandei — replicou Marilla. — Acho que ela terá muita dificuldade para se explicar até me deixar satisfeita. Claro que eu sabia que você ia ficar do lado dela, Matthew. Sou eu que a estou criando, não você.

Já escurecera quando o jantar ficou pronto, e nenhum sinal de Anne vindo apressada pela ponte de troncos ou pela Alameda dos Namorados, sem fôlego e arrependida, certa de que havia negligenciado seus deveres. Aborrecida, Marilla lavou e guardou a louça. Depois, como queria acender uma vela para iluminar o caminho até a despensa, subiu até o quarto de Anne para buscar a vela que geralmente ficava em cima da mesa. Depois que a acendeu, Marilla voltou-se e se deparou com a própria Anne deitada na cama, com a cabeça enfiada debaixo dos travesseiros.

— Misericórdia! — exclamou Marilla, espantada. — Você estava dormindo, Anne?

— Não — veio a resposta abafada.

— Está doente? — perguntou Marilla, ansiosa, aproximando-se da cama.

Anne enfiou-se ainda mais debaixo dos travesseiros, como se quisesse esconder-se para sempre dos olhos dos mortais.

— Não. Por favor, Marilla, vá embora, não olhe para mim. Estou nas profundezas do desespero e não me importo se alguém passar na minha frente na escola, ou escrever a melhor redação, ou cantar no coro da escola dominical. Essas coisinhas não têm mais a menor importância agora, porque acho que nunca mais vou poder ir a lugar nenhum. Minha carreira chegou ao fim. Por favor, Marilla, vá embora e não olhe para mim.

— Onde já se ouviu uma coisa dessas? — quis saber Marilla, que não estava entendendo nada. — Anne Shirley, o que está acontecendo com você? O que você fez? Saia dessa cama e me conte já! Eu disse já! Pronto, e então, o que foi?

Anne escorregou da cama para o chão num silêncio desesperador.

— Olhe para o meu cabelo, Marilla — murmurou.

Marilla atendeu ao seu pedido, levantou a vela para o alto e olhou para o cabelo de Anne, que caía solto e grosso pelas costas. Ele certamente estava esquisito.

— Anne Shirley, o que fez com seu cabelo? Ora, ele está *verde*!

Poderia ser chamado de verde, se a cor fosse deste planeta: um verde estranho, meio brônzeo, sem brilho, com algumas mechas do ruivo original aqui e ali para acentuar o efeito pavoroso. Marilla nunca havia visto algo tão grotesco em toda a sua vida como o cabelo de Anne naquele instante.

— É, está verde — gemeu Anne. — Eu achava que nada poderia ser pior do que cabelo ruivo. Mas agora sei que cabelo verde é dez vezes pior. Oh, Marilla, você não pode imaginar como estou infeliz.

— O que não posso imaginar é como você se meteu nessa enrascada, mas pretendo descobrir. Desça imediatamente para a cozinha, aqui está muito frio, e me conte exatamente o que aconteceu. Já faz algum tempo que eu desconfiava que algo esquisito ia acontecer. Você não se mete em nenhuma confusão há mais de dois meses, e eu tinha certeza de que era tempo de acontecer uma. Bom, então, o que fez com seu cabelo?

— Pintei.

— Pintou! Você pintou o cabelo! Anne Shirley, você não sabia que estava fazendo uma coisa terrivelmente errada?

— Sabia... sabia que era um pouco errado — admitiu Anne. — Mas pensei que valeria a pena errar terrivelmente um pouco e me livrar do cabelo ruivo. Eu sabia que pagaria por isso, Marilla. Prometo que serei boa em dobro no resto para compensar isso.

— Ora — respondeu Marilla, muito sarcástica —, se eu tivesse decidido que valia a pena pintar meu cabelo, pelo menos o teria pintado de uma cor decente. Eu não o teria pintado de verde.

— Mas eu não quis pintá-lo de verde, Marilla — protestou Anne, desanimada. — Se errei, é porque tinha a intenção de errar por algum motivo. Ele disse que meu cabelo ia ficar lindo, preto, brilhante e maravilhoso!... Ele realmente garantiu que ficaria. Como eu poderia duvidar da palavra dele, Marilla? Sei como uma pessoa se sente quando duvidam da sua palavra. E a Sra. Allan disse que nós nunca devemos desconfiar que uma pessoa esteja mentindo a menos que tenhamos prova. Agora eu tenho uma prova... Cabelos verdes são prova suficiente para qualquer pessoa. Mas, quando comprei a tinta, eu ainda não tinha cabelos verdes, e acreditei em cada palavra que ele disse *implicitamente.*

— Quem disse? De quem você está falando?

— Do mascate que passou aqui hoje à tarde. Comprei a tinta dele.

— Anne Shirley, quantas vezes eu já disse para você nunca deixar um daqueles italianos entrar aqui em casa! Na minha opinião, o melhor a fazer seria desencorajá-los para nunca passarem por Avonlea.

— Oh, eu não deixei que ele entrasse em casa. Eu me lembrei do que você disse, saí, fechei a porta cuidadosamente e examinei a mercadoria dele na escada. Além disso, ele não era italiano. Era um judeu alemão. Tinha uma caixa enorme cheia de coisas muito interessantes e disse que estava trabalhando muito para conseguir dinheiro suficiente para trazer da Alemanha a esposa e os filhos. Ele falou sobre a família com tanta emoção que tocou meu coração. Quis comprar alguma coisa dele para ajudá-lo nessa finalidade tão justa. Aí, de repente, vi a garrafa de tintura para cabelo. O mascate disse que garantia que deixava qualquer cabelo de uma linda cor preta e brilhante, e que não sairia quando o lavasse. Num piscar de olhos, eu me vi com lindos cabelos pretos e brilhantes, e não consegui resistir à tentação. Mas a garrafa custava setenta e cinco centavos e eu só tinha cinquenta, que haviam sobrado da minha mesada. Acho que o coração do mascate devia ser muito bondoso, porque ele disse que, como era eu quem estava comprando, ele me venderia a garrafa por cinquenta centavos, o que era quase de graça. Então comprei a garrafa e, assim que ele foi embora, vim para cá e apliquei a tinta com uma velha escova para cabelos, como estava escrito na etiqueta. Usei toda a garrafa e, oh, Marilla, quando vi a cor horrível que ficou no meu cabelo, eu me arrependi de ter feito tamanha bobagem, isso eu garanto. E continuo me arrependendo desde então.

— Ora, espero que seu arrependimento seja realmente por um bom motivo — ralhou Marilla num tom de voz severo —, e que agora perceba até onde essa sua vaidade a levou, Anne. Só Deus sabe o que se pode fazer agora. Acho que a primeira coisa é dar uma boa lavada no cabelo para ver se ajuda.

Dito e feito, Anne foi lavar o cabelo; esfregou-o vigorosamente com sabão e água, mas daria no mesmo se ela tivesse esfregado o cabelo ruivo original. O mascate certamente dissera a verdade quando avisou que a tinta não sairia, por mais que sua veracidade pudesse ser desacreditada com relação a outros assuntos.

— Oh, Marilla, e agora, o que vou fazer? — perguntou Anne, chorando. — Vou morrer de vergonha. As pessoas quase conseguiram esquecer meus outros erros, como o bolo de linimento, e quando deixei Diana se embriagar, e quando perdi a calma com a Sra. Lynde. Mas nunca esquecerão isto. Vão pensar que não sou respeitável. Oh, Marilla, "quando começamos a mentir, em que teia cada vez mais confusa nos enredamos". Isso é poesia, mas é verdade. E, oh, como Josie Pye vai rir! Marilla, não posso encarar Josie Pye. Sou a menina mais infeliz da Ilha do Príncipe Edward.

A infelicidade de Anne continuou por mais uma semana. Durante esse tempo, ela não saiu de casa e lavou o cabelo com xampu todos os dias. De todas as pessoas, Diana era a única que conhecia o segredo fatal, mas prometera solenemente não o contar para ninguém, e manteve sua palavra. No final da semana, Marilla disse sem fazer rodeios:

— Não adianta, Anne. Se há uma tinta indelével, é essa. Vamos ter de cortar o cabelo, não há outro jeito. Você não pode continuar assim.

Os lábios de Anne tremeram, mas ela percebeu a dura verdade das observações de Marilla. Com um suspiro de tristeza, foi buscar a tesoura.

— Por favor, Marilla, vamos acabar logo com isso. Oh, sinto que meu coração está despedaçado. É uma aflição nada romântica. Nos livros, as meninas perdem seus cabelos por causa de febres, ou o vendem para conseguir algum dinheiro para uma boa ação, e tenho certeza de que eu não me incomodaria nem um pouco se perdesse meu cabelo por algum desses motivos. Mas não há nada de reconfortante em ter de cortar o cabelo porque você o pintou de uma cor horrorosa, não é mesmo? Se não for incomodá-la, vou chorar o tempo todo. Parece algo tão trágico!

Então Anne chorou, mas depois, quando subiu para seu quarto e se olhou no espelho, ela estava calma de tão desesperada. O cabelo tivera de ser aparado o mais rente possível, e Marilla fizera seu trabalho minuciosamente. O resultado não era bonito, para dizer o mínimo. Anne virou o espelho para a parede imediatamente.

— Nunca mais, nunca, vou me olhar no espelho enquanto meu cabelo não crescer — afirmou com veemência.

Depois, virou o espelho novamente.

— Não, vou me olhar, sim. Farei penitência por ter cometido esse pecado. Olharei para mim cada vez que vier para o quarto para ver como sou feia. E nem tentarei imaginar que não sou. Nunca pensei que tivesse vaidade com o meu cabelo, mas agora sei que sim, porque era muito comprido e grosso e cacheado, apesar de ser ruivo. Acho que não vai demorar para alguma coisa acontecer com meu nariz...

Na segunda-feira seguinte, a cabeça aparada de Anne causou sensação na escola, mas, para seu alívio, ninguém descobriu o motivo verdadeiro, nem mesmo Josie Pye, que, no entanto, não deixou de informar a Anne que ela estava igual a um perfeito espantalho.

— Fiquei calada quando Josie disse aquilo para mim — confidenciou Anne naquela noite para Marilla, que estava deitada no sofá com uma das suas dores de cabeça —, porque achei que era parte do meu castigo e que devia aguentar pacientemente. Não é fácil ouvir que você está igual a um espantalho, e eu bem que quis revidar. Mas não revidei. Somente lancei um olhar de desprezo para ela, e depois a perdoei. Perdoar as pessoas faz a gente se sentir muito virtuosa, não é? Depois disso, pretendo dedicar todas as minhas energias a ser boa e nunca mais tentarei ser bonita. Claro que é melhor ser boa. Sei que é, mas às vezes é difícil acreditar em certas coisas, mesmo quando as conhecemos. Marilla, eu realmente quero ser boa como você, a Sra. Allan e a Srta. Stacy, e crescer, e que você se orgulhe de mim. Diana sugeriu que eu amarrasse uma fita de veludo preto em volta da cabeça, com um laço num dos lados, quando meu cabelo começar a crescer. Ela disse que acha que ficarei muito bem assim. Vou chamar de turbante... Soa muito romântico. Estou falando demais, Marilla? Sua cabeça dói quando eu falo?

— Minha cabeça já está melhor. Mas hoje à tarde estava muito mal. Essas minhas dores de cabeça estão ficando cada vez piores. Vou ter de ir a um médico para dar uma olhada. Quanto à sua tagarelice, eu não me importo... já me acostumei.

Esse era o jeito de Marilla dizer que gostava de ouvir Anne tagarelar.

XXVIII
Uma donzela dos lírios infeliz

— Claro que você tem de ser a Elaine, Anne! — exclamou Diana. — Eu não teria coragem de ficar flutuando deitada lá no fundo do barco.

— Nem eu — acrescentou Ruby Gillis, arrepiada. — Não me importo de flutuar quando estamos em duas ou três dentro daquele barquinho, mas sentadas. Assim acho divertido. Mas deitar lá no fundo e fingir que estou morta... Isso eu sei que jamais conseguiria. Acabaria morrendo de medo, de verdade.

— Claro que seria romântico — admitiu Jane Andrews —, mas sei que não conseguiria ficar imóvel. Eu me levantaria a cada instante para ver onde estava e se não estaria sendo arrastada para longe. E você sabe, Anne, isso estragaria o efeito.

— Mas uma Elaine ruiva é tão ridícula — reclamou Anne. — Não tenho medo de flutuar lá deitada e adoraria ser Elaine. Mesmo assim, não deixa de ser ridículo. Ruby deveria ser a Elaine, porque ela tem a pele bem clara e lindos cabelos compridos e loiros... Sabe, Elaine tinha "um cabelo luminoso que caía em cascatas".[1] Elaine era a donzela do lírio branco. Ora, uma pessoa ruiva não pode ser uma donzela do lírio.

---

[1] Trecho de *Lancelot e Elaine*, do poeta inglês Lorde Alfred Tennyson (1809-1892). (N.T.)

— Sua pele é tão clara quanto a da Ruby — interveio Diana, muito séria — e seu cabelo está muito mais escuro depois que você cortou.

— Oh, você acha mesmo isso? — exclamou Anne, sensivelmente ruborizada de prazer. — Às vezes também acho que está... Mas nunca tive coragem de perguntar a ninguém porque tinha medo de que dissessem que não estava. Você acha que ele agora pode ser chamado de castanho-avermelhado, Diana?

— Pode e acho que está muito bonito — respondeu Diana, olhando com admiração para os cachos curtos e sedosos que se agrupavam ao redor da cabeça de Anne e que eram mantidos no lugar por um arco com um laço de veludo negro muito elegante.

Elas estavam paradas na margem do lago, no início da subida do pomar, onde um pequeno promontório debruado de bétulas se projetava da margem; na ponta havia uma pequena plataforma de madeira, construída por cima da água, que os pescadores e caçadores de patos costumavam utilizar. Ruby e Jane estavam passando aquela tarde de verão com Diana, e Anne viera brincar com elas.

Naquele verão, Anne e Diana haviam passado a maior parte de seus momentos de diversão entre idas e vindas no lago. Depois que o Sr. Bell cortou, de forma impiedosa, o pequeno círculo de árvores na parte dos fundos do seu pasto na primavera, o Recreio do Bosque ficou no passado. Anne sentou entre os tocos de madeira e chorou, sempre com um olho no que havia de romântico naquilo; mas logo se consolou porque, afinal, como ela e Diana disseram, meninas crescidas, de treze, quase catorze anos, eram adultas demais para diversões tão infantis, como casinhas de brinquedo, quando havia lugares mais fascinantes para se descobrir ao redor do lago. O lago era esplêndido para pescar trutas, e as duas meninas aprenderam a remar sozinhas no pequeno barco de fundo chato que o Sr. Barry usava para caçar patos.

Foi Anne quem teve a ideia de fazer uma dramatização de *Elaine*. No inverno anterior, elas haviam estudado o poema de Tennyson na escola porque o inspetor de Educação o havia incluído no curso de Inglês de todas as escolas da Ilha do Príncipe Edward. Elas o haviam analisado, desmembrado e esmiuçado a ponto de que seria um milagre se ainda restasse algum significado oculto nele. Mas, pelo menos, a donzela do lírio branco, Lancelot, Guinevere e o Rei Artur haviam-se tornado pessoas reais para elas, e Anne foi consumida por um desapontamento secreto de não ter nascido em Camelot. Como ela mesma disse, aqueles dias eram muito mais românticos do que os de agora.

O plano de Anne foi recebido com entusiasmo. As meninas haviam descoberto que, se empurrassem o pequenino barco do atracadouro, ele seria levado pela correnteza, passaria por baixo da ponte e acabaria parando sozinho no outro promontório, que se projetava na curva do lago lá embaixo. Elas haviam remado muitas vezes até lá e nada poderia ser mais conveniente para interpretar Elaine.

— Está bem, vou ser Elaine — concordou Anne, relutante, porque, embora estivesse encantada por interpretar a personagem principal, seu sentido artístico exigia um preparo físico que, segundo ela mesma, suas limitações tornavam impossível. — Ruby, você será o Rei Artur, Jane será Guinevere e Diana será Lancelot. Mas primeiro teremos de ser o pai e os irmãos. Não teremos o velho servo mudo, porque não há espaço para duas pessoas no bote, quando uma está deitada. Precisamos cobrir todo o bote com samito[2] bem preto. Diana, aquele velho xale preto da sua mãe é exatamente do que precisamos.

---

[2] Tecido pesado de seda, às vezes entrelaçado de fios de ouro ou de prata, usado na Idade Média. (N.T.)

Depois que o xale foi obtido, Anne o esticou por cima do bote e se deitou no fundo, de olhos fechados, com as mãos postas sobre o peito.

— Oh, parece que ela morreu de verdade — sussurrou Ruby Gillis, muito nervosa, observando o rostinho branco e imóvel debaixo das sombras trêmulas das bétulas. — Meninas, estou com medo. Vocês têm certeza de que fazer de conta desse jeito está certo? A Sra. Lynde disse que toda e qualquer forma de fingimento é abominavelmente errada.

— Ruby, você não deveria mencionar a Sra. Lynde — reclamou Anne, muito séria. — Estraga o efeito, pois tudo aconteceu centenas de anos antes de a Sra. Lynde ter nascido. Jane! Dê um jeito aqui. Seria uma tolice Elaine estar falando quando deveria estar morta.

Jane acatou a ordem de maneira admirável. Não havia nenhum tecido dourado para servir de colcha, mas uma velha cobertura decorativa de piano, de crepe japonês amarelo, foi uma substituta excelente. Conseguir um lírio branco naquela época do ano era impossível, mas o efeito de uma íris de talo comprido colocada entre as mãos dobradas de Anne era tudo que se poderia desejar.

— Bem, ela está pronta — disse Jane. — Agora temos de beijar sua testa imóvel. Diana, você diz: "Irmã, adeus para sempre"; e, Ruby, você diz: "Doce irmã, adeus"; e vocês precisam parecer tão tristes quanto conseguirem. Pelo amor de Deus, Anne, sorria um pouco. Você sabe que Elaine "parecia estar sorrindo". Assim está melhor. Agora, empurrem o bote.

O bote foi devidamente empurrado e passou arranhando por cima de uma velha estaca fincada no fundo do lago. Diana, Jane e Ruby esperaram até que ele fosse levado pela correnteza, depois saíram correndo pela floresta, atravessaram a estrada e continuaram para o outro promontório, onde, assim como Lancelot, Guinevere e o Rei Artur, estariam preparadas para receber a donzela do lírio branco.

Durante alguns minutos, enquanto vagava lentamente riacho abaixo, Anne aproveitou o clima romântico da situação em toda a sua plenitude. Então, aconteceu algo nada romântico. O bote começou a vazar. Elaine só teve tempo de se levantar o mais rápido que pôde, levantar a colcha dourada e o pano de samito pretíssimo e olhar estarrecida para a grande fenda no fundo do bote, através da qual a água jorrava, literalmente. A estaca pontuda do ancoradouro havia arrancado um pedaço do forro pregado no bote. Anne não sabia disso, mas não demorou a perceber que a situação era perigosa. Nesse ritmo, o bote logo ficaria cheio de água e afundaria muito antes de chegar ao outro promontório. Onde estavam os remos? Esquecidos no ancoradouro!

Anne soltou um pequeno grito agonizante que ninguém sequer ouviu; seus lábios estavam brancos, mas ela não perdeu o autocontrole. Havia uma possibilidade... apenas uma.

— Fiquei terrivelmente assustada — contou para a Sra. Allan no dia seguinte — e tive a impressão de que muitos anos se passavam enquanto o bote flutuava debaixo da ponte e ficava cada vez mais cheio de água. Rezei, Sra. Allan, com toda a força, mas não fechei os olhos enquanto rezava porque sabia que o único jeito que Deus teria para me salvar seria fazer que o bote flutuasse para perto o suficiente de uma das estacas da ponte para que eu pudesse subir por ela. A senhora sabe que as estacas são troncos de velhas árvores e que elas são cobertas de protuberâncias e galhos velhos. Rezar era correto, mas eu sabia muito bem que tinha de fazer minha parte também e tomar muito cuidado. Eu só repetia sem parar: "Meu bom Deus, por favor, leve o bote para perto de uma estaca e deixe o resto por minha conta". Nessas circunstâncias, você não pensa em fazer uma oração floreada. Mas a minha foi atendida, porque, um instante depois, o bote bateu numa das estacas. Coloquei o pano e o xale por cima do ombro e comecei a subir por um enorme e providencial toco de madeira. E lá estava eu, Sra.

Allan, agarrada naquela velha estaca escorregadia sem poder subir nem descer. A posição não era nem um pouco romântica, mas não pensei nisso naquele momento. Você não pensa muito em romances quando acaba de escapar de um túmulo molhado. Fiz uma oração de agradecimento imediatamente, depois concentrei toda a minha atenção em me agarrar com força à estaca, porque sabia que provavelmente teria de depender da ajuda humana para voltar à terra firme.

O bote flutuou debaixo da ponte e pouco depois afundou na correnteza. Quando Ruby, Jane e Diana, que já estavam esperando no promontório, viram o bote desaparecer diante de seus olhos, elas não tiveram nenhuma duvida de que Anne havia afundado junto. Por um momento, ficaram imóveis, brancas como uma folha de papel, paralisadas pelo horror e pela tragédia; depois, começaram a gritar como loucas e a correr freneticamente pela floresta e, quando cruzaram a estrada, nem pararam para olhar para o caminho que levava até a ponte. Anne agarrou-se desesperadamente na estaca com os pés e as mãos quando viu suas formas esvoaçantes e ouviu seus gritinhos de pavor. Logo chegaria ajuda, mas enquanto isso sua posição era das mais desconfortáveis.

Cada minuto que passava parecia uma hora para a infeliz donzela do lírio branco. Por que não vinha alguém? Onde estavam as meninas? E se todas tivessem desmaiado em conjunto? E se ninguém viesse? E se ela ficasse tão cansada e cheia de cãibras e não conseguisse aguentar mais! Anne olhou para as profundezas verdes e malignas debaixo dela, onde oscilavam sombras oleosas e compridas, e sentiu um arrepio. Sua imaginação começou a sugerir todo tipo de possibilidade horrível.

Então, no exato momento em que ela achava que não conseguiria aguentar a dor nos braços e nos pulsos por mais um instante sequer, Gilbert Blythe apareceu remando debaixo da ponte, no bote de Harmon Andrew!

Gilbert ergueu os olhos e, para seu espanto, deparou-se com um rostinho branco, com uma expressão muito desdenhosa, que olhava para ele com grandes olhos cinzentos assustados, mas igualmente cheios de desprezo.

— Anne Shirley! Como você foi parar aí? — exclamou.

Sem esperar uma resposta, Gilbert se aproximou da estaca e estendeu a mão. Não havia como escapar dessa situação; Anne agarrou-a, subiu com alguma dificuldade no bote e sentou na popa, aborrecida e furiosa, com o xale e o crepe encharcados nos braços. Era extremamente difícil manter a dignidade nessas circunstâncias!

— O que aconteceu, Anne? — perguntou Gilbert, voltando a remar.

— Estávamos interpretando *Elaine* — explicou Anne, fria como gelo, sem nem ao menos olhar para o seu salvador — e eu tinha de flutuar até Camelot na barcaça, isto é, no bote. O bote começou a vazar e eu me agarrei à estaca. As meninas foram buscar ajuda. Você faria a gentileza de me levar até o ancoradouro?

Gilbert remou gentilmente até o ancoradouro, onde Anne recusou qualquer ajuda e pulou agilmente em terra firme.

— Sou muito grata — disse com altivez, dando as costas para Gilbert. Mas Gilbert, que também havia pulado do barco, segurou-a pelo braço com uma das mãos.

— Anne — disse rapidamente —, olhe para mim. Não podemos ser bons amigos? Sinto muito por ter caçoado do seu cabelo naquela vez. Não quis envergonhá-la; só fiz por brincadeira. Além disso, já aconteceu há muito tempo. Acho seu cabelo muito bonito agora... Estou falando sério. Vamos ser amigos.

Anne hesitou por um momento. Debaixo de sua dignidade ultrajada, ela estava consciente, de uma forma estranha e recém-despertada, de que a expressão meio tímida, meio ansiosa, nos olhos cor de avelã de Gilbert era muito boa de ver.

Seu coração deu uma batidinha rápida, estranha. Mas o rancor da antiga ofensa paralisou imediatamente sua determinação vacilante. A cena de dois anos atrás passou como um raio pela sua mente, tão vívida como se tivesse acontecido ontem. Gilbert a chamara de... cenoura... e a desgraçara diante de toda a escola. Seu ressentimento, cuja causa poderia parecer ridícula para as pessoas mais velhas, aparentemente não havia sido nem um pouco acalmado ou suavizado pela passagem do tempo. Ela odiava Gilbert Blythe por isso! Nunca o perdoaria!

— Não — respondeu friamente. — Nós nunca seremos amigos, Gilbert Blythe; e eu nem quero!

— Pois bem — respondeu Gilbert, saltando de volta para dentro do bote, com uma cor raivosa na face. — Nunca mais pedirei a você que sejamos amigos, Anne Shirley. E também não me importo!

Gilbert se afastou com remadas rápidas e desafiadoras e Anne seguiu pela pequena trilha íngreme coberta de samambaias, debaixo dos bordos. Ela mantinha a cabeça muito ereta, mas não podia ignorar uma sensação estranha de remorso. Ela quase desejava ter respondido de outra forma. Claro que Gilbert a insultara horrivelmente, mas ainda assim... somando tudo, Anne pensou que seria um alívio sentar e derramar umas boas lágrimas. Ela, de fato, estava muito fragilizada emocionalmente, e o susto e a força que fizera para permanecer agarrada à estaca começavam a ser sentidos.

Quando estava na metade do caminho, se deparou com Jane e Diana, que voltavam correndo para o lago num estado bem próximo ao de um desvario real. Não haviam encontrado ninguém na casa dos Barry. O Sr. e a Sra. Barry haviam saído e elas não haviam encontrado ninguém na Ladeira do Pomar. Ruby Gillis sucumbira à histeria enquanto estavam na casa dos Barry e elas a deixaram lá para se recuperar do ataque como podia, enquanto Jane e Diana iam até Green Gables e passavam voando pela Floresta Mal-Assombrada e o riacho.

Lá também não haviam encontrado ninguém, porque Marilla tinha ido a Carmody e Matthew estava cuidando do feno nos campos dos fundos.

— Oh, Anne — ofegou Diana, praticamente caindo em volta do pescoço da amiga, chorando de alívio e alegria. — Oh, Anne... nós pensamos... que você... tinha se... afogado... e nos sentimos... como assassinas... porque obrigamos... você... a ser... a Elaine. E Ruby está... histérica... Oh, Anne, como foi que se salvou?

— Subi numa das estacas — explicou Anne, exausta — e Gilbert Blythe passou no bote do Sr. Andrews e me trouxe até a margem.

— Oh, Anne, que esplêndido da parte dele! Ora, é tão romântico! — disse Jane, que finalmente havia recuperado fôlego suficiente para falar. — Claro que depois disso você vai falar com ele.

— Claro que não — revidou Anne, num retorno momentâneo ao seu antigo ímpeto. — E nunca mais quero ouvir a palavra "romântico" outra vez, Jane Andrews. Sinto muito que vocês tenham ficado tão assustadas, meninas. A culpa foi toda minha. Tenho certeza de que nasci sob uma estrela de mau agouro. Tudo o que falo me coloca, ou coloca minhas amigas mais queridas, numa enrascada. Perdemos o bote do seu pai, Diana, e tenho o pressentimento de que nunca mais teremos permissão para remar no lago.

O pressentimento de Anne provou ser mais confiável do que se poderia esperar. Quando ficaram sabendo dos eventos daquela tarde, o descontentamento na casa das famílias Barry e Cuthbert foi enorme.

— Anne, será que você *nunca* vai criar juízo? — resmungou Marilla.

— Ah, vou, acho que vou, Marilla — respondeu Anne, otimista. Ela se permitira uma boa choradeira na solidão gratificante do seu quarto, que acalmara seus nervos e restaurara sua alegria costumeira. — Acho que minhas perspectivas de criar juízo são maiores agora do que nunca.

— Não sei como — objetou Marilla.

— Bem — explicou Anne —, hoje aprendi uma lição nova e valiosa. Venho cometendo erros desde que vim para Green Gables. Cada erro ajudou a me curar de alguma imperfeição. O caso do broche de ametistas me ensinou a não me meter com coisas que não me pertencem. O erro da Floresta Mal--Assombrada me ensinou a não permitir que minha imaginação levasse a melhor. O bolo de linimento me ensinou a não ser descuidada quando cozinho. Pintar o cabelo me ensinou a não ser vaidosa. Agora, nunca mais penso no meu cabelo nem no meu nariz — isto é, só de vez em quando. O erro de hoje vai me ensinar a não ser romântica demais. Cheguei à conclusão de que não adianta ser romântica em Avonlea. Provavelmente, ser romântico devia ser muito mais fácil há cem anos, entre as muralhas e as torres de Camelot, mas romance não é valorizado hoje em dia. Marilla, tenho certeza absoluta de que você logo perceberá uma grande melhora em mim.

— Certamente espero que sim — respondeu Marilla com ceticismo.

Quando Marilla saiu, Matthew, que permanecera calado, sentado no seu canto, colocou uma das mãos no ombro de Anne.

— Não desista de todo o seu romance, Anne — murmurou timidamente. — Um pouquinho de romance é uma coisa boa... Não demais, é claro... Mas guarde um pouquinho dele, Anne, guarde um pouquinho de romance.

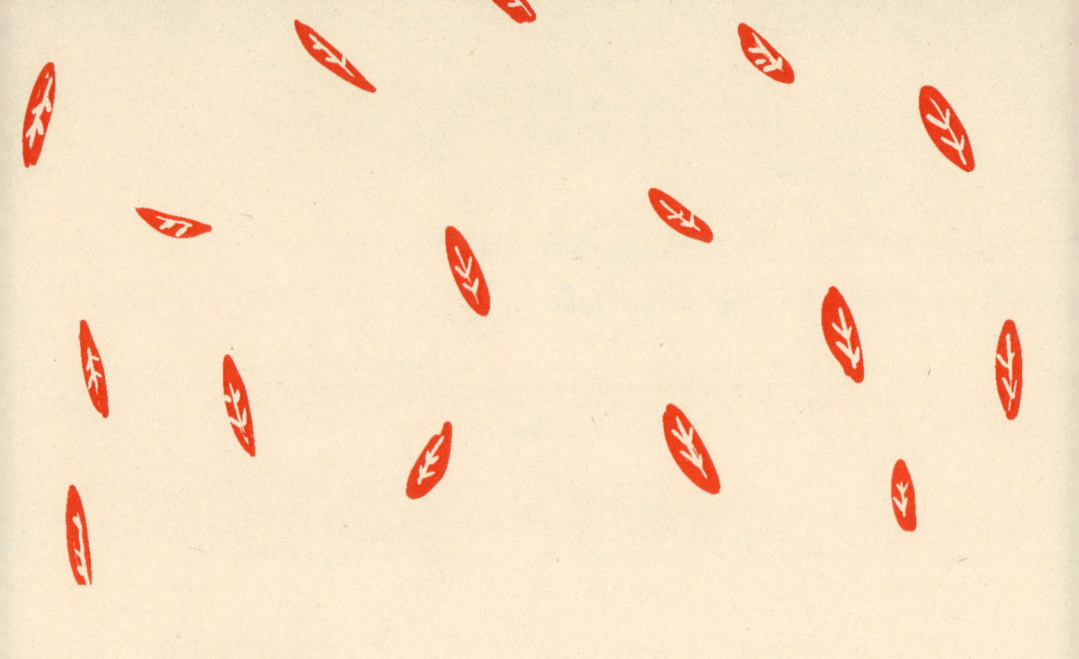

XXIX
Uma época importante na vida de Anne

Anne estava trazendo as vacas do pasto de volta para casa pela Alameda dos Namorados. Era uma tarde de setembro e todos os espaços e clareiras da floresta transbordavam com a luminosidade cor de rubi do entardecer. Pulverizada de luz aqui e ali, a alameda estava, em sua maior parte, bem escura debaixo dos carvalhos, e os espaços entre os pinheiros, cobertos de um crepúsculo violeta e dourado, como um vinho etéreo. Os ventos sopravam pela copa das árvores, e não havia música mais doce que a que eles produziam.

As vacas seguiam placidamente pela alameda e Anne as acompanhava, sonhadora, enquanto repetia o canto da batalha de *Marmion*[1] — que também havia sido incluído no curso de Inglês, no inverno anterior, e que a Srta. Stacy fez todos os alunos decorarem —, deleitando-se com os versos rápidos e com o choque das lanças imaginárias. Quando chegou aos versos

---

[1] *Marmion — A Tale of Flodden Field*, de Sir Walter Scott. Publicado em 1808, é um romance histórico em versos sobre a Grã-Bretanha do século XVI, que termina com *A Batalha de Flodden* (1513). (N.T.)

O lanceiro teimoso resistia
Na floresta escura, impenetrável,

Anne parou extasiada para fechar os olhos e se imaginar melhor como um dos lanceiros daquele heroico círculo. Quando os reabriu, viu Diana, que passava pelo portão que dava para o campo dos Barry e caminhava com um ar tão importante que Anne adivinhou imediatamente que ela trazia alguma notícia. Porém, conteve-se para não deixar transparecer sua ansiedade.

— Você não acha que esta tarde parece um sonho púrpura, Diana? Faz que eu me sinta muito feliz por estar viva. Sempre sinto que não há nada melhor do que as manhãs; mas, quando a tarde chega, acho tudo ainda mais lindo.

— A tarde está muito bonita — concordou Diana —, mas, oh, trago grandes notícias, Anne. Adivinhe. Você tem três chances.

— Charlotte Gillis vai casar na igreja e a Sra. Allan quer que nós a decoremos — gritou Anne.

— Não. O noivo da Charlotte não concordou porque até hoje ninguém se casou na igreja e porque ele acha muito parecido com um enterro. É muita maldade da parte dele, porque seria muito divertido. Tente de novo.

— A mãe da Jane vai deixar que ela faça uma festa de aniversário?

Diana meneou a cabeça, com seus olhinhos negros dançando de felicidade.

— Não consigo imaginar o que possa ser — disse Anne em desespero —, a não ser que Moody Spurgeon MacPherson tenha acompanhado você até sua casa, depois da oração ontem à noite. Acompanhou?

— Claro que não — exclamou Diana, indignada. — Mesmo se aquela criatura horrorosa tivesse me acompanhado até minha casa, certamente não seria algo de que eu me vangloriaria! Eu sabia que você não ia adivinhar. Hoje a mamãe recebeu uma carta da tia Josephine, que convidou nós duas para irmos à cidade na próxima terça-feira, para ficarmos na casa dela e para visitar a Exposição. Pronto!

— Oh, Diana — sussurrou Anne, precisando apoiar-se num dos carvalhos para não cair —, você está falando sério? Mas tenho medo de que Marilla não me deixe ir. Ela vai dizer que não pode encorajar essas coisas de ficar se divertindo por aí. Foi o que ela disse na semana passada, quando Jane me convidou para andar na charrete de dois lugares deles e assistir ao recital estadunidense no Hotel White Sands. Eu queria ir, mas Marilla disse que eu faria melhor se ficasse em casa e estudasse minhas lições. E Jane também. Fiquei tão desapontada, Diana. Fiquei tão triste que nem fiz minhas orações quando fui dormir. Mas depois me arrependi, levantei no meio da noite e rezei.

— Sabe o quê? — perguntou Diana. — Vamos pedir à minha mãe que peça à Marilla. É possível que assim ela deixe você ir; e, se ela deixar, vamos nos divertir como nunca, Anne. Nunca estive numa Exposição, e é tão irritante ouvir as outras meninas contarem sobre suas viagens. Jane e Ruby já foram duas vezes a exposições e este ano vão novamente.

— Não vou nem pensar nisso até saber se posso ir — disse Anne, decidida. — Se eu ficasse pensando nisso e depois não pudesse ir, não ia aguentar. Mas, se eu for, vou ficar muito contente, porque meu novo casaco vai ficar pronto a tempo. Marilla achou que eu não precisava de um casaco novo. Ela disse que o antigo aguentaria muito bem mais um inverno e que eu deveria me dar por satisfeita por ter um vestido novo. O vestido é muito bonito, Diana — é azul-marinho e muito elegante. Agora Marilla faz meus vestidos muito elegantes, porque não quer que Matthew peça à Sra. Lynde. Estou tão contente! É muito mais fácil ser boa quando suas roupas são elegantes. Pelo menos é mais fácil para mim. Acho que não faz muita diferença para as pessoas que são boas naturalmente, mas Matthew disse que preciso de um casaco novo, então Marilla comprou um lindo corte de *broadcloth*[2] azul e pediu a uma costureira de verdade, de Carmody, que o fizesse para mim. Deve ficar pronto sábado à noite e estou tentando não me imaginar caminhando pela nave da igreja, domingo, com roupa e gorro novos, porque acho que não é certo ficar imaginando coisas assim, mas elas entram na minha mente muito de fininho, mesmo que eu não queira. Meu gorro é tão lindo! Matthew comprou-o para mim no dia em que estivemos em Carmody. É um daqueles gorros pequenos, de veludo azul, que estão súper na moda, com um cordão e borlas douradas. Seu chapéu novo é muito elegante, Diana. Você fica tão bem nele! Domingo passado, quando vi você entrar na igreja, meu coração se encheu de orgulho só de pensar que você é a minha amiga mais querida. Acha que é errado pensarmos tanto nas nossas roupas? Marilla disse que é um pecado muito grande. Mas é um assunto tão interessante, não é?

Marilla concordou em deixar Anne ir à cidade, e ficou combinado que o Sr. Barry levaria as meninas na próxima terça-feira. Como Charlottetown fica a cinquenta quilômetros de distância, e como o Sr. Barry queria ir e voltar no mesmo dia, precisariam sair pela manhã, bem cedinho. Mas para Anne tudo era alegria. E na terça-feira de manhã ela levantou da cama antes mesmo do amanhecer. Uma olhada rápida pela janela confirmou que o dia seria bonito, porque à direita, atrás dos pinheiros da Floresta Mal-Assombrada, o céu estava prateado e sem nuvens. Entre as árvores, via-se uma luz proveniente de um dos quartos da casa na Ladeira do Pomar, sinal de que Diana também já estava acordada.

---

[2] Tecido grosso de lã. Geralmente apresenta nervura transversal; tipo de casimira. (N.T.)

Quando Matthew acendeu o fogão, Anne já estava vestida e, quando Marilla desceu, o café da manhã já estava servido, mas Anne estava excitada demais para comer. Depois do desjejum, casaco e gorro novos foram colocados, e Anne caminhou a passos apressados pela beira do riacho e entre os pinheiros, até a Ladeira do Pomar. O Sr. Barry e Diana estavam à sua espera, e pouco depois todos partiram.

Era uma viagem longa, mas Anne e Diana aproveitaram cada minuto. Era muito prazeroso passar rapidamente pelas estradas banhadas de orvalho, sob o Sol vermelho da manhã que se arrastava por cima das plantações. O ar estava fresco e seco, e pequenos nevoeiros esfumaçados se encaracolavam pelos vales e flutuavam sobre as colinas. Às vezes, a estrada passava pela floresta, onde os carvalhos silvestres já começavam a mostrar sua folhagem vermelha; às vezes, por cima de pontes, e os rios lá embaixo davam calafrios a Anne, que se encolhia com um medo antigo, meio gostoso; outras vezes, a estrada se enroscava pelas margens de um ancoradouro e passava por pequenos conjuntos de cabanas acinzentadas de pescadores; depois, desaparecia novamente pelas colinas, de onde se entrevia a extensão distante e curva de um planalto ou de um céu azul esfumaçado; mas, por onde passavam, sempre havia muitas coisas interessantes para discutir. Era quase meio-dia quando chegaram à cidade e encontraram o caminho para Beechwood. Beechwood era uma mansão antiga, muito bonita, recuada e isolada da rua por olmos verdes e galhos de faias. A Srta. Barry os recebeu na porta com seus olhinhos pretos, espertos e brilhantes.

— Então, você finalmente veio me visitar, menina Anne. Minha nossa, menina, como você está grande! Puxa, está mais alta do que eu. E também está muito mais bonita do que antes. Mas tenho certeza de que você sabe disso sem que ninguém precise lhe dizer.

— Eu certamente não sabia — respondeu Anne, radiante. — Sei que não estou mais tão sardenta como costumava ser, então tenho muito pelo que ser grata, mas realmente não ousava esperar que houvesse qualquer outra melhora. Estou tão contente que a senhora pense assim, Srta. Barry.

A casa da Srta. Barry era decorada com "grande esplendor", como Anne contou depois para Marilla. As duas garotinhas provincianas ficaram muito desconcertadas com a grandiosidade da sala de visitas, onde a Srta. Barry as deixou enquanto ia cuidar do almoço.

— Não é igualzinho a um palácio? — sussurrou Diana. — Nunca estive na casa da Tia Josephine antes e não fazia ideia de que era tão imponente. Queria tanto que Julia Bell pudesse ver isso... Ela fica tão convencida quando fala da sala de visitas da mãe dela.

— Tapete de veludo — suspirou Anne diante daquele luxo — e cortinas de seda! Eu sonhei com tudo isso, Diana. Mas, sabe, acho que não me sinto muito confortável com isso, no final das contas. Há tantas coisas nesta sala, e todas tão esplêndidas, que não sobra espaço para a imaginação. O que é um consolo quando se é pobre... Há tantas coisas sobre as quais se pode imaginar...

A estadia na cidade marcou Anne e Diana por muitos anos. Do princípio ao fim foi repleta de prazeres.

Na quarta-feira, a Srta. Barry levou-as para visitar a Exposição, onde passaram o dia.

— Foi esplêndido! — relatou Anne mais tarde para Marilla. — Nunca imaginei que pudesse ser tão interessante. Realmente não sei qual dos setores foi o mais importante. Os de que mais gostei foram os de cavalos, os de flores e os de bordados decorativos. Josie Pye tirou o primeiro lugar em rendas. E realmente fiquei contente por ela. Fiquei contente por me sentir contente, porque, se eu consigo me alegrar com o sucesso da Josie, isso significa que estou melhorando, não acha, Marilla? As maçãs

Gravenstein[3] do Sr. Harmon Andrews tiraram o segundo lugar e o porco do Sr. Bell, o primeiro. Diana disse que era ridículo um superintendente de escola dominical ganhar um prêmio por causa dos porcos, mas eu não vejo por quê. Você vê, Marilla? Ela disse que sempre se lembrará do porco quando vir o Sr. Bell rezar do seu jeito solene. Clara Louise MacPherson ganhou um prêmio por um quadro que ela mesma pintou e a Sra. Lynde ganhou o primeiro lugar por sua manteiga e seus queijos caseiros. Então, Avonlea esteve muito bem representada, não é mesmo? A Sra. Lynde também estava lá e eu não sabia como gostava dela até ver um rosto familiar entre tantos rostos estranhos. Havia centenas de pessoas, Marilla. O que fez que me sentisse terrivelmente insignificante. A Srta. Barry nos levou para ver as corridas de cavalos na tribuna social. A Sra. Lynde não quis ir; disse que corridas de cavalos eram uma abominação e que ela, como membro da igreja, achava que tinha obrigação de dar o bom exemplo e manter-se afastada daquilo. Mas havia tanta gente lá que eu acho que ninguém percebeu sua ausência. Mas acho também que não devo ir às corridas de cavalos com frequência, porque são terrivelmente fascinantes. Diana ficou tão excitada que apostou dez centavos comigo que o cavalo ruivo ia ganhar. Achei que não ganharia, mas recusei a aposta, porque queria contar para a Sra. Allan tudo sobre a viagem e tinha certeza de que não poderia lhe contar isso. É sempre errado fazer alguma coisa que você não pode contar para a esposa do pastor. Ter a esposa do pastor como amiga é o mesmo que ter uma consciência a mais. E fiquei muito contente por não ter apostado, porque o cavalo ruivo ganhou — e eu teria perdido dez centavos. Como pode ver, Marilla, a virtude tem sua própria recompensa. Vimos um homem subir num balão. Eu adoraria subir num balão, Marilla;

---

[3] Tipo de maçã muito utilizado para tortas. (N.T.)

seria de arrepiar. E havia um homem vendendo bilhetes da sorte. Você dava dez centavos para ele e um passarinho escolhia um bilhete da sorte para você. A Srta. Barry deu dez centavos para cada uma de nós para que víssemos nossa sorte. Meu bilhete dizia que vou casar com um homem moreno muito rico e que morarei do outro lado da água. Depois disso, olhei cuidadosamente para todos os homens morenos que encontrei, mas nenhum deles me interessou muito; de qualquer forma, acho que é ainda muito cedo para correr atrás dele. Oh, aquele foi um dia para não esquecer nunca mais, Marilla! Fiquei tão cansada que não consegui dormir naquela noite. A Srta. Barry nos colocou no quarto de hóspedes, como havia prometido. O quarto era muito elegante, Marilla, mas de alguma forma dormir no quarto de hóspedes não é o que eu imaginava. Estou começando a perceber que isso é o pior quando a gente cresce. As coisas que tanto queríamos quando crianças não parecem tão maravilhosas depois que as conseguimos.

Na quinta-feira, as meninas deram uma volta no parque e, à noite, a Srta. Barry levou-as a um recital na Academia de Música, onde uma famosa *prima donna* ia cantar. Aquela noite foi uma visão cintilante de prazer para Anne.

— Oh, Marilla, nem dá para descrever. Só para você ter uma ideia, eu estava tão excitada que nem conseguia falar. Apenas fiquei sentada em silêncio, completamente encantada. Madame Selitsky estava usando um vestido de cetim branco e diamantes. Estava perfeitamente linda, mas não pensei em mais nada quando ela começou a cantar. Oh, nem posso dizer como me senti. Mas soube que nunca mais seria difícil ser boa. Senti-me da mesma forma como quando olho para as estrelas. Meus olhos se encheram de lágrimas, mas, oh, eram lágrimas de felicidade! Fiquei muito triste quando tudo acabou e disse para a Srta. Barry que não sabia como poderia voltar para a minha vida normal. Ela disse que ajudaria se nós fôssemos ao restaurante do outro lado da rua e tomássemos um sorvete. Isso me pareceu tão prosaico; mas, para minha surpresa, descobri que era verdade. O sorvete estava delicioso, Marilla, e era tão bom e tranquilo estar sentada ali, tomando um sorvete às onze horas da noite! Diana disse que tinha certeza de que nascera para a vida na cidade. A Srta. Barry pediu minha opinião a respeito, mas respondi que teria de pensar muito seriamente no assunto antes de dizer o que realmente achava. Então, depois que fui para a cama, pensei. É a melhor hora para pensar sobre as coisas. E cheguei a uma conclusão, Marilla: não nasci para a vida na cidade, e estava contente por isso. É muito bom tomar sorvetes em restaurantes maravilhosos às onze horas da noite de vez em quando; mas, como uma coisa regular, prefiro estar no quarto às onze da noite, profundamente adormecida, mas de certa forma sabendo que, enquanto durmo, as estrelas estão brilhando lá fora e o vento está soprando nos pinheiros do outro lado do riacho. E foi o que disse para a Srta. Barry na manhã seguinte, durante o desjejum. E ela riu. Em geral, a Srta. Barry ria de qualquer coisa que eu dizia, mesmo das mais solenes. Acho que não gostei, Marilla, porque eu não estava tentando ser engraçada. Mas ela é uma senhora muito hospitaleira e nos tratou maravilhosamente bem.

 Sexta-feira era o dia de voltar para casa e o Sr. Barry foi buscar as meninas.

— Bem, espero que tenham se divertido — disse a Srta. Barry quando se despediu delas.

— Nos divertimos muito, certamente — respondeu Diana.

— E você, menina Anne?

— Adorei cada minuto do tempo que passei aqui — respondeu Anne num impulso, jogando os braços em volta do pescoço da velha senhora e beijando sua bochecha enrugada. Diana, que jamais teria ousado fazer esse gesto, ficou muito chocada com a liberdade de Anne. Mas a Srta. Barry gostou e ficou na varanda até o carro desaparecer na estrada. Depois, deu um suspiro e voltou para o interior da mansão. Sem aquelas vidas jovens e frescas, a casa parecia solitária. Para dizer a verdade, a Srta. Barry era uma senhora muito egoísta que nunca se importava muito com ninguém além dela mesma. Dava valor às pessoas apenas quando lhe eram de alguma utilidade ou quando a divertiam. Anne a divertira e, por conseguinte, estava lá no topo das boas graças da velha senhora. No entanto, a Srta. Barry viu-se pensando menos na maneira esquisita como Anne falava do que no frescor do seu entusiasmo, nas emoções transparentes, no seu jeitinho de conquistar as pessoas e na doçura que brotava dos lábios e dos olhos daquela menininha.

— Quando soube que Marilla Cuthbert havia adotado uma menina de um orfanato, achei que não passava de uma velha tola — disse para si mesma —, mas parece que no final das contas ela não cometeu nenhum erro. Se eu tivesse uma criança como Anne em casa o tempo todo, seria uma pessoa melhor e mais feliz.

Anne e Diana acharam a viagem de volta tão agradável quanto a de ida — até mais agradável, porque estavam conscientemente alegres do retorno aos seus lares. Entardecia, e as colinas escuras de Avonlea contrastavam com o céu cor de açafrão. Atrás delas, a Lua surgia no mar, transfigurado e radiante sob a luminosidade dela. Cada pequena enseada ao longo da estrada sinuosa era uma maravilha de ondulações dançantes. Lá embaixo, as ondas quebravam nas pedras com um bramido suave, e o cheiro salgado do mar permeava o ar penetrante e fresco.

— Oh, como é bom estar viva e voltar para casa — suspirou Anne.

E, quando atravessou a ponte de troncos que passava por cima do riacho, a luz da cozinha de Green Gables piscou para ela como um carinhoso sinal de boas-vindas, enquanto pela porta aberta o fogo aceso da lareira mandava seu caloroso brilho vermelho para todos os cantos daquela noite gelada de outono. Anne correu rapidamente ladeira acima e entrou na cozinha, onde um jantar quente a esperava na mesa.

— Voltou, é? — disse Marilla, guardando o tricô.

— Voltei e, oh, é tão bom estar de volta — respondeu Anne, muito alegre. — Eu poderia dar um beijo em tudo, até no relógio. Marilla, um frango assado! Não me diga que você assou um frango para mim!

— Assei, sim. Achei que você estaria com fome depois de uma viagem dessas e que precisava de alguma coisa bem apetitosa. Ande, vá trocar de roupa; vamos jantar assim que Matthew chegar. Sabe, estou contente que tenha voltado. Isto aqui tem sido horrivelmente solitário sem você. Nunca passei quatro dias tão compridos.

Depois do jantar, Anne sentou diante da lareira entre Matthew e Marilla e fez um relato completo do seu passeio.

— Foram dias esplêndidos — concluiu, feliz da vida —, e sinto que marcou uma época na minha vida. Mas o melhor de tudo é voltar para casa.

XXX
Forma-se a turma da Academia Queen's

Marilla largou o tricô no colo e recostou-se na cadeira. Seus olhos estavam cansados e ela pensou que talvez devesse mudar as lentes dos óculos na próxima vez que fosse à cidade, porque ultimamente seus olhos estavam ficando muito cansados.

Estava quase escuro, o pleno entardecer de novembro caíra em volta de Green Gables e a única luz acesa na cozinha vinha das chamas vermelhas que dançavam no fogão a lenha.

Anne estava sentada com as pernas cruzadas à moda turca em cima do tapete, em frente ao fogo, olhando para o brilho alegre das chamas, nas quais os raios do Sol de cem verões eram destilados das toras de bordo. Ela estava lendo, mas o livro escorregara para o chão e agora ela estava sonhando, com um sorriso nos lábios entreabertos. Castelos cintilantes na Espanha ganhavam forma nos nevoeiros e nos arcos-íris da sua vívida imaginação; aventuras maravilhosas e fascinantes estavam acontecendo com ela na sua terra da fantasia, que sempre terminavam em triunfo e nunca a envolviam em confusões, como as da vida real.

Marilla olhou para ela com uma ternura a qual jamais se permitiria revelar sob uma claridade maior que a daquela mistura de sombras e luz do fogo. A lição de um amor que deveria externar-se em palavras e olhares, sem barreiras nem dificuldade, era uma que Marilla nunca aprenderia. Contudo, devido à sua própria experiência, aprendera a amar essa menina magra, de olhos cinzentos, com uma afeição muito mais profunda e mais forte. Seu amor certamente a fazia temer ser indulgente em excesso. Tinha a incômoda sensação de que gostar tanto de uma criatura humana como ela gostava de Anne era até um pouco pecaminoso e, talvez, ao ser mais severa e mais crítica, como se a menina lhe fosse menos querida, ela estivesse cumprindo uma penitência inconsciente. Anne por certo não tinha a menor ideia do quanto Marilla a amava. Com uma ponta de tristeza, ela às vezes achava que era muito difícil agradar a Marilla, e que era evidente que lhe faltava um pouco de compaixão e compreensão. No entanto, sempre interrompia esses pensamentos se repreendendo e lembrando-se do quanto devia a Marilla.

— Anne — disse Marilla, de repente —, a Srta. Stacy esteve aqui hoje à tarde enquanto você estava lá fora com Diana.

Anne voltou do seu outro mundo num sobressalto.

— É mesmo? Oh, que pena que eu não estava. Por que não me chamou, Marilla? Diana e eu só estávamos ali na Floresta Mal-Assombrada. A floresta é linda nessa época do ano. Todas as pequenas coisas das árvores — as samambaias e as folhas acetinadas e as amoras silvestres — acabaram de adormecer, como se alguém as tivesse colocado na cama, debaixo de um cobertor de folhas até a primavera. Acho que quem fez isso foi uma fadinha cinzenta com um lenço das cores do arco-íris em volta do pescoço e que passou por ali na ponta dos pés, numa noite de luar. Bem, Diana não quis falar muito sobre isso. Ela nunca esqueceu a bronca que levou da mãe por ficar imaginando fantasmas na Floresta Mal--Assombrada. A reprimenda causou um efeito péssimo na imaginação da Diana. Ela a apagou. A Sra. Lynde disse que Myrtle Bell é meio apagada. Perguntei a Ruby Gillis por que

Myrtle era assim, e Ruby Gillis disse que ela estava daquele jeito porque seu namorado lhe dera um fora. E, quanto mais o tempo passa, pior ela fica. Namorados são ótimos quando ficam em seus lugares, mas colocá-los no meio de tudo não dá muito certo, não é? Diana e eu estamos pensando seriamente em prometer uma à outra que nunca casaremos, mas que nos tornaremos duas solteironas velhas e gentis e que moraremos juntas para sempre. Mas Diana ainda não se decidiu, porque ela acha que talvez seja mais nobre casar com um rapaz selvagem, ousado e pecaminoso, para poder transformá-lo. Sabe, Diana e eu conversamos muito sobre assuntos sérios agora. Nós nos sentimos muito mais adultas do que antes e achamos que não fica bem conversar sobre assuntos infantis. Ter quase catorze anos é algo muito solene, Marilla. Na quarta-feira passada, a Srta. Stacy levou todas as meninas que estão na adolescência até o riacho e conversou conosco. Ela disse que deveríamos ter muito cuidado com os hábitos que criamos e os ideais que adquirimos na adolescência porque, quando completarmos vinte anos, nossa personalidade e nossa base estarão formadas para o resto da vida. E disse que, se a base não for sólida, nós nunca conseguiremos construir algo que realmente tenha algum valor. Diana e eu conversamos a respeito disso quando voltamos da escola. Nos sentimos muito solenes, Marilla. Decidimos que tentaremos ser realmente muito cuidadosas e criar hábitos respeitáveis e aprender tudo que pudermos para sermos tão sensatas quanto possível, para que as nossas personalidades estejam devidamente desenvolvidas quando chegarmos aos vinte anos. É incrivelmente apavorante pensar em ter vinte anos, Marilla. Soa tão horrivelmente velho e adulto. Mas por que a Srta. Stacy esteve aqui hoje à tarde?

— É o que eu quero contar, Anne, se você me der a chance de falar em algum momento. Ela veio conversar sobre você.

— Sobre mim? — perguntou Anne, parecendo bastante assustada. Depois enrubesceu e exclamou: — Ah, já sei o que ela veio fazer aqui. Eu quis contar para você, Marilla, pode acreditar, mas esqueci. Ontem à tarde, a Srta. Stacy me pegou lendo *Ben Hur* na escola, quando eu deveria estar estudando História do Canadá. Foi Jane Andrews quem me emprestou o livro. Eu estava lendo na hora do almoço. Foi bem na parte da corrida de bigas que tivemos de voltar para a sala de aula. Teria sido uma loucura ficar sem saber como a corrida terminou — mesmo se tivesse certeza de que Ben Hur ganharia, porque não seria uma justiça poética se não ganhasse —, então abri o livro de História em cima da carteira e o outro entre a carteira e os joelhos. Parecia que eu estava estudando História do Canadá, sabe, enquanto estava me deliciando com Ben Hur o tempo todo. Eu estava tão interessada no livro que nem percebi quando a Srta. Stacy se aproximou das carteiras, até que, de repente, levantei os olhos e lá estava ela olhando para mim, de um modo muito reprovador. Você não imagina como fiquei envergonhada, Marilla, principalmente quando ouvi as risadinhas de Josie Pye. A Srta. Stacy não disse uma única palavra, mas levou *Ben Hur* com ela. Durante o recreio, ficou na sala e conversou comigo. Ela disse que eu havia errado em dois aspectos: primeiro, que eu estava usando um tempo que deveria ser gasto com meus estudos; segundo, que estava enganando a minha professora quando fingia que estava lendo o livro de História enquanto, na verdade, lia um de aventuras. Marilla, até aquele momento eu não tinha percebido que o que eu estava fazendo era fingimento. Fiquei chocada. Chorei muito, pedi que me perdoasse e disse que nunca faria aquilo outra vez; eu me ofereci para uma penitência e prometi que não olharia para *Ben Hur* durante uma semana inteira, nem ao menos para tentar saber como a corrida de bigas terminava. Mas a Srta. Stacy disse que não exigiria isso de mim e me desculpou. Então, acho que não foi nada gentil da parte dela vir aqui para falar com você a esse respeito.

— A Srta. Stacy nem sequer mencionou esse assunto comigo, Anne. Seu único problema é a consciência culpada. Você não tem que ficar levando livros de aventuras para a escola. De qualquer forma, você já lê romances demais. Quando eu era menina, não tinha permissão para sequer olhar para um romance.

— Oh, como é que você pode chamar *Ben Hur* de romance quando na verdade é um livro religioso? — protestou Anne. — Claro que é uma leitura um pouco excitante demais para os domingos, mas só leio durante a semana. E agora não vou ler livro nenhum a não ser que a Srta. Stacy ou a Sra. Allan achem que seja uma leitura apropriada para uma menina da minha idade. A Srta. Stacy me fez prometer. Um dia, ela me pegou lendo um livro chamado *O mistério apavorante do salão mal-assombrado*. Foi Ruby Gillis quem me emprestou e, oh, Marilla, a história era tão fascinante e apavorante. O livro simplesmente fez meu sangue gelar nas veias. Mas a Srta. Stacy disse que era muito bobo e nada saudável e me pediu que parasse de lê-lo, bem como outros livros parecidos com ele. Não me importei de prometer que não leria mais livros como aquele, mas foi uma agonia devolvê-lo sem saber o final. Mas parei e meu amor pela Srta. Stacy passou pelo teste. É realmente maravilhoso, Marilla, o que se pode fazer quando se está realmente ansioso para agradar a uma pessoa.

— Bom, acho que vou acender a luz e continuar com o meu trabalho — disse Marilla. — Vejo perfeitamente que você não quer saber o que a Srta. Stacy veio dizer. Você está mais interessada no som da sua própria voz do que em qualquer outra coisa.

— Oh, Marilla, claro que quero saber o que ela disse — exclamou Anne, arrependida. — Não vou dizer nem mais uma palavra! Nem uma! Sei que falo demais, mas estou realmente tentando superar isso e, mesmo falando demais, se você soubesse quantas coisas eu quero dizer e não digo, me daria algum crédito por isso. Por favor, Marilla, conte.

— Bem, a Srta. Stacy quer organizar algumas aulas para os alunos mais adiantados, que vão estudar para o exame de admissão da Academia Queen's. Ela pretende dar aulas extras durante uma hora depois da escola. E veio perguntar para Matthew e para mim se gostaríamos que você participasse. O que acha, Anne? Gostaria de estudar na Academia Queen's e se tornar uma professora?

— Oh, Marilla! — exclamou Anne, endireitando as pernas e batendo palmas. — É o sonho da minha vida... Isto é, nos últimos seis meses, desde que Ruby e Jane começaram a falar que vão se preparar para o exame. Mas eu não disse nada porque achei que seria inútil. Eu adoraria ser professora. Mas não vai ser terrivelmente caro? O Sr. Andrew disse que teve de pagar cento e cinquenta dólares para Prissy entrar, e Prissy não era nenhuma ignorante em Geometria.

— Acho que você não precisa se preocupar com essa parte. Quando Matthew e eu decidimos criá-la, resolvemos que faríamos o melhor para que tivesse uma boa educação. Acredito que uma moça deve poder ganhar sua própria vida, mesmo que não precise. Enquanto Matthew e eu estivermos aqui, você sempre terá um lar em Green Gables, mas ninguém sabe o que vai acontecer neste mundo e é melhor estar bem preparada. Você pode assistir às aulas para o exame da Academia Queen's, se quiser, Anne.

— Oh, Marilla, muito obrigada. — Anne jogou os braços em volta da cintura de Marilla e olhou muito séria para seu rosto. — Sou extremamente grata a você e ao Matthew. E estudarei o máximo que puder e farei o melhor que puder para merecer tudo isso. Vou logo avisando que não esperem demais em Geometria, mas acho que posso ser boa em qualquer outra matéria, se estudar com afinco.

— Acredito que você será boa o suficiente em tudo. A Srta. Stacy disse que você é inteligente e esforçada. — Marilla não contaria a Anne tudo que a Srta. Stacy dissera sobre ela por nada neste mundo; seria inflar sua vaidade. — Você não precisa se esforçar demais e chegar ao extremo de se matar nos estudos. Não há pressa. Você só estará preparada para fazer a prova daqui a um ano e meio. Mas, como disse a Srta. Stacy, é bom começar cedo para ter uma boa base.

— A partir de agora eu me interessarei mais do que nunca pelos meus estudos — disse Anne, extasiada —, porque terei um objetivo na vida e a Sra. Allan diz que todos devem ter um objetivo na vida, e segui-lo firmemente. Ela também diz que, antes de irmos atrás do nosso objetivo, devemos ter certeza de que ele é digno de merecimento. Eu diria que desejar ser uma professora como a Srta. Stacy é um objetivo digno de merecimento, não concorda, Marilla? Acho que é uma profissão muito nobre.

As aulas para a Academia Queen's foram organizadas no tempo devido. Gilbert Blythe, Anne Shirley, Ruby Gillis, Jane Andrews, Josye Pie, Charlie Sloane e Moody Spurgeon MacPherson se juntaram a elas. Diana Barry não, porque seus pais não tencionavam mandá-la para a Academia Queen's. Para Anne, foi quase uma tragédia. Ela e Diana não se separavam desde a noite em que Minnie teve crupe. Na tarde em que a turma da Academia Queen's ficou até mais tarde na escola pela primeira vez, para as aulas extras, e Anne viu Diana ir embora lentamente com os outros e depois caminhar sozinha pela Trilha das Bétulas e pelo Vale das Violetas, ela precisou fazer um grande esforço para permanecer sentada e não sair correndo impulsivamente atrás da amiga. Sentiu um nó na garganta e se escondeu rapidamente atrás das páginas da gramática latina para ocultar as lágrimas. Anne não deixaria por nada neste mundo que Gilbert Blythe ou Josie Pye vissem aquelas lágrimas.

— Mas, oh, Marilla, quando vi Diana ir embora sozinha, realmente senti que havia provado o "amargor da morte",[1]

---

[1] Samuel 15:32. "Então Samuel disse: 'Traga-me Agague, o rei dos amalequitas'. Agague veio confiante, pensando: 'Com certeza já passou a amargura da morte'." (N.T.)

como o Sr. Allan disse no domingo passado, durante o sermão — lamentou-se Anne naquela noite, muito triste. — Imaginei como teria sido esplêndido se Diana também estivesse estudando para o vestibular. Mas, como disse a Sra. Lynde, não podemos querer que as coisas sejam perfeitas neste mundo imperfeito. Às vezes a Sra. Lynde não é uma pessoa exatamente reconfortante. Mas ela com certeza diz coisas muito verdadeiras. E acho que as aulas para a Academia Queen's serão extremamente interessantes. Jane e Ruby vão estudar para ser professoras. Para elas, é o máximo de suas ambições. Ruby disse que pretende se casar, então, depois que se formar, só ensinará durante dois anos. Jane disse que dedicará sua vida inteira ao ensino e nunca, nunca se casará, porque você recebe um salário para ensinar, enquanto um marido não paga nada e começa a resmungar quando você pede a ele um pouco de dinheiro para comprar ovos e manteiga. Acho que Jane fala de uma experiência infeliz, porque a Sra. Lynde comentou que o pai da Jane é um velho de péssimo gênio, ruim como só ele. Josie Pye disse que só vai cursar a faculdade em benefício de sua própria educação, pois não vai precisar ganhar a vida; ela afirma logicamente que a situação é diferente para os órfãos que vivem da caridade — porque esses precisam dar duro. Moody Spurgeon vai ser pastor. A Sra. Lynde disse que, com um nome desses, ele nunca poderia ser outra coisa na vida. Espero que não seja maldade minha, Marilla, mas a verdade é que não posso deixar de rir quando imagino Moody Spurgeon como pastor. Ele é um menino tão engraçado, com aquele rosto grande e gordo e aqueles olhinhos azuis e orelhas de abano. Mas, talvez, quando crescer, se pareça mais com um intelectual. Charlie Sloane disse que vai entrar para a política e se tornar um membro do Parlamento. Mas a Sra. Lynde disse que ele nunca chegará lá porque os Sloane são pessoas honestas. E só os patifes entram para a política hoje em dia.

— E Gilbert Blythe vai ser o quê? — perguntou Marilla, quando viu Anne abrir o livro sobre César.

— Não faço a menor ideia de qual ambição Gilbert Blythe tem na vida, se é que tem alguma — respondeu Anne com desprezo.

Agora havia uma rivalidade aberta entre Gilbert e Anne. Antes ela havia sido mais da parte dela, mas agora não havia nenhuma dúvida de que Gilbert estava também determinado a ser o primeiro da classe, assim como Anne. Ele era um competidor à sua altura. Os outros alunos da classe reconheciam secretamente a superioridade dos dois e jamais sequer sonhavam em tentar competir com eles.

Desde aquele dia no lago, quando se recusou a atender ao apelo dele para que o perdoasse, e com exceção da incontestável rivalidade já conhecida, Gilbert não dava a mínima à existência de Anne Shirley. Ele conversava e brincava com as outras meninas, trocava livros e quebra-cabeças com elas, discutia as lições e os projetos e, às vezes, acompanhava uma ou outra até em casa depois dos encontros de orações no Clube de Debates. No entanto, simplesmente ignorava Anne Shirley. Dessa forma, Anne descobriu como era desagradável ser ignorada. Era inútil dizer para si mesma, jogando a cabeça para trás, que não se importava. Bem no fundo do seu coraçãozinho feminino e caprichoso, ela sabia que se importava e que, se tivesse outra oportunidade como aquela no Lago das Águas Cintilantes, teria reagido de forma muito diferente. Muito consternada intimamente, descobriu que o velho ressentimento que nutria com relação a Gilbert havia desaparecido de um dia para outro — justo quando ela mais precisava do amparo daquela força. Ela relembrou, em vão, cada incidente e cada emoção daquela ocasião memorável e tentou sentir novamente a antiga raiva, tão satisfatória. Aquele dia no lago testemunhou o último espasmo da última faísca. Anne entendeu que havia perdoado e esquecido sem saber. Mas era tarde demais.

Nem Gilbert, nem ninguém, nem mesmo Diana, jamais deveriam suspeitar de como ela lamentava tudo isso e do quanto desejava não ter sido tão orgulhosa e má! Estava decidida a "mergulhar seus sentimentos no mais profundo esquecimento", e é preciso reconhecer aqui e agora que ela o fez com tanto êxito que Gilbert, que provavelmente não era tão indiferente a ela como parecia, não conseguiu consolar-se com a certeza de que Anne sentia seu desprezo em represália ao dela. Seu único e pobre conforto era que ela fazia pouco de Charlie Sloane o tempo todo, sem piedade e sem que ele merecesse.

Fora isso, o inverno transcorreu em meio a uma sequência agradável de deveres e estudos. Para Anne, os dias passaram como contas douradas do colar do ano. Ela estava alegre, ansiosa, interessada; havia lições para aprender e honras a serem conquistadas; livros maravilhosos para ler, novas canções a serem aprendidas para o coro da escola dominical; tardes de sábado agradáveis com a Sra. Allan no presbitério e, então, antes que percebesse, a primavera chegou novamente a Green Gables e o mundo inteiro ficou florido mais uma vez.

A partir daí os estudos perderam um pouco a cor, mas apenas um pouquinho; aqueles que estudavam para a Queen's e ficavam na escola depois que os outros iam embora, pelas alamedas verdes, pelas trilhas dos bosques cobertos de folhas e pelos atalhos através das campinas, olhavam melancólicos pelas janelas e descobriam que os verbos do latim e os exercícios de francês haviam, de alguma forma, perdido o gosto e o entusiasmo dos meses frios. Até Anne e Gilbert protelavam e se tornavam indiferentes. Quando o período terminou e as férias surgiram diante deles, tanto a professora quanto os estudantes ficaram felizes.

— Vocês trabalharam muito no ano passado — cumprimentou-os a Srta. Stacy na última tarde de aula — e merecem umas boas férias, com muita diversão. Aproveitem o mundo lá fora ao máximo e façam uma boa reserva de saúde, vitalidade e ambição para a batalha do próximo ano. O último ano antes do exame será uma disputa acirrada.

— A senhorita vai voltar no ano que vem, Srta. Stacy? — perguntou Josie Pye.

Josie Pye nunca tinha tido escrúpulos para fazer perguntas; e naquele momento toda a classe ficou grata a ela; ninguém teria ousado fazer essa pergunta à Srta. Stacy, embora todos desejassem fazê-la, porque, havia algum tempo, corria o boato alarmante por toda a escola de que a Srta. Stacy não retornaria no ano seguinte — que lhe haviam oferecido uma posição numa escola primária no seu distrito de origem e que ela pretendia aceitar. A classe da Academia Queen's ficou em silêncio e prendeu a respiração para ouvir a resposta.

— Sim, acho que vou. Pensei em ensinar em outra escola, mas decidi permanecer em Avonlea. Para dizer a verdade, fiquei tão interessada nos meus alunos aqui que descobri que não poderia deixá-los. Então vou ficar e acompanhá-los até o final.

— Oba! — gritou Moody Spurgeon. Moody Spurgeon nunca se deixou entusiasmar tanto por seus sentimentos e, durante uma semana, sempre que se lembrava daquele momento, corava de maneira muito desconfortável.

— Oh, estou tão contente — disse Anne, com os olhos brilhando. — Querida Srta. Stacy, seria horrível se não voltasse. Acho que eu não teria coragem de continuar meus estudos, se outra professora viesse para cá.

Quando Anne chegou em casa naquela noite, guardou os livros dentro de um velho baú no sótão, trancou-o e jogou a chave dentro da caixa dos cobertores.

— Não vou nem olhar para um livro de escola nas férias — informou a Marilla. — Estudei tanto quanto pude durante todo o período e examinei em detalhes aquela tal da Geometria até saber cada proposição do primeiro livro de cor e salteado, mesmo quando as letras estão invertidas. Simplesmente estou cansada de tudo que é sensato e, neste verão, vou deixar minha imaginação correr solta. Oh, não precisa ficar alarmada, Marilla. Só vou deixar que corra solta dentro dos limites do razoável. Mas quero me divertir muito neste verão, porque talvez seja o último em que ainda serei uma menininha. A Sra. Lynde disse que, se no ano que vem eu continuar esticando como aconteceu neste ano, terei de usar saias mais compridas. Ela disse que minha tendência é me tornar só olhos e pernas. E, quando colocar saias mais compridas, sentirei que precisarei honrá-las e manter um porte muito digno. Então, como acho que não poderei mais acreditar em fadas, vou acreditar nelas de todo o coração neste verão. Acho que minhas férias serão muito alegres. Logo Ruby Gillis vai dar uma festa de aniversário e no mês que vem haverá o piquenique da escola dominical e o recital dos Missionários. O Sr. Barry disse que qualquer tarde dessas ele vai nos levar, Diana e eu, para almoçar no Hotel White Sands. Sabe, eles servem almoço lá, no período da tarde. Jane Andrews esteve lá uma vez, no verão passado, e contou que as luzes elétricas e as flores e todas as hóspedes, com seus vestidos maravilhosos, são uma visão deslumbrante. Jane disse que foi seu primeiro vislumbre de vida luxuosa e que ela vai se lembrar dele até morrer.

A Sra. Lynde passou em Green Gables na tarde do dia seguinte para saber por que Marilla não comparecera à reunião beneficente na quinta-feira. Todos sabiam que havia algo errado em Green Gables quando Marilla não comparecia à reunião beneficente.

— Matthew passou mal do coração na quinta-feira — explicou Marilla —, e achei melhor ficar com ele. Oh, sim, ele já está bem, mas passa mal com mais frequência do que costumava e fico preocupada com ele. O médico disse que precisa se cuidar e evitar excitações. O que é muito fácil, porque Matthew não anda por aí atrás de excitações, nunca andou, mas ele também não deve fazer nenhum trabalho pesado. E dizer a

Matthew que pare de trabalhar é o mesmo que pedir que pare de respirar. Entre, Rachel, tire o casaco. Vai ficar para o chá?

— Bem, já que você insiste, talvez seja melhor ficar, sim — respondeu a Sra. Rachel, que não tinha a menor intenção de fazer outra coisa.

A Sra. Rachel e Marilla sentaram-se confortavelmente na sala de visitas, enquanto Anne preparava o chá e assava biscoitos fresquinhos, tão leves e brancos que desafiariam até as críticas da Sra. Rachel.

— Tenho de admitir que Anne se tornou uma menina realmente esperta — confessou a Sra. Rachel, quando Marilla a acompanhou até o final da alameda, no pôr do Sol. — Ela deve ser uma grande ajuda para você.

— Ela é — confirmou Marilla — e, agora que encontrou seu ponto de equilíbrio, posso contar com ela. Eu costumava ter medo de que ela nunca superasse aquele jeito avoado, mas superou. E agora não tenho mais medo de confiar a ela o que quer que seja.

— Quando a vi aqui pela primeira vez, há três anos, eu não imaginava que ela poderia ficar desse jeito — admitiu a Sra. Rachel. — Juro de todo o coração que nunca esquecerei aquele chilique dela! Quando voltei para casa naquela noite, disse para o Thomas: "Escreva o que digo, Thomas. Marilla Cuthbert vai se arrepender pelo resto da vida por ter dado esse passo". Mas eu estava enganada e estou muito contente por isso, de verdade. Marilla, não sou daquele tipo de pessoa que nunca consegue admitir que cometeu um erro. Não, nunca fui assim, graças a Deus! Errei no meu julgamento de Anne, o que não é de se espantar, porque nunca houve uma criança tão esquisita como essa bruxinha, de quem se poderia esperar qualquer coisa, essa é a verdade. Não havia como mantê-la sob controle seguindo as regras que funcionavam com as outras crianças. É realmente maravilhoso ver como ela progrediu nesses três anos, especialmente na aparência. Ela está tão bonita como uma menina deve ser, embora eu precise dizer que, pessoalmente, não simpatizo muito com a palidez e aqueles olhos grandes. Prefiro mais vivacidade e cor, como Diana Barry ou Ruby Gillis têm. A aparência de Ruby Gillis é muito atraente. Mas, de alguma forma, a gente só percebe isso quando ela e Anne estão juntas, porque, apesar de não ser tão bonita quanto elas, ela as faz parecer um pouco lugar-comum e exageradas — algo como aqueles lírios brancos de junho, que ela chama de narcisos e que crescem do lado das peônias vermelhas. Essa é a verdade.

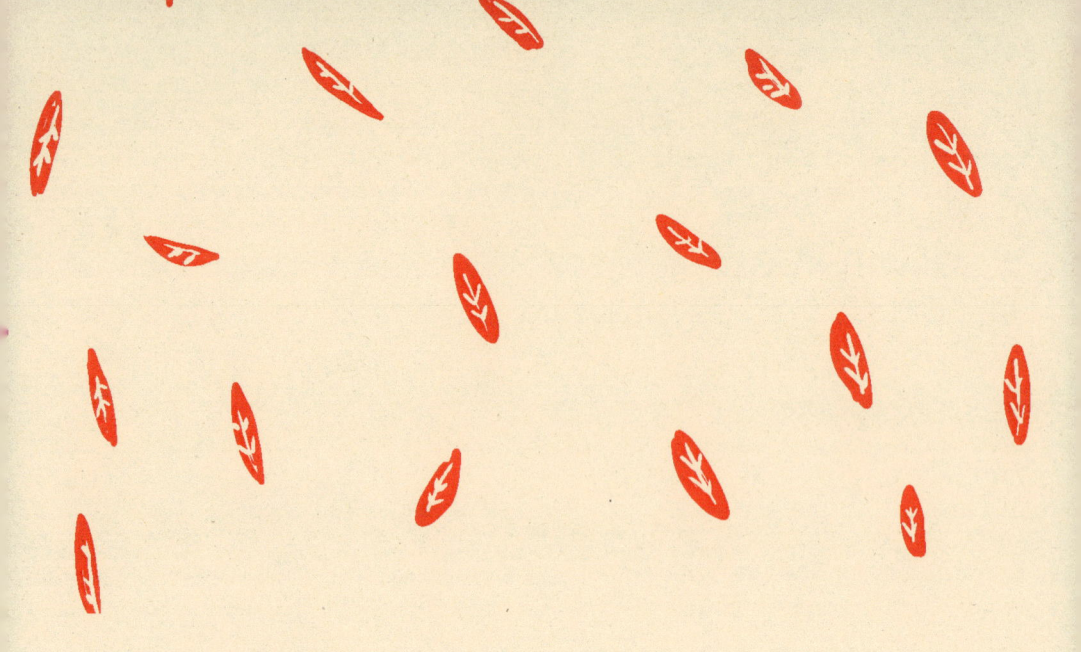

XXXI
Onde rio e riacho se encontram

Anne teve o seu "grande" verão e o aproveitou de todo o coração. Ela e Diana passavam praticamente o dia inteiro fora de casa, deliciando-se com todos os prazeres que a Alameda dos Namorados, a Nascente da Dríade, a Laguna dos Salgueiros e a Ilha Vitória ofereciam. Marilla não fez nenhuma objeção às diversões de Anne. Uma tarde, logo no início das férias, o médico de Spencervale, aquele que fora chamado na noite em que Minnie May estava com crupe, encontrou-se com Anne na casa de um paciente, olhou para ela muito seriamente, franziu a boca, balançou a cabeça e mandou um recado para Marilla Cuthbert, mas por intermédio de outra pessoa. O recado dizia:

> Mantenha aquela sua menina ruiva fora de casa durante todo o verão e não permita que leia nenhum livro até seus passos ficarem mais firmes.

Marilla ficou muito assustada com a mensagem. Ela entendeu que, se a recomendação não fosse obedecida à risca, seria um tipo de sentença de morte por esgotamento para Anne. Por conta disso, Anne teve o melhor "verão dourado" da sua vida em tudo que estivesse relacionado a ser livre e brincar. Ela passeou, remou, colheu frutas e sonhou à vontade; e, quando setembro chegou, seus olhos estavam brilhantes e alertas. O médico de Spencervale ficaria satisfeito se pudesse ver sua disposição e que seu coração estava novamente repleto de ambições e de entusiasmo.

— Estou muito animada para retomar meus estudos — declarou, quando trouxe os livros do sótão. — Oh, meus bons e velhos amigos, estou feliz em rever suas caras honestas novamente... Sim, até a sua, Geometria. Marilla, tive um verão perfeito e maravilhoso. Estou me sentindo tão alegre como "um homem forte quando numa corrida",[1] como o Sr. Allan disse no domingo passado. Ele não faz pregações magníficas? A Sra. Lynde disse que ele está melhorando a cada dia que passa e que, antes de nos darmos conta, uma igreja qualquer da cidade acabará por levá-lo embora daqui, nos deixando sem ninguém. Vamos ter de procurar e ensinar algum outro pastor menos experiente. Mas não vejo nenhuma utilidade em pensar no problema por antecipação, não concorda, Marilla? Penso que é melhor aproveitar o Sr. Allan enquanto ele está conosco. Acho que, se eu fosse homem, seria pastor. Eles podem ter muita influência para fazer o bem quando têm um forte conhecimento de Teologia; e deve ser emocionante pregar sermões esplêndidos e comover o coração dos ouvintes. Por que as mulheres não podem ser pastoras, Marilla? Perguntei isso à Sra. Lynde e ela ficou chocada. Ela disse que seria uma coisa escandalosa. Falou que talvez existam mulheres pastoras nos Estados Unidos. Ela achava que sim, mas que, graças a Deus, no Canadá não havíamos chegado a esse ponto, e que ela esperava que nunca chegássemos. Não vejo por quê. Acho que as mulheres seriam pastoras esplêndidas. Quando é preciso

---

[1] Salmos 19:5, "... que é como um noivo que sai do seu aposento e se lança em sua carreira com a alegria de um herói". (N.T.)

preparar uma reunião social ou um chá para a igreja, ou fazer qualquer outra coisa para angariar dinheiro para a caridade, são as mulheres que fazem todo o trabalho. Tenho certeza de que a Sra. Lynde sabe rezar tão bem quanto o pastor Bell. Não tenho nenhuma dúvida de que, com um pouco de prática, ela também poderia fazer pregações.

— É, acredito que poderia — respondeu Marilla secamente. — Ela já prega muitos sermões não oficiais. Ninguém tem muita chance de cometer erros em Avonlea quando tem Rachel para supervisionar todo mundo.

— Marilla — disse Anne, num laivo de confidência —, quero contar uma coisa para você e perguntar o que acha a respeito. É algo que tem me preocupado demais, especialmente nas tardes de domingo, que é quando costumo pensar nesses assuntos. Quero ser boa de verdade. E quero mais do que nunca quando estou com você e com a Sra. Allan ou com a Srta. Stacy. Quero fazer de tudo para agradar a você, fazendo tudo que você aprovaria. Mas sinto um impulso quase incontrolável, principalmente quando estou com a Sra. Lynde, de ser atrevida e fazer exatamente o contrário do que ela diz. Eu me sinto terrivelmente tentada. Então, me diga: por que me sinto assim? Você acha que sou realmente má e sem chance de me regenerar?

Por um instante, Marilla olhou para Anne com uma expressão de dúvida. Depois riu.

— Se você é, acho que também sou, Anne, porque Rachel provoca a mesma reação em mim. Às vezes acho que ela teria muito mais condições para fazer o bem, como você mesma disse, se não ficasse atazanando as pessoas para fazerem as coisas certas. Deveria haver um mandamento especial contra isso. Ora veja, eu não deveria estar falando assim. Rachel é uma boa cristã e não faz isso por mal. Em Avonlea, não há alma mais bondosa e ela não se esquiva de fazer sua parte seja lá no que for.

— Fico muito aliviada por saber que você sente o mesmo que eu — respondeu Anne com firmeza. — É tão animador! A partir de agora, não vou mais me preocupar tanto com esse assunto. Certamente terei outras coisas com que me preocupar. As coisas novas aparecem o tempo todo — coisas que deixam você perplexa, sabe? Você resolve um assunto e logo depois aparece outro. Quando começa a ficar adulta, há muitas coisas em que pensar e sobre as quais decidir. Elas me mantêm ocupada o tempo todo. Ficar adulta é algo muito sério, não é, Marilla? Mas, com amigos tão bons quanto você, Matthew, a Sra. Allan e a Srta. Stacy, sei que terei sucesso em me tornar adulta. Tenho certeza de que será por minha própria culpa se não chegar lá. Sinto que é uma grande responsabilidade, porque só tenho uma oportunidade. Se não crescer direito, não posso voltar atrás e começar tudo de novo. Cresci cinco centímetros neste verão, Marilla. O Sr. Gillis me mediu na festa da Ruby. Estou muito contente por você ter feito meus vestidos mais compridos. O verde-escuro é lindo e foi muita gentileza sua ter posto aquele babado. Claro que sei que não era realmente necessário, mas os babados estão muito na moda neste outono e todos os vestidos de Josie Pye são assim. Sei que serei capaz de estudar melhor por causa dos meus. Terei uma sensação muito mais confortável lá no fundo do meu ser por causa daquele babado.

— Ter algo assim vale a pena — concordou Marilla.

Quando a Srta. Stacy voltou para a escola em Avonlea, encontrou seus alunos ansiosos para recomeçar os trabalhos. A turma da Academia Queen's fez um esforço especial para reunir todas as suas forças para a dura labuta,[2] porque no final do próximo ano, assombrando seus caminhos, ainda que de

---

[2] Referência a Jó 38:3: "Agora cinge os teus lombos, como homem; e perguntar-te-ei, e tu me ensinarás". Também a Lucas 12:35: "Estejam cingidos os vossos lombos, e acesas as vossas candeias". (N.T.)

longe, pairava a ameaça daquela coisa temida, mais conhecida como "o exame". E, só de pensar nisso, todos sentiam o coração desabar de desânimo. Imagine se não passassem! Essa possibilidade tinha assombrado Anne durante todo o inverno, inclusive nas tardes de domingo, a ponto de tirar a sua atenção de quase todos os seus dilemas morais e teológicos. Quando Anne tinha pesadelos, ela se via muito infeliz, olhando para as listas com os nomes daqueles que haviam sido aprovados no exame — e nas quais o nome de Gilbert Blythe estava em destaque, no topo da lista, enquanto o seu nem aparecia.

Mas foi um inverno alegre, ocupado e feliz, que passou rápido. O trabalho na escola era interessante, e a rivalidade na sala de aula, envolvente como sempre. Novos mundos de pensamentos, sensações, ambições, áreas fascinantes de conhecimentos inexplorados pareciam descortinar-se diante dos olhos ansiosos de Anne.

Montanhas espiaram por cima de montanhas e alpes sobre alpes se salvaram.[3]

Grande parte devia-se à orientação cuidadosa, cheia de tato — e à mente aberta — da Srta. Stacy. Ela fez sua turma pensar, explorar e descobrir por si. Encorajou os alunos a abandonar antigas trilhas conhecidas a ponto de quase chocar a Sra. Lynde e a diretoria da escola, que encaravam com extrema desconfiança todas as inovações em relação aos métodos estabelecidos.

Além dos estudos, Anne também se expandiu socialmente, porque, atenta à determinação do médico de Spencervale, Marilla não proibia mais suas saídas ocasionais. O Clube de Debates floresceu e apresentou vários recitais; uma ou duas

---

[3] Trecho de *Essay on Criticism* ("Ensaio sobre a crítica"), do poeta inglês Alexander Pope (1688-1744). (N.T.)

festas chegaram muito perto de reuniões de adultos; houve muitos passeios de trenó e diversões sobre patins.

    Enquanto isso, Anne crescia tão rapidamente que, um dia, quando estavam paradas lado a lado, Marilla constatou, espantada, que a menina já estava mais alta que ela.

    — Nossa, Anne, como você cresceu! — disse ela, tomada de surpresa. As palavras foram acompanhadas por um suspiro. Marilla teve uma sensação melancólica de pesar por causa dos centímetros a mais de Anne. De alguma forma, a criança que ela aprendera a amar desapareceu e, em seu lugar, ali estava essa adolescente de quinze anos, alta, de olhos sérios, pensativa, com sua pequena cabeça numa pose orgulhosa. Marilla amava — a agora mocinha — tanto quanto amara a criança. Todavia tinha consciência de uma estranha e triste sensação de perda. Naquela noite, depois que Anne saiu com Diana para uma reunião de orações, Marilla ficou sentada sozinha no entardecer invernal e, se permitindo um momento de fraqueza, chorou. Quando Matthew entrou com a lanterna e a pegou chorando, olhou para ela com uma expressão tão consternada que Marilla não pôde deixar de rir entre as lágrimas.

    — Eu estava pensando na Anne — explicou. — Ela está uma menina tão crescida... e provavelmente não estará mais conosco no próximo inverno. Vou sentir muita falta dela.

    — Ela poderá vir para casa sempre — confortou-a Matthew, para quem Anne ainda era, e sempre seria, aquela menininha ansiosa que ele trouxera de Bright River para casa, naquela tarde de junho, quatro anos antes. — Até lá, o ramal da estrada de ferro que vai até Carmody já estará pronto.

    — Mas não será como tê-la aqui o tempo todo — suspirou Marilla, tristemente, decidida a gozar o privilégio de sentir-se triste sem ser confortada. — Mas deixe estar... Os homens não entendem essas coisas!

    Outras mudanças haviam ocorrido em Anne que não eram menos reais que a transformação física. Uma delas era que estava bem mais calada. Talvez pensasse ainda mais e sonhasse tanto quanto antes. Mas certamente falava menos. Marilla observou isso, e comentou também esse fato.

— Você não fala nem a metade do que costumava falar, Anne, nem usa tantas palavras grandes. O que aconteceu com você?

Anne corou e riu um pouco, enquanto largava o livro e lançava um olhar sonhador pela janela, onde, em resposta ao Sol sedutor da primavera, os botões vermelhos e gordos das flores explodiam na trepadeira.

— Não sei... Não sinto mais vontade de falar tanto — respondeu Anne, apoiando o queixo pensativamente no dedo indicador. — É mais agradável ter pensamentos bonitos e guardá-los dentro do coração, como se fossem tesouros. Não gosto quando as pessoas zombam ou ficam espantadas por causa deles. E, de alguma forma, agora evito usar palavras longas. É quase uma pena, não é? Agora que estou quase adulta e poderia dizê-las, se quisesse. É divertido ser quase adulta, de certa maneira, mas não é o tipo de diversão que eu pensava, Marilla. Há tantas coisas para aprender e fazer e pensar que não sobra tempo para palavras longas. Além disso, a Srta. Stacy disse que as palavras curtas são melhores e muito mais fortes. Ela pediu que escrevêssemos nossos trabalhos da maneira mais simples possível. No início foi difícil. Eu estava tão acostumada a encher a página com todas as palavras bonitas que conseguia imaginar... e imaginei um monte delas. Mas agora já me habituei e percebo que é muito melhor assim.

— E o que aconteceu com seu Clube de Histórias? Há muito tempo que não ouço você falar dele.

— O Clube de Histórias não existe mais. Não tínhamos mais tempo para ele... e nos cansamos do Clube. Era uma tolice ficar escrevendo sobre amor, assassinatos, mistérios e fugas de casa. Às vezes, a srta Stacy pede que escrevamos histórias para treinarmos redação. Só permite que escrevamos sobre o que poderia acontecer em nossas vidas em Avonlea. Ela faz críticas muito sensatas e nos pede que façamos o mesmo com as nossas próprias redações. Eu nunca havia pensado que as minhas tivessem tantos erros até eu mesma começar a procurar por eles. Senti tanta vergonha que queria desistir de escrever de uma vez por todas. Mas a Srta. Stacy disse que eu poderia aprender a escrever bem se treinasse para ser meu crítico mais severo. É o que estou tentando fazer.

— Só faltam dois meses para o exame — disse Marilla. — Acha que vai conseguir passar?

Anne sentiu um arrepio.

— Não sei. Às vezes acho que sim... mas depois sinto um medo terrível. Nós estudamos muito e a Srta. Stacy nos treinou com muito cuidado, mas isso não significa que conseguiremos passar. Nós todos temos uma pedra no caminho. A minha é a Geometria, claro; a da Jane é o Latim, a da Ruby e do Charlie é a Álgebra, e a da Josie é a Aritmética. Moody Spurgeon disse que sente nos ossos que não vai passar na prova de História da Inglaterra. Em junho, a Srta. Stacy vai aplicar questões tão difíceis quanto as que caem na prova verdadeira. Ela vai avaliar nossos testes com o mesmo critério utilizado no exame real. Então teremos uma ideia. Eu queria que tudo já tivesse terminado, Marilla. Isso tudo me assusta. Às vezes acordo no meio da noite e me pergunto o que vou fazer se não conseguir passar.

— Ora, voltar para a escola no ano que vem e tentar de novo — respondeu Marilla, com naturalidade.

— Oh, acho que não terei coragem. Será uma desgraça tão grande se eu não passar, especialmente se Gil... se os outros passarem. Fico tão nervosa numa prova que sou capaz de me atrapalhar toda. Queria ter a calma de Jane Andrews. Ela parece não se abalar com nada disso.

Anne suspirou e, desviando os olhos dos encantamentos do mundo primaveril, do dia azul e da brisa que acenavam para ela — e das coisas verdes que brotavam no jardim —, enfiou a cabeça no livro, resoluta. Haveria outras primaveras, mas Anne estava convencida de que, se não conseguisse passar no exame, nunca mais conseguiria recuperar-se totalmente para apreciá-las.

XXXII
Sai a lista de aprovados

Com o final de junho veio também o término do período escolar e o final do trabalho da Srta. Stacy na escola de Avonlea. Naquela tarde, Anne e Diana caminharam de volta para casa e ambas pareciam realmente muito sérias. Olhos vermelhos e lenços molhados eram o testemunho convincente de que as palavras de despedida da Srta. Stacy deviam ter sido tão emocionantes quanto aquelas do Sr. Phillips, três anos antes. Na base da colina dos pinheiros, Diana virou-se, olhou para o prédio da escola e soltou um profundo suspiro.

— Parece o final de tudo, não parece? — perguntou entristecida.

— Você não pode estar se sentindo tão mal quanto eu — disse Anne, enquanto procurava, em vão, uma parte seca no lenço. — Você vai voltar no próximo inverno, mas acho que terei deixado a velha escola para sempre... Isto é, se tiver sorte.

— A escola nunca mais será a mesma. A Srta. Stacy não vai estar lá, nem você, nem Jane, nem Ruby, provavelmente. Terei de me sentar sozinha, porque depois de você eu não suportaria ter outra colega de carteira. Oh, mas nós tivemos momentos divertidos, não tivemos, Anne? É horrível pensar que terminaram.

Duas pesadas lágrimas rolaram pelo nariz de Diana.

— Se você parasse de chorar, talvez eu também conseguisse — suplicou Anne. — Volto a chorar assim que guardo o meu lenço e vejo seus olhos cheios de lágrimas. Como a Sra. Lynde diz: "Se você não consegue ser alegre, seja tão alegre quanto puder". Tenho certeza de que estarei de volta no ano que vem. Esta é uma das vezes em que sei que não conseguirei passar. É alarmante como elas estão ficando cada vez mais frequentes.

— Ora, você se saiu esplendidamente nas provas aplicadas pela Srta. Stacy.

— É verdade, mas aquelas provas não me deixaram nervosa. Quando penso nas provas de verdade, você nem imagina o horrível tremor gelado que eu sinto em volta do coração. Além disso, meu número é treze, e Josie Pye disse que treze dá muito azar. Não sou *supersticiosa* e sei que não faz a menor diferença. Mas mesmo assim eu preferiria não ser o número treze.

— Queria tanto poder ir com você — lamentou-se Diana. — Não teríamos um momento perfeitamente elegante? Mas acho que você vai ter de dar duro até tarde da noite.

— Não. A Srta. Stacy nos fez prometer que não abriríamos nenhum livro. Ela disse que isso só nos cansaria e confundiria, e que devemos fazer caminhadas, não pensar mais nos exames e dormir cedo. É um bom conselho, mas acho que vai ser difícil segui-lo; acho que bons conselhos são assim mesmo. Prissy Andrews me contou que ficou acordada metade das noites durante a semana dos exames e que deu duro até não aguentar mais; estou decidida a ficar acordada *pelo menos* tanto quanto ela ficou. Foi muito gentil sua Tia Josephine me deixar ficar em Beechwood enquanto eu estiver na cidade.

— Você vai me escrever de lá, não vai?

— Vou escrever na terça-feira à noite e contarei como foi o primeiro dia — prometeu Anne.

— Vou ficar de plantão no correio, quarta-feira — prometeu Diana.

Na segunda-feira seguinte, Anne foi para a cidade e, como havia prometido, na quarta-feira Diana ficou de plantão no correio e recebeu sua carta.

Querida Diana (escreveu Anne),
É terça-feira à noite e estou escrevendo da biblioteca de Beechwood. Ontem à noite me senti terrivelmente sozinha no meu quarto e desejei muito que você estivesse comigo. Não consegui "dar duro" porque prometi à Srta. Stacy que não o faria, mas foi difícil não abrir meu livro de histórias, como sempre, e não ler uma história antes de estudar minhas lições.

A Srta. Stacy veio me buscar hoje de manhã. Fomos à Academia e apanhamos Jane e Ruby e Josie no caminho. Ruby pediu-me que segurasse suas mãos. Estavam frias como gelo. Josie disse que parecia que eu não tinha pregado os olhos naquela noite e que não acreditava que eu fosse forte o bastante para aguentar a dureza do curso de Magistério, mesmo se passasse. Ainda há períodos e instantes em que sinto que não fiz grandes progressos em aprender a gostar de Josie Pye!

Quando chegamos à Academia, encontramos muitos estudantes de toda a Ilha. A primeira pessoa que vi foi Moody Spurgeon sentado na escada e falando sozinho. Jane perguntou que diabos ele estava fazendo e ele respondeu que estava repetindo a tabuada sem parar para acalmar os nervos e, pelo amor de Deus, que ninguém o interrompesse, porque, se parasse por um momento, ele ficaria com medo e esqueceria tudo que sabia e que a tabuada mantinha todas as coisas firmes nos seus devidos lugares!

A Srta. Stacy teve de nos deixar depois que indicaram nossas salas. Jane e eu ficamos juntas; Jane estava tão tranquila que senti inveja dela. A tabuada não era necessária para a boa, firme e sensata Jane! Eu me perguntei se o que eu sentia transparecia no meu rosto e se os outros conseguiam ouvir as batidas fortes e claras do meu coração pela sala. Logo depois, um homem entrou e começou a distribuir as folhas da prova de Inglês. Quando a peguei, minhas mãos gelaram e minha cabeça começou a rodopiar. Por um momento horroroso, Diana, eu me senti exatamente como há quatro anos, quando perguntei à Marilla se poderia ficar em Green Gables; mas depois tudo ficou claro na minha mente e meu coração voltou a bater — esqueci-me de mencionar que ele havia parado completamente! —, porque eu sabia que conseguiria fazer alguma coisa *naquela* prova, pelo menos.

Ao meio-dia, fomos para casa almoçar e, de tarde, voltamos para a prova de História. A prova de História foi muito difícil; eu me confundi toda com as datas. Mesmo assim, acho que fui bem. Mas, oh, Diana, amanhã é a vez da prova de Geometria. E, quando penso nela, preciso usar toda a minha determinação para não abrir meu Euclides. Se achasse que a tabuada me ajudaria, eu a declamaria até amanhã de manhã.

Hoje à tarde desci para me encontrar com as outras meninas. No caminho, esbarrei com Moody Spurgeon, que caminhava para cima e para baixo, distraidamente. Ele disse que sabia que não havia passado na prova de História, que viera ao mundo para ser um desapontamento para os pais e que voltaria para casa no trem da manhã; e que, de qualquer forma, seria mais fácil ser carpinteiro do que pastor. Eu o animei e o persuadi a ficar até o final, porque não seria justo com a Srta. Stacy se não ficasse. Eu já desejei ser um menino, mas, quando vejo Moody Spurgeon, fico sempre contente em ser menina. E por não ser irmã dele!

Ruby estava histérica quando cheguei ao pensionato delas; ela acabara de descobrir que havia cometido um erro terrível na prova de Inglês. Depois que se recuperou, fomos à cidade e tomamos um sorvete. Como desejamos que você estivesse conosco!

Oh, Diana, se pelo menos a prova de Geometria já tivesse passado! Mas fazer o quê; como diria a Sra. Lynde: o Sol continuará nascendo e se pondo, independente de eu passar em Geometria. Isso é verdade, mas não é especialmente reconfortante. Acho que preferia que o Sol *não* continuasse nascendo caso eu não passe!

Sua devotada amiga,
Anne.

A prova de Geometria e todas as outras terminaram no tempo devido e, na sexta-feira à tarde, Anne voltou para casa, bastante cansada, mas com um ar de triunfo contido. Quando chegou, Diana a esperava em Green Gables. Elas se encontraram como se tivessem ficado separadas por anos.

— Minha querida e velha amiga, é perfeitamente esplêndido vê-la novamente. Tenho a impressão de que se passaram anos desde que você foi para a cidade e, oh, Anne, como se saiu nas provas?

— Acho que fui muito bem em tudo, menos em Geometria. Não sei se passei ou não na prova e estou com um pressentimento horripilante de que não passei. Oh, é tão bom estar de volta! Green Gables é o lugar mais querido e mais lindo do mundo.

— E os outros, como se saíram?

— As meninas disseram que sabem que não passaram, mas acho que se saíram muito bem. Josie disse que a prova de Geometria foi tão fácil que até uma criança de dez anos teria sido capaz de fazê-la! Moody Spurgeon continuava achando que não havia passado em História e Charlie disse que deve ter sido reprovado em Álgebra. Mas nós ainda não sabemos nada ao certo e não saberemos até a lista ser divulgada. E isso acontecerá em quinze dias. Imagine viver quinze dias nesse suspense! Eu queria poder adormecer e só acordar quando tudo tivesse passado.

Como Diana sabia que era inútil perguntar como Gilbert Blythe havia ido nas provas, ela apenas disse:

— Oh, tenho certeza de que você vai passar. Não se preocupe.

— Prefiro não passar a não ficar entre os primeiros colocados na lista — retrucou Anne, de pronto. Diana sabia que o que ela queria dizer era que o sucesso seria incompleto e doloroso se não se classificasse à frente de Gilbert Blythe.

Com esse objetivo em vista, Anne havia exaurido cada um de seus nervos durante os exames. E Gilbert também. Eles se haviam encontrado e passado um pelo outro uma dúzia de vezes sem dar mostras de se terem reconhecido, e a cada vez Anne erguia a cabeça um pouco mais e desejava mais seriamente ter feito as pazes com Gilbert quando ele propusera e jurava com mais determinação que ia ultrapassá-lo nas provas. Ela sabia que todos os adolescentes de Avonlea se perguntavam qual deles tiraria o primeiro lugar; ela até sabia que Jimmy Glover e Ned Wright tinham feito uma aposta sobre isso e que Josie Pye afirmava que não havia nenhuma dúvida de que Gilbert seria o primeiro; e Anne sentia que sua humilhação seria insuportável se ela falhasse.

No entanto, havia outro e mais nobre motivo para ela se sair bem nas provas. Ela queria ficar bem colocada por causa de Matthew e Marilla, especialmente por Matthew, que estava convencido de que ela derrotaria todos da Ilha. Mas Anne sentia que contar com isso seria uma tolice, mesmo nos seus sonhos mais loucos. Contudo, esperava com fervor ficar pelo menos entre os dez primeiros para poder ver os bondosos olhos castanhos de Matthew brilharem de orgulho pelo seu sucesso. Isso, ela sentia, seria realmente a melhor recompensa por todos os seus esforços e seu trabalho, paciente e árduo, com as equações e conjugações desprovidas de imaginação.

Passada a quinzena, Anne também começou a "fazer plantão" no correio, na companhia alegre de Jane, Ruby e Josie, abrindo os jornais de Charlottetown com mãos trêmulas e uma sensação gélida e aterrorizante, como na semana dos exames. Charlie e Gilbert também não se furtaram de fazer o mesmo; Moody Spurgeon, no entanto, se manteve decididamente longe dos jornais.

— Não tenho coragem de ir até lá e ler um jornal a sangue-frio — confidenciou a Anne. — Vou esperar que alguém venha e me diga de repente se passei.

Três semanas haviam passado e a lista ainda não havia sido publicada. Anne começou a sentir que não aguentaria a tensão por muito mais tempo. Perdeu o apetite, e seu interesse pelos acontecimentos em Avonlea quase morreu. A Sra. Lynde ironizou a presença de um Tory à frente dos interesses da Superintendência da Educação. Matthew, que havia notado a palidez e os passos arrastados de Anne cada vez que ela voltava dos correios, começou a perguntar-se com muita seriedade se nas próximas eleições não deveria votar no partido dos Grits.[1]

Mas numa tarde as notícias chegaram. Anne estava sentada junto à janela aberta do seu quarto, desligada das aflições dos exames e dos problemas do mundo, enquanto sorvia a beleza do entardecer de verão, docemente perfumado com a exalação das flores no jardim, lá embaixo, acompanhando o farfalhar e os sibilos dos álamos. A leste, o céu sobre os pinheiros era tingido de rosa pelos reflexos do oeste, e Anne divagava, perguntando a si mesma se o espírito da cor se assemelhava àquilo, quando viu Diana passar voando pelo pinheiral e a ponte de troncos, segurando um jornal esvoaçante numa das mãos.

Anne soube imediatamente o que o jornal continha e levantou-se com um pulo. A lista dos que haviam passado tinha sido publicada! Sua cabeça começou a girar e o coração batia tanto que chegava a doer. Ela nem conseguiu dar um passo. Parecia que Diana levara uma hora para passar correndo pela porta da casa e irromper no quarto, sem ao menos bater, tamanha era sua excitação.

— Anne, você passou — gritou —, você passou em *primeiro lugar*... Os dois, você e Gilbert... estão empatados... mas seu nome está em primeiro lugar. Oh, estou tão orgulhosa!

Completamente sem fôlego e incapaz de dizer uma frase completa, Diana jogou o jornal em cima da mesa e atirou-se na cama. Anne pegou a lâmpada, se atrapalhando toda quando quis acendê-la, gastando meia dúzia de palitos de fósforo

---

[1] O Partido Liberal do Canadá é o maior e mais antigo partido político do país e foi fundado em 1867, por George Brown. (N.T.)

antes que suas mãos trêmulas conseguissem terminar a tarefa. Depois pegou o jornal. Sim, ela havia passado — lá estava seu nome, no topo da lista de duzentos! Esse era um momento que valia a pena viver.

— Você foi esplêndida, Anne — arquejou Diana, recuperando-se o suficiente para sentar e falar, porque Anne, extasiada e com os olhos tão brilhantes quanto as estrelas, não dissera uma única palavra. — Papai trouxe o jornal quando voltou de Bright River não faz nem dez minutos... O jornal chegou com o trem da tarde, sabe, e só chegará aqui amanhã pelo correio... E, quando vi a lista dos que passaram, vim correndo feito uma louca. Todos passaram, todos vocês, Moody Spurgeon e todos os outros, apesar de ele ter ficado de recuperação em História. Jane e Ruby foram muito bem... Elas estão no meio da lista... e Charlie também. Josie passou raspando por três pontos, mas você vai ver, ela vai se vangloriar como se tivesse ficado entre os primeiros. Não acha que a Srta. Stacy vai ficar muito contente? Oh, Anne, como você se sente ao ver seu nome no topo da lista dos que passaram? Se eu fosse você, ficaria louca de felicidade. Já estou quase louca assim, mas você está tão tranquila e fresca como uma tarde de primavera.

— É que estou deslumbrada por dentro — respondeu Anne. — Quero dizer centenas de coisas e não consigo encontrar palavras para expressá-las. Nunca sonhei com isso... Não, sonhei sim, uma única vez! Eu me permiti pensar uma *única* vez: "E se eu tirar o primeiro lugar?", sabe, sem acreditar muito, porque achar que eu poderia ser a primeira da Ilha parecia muita vaidade e presunção da minha parte. Diana, desculpe, mas preciso correr até o campo e contar para o Matthew. Depois vamos contar as boas notícias para os outros.

Elas correram até o campo de feno que ficava depois do celeiro, onde Matthew estava trabalhando e onde, por acaso, a Sra. Lynde conversava com Marilla junto à cerca.

— Oh, Matthew — exclamou Anne —, eu passei! E tirei o primeiro lugar... ou um dos primeiros! Não estou sendo vaidosa, mas agradecida.

— Bem, ora, eu sempre disse que você tiraria o primeiro lugar — respondeu Matthew, olhando encantado para a lista. — Eu sabia que você ia conseguir derrotar todos os outros com facilidade.

— Anne, não posso deixar de dizer que você se saiu muito bem — disse Marilla, tentando esconder do olhar crítico da Sra. Rachel todo o orgulho que sentia por ela.

Todavia, essa boa alma disse com toda a sinceridade:

— Também acho que ela se saiu muito bem, e longe de mim dizer o contrário. Você é um exemplo para seus amigos, Anne. Isso é o que é. E todos nós estamos orgulhosos de você.

Naquela noite, Anne, que havia terminado a tarde maravilhosa com uma conversinha séria com a Sra. Allan no presbitério, ajoelhou-se graciosamente ao lado da janela aberta e murmurou uma oração de gratidão e esperança que saiu direto do seu coração. Nela, não havia apenas gratidão pelo passado, mas também um pedido reverente pelo futuro; e, quando adormeceu sobre o travesseiro branco, seus sonhos foram tão belos e límpidos como os desejos de uma donzela.

XXXIII
O recital no hotel

— Use aquele seu vestido branco de organdi, Anne — aconselhou Diana, muito decidida.

Elas estavam no quarto de Anne; lá fora havia apenas o entardecer — um lindo entardecer verde-amarelado, com um céu límpido e sem nuvens. Uma grande Lua redonda, que escurecia lentamente e que passava de um brilho pálido para um prateado brilhante, estava pendurada por cima da Floresta Mal-Assombrada; o ar estava tomado por sons suaves de verão — o gorjear já sonolento dos pássaros, as brisas frescas, as vozes e os risos longínquos. No quarto de Anne, porém, a persiana estava fechada e a lâmpada, acesa, já que uma importante produção estava em andamento.

O quarto de Anne era um lugar bem diferente do que fora naquela noite, quatro anos antes, quando Anne sentiu sua crueza penetrar a sua alma com uma hostilidade gelada. Lentamente, as mudanças haviam-se introduzido e Marilla fora conivente com todas elas, até que o quarto se tornou um ninho tão aconchegante e gracioso quanto uma menina poderia desejar.

O tapete de veludo com as rosas cor-de-rosa e as cortinas de seda também rosadas das primeiras visões de Anne certamente nunca se haviam materializado; mas seus sonhos haviam acompanhado o ritmo do seu crescimento — e é pouco provável que os lamentasse. O chão estava coberto com uma bonita esteira e as cortinas que suavizavam a grande janela e flutuavam nas brisas errantes eram de musselina de seda verde-clara bordada. Nas paredes não havia tapeçarias de brocados de ouro e prata, mas um papel de parede estampado com flores de macieira delicadas; também havia algumas boas fotografias que a Sra. Allan dera de presente a Anne. A fotografia da Srta. Stacy ocupava o lugar de honra. E Anne era muito sentimental. Fazia questão de manter flores frescas no suporte logo abaixo das fotos. Nessa noite, um ramalhete de lírios brancos perfumava suavemente o quarto como uma fragrância de sonho. Não havia "móveis de ébano", mas uma estante pintada de branco, cheia de livros; uma cadeira de balanço com almofadas; uma penteadeira decorada com uma faixa de musselina branca; um espelho extravagante de moldura dourada, com cupidos gorduchos e rosados e uvas roxas pintados na parte de cima, arqueada, que costumava ficar pendurado no quarto de visitas; e uma cama baixa toda branca.

Anne estava vestindo-se para ir ao recital no Hotel White Sands. Os próprios hóspedes do hotel haviam organizado o evento em benefício do hospital de Charlottetown. Eles já haviam localizado todos os talentos amadores disponíveis nos distritos vizinhos para se apresentarem. Bertha Sampson e Pearl Clay, do coro batista de White Sands, foram convidadas para cantar um dueto; Milton Clark, de Newbridge, apresentaria um solo de violino; Winnie Adella Blair, de Carmody, cantaria uma balada escocesa; e Laura Spencer, de Spencervale, e Anne Shirley, de Avonlea, declamariam.

Como Anne teria dito no passado, esse seria "um marco na sua vida"; ela estava deliciosamente alvoroçada com a excitação que o evento provocava. Matthew sentia um orgulho gratificante e estava no sétimo céu com a honra outorgada à sua Anne. Marilla não ficava muito atrás, apesar de preferir morrer a admitir, e disse que não era muito apropriado que um monte de jovens ficasse perambulando por aí sem a companhia de um responsável até o hotel.

Anne e Diana iriam com Jane Andrews e seu irmão Billy em sua charrete; várias outras moças e rapazes de Avonlea também iriam ao recital. Aguardava-se a presença de um grupo de visitantes de fora da cidade e, depois do recital, haveria um jantar para os artistas.

— Você realmente acha que o vestido de organdi é o melhor? — perguntou Anne, ansiosa. — Acho que ele não é tão bonito como aquele de musselina de flores azuis... e certamente é bem menos elegante.

— Mas ele fica melhor em você — respondeu Diana. — É tão macio, tão cheio de babados e lhe cai muito bem. A musselina é dura, faz você parecer muito formal. Já o organdi parece ter sido feito para você.

Anne suspirou e cedeu. Diana conquistara a reputação de ter um gosto maravilhoso para roupas, e seus conselhos nesses assuntos eram muito requisitados. Ela também estava muito bonita, especialmente naquela noite, no seu vestido rosa-silvestre, uma cor que Anne estava impedida de usar para sempre; mas, como Diana não participaria do recital, sua aparência não tinha muita importância. Todas as suas preocupações estavam voltadas para Anne, que, ela jurou, deveria, para o mérito de Avonlea, estar vestida e penteada e adornada como se fosse a própria rainha.

— Levante esse babado um pouco mais... assim; agora me deixe amarrar a faixa; agora coloque os sapatos. Vou fazer duas tranças grossas no seu cabelo e prendê-las no meio da cabeça com dois laços brancos grandes... Não, não puxe nenhum cacho para cima da testa... Deixe só os fios que estão soltos naturalmente. Nenhum outro penteado cai tão bem em você, Anne, e a Sra. Allan disse que você parece uma *Madonna* quando divide o cabelo assim. Vou prender esta pequena rosa branca da roseira lá de casa bem atrás da sua orelha. Só havia esta e eu a guardei para você.

— Devo colocar meu colar de pérolas? — perguntou Anne. — Matthew o trouxe para mim da cidade na semana passada e sei que ele gostaria que eu o usasse.

Diana franziu os lábios, virou a cabeça com os cabelos escuros para um lado com um olhar crítico e, finalmente, se pronunciou em favor do colar, que foi preso em volta do pescoço de Anne, branco como leite.

— Há algo de muito elegante em você, Anne — disse Diana, com uma admiração nem um pouco invejosa. — Você mantém a cabeça erguida de um modo tão atraente! Suponho que deve ser por causa da sua silhueta. Não passo de uma bolinha. Sempre tive medo de ficar assim. E agora sei como é. Bom, acho que vou ter de me resignar em ser assim.

— Mas você tem covinhas tão lindas — disse Anne, sorrindo afetuosamente para o rosto bonito e cheio de vida diante do seu. — Covinhas adoráveis, como furinhos no creme. Perdi as esperanças de ter covinhas. Meu sonho de covinhas nunca vai se realizar; mas tantos sonhos se realizaram que não devo reclamar. Estou pronta agora?

— Prontíssima — garantiu Diana, enquanto Marilla aparecia na soleira da porta, uma figura magérrima, com os cabelos mais acinzentados do que no passado e não menos angulosa; porém, com um rosto muito mais suave. — Entre, Marilla, e dê uma olhada na nossa declamadora. Ela não está linda?

Marilla emitiu um som entre uma fungada e um grunhido.

— Ela parece arrumada e respeitável. Gostei de como arrumou o cabelo. Mas acho que ela vai estragar esse vestido lá no meio daquela mistura de orvalho e poeira, e ele parece ser fino demais para essas noites úmidas. De qualquer forma, o organdi é o material menos prático que há no mundo, e foi o que eu disse para o Matthew quando ele comprou esse tecido. Ora, dizer alguma coisa para o Matthew hoje em dia não adianta nada. Já se foi o tempo em que ele seguia meus conselhos. Agora ele compra coisas para Anne sem me perguntar — e os balconistas em Carmody sabem que podem empurrar qualquer coisa para ele. É só dizer que é bonito e que está na moda que Matthew abre a carteira e tira o dinheiro para pagar. Tenha cuidado, Anne, mantenha a saia longe da roda do carro e vista um casaco quente.

Depois, Marilla desceu silenciosamente pela escada, pensando orgulhosa como Anne estava bonita com aquele

Raio de luar da testa ao topo da cabeça[1]

e lamentando não poder ir ao recital para ouvir a sua menina declamar.

— Será que não está muito úmido para este vestido? — perguntou Anne, ansiosa.

— Nem um pouco — respondeu Diana, abrindo a veneziana. — A noite está perfeita e não cairá nenhum orvalho. Veja o luar.

— Sou muito contente por minha janela dar para o leste, em direção ao nascer do Sol — disse Anne, aproximando-se de Diana. — É esplêndido ver a manhã surgir por cima das colinas e brilhar entre os topos dos pinheiros. É diferente a cada manhã, e sinto como se os primeiros raios do Sol lavassem minha alma. Oh, Diana, amo tanto este quartinho! Não sei como conseguirei viver sem ele quando me mudar para a cidade, no mês que vem.

— Não fale em ir embora, hoje à noite — implorou Diana. — Não quero pensar nisso porque me deixa muito infeliz.

---

[1] Citação do romance em versos *Aurora Leigh*, de Elizabeth Barret Browning, publicado em 1856. (N.T.)

E hoje à noite quero me divertir. O que vai declamar, Anne? Está nervosa?

— Nem um pouco. Já recitei tantas vezes em público que agora não me importo mais. Decidi declamar "O juramento da donzela". É tão comovente! Laura Spencer vai declamar um trecho cômico. Mas prefiro fazer as pessoas chorarem em vez de fazê-las rir.

— E o que vai declamar, se pedirem bis?

— Elas não vão nem sonhar em pedir bis — zombou Anne, que tinha suas esperanças secretas de que o fariam e já se vira contando a Matthew tudo a respeito, na mesa do desjejum da manhã seguinte. — Billy e Jane estão chegando... Estou ouvindo o barulho do carro. Vamos.

Billy Andrews insistiu para que Anne sentasse na frente, ao seu lado, e ela subiu no carro de má vontade. Não havia muito riso nem tagarelice com Billy. Ela teria gostado muito mais se fosse sentada no banco de trás, junto com as outras garotas. Ele era um rapaz de vinte anos, lerdo, grande e gordo, com um rosto redondo inexpressivo e a dolorosa ausência da propensão ao diálogo. Mas admirava Anne muitíssimo e inflou-se de orgulho com a perspectiva de dirigir até White Sands com aquela pessoa esbelta e altiva ao seu lado.

Apesar de tudo, de tanto conversar com as meninas por cima do ombro e, de vez em quando, trocar um naco de civilidade com Billy — que sorria e dava risadinhas, e nunca conseguia dar uma resposta antes que fosse tarde demais —, Anne conseguiu aproveitar a viagem. Era uma noite de diversão. A estrada estava repleta de charretes, todas indo em direção ao hotel, e os risos límpidos e prateados ecoavam e reecoavam ao longo dela. Quando chegaram ao hotel, o prédio era uma chama de luz de cima a baixo. As meninas foram recebidas pelas senhoras organizadoras do recital. Uma delas levou Anne para o camarim dos artistas, que estava abarrotado com os membros de um certo Clube da Sinfônica de Charlottetown, entre os quais Anne de repente se sentiu tímida, assustada e desajeitada. No meio de todas aquelas sedas e rendas que brilhavam e farfalhavam ao seu redor, seu vestido, que parecera tão gracioso e bonito no seu quarto, em casa, agora parecia simples e entediante — simples e entediante demais, pensou. O que era seu colar de pérolas, comparado aos diamantes daquela senhora alta e bonita que estava ao seu lado? Oh, como sua rosa pequenina devia parecer pobre ao lado de todas as flores de estufa que as outras usavam! Muito infeliz, Anne pendurou o chapéu e o casaco e encolheu-se num canto. Desejou ardentemente poder estar de volta ao quarto branco de Green Gables.

Era ainda pior no palco do grande salão de concertos do hotel, onde Anne agora estava. As luzes elétricas ofuscavam seus olhos, os aromas e o zum-zum-zum a atordoavam. Ela desejou estar sentada no meio do público com Diana e Jane, que pareciam ter um momento esplêndido lá atrás. Anne estava enfiada entre uma senhora corpulenta vestida de seda cor-de-rosa e uma moça alta, com uma expressão de desprezo no rosto, que usava um vestido de renda branca. De vez em quando, a senhora corpulenta girava a cabeça para cá e para lá e observava Anne através dos óculos, até que, com a sensibilidade à flor da pele por estar sendo examinada assim, Anne sentiu que ia começar a gritar; e também porque a moça da renda branca não parava de falar em voz alta com sua vizinha sobre "os roceiros" e "as beldades rústicas" que estavam entre o público, languidamente ironizando a "diversão" que o *show* de talentos locais prometia. Anne teve certeza de que odiaria aquela moça de renda branca pelo resto da vida.

Infelizmente para Anne, uma declamadora profissional, que estava hospedada no hotel, concordou em também fazer parte do espetáculo. Era uma mulher extrovertida, de olhos escuros, que usava um belíssimo vestido longo de um tecido cinza brilhante, como se feito de raios de luar entrelaçados, e pedras preciosas no pescoço e nos cabelos escuros. Ela possuia uma força de expressão maravilhosa; o público quase enlouqueceu quando ela declamou os textos. Por um instante, Anne esqueceu tudo sobre si mesma e seus problemas e ouviu embevecida, com os olhos brilhando; mas, quando ela terminou, Anne cobriu o rosto com as mãos. Nunca conseguiria subir no palco e declamar depois disso — nunca! Como havia pensado que sabia declamar? Oh, se ao menos pudesse estar de volta a Green Gables!

E foi nesse momento pouco propício que chamaram seu nome. De alguma forma, Anne — que não havia notado o pequeno e culpado sobressalto de surpresa da moça de renda branca, e não teria entendido o elogio implícito nem se quisesse —, levantou-se e caminhou meio tonta até a frente. Ela estava tão pálida que Diana e Jane, que estavam lá no meio do público, se deram as mãos, nervosas, num ato solidário.

Anne estava sendo vítima de um tremendo ataque de pavor. Por mais que já tivesse declamado em público, nunca havia enfrentado um público desse tipo. E estar diante dele paralisava totalmente suas energias. Tudo era tão estranho, tão brilhante, tão atordoante — as fileiras de senhoras com seus vestidos longos, os rostos críticos, toda aquela atmosfera de riqueza e cultura em volta dela. Isso era muito diferente dos bancos simples do Clube de Debates, repletos de rostos simpáticos e familiares de amigos e vizinhos. Essas pessoas, pensou, seriam críticos impiedosos. Tal como a moça de renda branca, talvez antecipassem a diversão por causa de seus esforços "rústicos". Anne estava sentindo-se desesperada e desamparadamente envergonhada e infeliz. Os joelhos tremiam, o coração se agitava, uma fraqueza horrível se apoderou dela; não conseguia emitir nem um som e teria saído correndo do palco no instante seguinte, apesar de saber que, caso o fizesse, aquela humilhação faria parte da sua vida para sempre.

De repente, porém, enquanto seus olhos dilatados e assustados olhavam para o público, ela viu Gilbert Blythe lá no fundo da

sala, debruçando-se para a frente com um sorriso no rosto —
um sorriso que Anne teve a impressão de ser tanto triunfante
quanto zombeteiro. Na realidade não era nada disso. Gilbert
estava apenas sorrindo porque aprovava o espetáculo em geral
e, especialmente, o efeito que o fundo de palmeiras produzia
sobre a forma esbelta e branca e o rosto angelical de Anne. Josie
Pye, que viera de carro com ele, estava sentada ao seu lado e
certamente estava com uma expressão zombeteira e de triunfo.
Mas Anne não vira Josie. Se a tivesse visto, não faria a menor
diferença. Ela respirou fundo e ergueu a cabeça com orgulho,
a coragem e a determinação formigando nela como se tivesse
recebido um choque elétrico. Ela *não* falharia diante de Gilbert
Blythe — ele nunca poderia rir dela, nunca, nunca! O pânico
e o nervosismo desapareceram; e ela começou a declamar, com
a voz clara e suave que chegou aos cantos mais longínquos da
sala sem um tremor ou uma quebra. Havia recuperado todo o
seu autocontrole e, reagindo àquele momento terrível de total
impotência, declamou como nunca havia declamado. Quando
terminou, a sala explodiu em aplausos sinceros. E, quando
voltou para seu lugar, corada de timidez e de prazer, sua mão
foi vigorosamente apertada e sacudida pela senhora corpulenta
vestida de seda cor-de-rosa.

— Minha querida, você foi esplêndida — cumprimentou-a
a senhora, arquejando. — Chorei feito um bebê, chorei mesmo.
Olhe, estão pedindo bis! Querem você de volta!

— Oh, não posso ir — respondeu Anne, confusa. — Por
outro lado... tenho de ir ou Matthew ficará desapontado. Ele
disse que iam pedir bis.

— Nesse caso, você não deve desapontar Matthew — aconselhou a senhora de cor-de-rosa, rindo.

Sorrindo, corando, de olhos límpidos, Anne voltou para o
palco e declamou uma pequena seleção divertida e diferente
que cativou o público ainda mais. O resto da noite com certeza
foi um pequeno triunfo para ela.

Depois que o recital terminou, a senhora corpulenta de cor-de-rosa — que era a esposa de um milionário estadunidense — tomou-a sob sua proteção e apresentou-a para todo mundo; e todos foram muito gentis com ela. A Sra. Evans, a declamadora profissional, aproximou-se e conversou com ela, dizendo que sua voz era encantadora e que "interpretava" suas seleções maravilhosamente bem. Até a moça de renda branca fez um lânguido e pequeno elogio. Todos jantaram no restaurante enorme, lindamente decorado; Diana e Jane também foram convidadas para jantar porque estavam com Anne, mas ninguém conseguiu encontrar Billy, que havia sumido por causa do seu pavor mortal de receber um convite como aquele. Mas, quando tudo terminou e as três moças saíram alegremente para a luminosidade branca e tranquila do luar, ele estava à espera delas, ao lado do carro. Anne respirou fundo e olhou para o céu límpido que se estendia além dos galhos escuros dos pinheiros.

Oh, como era bom estar ao ar livre novamente, na pureza e no silêncio da noite! Como tudo era amplo e tranquilo, com o murmúrio do mar ressoando através do espaço e os rochedos escuros iguais a gigantes sinistros ao longe, guardando costas encantadas.

— Não foi um momento perfeitamente esplêndido? — suspirou Jane, enquanto iam embora. — Eu queria ser uma americana rica para poder passar o verão num hotel e usar joias e vestidos decotados e tomar sorvete e comer salada de frango todo santo dia. Anne, seu recital foi simplesmente maravilhoso, apesar de que, no início, você deu a impressão de que nunca ia começar. Acho que você foi melhor que a Sra. Evans.

— Oh, não diga isso, Jane — respondeu Anne imediatamente —, é tolice. Eu não poderia ser melhor do que a Sra. Evans; ela é uma profissional e eu não passo de uma estudante com algum pendor para declamar. Estou muito satisfeita por saber que as pessoas também gostaram muito dos meus textos.

— Anne, tenho um elogio para você — interveio Diana. — Pelo menos acho que é um elogio, por causa do jeito como ela disse. De qualquer forma, uma parte foi um elogio. Um estadunidense estava sentado ao nosso lado... Tinha uma aparência tão romântica, com aquele cabelo e olhos tão pretos como o carvão... Josie Pye disse que é um artista famoso e que a prima da mãe dela, que mora em Boston, está casada com um homem que costumava ir à escola com ele. Bem, eu o ouvi dizer... Não foi, Jane? "Quem é aquela moça no palco, com aquele esplêndido cabelo ticiano? Eu gostaria de pintar seu rosto." Pronto, foi assim, Anne. Mas o que é cabelo ticiano?

— Traduzindo, acho que significa apenas cabelo ruivo — respondeu Anne, rindo. — Ticiano foi um pintor muito famoso que gostava de pintar mulheres de cabelos ruivos.

— Vocês *viram* todos aqueles diamantes que as mulheres usavam? — suspirou Jane. — Eram simplesmente deslumbrantes. Meninas, vocês não gostariam de ser ricas?

— Nós *somos* ricas — respondeu Anne com firmeza. — Ora, temos dezesseis anos a nosso favor, somos tão felizes como rainhas e temos imaginação, mais ou menos. Meninas, olhem para aquele mar — todo prateado e repleto de sombras e visões de "coisas que ainda não vimos".[2] Se tivéssemos milhões de dólares e fileiras e fileiras de diamantes, nem por isso apreciaríamos mais sua beleza. Vocês não conseguiriam se transformar numa daquelas mulheres, mesmo se pudessem. Vocês gostariam de ser como aquela moça de renda branca e ter aquela expressão azeda durante toda a vida, como se tivesse nascido desdenhando o mundo? Ou como aquela senhora de cor-de-rosa, que, por mais bondosa e simpática que seja, é tão corpulenta e baixa que vocês mal teriam uma silhueta? Ou até como a Sra. Evans, com aquela expressão triste, tão triste,

---

[2] Trecho de Hebreus 11:1: "Ora, a fé é o firme fundamento das coisas que se esperam, e a prova das coisas que se não veem".

nos olhos? Ela deve ter sido terrivelmente infeliz um dia para ter um olhar como aquele. Jane Andrews, você *sabe* que não!

— Eu *não sei* exatamente — respondeu Jane, nem um pouco convencida. — Acho que os diamantes seriam um enorme conforto para qualquer pessoa.

— Ora, só quero ser eu própria, mesmo se não for reconfortada por diamantes durante toda a minha vida. Estou muito satisfeita por ser Anne de Green Gables, com meu colar de pérolas. Sei que quando Matthew me deu o colar ele também me deu tanto amor quanto caberia nas joias da Madame Cor--de-Rosa.

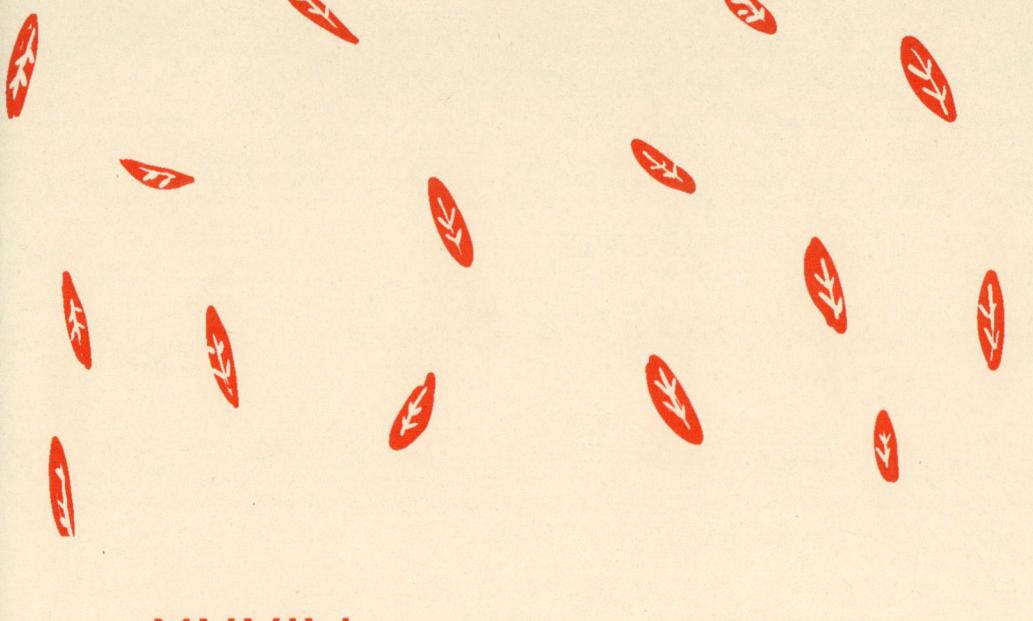

XXXIV
Uma garota da Academia Queen's

Nas três semanas seguintes, Green Gables esteve muito ocupada porque Anne estava preparando-se para ir à Academia Queen's, e havia muita coisa para costurar e muitas coisas a serem discutidas e preparadas. O enxoval de Anne era vasto e bonito; Matthew havia cuidado disso e Marilla, por uma vez, não fizera objeção a nada que ele comprava ou sugeria. E ela fez mais: uma tarde, subiu até o quarto de Anne com os braços carregados de um tecido verde-claro muito delicado.

— Anne, aqui está uma coisinha para fazer um vestido bonito e bem leve para você. Não acho que precise dele de verdade; você tem muitas blusas bonitas, mas achei que gostaria de ter algo mais elegante para usar quando for convidada para ir a algum lugar à noite na cidade, como uma festa ou algo assim. Soube que Jane, Ruby e Josie têm "vestidos para a noite", como elas os chamam, e não quero que você fique atrás. Na semana passada, quando fomos à cidade, pedi à Sra. Allan que me ajudasse a escolher o tecido e vamos pedir a Emily Gillis que o costure para você. Emily tem bom gosto e suas roupas são incomparáveis.

— Oh, Marilla, mas é lindo — exclamou Anne. — Muito obrigada. Mas você não deveria ser tão boa comigo... Isso torna a minha partida cada dia mais difícil.

O vestido verde foi confeccionado com tantas pregas, babados e franzidos quanto o bom gosto de Emily permitia. Uma tarde, Anne o vestiu, para o deleite de Matthew e Marilla, e declamou "O juramento da donzela" para eles na cozinha. Enquanto Marilla olhava para o rosto alegre e animado e os movimentos graciosos de Anne, seus pensamentos retrocederam para aquela tarde, quando ela chegara a Green Gables, um quadro nítido daquela criança estranha e assustada, com aquele vestido ridículo de flanela marrom amarelada, o coração partido e um olharzinho choroso. Algo dessa lembrança trouxe lágrimas para os olhos de Marilla.

— Afirmo, Marilla, minha declamação fez você chorar — observou Anne alegremente, debruçando-se sobre a cadeira de Marilla para dar um beijinho na bochecha daquela senhora. — Isso é o que eu chamo de sucesso.

— Não, eu não estava chorando por causa do texto — respondeu Marilla, que nunca trairia a si mesma demonstrando uma fraqueza por qualquer coisa poética. — Só não pude deixar de me lembrar da menina que você era, Anne. Eu estava desejando que tivesse permanecido uma menina, mesmo com todos aqueles seus modos esquisitos. Agora você está crescida e indo embora. Está tão alta e elegante e tão... tão... completamente diferente nesse vestido... como se não pertencesse nem um pouco a Avonlea... e apenas me senti muito sozinha quando pensei nisso tudo.

— Marilla! — Anne sentou no colo coberto pelo avental de algodão, segurou o rosto enrugado entre as mãos e, muito séria, com muita ternura, olhou para os olhos de Marilla. — Eu não mudei nem um pouco, não de verdade. Só estou podada e ramificada. A verdadeira eu, aqui dentro, continua a mesma de sempre. Não vai fazer a menor diferença para onde eu vá ou o quanto mude por fora. No fundo do meu coração, serei sempre sua pequena Anne, que amará você e Matthew e minha querida Green Gables mais e melhor durante todos os dias da minha vida.

Anne apoiou sua face fresca e jovem no rosto envelhecido de Marilla e estendeu a mão para dar uns tapinhas no ombro de Matthew. Naquele instante, Marilla teria dado tudo para ter a capacidade de Anne de colocar seus sentimentos em palavras; mas a sua natureza e a força do hábito lhe permitiram apenas abraçar sua menina e segurá-la com ternura junto ao peito, desejando que nunca tivesse de deixá-la ir embora.

Matthew, com os olhos úmidos, levantou-se e saiu. Agitado, caminhou sob as estrelas daquela noite escura de verão pelo quintal até chegar ao portão que ficava debaixo dos álamos.

— Bem, ora, parece que ela não foi tão mimada assim — murmurou, orgulhoso. — Parece que eu ter metido a colher de vez em quando não causou tantos danos, afinal. Ela é inteligente, bonita e carinhosa também — e é melhor do que todas aquelas outras. Ela tem sido uma bênção para nós e nunca houve um engano mais sortudo do que aquele que a Sra. Spencer cometeu — se é que *foi* sorte. Não acredito que tenha sido nada disso. Foi a Providência. O Altíssimo viu que precisávamos dela, eu acho.

Finalmente chegou o dia em que Anne teria de ir para a cidade. Depois de uma despedida com muitas lágrimas de Diana, e outra, prática e sem choro, por parte de Marilla, ela e Matthew partiram numa bela manhã de setembro. Assim que Anne foi embora, Diana secou as lágrimas e foi a um piquenique na praia de White Sands, com alguns dos seus primos de Carmody, onde conseguiram se divertir de maneira bastante razoável. Enquanto isso, Marilla, irritada, mergulhava em trabalhos desnecessários e continuou assim durante todo o dia, sentindo uma espécie de dor amarga no coração — a dor que queima e corrói e não pode ser lavada apenas com lágrimas. E, naquela noite, quando Marilla foi deitar-se, infeliz e extremamente consciente de que o pequeno quarto no fim do vestíbulo do lado leste estava despojado de qualquer vida animada e jovem, que seu silêncio não era perturbado por nenhuma respiração suave, ela enfiou o rosto no travesseiro e chorou por sua menina com um ímpeto de soluços que a assustou, até conseguir acalmar-se o suficiente para refletir sobre a impiedade que devia ser comportar-se dessa forma com relação a um semelhante, a uma criatura tão pecadora quanto qualquer outra.

Anne e o resto dos estudantes de Avonlea chegaram à cidade a tempo de apressadamente se apresentarem na Academia Queen's. O primeiro dia passou de uma forma bastante agradável em meio a um turbilhão de excitações, como conhecer os novos alunos, aprender a identificar os professores de vista e a distribuição e a organização dos alunos nas salas de aula. Seguindo os conselhos da Srta. Stacy, Anne pretendia entrar para o Segundo Ano; Gilbert Blythe decidira fazer o mesmo. O que significava que, se passassem nas provas, eles poderiam obter uma licença de professor de Primeira Classe em um ano em vez de dois; mas isso também significava que teriam de trabalhar muito mais e com mais dedicação. Jane, Ruby, Josie, Charlie e Moody Spurgeon, que não eram incomodados por esses ímpetos de ambição, contentaram-se em entrar para a Segunda Classe. Anne sentiu uma ponta de solidão quando se viu numa sala com outros cinquenta alunos, dos quais não conhecia nenhum, com exceção do rapaz alto e de cabelos castanhos do outro lado da sala, e, conhecendo-o como o conhecia, isso não ajudava muito, refletiu, bastante pessimista. No entanto, era inegável que estava contente por estarem na mesma classe; a antiga rivalidade poderia continuar — e Anne não saberia bem o que fazer sem ela.

"Eu me sentiria desconfortável sem ela", pensou; "Gilbert parece muito determinado. Parece que ele decidiu ganhar a medalha neste exato momento. Que queixo esplêndido ele tem! Eu nunca havia notado isso. Queria tanto que Jane e Ruby também tivessem escolhido a Primeira Classe. Mas talvez eu não me sinta mais uma estranha no ninho depois de conhecer os outros. Eu me pergunto quais dessas meninas serão minhas amigas. É realmente uma especulação interessante. Claro que prometi a Diana que nenhuma das meninas da Queen's, por mais que eu venha a gostar delas, será tão querida como ela; mas tenho um monte de afeições secundárias para distribuir. Gosto da aparência daquela menina de olhos castanhos e blusa vermelha. Ela parece animada e suas faces são tão coradas como uma rosa vermelha; e lá está aquela menina pálida olhando pela janela. Ela parece conhecer bastante a respeito de sonhos. Gostaria de conhecer as duas... Conhecê-las bem... bem o bastante para passear abraçada com elas e tratá-las por seus apelidos. Mas, agora, não as conheço e elas não me conhecem e, provavelmente, nem fazem questão de me conhecer. Oh, isso é tão chato!

E ficou ainda mais solitária naquela noite, quando Anne se viu sozinha no quarto que dava para o vestíbulo. Ela não ficaria hospedada com as meninas, porque todas tinham família na cidade. A Srta. Josephine Barry teria gostado de hospedá-la, mas Beechwood ficava tão longe da Academia Queen's que estava fora de questão. Então, ela procurou uma pensão para Anne e garantiu a Matthew e Marilla que o lugar era o mais adequado para a menina.

— A senhora que cuida da pensão é muito bem-educada — explicou a srta Barry. — Seu marido era um oficial britânico e ela é muito cuidadosa com o tipo de hóspede que aceita na pensão. Anne não encontrará nenhuma pessoa desagradável debaixo do seu teto. A comida é boa e o prédio fica num bairro tranquilo, perto da Academia Queen's.

Tudo isso podia ser verdadeiro, e de fato era, mas não ajudou Anne de modo concreto durante a primeira crise de saudades de casa que se abateu sobre ela. Deprimida, olhou em volta do pequeno quarto estreito, com suas paredes forradas com um papel sem graça, sem quadros, a armação de ferro da pequena cama e a estante vazia. Sentiu um nó na garganta quando se lembrou do quartinho branco de Green Gables, onde teria a agradável visão das enormes e maravilhosas paisagens verdes e tranquilas, dos amores-perfeitos brotando no jardim, do luar se derramando sobre o pomar, do riacho no sopé da ladeira e, atrás dele, dos galhos dos pinheiros balançando ao vento da noite, sob um enorme céu estrelado, e da luz na janela de Diana brilhando entre as árvores. Aqui não havia nada disso. Anne sabia que do lado de fora da janela havia uma rua dura, uma rede de fios telefônicos tapando o céu, batidas de pés estranhos e centenas de luzes brilhando sobre rostos estranhos. Ela sabia que ia chorar. E lutou contra isso.

"Eu *não vou* chorar. É tolice... Uma fraqueza... E lá vai a terceira lágrima escorrendo pelo meu nariz. E outras estão vindo! Preciso pensar em algo alegre, parar com isso. Mas não há nada de engraçado, exceto as coisas relacionadas com Avonlea. E isso só piora tudo... A quarta... A quinta... Na sexta-feira eu vou para casa, mas parece que ainda vai demorar mil anos. Oh, Matthew deve estar quase chegando em casa a esta hora... e Marilla está no portão, olhando para a alameda, esperando por ele... Seis... Sete... Oito... Oh, de que adianta contar as lagrimas! Elas agora estão jorrando em cascata. Não consigo me alegrar... Não quero me alegrar. É melhor ficar infeliz!

A cascata de lágrimas certamente teria jorrado, se Josie Pye não tivesse aparecido naquele instante. Na alegria de ver um rosto conhecido, Anne se esqueceu de que ela e Josie nunca haviam-se dado muito bem. Mas, sendo uma parte de Avonlea, até uma Pye era bem-vinda.

— Estou tão contente que você veio — confessou Anne, muito sincera.

— Você estava chorando — observou Josie, parecendo irritada. — Você deve estar com saudades de casa... Algumas pessoas têm tão pouco autocontrole sobre isso. Não tenho a menor intenção de sentir saudades de casa, pode acreditar. A cidade é alegre demais depois daquela Avonlea velha e estreita.

Não sei como consegui sobreviver durante tanto tempo lá. Você não deveria chorar, Anne. Não lhe cai bem, porque seus olhos e seu nariz ficam vermelhos — e aí você parece ser toda vermelha. Hoje tive um momento perfeitamente deleitável na Academia Queen's. Nosso professor de Francês é simplesmente um tonto. O bigode dele faria você ter um ataque cardíaco. Anne, você tem alguma coisa para comer? Estou morrendo de fome, literalmente. Ah, pensei que seria provável que Marilla tivesse enchido você de doces. Por isso vim vê-la. Se não fosse a fome, eu teria ido ao parque para ouvir Frank Stockley tocar com a banda. Ele está hospedado na mesma pensão que eu e é muito agradável. Ele notou você na sala de aula hoje e me perguntou quem era a moça de cabelos ruivos. Eu disse que você era uma órfã que os Cuthbert haviam adotado e que ninguém sabia muita coisa a seu respeito antes disso.

Anne se perguntava se, no final das contas, a solidão e as lágrimas não eram mais satisfatórias do que a companhia de Josie Pye, quando Jane e Ruby apareceram, cada uma com uma fita de dois centímetros de comprimento, roxa e vermelha, as cores da Academia Queen's, orgulhosamente presa no casaco. Como Josie não estava falando com Jane, ela teve de se contentar em fingir que Jane era relativamente inofensiva.

— Bem — disse Jane, dando um suspiro —, eu me sinto como se tivesse vivido muitas luas desde hoje de manhã. Estava em casa estudando meu Virgílio — aquele professor velho e horroroso passou vinte linhas para estudarmos até amanhã. Mas simplesmente não vou conseguir estudar esta noite. Anne, acho que estou vendo vestígios de lágrimas. Se você esteve chorando, confesse logo. Isso restaurará meu amor-próprio, porque eu estava derramando lágrimas sem parar antes de Ruby chegar. Eu não me importo de ser tão boba, se outra pessoa também faz bobagens. É bolo? Você vai me dar um pedacinho, não vai? Obrigada. Tem o verdadeiro sabor de Avonlea.

Ao ver o programa da Academia Queen's em cima da mesa, Ruby quis saber se Anne ia tentar ganhar a medalha de ouro.

Anne corou e admitiu que estava pensando nisso.

— Oh, o que me lembra... — disse Josie. — No final das contas, a Academia Queen's vai poder concorrer a uma bolsa de estudos Avery, sim. A notícia chegou hoje. Quem me contou foi Frank Stockley... Sabem, o tio dele é um dos membros da diretoria. Vão anunciar na Academia Queen's amanhã.

Uma bolsa de estudos Avery! Anne sentiu o coração bater mais rápido e os horizontes da sua ambição se deslocaram e se ampliaram como num passe de mágica. Antes de Josie contar a notícia, o ápice das aspirações de Anne havia sido obter uma licença de Primeira Classe no final do ano para ensinar na província e talvez a medalha. Mas agora, num piscar de olhos, Anne se via ganhando a bolsa de estudos Avery de Primeira Classe, entrando para um curso de Artes no Redmond College e se diplomando de toga como membro do Mortar Board,[1] antes que o eco das palavras de Josie desaparecesse ao longe. A bolsa de estudos Avery era para Língua Inglesa — e Anne sentia que estava pisando em terreno conhecido.

Um industrial muito rico de Nova Brunswick morreu e deixou parte da sua fortuna para patrocinar uma grande quantidade de bolsas de estudos, que deveriam ser distribuídas entre várias faculdades e academias das províncias marítimas, de acordo com suas respectivas posições. Houve muita dúvida se uma das bolsas deveria ser alocada para a Academia Queen's. Mas o problema foi finalmente resolvido e, no final do ano, o aluno diplomado que tirasse as notas mais altas em Inglês e Literatura Inglesa ganharia a bolsa de estudos; duzentos e

---

[1] Mortar Board é uma sociedade nacional de honra que presta reconhecimento aos estudantes das faculdades pelas suas realizações, liderança e serviços prestados à comunidade estudantil. Também significa os capelos que os estudantes jogam para o alto durante as cerimônias de formatura. (N.T.)

cinquenta dólares por ano, durante quatro anos, no Redmond College. Não é de se espantar que naquela noite Anne foi para a cama com as bochechas ardendo!

"Se depender de dar duro, vou ganhar aquela bolsa de estudos", resolveu. "Matthew não ficaria orgulhoso se eu me tornasse bacharela? Oh, como é maravilhoso ter ambições! Estou tão contente de ter tantas. E o melhor é que elas parecem não ter fim. Assim que consigo realizar uma, já há outra brilhando ainda mais alto. Isso torna a vida tão interessante!"

XXXV
Inverno na Academia Queen's

A saudade de casa que Anne sentia diminuiu, em grande parte devido às suas visitas à cidade nos fins de semana. Enquanto o tempo bom perdurou, os estudantes de Avonlea iam toda sexta-feira à noite até Carmody, pelo novo ramal da estrada de ferro. Diana e vários outros jovens de Avonlea geralmente estavam lá para esperá-los, e todos caminhavam juntos para Avonlea num alegre grupo. Para Anne, aquelas andanças ao ar fresco pelas colinas outonais nas noites de sexta-feira, com as luzes das casas de Avonlea brilhando lá embaixo, eram as melhores e mais amadas horas de toda a semana.

Gilbert Blythe quase sempre acompanhava Ruby Gillis e carregava sua mala. Ruby era uma moça muito bonita, que agora se achava muito adulta, e era, de fato; usava saias tão compridas como as da sua mãe e penteava o cabelo para cima quando estava na cidade, apesar de ter de deixá-lo solto quando ia para casa. Tinha grandes olhos azuis-claros, uma tez clara e brilhante e um corpo roliço e vistoso. Ruby ria muito, era alegre e estava sempre de bom humor; e realmente apreciava as coisas agradáveis da vida.

— Mas nunca pensei que ela fosse o tipo de moça que agradaria a Gilbert — sussurrou Jane para Anne. Anne também pensava assim, mas não o teria confessado nem por uma bolsa de estudos Avery. Ela também não podia deixar de pensar como seria agradável se tivesse um amigo como Gilbert para fazer gracejos, conversar e trocar ideias sobre livros, estudos e ambições. Ela sabia que Gilbert tinha ambições, e Ruby Gillis não parecia ser o tipo de pessoa com quem esses assuntos poderiam ser discutidos de maneira proveitosa.

Não havia nenhum sentimento tolo nas ideias de Anne com relação a Gilbert. Os rapazes, para ela — isso quando pensava neles —, eram apenas bons colegas em potencial. Se ela e Gilbert fossem amigos, ela não se importaria com quantas amigas ele tivesse ou quem ele acompanhasse. Ela possuía um dom para a amizade e tinha muitas amigas. Mas também tinha uma vaga noção de que a amizade masculina poderia ser uma boa coisa para desenvolver nosso conceito de companheirismo e ampliar nossa capacidade de julgamento e comparação. Não que Anne pudesse traduzir seus sentimentos sobre o assunto assim tão claramente. No entanto, achava que, se Gilbert a tivesse acompanhado alguma vez no trem para casa, pelos campos frescos e pelas trilhas cheias de samambaias, eles poderiam ter tido muitas conversas alegres e interessantes sobre o novo mundo que se abria ao seu redor e sobre as esperanças e ambições que ele continha. Gilbert era um rapaz inteligente que tinha ideias próprias sobre as coisas e determinação para obter o que a vida tinha de melhor e para colocar nela o melhor que podia. Ruby Gillis comentou com Jane Andrews que não entendia nem a metade do que Gilbert Blythe dizia; que ele falava como Anne Shirley quando ela possuía alguma de suas ideias e que, pessoalmente, não achava nem um pouco divertido ter de se ocupar com livros e esse tipo de coisa quando não era necessário. Embora Frank Stockley fosse muito mais animado, ele não era nem um pouco tão bonito quanto Gilbert, e ela realmente não conseguia decidir-se sobre aquele de quem gostava mais!

Aos poucos, Anne foi criando um pequeno círculo de amigas na Academia Queen's, formado por alunas tão atenciosas, imaginativas e ambiciosas quanto ela. Logo criou intimidade com Stella Maynard, a garota "vermelha como uma rosa", e Priscilla Grant, a "garota sonhadora", e descobriu que essa donzela pálida, que tinha um ar tão espiritual, transbordava de travessuras e diversões e adorava pregar peças nos outros, enquanto a vivaz Stella, com seus olhos negros, tinha um coração cheio de sonhos e desejos melancólicos, tão aéreos e parecidos com os de um arco-íris quanto os de Anne.

Depois das festas de fim de ano, os estudantes de Avonlea pararam de ir para casa nas sextas-feiras e se dedicaram ao trabalho. Nessa época, todos os estudantes da Academia Queen's haviam gravitado para seus lugares dentro de suas categorias, e as várias turmas haviam adquirido nítidos matizes individuais. Alguns fatos foram aceitos em geral. Todos admitiam que os competidores da medalha haviam-se praticamente resumido a três alunos: Gilbert Blythe, Anne Shirley e Lewis Wilson; que a bolsa de estudos Avery era mais duvidosa, porque qualquer um dos seis candidatos definitivos seria um possível ganhador. Achava-se que, sem dúvida, a medalha de bronze de Matemática estava ganha por um rapaz gordo e engraçado, com uma testa saliente e um casaco remendado, que vinha da província.

Ruby Gillis foi eleita a garota mais bonita do ano na Academia; nas salas de aula do segundo ano, Stella Maynard recebeu os louros por sua beleza, enquanto uma minoria pequena, porém, crítica, votou em Anne Shirley. Os penteados de Ethel Marr foram considerados os mais na moda por todos os juízes competentes, e Jane Andrews — a simples, laboriosa e conscienciosa Jane — fez as honras no curso de Ciência Doméstica. Até Josie Pye obteve certa notoriedade como a moça da língua mais afiada da Academia Queen's. Por conseguinte, podemos afirmar que os antigos alunos da Srta. Stacy conseguiram destacar-se na arena mais ampla da trajetória acadêmica.

Anne trabalhava árdua e persistentemente. Apesar de não ser conhecida por toda a classe, sua rivalidade com Gilbert era tão intensa quanto na escola de Avonlea, mas, de alguma forma, perdera o rancor. Anne já não desejava mais ganhar só para derrotar Gilbert, mas para ter a convicção orgulhosa de ter obtido uma vitória bem merecida sobre um adversário de valor. Valeria a pena ganhar por causa disso, mas ela já não pensava mais que a vida seria insuportável se não o derrotasse.

Apesar das aulas, os estudantes tiveram algumas oportunidades para viver bons e agradáveis momentos. Anne passava grande parte do seu tempo livre em Beechwood. Geralmente almoçava lá e aos domingos frequentava a igreja com a Srta. Barry. Como ela mesma admitiu, a Srta. Barry estava envelhecendo, mas seus olhos escuros não haviam perdido o brilho, e o vigor da sua língua não diminuíra nem um pouco. Porém, ela nunca a usava contra Anne, que continuava sendo a favorita daquela senhora idosa e crítica.

"A menina Anne está melhorando a cada dia que passa", pensou. "As outras meninas são muito chatas — elas têm uma mesmice eterna e irritante. Anne possui tantos matizes como um arco-íris, e cada um deles é o mais bonito enquanto dura. Ela já não é mais tão divertida como quando era criança, mas me faz gostar dela, e gosto das pessoas que me fazem gostar delas. Elas me poupam o trabalho de me obrigar a gostar."

Então, antes que alguém percebesse, a primavera chegou. Em Avonlea, onde as coroas de neve persistiam, as flores de maio começaram a desabrochar nas terras áridas, e o "nevoeiro verde" cobriu as florestas e os vales. Mas em Charlottetown os exaustos alunos da Academia Queen's só pensavam e falavam nas provas.

— Nem parece verdade que o trimestre está quase terminando — disse Anne. — Ora, tudo ainda parecia tão distante no último outono, um inverno inteiro de estudos e aulas. E aqui estamos nós, e só falta uma semana para as provas. Meninas, às vezes sinto como se essas provas fossem a coisa mais importante, mas não parecem nem um pouco importantes quando vejo aqueles brotos enormes inchando naquelas castanheiras e o ar enevoado e azulado no final das ruas.

Jane, Ruby e Josie, que haviam passado para vê-la, não eram da mesma opinião. Para elas, as provas vindouras eram muito importantes o tempo todo — muito mais importantes do que os brotos das castanheiras e os nevoeiros de maio. Anne — que pelo menos tinha certeza de que passaria — podia muito bem fazer pouco das provas, em certos momentos, mas, quando todo o seu futuro dependia do resultado delas — como as meninas realmente acreditavam —, era impossível filosofar sobre elas.

— Perdi três quilos nas últimas duas semanas — suspirou Jane. — E não adianta dizer para não me preocupar. Eu *vou* me preocupar. Ficar preocupada ajuda um pouco; quando você se preocupa, dá a impressão de que está fazendo alguma coisa. Será horrível não conseguir ser promovida e não obter minha licença, depois de passar o inverno todo na Academia Queen's e gastar tanto dinheiro.

— Eu não me importo — revidou Josie Pye. — Se eu não passar este ano, recomeçarei no ano que vem. Meu pai tem dinheiro suficiente para me mandar para cá outra vez. Anne, Frank Stockley me contou que o professor Tremaine disse que Gilbert Blythe certamente vai ganhar a medalha, e que Emily Clay talvez ganhe a bolsa de estudos Avery.

— Pode ser que isso faça que me sinta mal amanhã, Josie — respondeu Anne, rindo —, mas, neste momento, sinceramente sinto que, enquanto todas as violetas estiverem brotando lá no vale, abaixo de Green Gables, e as pequenas samambaias estiverem despontando suas cabecinhas lá na Alameda dos Namorados, ganhar ou não a bolsa de estudos não faz muita diferença. Fiz o melhor que pude, e estou começando a entender o que o "prazer da labuta" significa. Depois de tentar e ganhar, a melhor coisa é tentar e falhar. Meninas, não vamos mais falar de provas! Vejam aquele arco de céu verde-claro sobre as casas e imaginem como deve estar o céu sobre os bosques das faias roxo-escuras, atrás de Avonlea.

— Jane, o que você vai usar na formatura? — perguntou Ruby, sempre muito prática.

Jane e Josie responderam ao mesmo tempo, e a conversa mudou para o lado do turbilhão da moda. Mas Anne, com os cotovelos apoiados no parapeito da janela, a face macia apoiada na palma das mãos e os olhos cheios de visões, olhava imperturbável por cima dos tetos e dos pináculos da cidade para aquela cúpula gloriosa do poente, enquanto tecia sonhos de um futuro possível no tecido dourado do otimismo próprio da juventude. Todo o Além, com suas possibilidades cor-de-rosa espreitando nos anos vindouros, lhe pertencia — e cada ano era uma rosa de promessas a ser trançada numa guirlanda imortal.

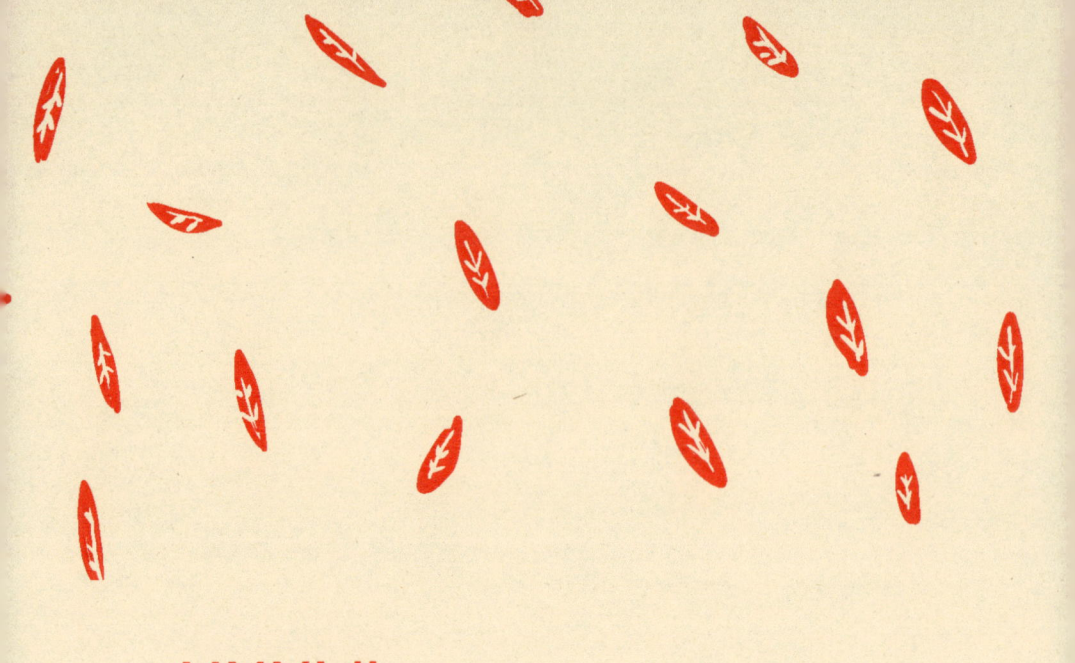

XXXVI
Glória e sonho

Anne e Jane caminhavam pela rua na manhã seguinte, quando os resultados finais de todas as provas seriam afixados no quadro de avisos da Academia Queen's. Jane estava sorridente e feliz. As provas haviam terminado e ela estava quase certa de que pelo menos passaria; outras considerações não a preocupavam nem um pouco. Jane não tinha ambições desmedidas; por conseguinte, não era afetada pela intranquilidade inerente a elas. Nós pagamos um preço por tudo que conseguimos ou tomamos deste mundo e, apesar de as ambições valerem a pena, elas não se deixam obter facilmente e exigem seu quinhão de trabalho e abnegação, ansiedade e desânimo. Anne estava pálida e quieta. Mais dez minutos e ela saberia quem ganharia a medalha e quem receberia a bolsa de estudos. Além daqueles dez minutos, parecia que nada merecia ser chamado de Tempo.

— É claro que você vai ganhar uma delas — afirmou Jane, que não conseguia entender como a Academia Queen's poderia ser tão injusta a ponto de agir de outra forma.

— Não tenho esperanças sobre a bolsa de estudos — respondeu Anne. — Todo mundo diz que Emily Clay vai ganhar. Não vou me aproximar daquele quadro de avisos nem olhar antes dos outros. Não tenho coragem. Vou direto para o vestiário das meninas. Jane, você terá de ler os avisos e depois me contar. E, em nome da nossa velha amizade, imploro que faça isso o mais rápido possível. Diga de uma vez se eu falhei, sem rodeios. E *não* sinta pena de mim, não importa o que estiver escrito lá. Jane, você tem de me prometer.

Jane prometeu solenemente. Contudo, como se viu logo em seguida, a promessa era desnecessária. Quando subiram os degraus que levavam à entrada do prédio da Academia Queen's, as garotas se depararam com um grupo de rapazes que carregavam Gilbert Blythe nos ombros e berravam: "Vivas para Blythe, medalhista!".

Por um instante, Anne sentiu uma ponta de enjoo por causa da derrota e do desapontamento. Ela falhara e Gilbert havia vencido! Ora, Matthew ficaria triste — ele tinha tanta certeza de que ela ganharia!

E então — alguém gritou:

— Três vivas para a Srta. Anne Shirley, a vencedora da bolsa de estudos Avery!

— Oh, Anne — arquejou Jane, enquanto corriam para o vestiário das meninas em meio a aplausos calorosos. — Oh, Anne, estou tão orgulhosa! Não é esplêndido?

Em seguida, todas as meninas as rodearam, e Anne tornou-se o centro das felicitações de um grupo alegre. Ela levou tapinhas nos ombros, e suas mãos foram sacudidas vigorosamente. Foi empurrada e puxada e abraçada e, no meio daquilo tudo, conseguiu sussurrar para Jane:

— Oh, como Matthew e Marilla ficarão contentes! Preciso escrever para casa imediatamente e contar a notícia.

O próximo evento importante foi a formatura. A cerimônia foi realizada no grande salão de reuniões da Academia Queen's e, em seguida, foram feitos discursos, leram-se ensaios, cantaram-se canções; e os diplomas, os prêmios e as medalhas foram entregues.

Matthew e Marilla compareceram, com olhos e ouvidos voltados apenas para uma das alunas na plataforma — uma menina alta, que usava um vestido verde-claro e tinha as faces levemente ruborizadas e os olhos brilhantes, que leu o melhor ensaio e para quem apontavam e comentavam que era a vencedora da bolsa de estudos Avery.

— Marilla, aposto que você está contente por termos ficado com ela — sussurrou Matthew, depois que Anne terminou de ler seu texto. Era a primeira vez que ele abria a boca desde que pisara no salão.

— Não é a primeira vez que fico contente — retrucou Marilla. — Matthew Cuthbert, você gosta de ficar repetindo isso só para me irritar.

A Srta. Barry, que estava sentada atrás deles, debruçou-se para a frente, cutucou as costas de Marilla com o guarda-chuva e disse:

— Você não está orgulhosa daquela menina, a Anne? Eu estou.

Naquela tarde, Anne foi para casa, em Avonlea, com Matthew e Marilla. Ela não estivera em casa desde abril, e achava que não conseguiria esperar nem mais um dia. As macieiras estavam em flor, o mundo era jovem e fresco, e Diana estava esperando por ela em Green Gables. De volta ao seu quarto branco, onde Marilla havia colocado um vaso com uma rosa em flor no parapeito da janela, Anne olhou em volta e respirou fundo de felicidade.

— Oh, Diana, é tão bom estar de volta. É tão bom ver aqueles pinheiros pontudos contra o céu cor-de-rosa... e aquele pomar branco e a velha Rainha da Neve. E o cheiro de menta não é delicioso? E a rosa-chá... Ora, ela é ao mesmo tempo uma canção e uma oração. E é *ótimo* estar com você de novo, Diana!

— Eu estava começando a achar que você gostava mais daquela Stella Maynard do que de mim — reclamou Diana. — Josie Pye disse que você gostava, sim. Josie disse que você estava *apaixonada* por ela.

Anne riu e cutucou Diana com os "lírios de junho" murchos do seu buquê.

— Stella Maynard é a menina mais adorável do mundo, com exceção de uma, e esta é você, Diana. Gosto de você mais do que nunca e tenho muito a lhe contar. Mas, neste instante, acho que estar sentada aqui e poder olhar para você é felicidade suficiente. Estou cansada... Cansada de ser estudiosa, cansada de ser ambiciosa. Amanhã pretendo passar pelo menos duas horas deitada na grama do pomar e pensar em absolutamente nada.

— Você foi esplêndida, Anne. Agora que ganhou a Avery, você não vai mais dar aulas?

— Não. Vou para Redmond em setembro. Não parece maravilhoso? Até lá, depois de três meses de férias dourados e gloriosos, já terei preparado um estoque novinho em folha de ambições. Jane e Ruby vão dar aulas. Não é esplêndido pensar que todos nós passamos, até mesmo Moody Spurgeon e Josie Pye?

— A diretora da escola de Newbridge já ofereceu a escola para Jane — disse Diana. — Gilbert Blythe também vai dar aulas. Ele precisa trabalhar. O pai não tem dinheiro suficiente para mandá-lo para a faculdade no ano que vem, então ele pretende se virar sozinho. Acredito que, se a Srta. Ames decidir ir embora, ele vai ensinar na escola daqui.

Anne teve uma sensaçãozinha estranha de consternação e surpresa. Ela não sabia disso; esperava que Gilbert também fosse para Redmond. O que faria sem aquela rivalidade inspiradora? Mesmo numa faculdade mista, e com um diploma de verdade em perspectiva, o trabalho não ficaria sem graça sem seu amigo, o inimigo?

Na manhã seguinte, Anne percebeu de repente que Matthew não parecia muito bem durante o desjejum. Ele certamente estava muito mais grisalho do que um ano atrás.

— Marilla — ela perguntou, hesitante, depois que ele saiu —, Matthew está bem?

— Não, não está — respondeu Marilla, num tom de voz emocionado. — Ele passou muito mal do coração nesta primavera e não se poupa nem um pouco. Estou muito preocupada, mas ele tem se sentido melhor ultimamente; contratamos um homem para nos ajudar, então espero que ele descanse um pouco e se recupere. Talvez o faça, agora que você está em casa. Você sempre o anima.

Anne debruçou-se sobre a mesa e pegou o rosto de Marilla entre as suas mãos.

— Você também não parece muito bem, Marilla. Parece cansada. Acho que está trabalhando demais. Você precisa descansar agora que estou aqui. Vou tirar o dia de hoje para visitar todos os meus queridos e velhos lugares e ir atrás dos meus velhos sonhos, depois será a sua vez de ficar preguiçosa enquanto eu cuido do resto.

Marilla sorriu afetuosamente para a sua menina.

— Não é o trabalho... é a minha cabeça. As dores são muito frequentes agora, atrás dos olhos. O Doutor Spencer tem experimentado uns óculos, mas eles não ajudam nada. Um oftalmologista famoso virá para a Ilha no final de junho e o Doutor Spencer disse que preciso me consultar com ele. Acho que vou ter de ir. Agora não consigo mais ler ou costurar sem fazer esforço. Bem, Anne, preciso dizer que você realmente foi muito bem na Academia Queen's. Conseguir uma licença de Primeira Classe em um ano e ganhar a bolsa de estudos Avery... Ora, ora, a Sra. Lynde disse que o "orgulho antecede a queda"[1] e que não acredita nem um pouco na educação superior para as mulheres; ela acha que as deixa incapazes para o ambiente verdadeiro de uma mulher. Não acredito numa palavra do que ela diz. Falando em Rachel, isso me lembra...

---

[1] Provérbios 16:18. "A soberba precede a ruína, e a altivez do espírito precede a queda." (N.T.)

Você ouviu alguma coisa sobre o Banco Abbey nesses últimos dias, Anne?

— Ouvi dizer que estava em dificuldades. Por quê?

— Rachel disse a mesma coisa. Ela esteve aqui na semana passada e disse que ouviu uns comentários a respeito disso. Matthew ficou preocupado. Toda a nossa poupança está naquele banco... Cada centavo. Desde o início eu quis que Matthew colocasse nosso dinheiro no Banco de Poupança, mas o velho Sr. Abbey era um grande amigo do meu pai, e papai sempre trabalhava com o banco dele. Matthew disse que qualquer banco dirigido por ele seria um bom banco.

— Parece que há muitos anos ele é apenas o diretor nominal — explicou Anne. — Ele está muito velho. Quem está realmente na direção da instituição são seus sobrinhos.

— Ora, depois que Rachel contou isso para nós, eu quis que Matthew retirasse nosso dinheiro de lá imediatamente, mas ele respondeu que ia pensar no assunto. E ontem o Sr. Russell disse que o banco não tinha problema algum.

Anne passou o dia na companhia do mundo exterior, e ele foi tão bom quanto ela esperava. Nunca esqueceu esse dia tão luminoso, dourado e bonito, tão livre de sombras e tão rico em flores. Ela passou algumas das suas melhores horas no pomar; foi até a Nascente da Dríade e a Laguna dos Salgueiros e o Vale das Violetas; passou na casa do pastor, onde teve uma conversa muito satisfatória com a Sra. Allan; e, por último, foi com Matthew levar as vacas até o pasto dos fundos, pela Alameda dos Namorados. As florestas estavam gloriosas com o pôr do Sol, e seu esplendor caloroso fluía entre as fendas das colinas ao leste. Matthew caminhava devagar e de cabeça baixa. Anne, alta e ereta, ajustou seus passos lépidos aos dele.

— Matthew, você trabalhou demais hoje — reclamou. — Por que não descansa um pouco?

— Bem, ora, parece que não consigo — respondeu Matthew, abrindo o portão que dava para o pátio para deixar as vacas entrarem. — É que sempre esqueço que estou ficando velho, Anne. Bem, sempre trabalhei muito e prefiro morrer dando duro.

— Se eu fosse o menino que vocês mandaram buscar — respondeu Anne, lamentando-se —, agora poderia ajudá-lo bastante e poupá-lo de mil maneiras. Só por isso, eu desejaria de todo o coração ter sido aquele menino.

— Bem, ora, prefiro ter você a uma dúzia de meninos, Anne — respondeu Matthew, dando uns tapinhas na mão dela. — E lembre-se disto: uma dúzia de meninos. Bem, ora, parece que não foi um menino que conseguiu a bolsa de estudos Avery, foi? Foi uma menina... A minha menina... A minha menina, de quem me orgulho tanto.

Ele abriu seu sorriso tímido para ela enquanto entravam no pátio. Naquela noite, quando Anne foi para o quarto, levou aquele sorriso impresso na memória e sentou durante muito tempo diante da janela aberta, pensando no passado e sonhando com o futuro. Lá fora, a Rainha da Neve coloria-se de um branco embaçado sob a luz do luar, e os sapos coaxavam no pântano atrás da Ladeira do Pomar. Anne sempre se recordaria da beleza prateada e tranquila e da calma perfumada daquela noite. Foi a última noite antes que a tristeza tocasse sua vida. E nenhuma vida é exatamente a mesma depois que aquele toque gélido e santificado pousa sobre ela.

XXXVII
O ceifador cujo nome é Morte

— Matthew... Matthew... o que houve? Matthew, você está passando mal?

Quem falava era Marilla; cada palavra era um espasmo de alarme. Anne passou pelo corredor com as mãos cheias de narcisos brancos — e demoraria muito até ela conseguir voltar a amar a visão ou o cheiro de narcisos brancos — a tempo de ouvir Marilla e ver Matthew parado na entrada da varanda, com um jornal dobrado na mão e o rosto estranhamente abatido e cinzento. Anne largou as flores e correu até a cozinha no mesmo instante que Marilla. Ambas chegaram tarde demais. Antes que conseguissem alcançá-lo, Matthew caiu no chão.

— Ele desmaiou — arquejou Marilla. — Anne, corra, vá chamar o Martin! Depressa, depressa! Ele está no celeiro!

Martin, o homem contratado que acabara de voltar do correio, foi imediatamente buscar o médico, mas primeiro parou na Ladeira do Pomar para chamar o Sr. e a Sra. Barry. A Sra. Lynde, que estava lá tratando de um assunto, veio com eles. Eles se depararam com Anne e Marilla tentando acordar Matthew.

A Sra. Lynde empurrou-as gentilmente para o lado, tentou medir o pulso do Matthew e encostou a orelha no coração dele. Ela olhou para o rosto ansioso das duas com tristeza e seus olhos se encheram de lágrimas.

— Oh, Marilla — disse, muito séria. — Acho que não... que não podemos fazer mais nada por ele.

— Sra. Lynde, a senhora não está dizendo... A senhora não quer dizer que Matthew está... está... — Anne não conseguiu dizer a palavra terrível, se sentiu mal e empalideceu.

— Minha criança, sim, temo que sim. Veja seu rosto. Você sabe o que significa quando já viu essa expressão tantas vezes como eu.

Anne olhou para o rosto duro de Matthew e viu nele a estampa da Grande Presença.

Quando o médico chegou, disse que a morte havia sido instantânea e, provavelmente, indolor, e que fora causada por algum choque. O segredo do choque estava no jornal que Martin trouxera do escritório naquela manhã, e que Matthew ainda segurava. Nele, havia um artigo sobre a quebra do Banco Abbey.

As notícias se espalharam rapidamente por toda Avonlea, e durante o dia inteiro os amigos e os vizinhos compareceram a Green Gables, indo e vindo e cumprindo com os deveres da solidariedade tanto para o morto quanto para os vivos. Pela primeira vez, o tímido e tranquilo Matthew Cuthbert era uma figura central e importante. A majestade branca da morte caíra sobre ele e o destacava como um dos coroados.

Quando a noite calma caiu suavemente sobre Green Gables, a velha casa estava silenciosa e tranquila. Matthew Cuthbert estava deitado dentro do caixão, na sala de visitas, com o longo cabelo grisalho emoldurando o rosto plácido, no qual se via um pequeno sorriso bondoso, como se estivesse dormindo e sonhando sonhos agradáveis. Havia flores ao seu redor — flores à moda antiga, lindas, que sua mãe havia plantado no jardim da fazenda nos seus dias de recém-casada, e pelas quais Matthew sempre sentiu um amor oculto e silencioso. Anne colheu as flores e as levou para ele; seus olhos angustiados e sem lágrimas ardiam no seu rosto pálido. Era a última coisa que poderia fazer por ele.

Os Barry e a Sra. Lynde passaram a noite com eles. Diana foi até o quarto de Anne, que estava parada em pé na janela, e disse suavemente:

— Anne, minha querida, quer que eu fique com você hoje à noite?

— Muito obrigada, Diana. — Muito séria, Anne olhou para o rosto da amiga. — Acho que você não vai entender quando eu disser que prefiro ficar sozinha. Não estou com medo. Ainda não fiquei sozinha um minuto desde que aconteceu, e preciso ficar. Quero ficar em silêncio e quieta, para tentar entender. Não consigo acreditar no que aconteceu. Metade do tempo, tenho a impressão de que Matthew não morreu; na outra metade, parece que ele morreu há muito tempo e que, desde então, sinto essa dor abafada.

Diana não entendeu muito bem. Ela entendia melhor a dor veemente de Marilla, que com uma explosão tempestuosa rompeu todos os limites de sua reserva natural e cultivada por toda uma vida, do que o sofrimento sem lágrimas de Anne. Mas ela foi embora gentilmente, deixando a amiga sozinha na sua primeira vigília dolorosa.

Anne esperava que as lágrimas viessem com a solidão. Para ela, o fato de não poder derramar uma única lágrima por Matthew era algo horrível. Matthew, a quem ela amou tanto e que foi tão bondoso para ela; Matthew, que caminhara com ela ontem ao entardecer e agora estava deitado lá embaixo, na penumbra da sala, com a expressão de paz terrivelmente impressa no rosto. Mas as lágrimas não chegaram logo nem quando ela se ajoelhou perto da janela na escuridão e rezou, olhando para as estrelas além das colinas... Nem uma lágrima, apenas aquela mesma dor horrível e abafada de tristeza que continuou doendo até Anne adormecer, esgotada pelo sofrimento e pela excitação daquele dia.

À noite ela acordou, em meio ao silêncio e à escuridão, e a lembrança do dia atingiu-a como uma onda de tristeza. Ela podia ver o rosto de Matthew sorrindo para ela, como sorriu quando se haviam separado no portão naquela última tarde... Ela podia ouvir sua voz dizendo: "Minha menina... minha menina, de quem me orgulho tanto". Depois, as lágrimas vieram, e Anne começou a chorar sem parar. Marilla ouviu-a e entrou no quarto na ponta dos pés para confortá-la.

— Pronto... Pronto... Não chore assim, querida. Não vai trazê-lo de volta. Não... não... é certo chorar assim. Eu sabia disso hoje, mas não pude fazer nada para evitar. Ele sempre foi um irmão tão bom e generoso para mim... mas Deus sabe o que faz.

— Oh, me deixe chorar, Marilla — soluçou Anne. — As lágrimas não doem como aquela dor. Fique um pouco comigo e me abrace... assim. Eu não podia deixar Diana ficar comigo, ela é boa, generosa e gentil... mas a dor não é dela; ela está do lado de fora e não conseguiria se aproximar do meu coração o suficiente para me ajudar. É nossa dor: sua e minha. Oh, Marilla, o que faremos sem ele?

— Nós temos uma à outra, Anne. Não sei o que eu faria se você não estivesse aqui... se você nunca tivesse vindo. Oh, Anne, sei que talvez eu tenha sido um pouco severa e dura com você... mas você não deve pensar que não a amei tanto quanto Matthew, apesar de tudo. Quero dizer isso agora, enquanto consigo. Dizer as coisas que sinto no coração nunca foi fácil para mim, mas em momentos como este é mais fácil. Amo você como se fosse fruto da minha própria carne e do meu próprio sangue, e, desde que você veio para Green Gables, tem sido minha alegria e meu conforto.

Dois dias depois, levaram Matthew Cuthbert pela soleira da porta da sua casa, para longe dos campos que cultivou, dos pomares que amou e das árvores que plantou; e, depois, Avonlea se acomodou novamente em sua costumeira placidez, e até em Green Gables as coisas voltaram à velha rotina, e as tarefas voltaram a ser cumpridas com a mesma regularidade de antes, apesar da sensação sempre dolorosa de "perda em tudo que era familiar". Anne, que não conhecia o sentimento de luto, pensou que era quase uma pena que algo pudesse ser assim — que eles pudessem *continuar* vivendo como antes, sem Matthew. Sentiu algo como pena e remorso quando descobriu que sentia o mesmo fluxo de alegria quando olhava para o amanhecer por trás dos pinheiros e para os brotos rosa-claros que floresciam no jardim; pelo fato de gostar das visitas de Diana e por suas palavras e modos alegres a fazerem rir e sorrir — em suma, pelo fato de o mundo maravilhoso das florescências e do amor e da amizade não ter perdido seu poder de agradar a sua imaginação e arrepiar seu coração, e de que a vida ainda clamava por ela com muitas vozes insistentes.

— De alguma forma, agora que Matthew partiu, parece uma deslealdade sentir prazer nessas coisas — lamentou-se, melancólica, com a Sra. Allan, quando estavam juntas no jardim do presbitério, certa tarde. — Sinto tanta falta dele... o tempo todo... e, no entanto, Sra. Allan, apesar de tudo, o mundo e a vida parecem muito bonitos e interessantes para mim. Hoje, Diana disse uma coisa engraçada e comecei a rir. Quando aconteceu, pensei que nunca mais conseguiria rir. E de alguma forma parece que eu não deveria.

— Quando Matthew estava aqui, ele gostava de ouvir você rir e de saber que sentia prazer nas coisas agradáveis que havia ao seu redor — respondeu a Sra. Allan gentilmente. — Ele apenas não está mais aqui; mas continua gostando de saber da mesma forma. Tenho certeza de que não devemos fechar nosso coração para as influências curativas que a natureza nos oferece. Mas entendo como você se sente. Acho que todos nós sentimos o mesmo. Nós nos ressentimos da ideia de que algo possa nos agradar quando alguém que amamos não está mais aqui para dividir esse prazer conosco e, quando percebemos que nosso interesse pela vida está voltando, quase nos sentimos como se estivéssemos sendo infiéis à nossa dor.

— Hoje à tarde fui ao cemitério plantar uma roseira no túmulo do Matthew — contou Anne, sonhadora. — Fiz um enxerto daquela pequena roseira escocesa branca que a mãe dele trouxe da Escócia, há muito tempo; Matthew sempre gostou mais daquelas rosas... Eram tão pequenas e graciosas nas suas hastes espinhosas... Fiquei feliz de poder plantá-la no seu túmulo... Levá-la para lá, para ficar perto dele, foi como se fizesse alguma coisa que agradaria a ele. Espero que tenha rosas como aquelas no céu. Talvez todas as almas daquelas rosinhas que ele amou durante tantos verões estivessem lá para recebê-lo. Agora tenho de ir para casa. Marilla está sozinha, e ela se sente muito solitária quando entardece.

— Receio que ela vai se sentir ainda mais solitária quando você for para a faculdade — respondeu a Sra. Allan.

Anne não respondeu. Depois de lhe desejar uma boa noite, voltou bem devagar para Green Gables. Marilla estava sentada nos degraus da porta de entrada, e Anne sentou ao seu lado. A porta estava aberta atrás delas, mas presa no lugar por uma enorme concha cor-de-rosa, que refletia nas suas espirais lisas internas os matizes de pores do Sol no mar.

Anne juntou alguns raminhos de madressilvas e enfiou-os no cabelo. Ela gostava daquela fragrância leve e deliciosa flutuando por cima dela cada vez que se mexia, como se fosse uma bênção aérea.

— O Doutor Spencer esteve aqui, enquanto você estava fora — informou Marilla. — Disse que o especialista estará na cidade amanhã e insistiu que eu fosse lá para que ele examine meus olhos. Acho que é melhor ir e acabar logo com isso. Ficarei muito agradecida se o homem receitar as lentes certas. Você não vai se importar de ficar sozinha aqui enquanto eu estiver fora, vai? Martin vai ter de me levar de carro, e tem roupa para passar e bolo para assar.

— Vou ficar bem. Diana virá me fazer companhia. Vou cuidar muito bem das roupas e do bolo; e não precisa ficar com medo, não vou engomar os lenços nem colocar linimento na massa.

Marilla riu.

— Naqueles dias você era uma garota danada para cometer erros, Anne. Estava sempre se metendo em trapalhadas. Eu achava que você estava possuída. Lembra quando pintou o cabelo?

— E como. Nunca vou esquecer — disse Anne, sorrindo e tocando a trança pesada que rodeava sua bela cabeça. — Quando penso em como meu cabelo me preocupava, começo a rir — mas não rio *muito*, porque, naquela época, era um problema muito real. Como sofri por causa do meu cabelo e das minhas sardas. As sardas sumiram por completo; e as pessoas são muito gentis e, agora, dizem que meu cabelo está castanho-avermelhado; todas as pessoas, menos Josie Pye. Ontem ela me garantiu que ele estava vermelho como nunca ou que, pelo menos, meu vestido preto o fazia parecer mais ruivo, e me perguntou se as pessoas que tinham cabelo ruivo conseguiam se habituar a ele. Marilla, estou quase decidida a desistir de gostar de Josie Pye. Fiz de tudo para gostar dela — o que há um tempo eu chamava de esforço heroico —, mas Josie Pye não *se deixa* gostar.

— Josie é uma Pye — respondeu Marilla, com secura —, portanto não consegue evitar ser desagradável. As pessoas desse tipo devem ter alguma serventia na sociedade, mas francamente não sei qual é, assim como não sei qual é a utilidade dos cardos. Josie vai dar aulas?

— Não, no ano que vem ela vai voltar para a Academia Queen's. E Moody Spurgeon e Charlie Sloane também. Jane e Ruby vão dar aulas e já sabem em que escola. Jane vai para Newbridge, e Ruby, para algum lugar a oeste.

— Gilbert Blythe também vai dar aulas, não vai?

— Vai... mas por pouco tempo.

— Que rapaz bonito ele é — disse Marilla, com ar sonhador. — Eu o vi na igreja, no domingo passado; parecia tão alto e viril. Ele se parece muito com o pai quando tinha a idade dele. John Blythe era um bom rapaz. Éramos ótimos amigos. As pessoas achavam que ele era meu namorado.

Anne ergueu os olhos com um interesse repentino.

— Oh, Marilla... e o que aconteceu? Por que vocês não...

— Tivemos uma briga. E, quando ele me pediu que o perdoasse, não o perdoei. Depois de um tempo, bem que eu queria, mas estava emburrada e com raiva, e queria castigá-lo primeiro. Ele nunca mais me procurou... Os Blythe sempre foram muito altivos. Mas eu sempre... lamentei um pouco. E sempre desejei, de alguma forma, tê-lo perdoado quando tive a oportunidade.

— Então você também teve um pouco de romance na sua vida — sussurrou Anne.

— Sim, acho que você pode chamar assim. Olhando para mim, você não pensaria isso, não é mesmo? Mas a gente nunca pode julgar as pessoas pela aparência. Todo mundo já esqueceu sobre John e eu. Eu havia esquecido. Mas, quando vi Gilbert no domingo passado, tudo voltou.

XXXVIII
A curva na estrada

No dia seguinte, Marilla foi à cidade pela manhã e voltou no final da tarde. Anne tinha ido até a Ladeira do Pomar com Diana e na volta encontrou Marilla na cozinha, sentada à mesa e com a cabeça apoiada numa das mãos. Algo na sua postura desanimada fez o coração de Anne gelar. Ela nunca vira Marilla sentada assim, tão inerte e impotente.

— Você está muito cansada, Marilla?

— Estou... Não... Não sei... — respondeu quase sem forças, olhando para ela. — Acho que estou cansada, sim, mas não pensei nisso. Não é isso.

— Você foi ver o oftalmologista? O que ele disse? — perguntou Anne, ansiosa.

— Sim, estive com ele. Ele examinou meus olhos. Disse que não piorarão e minhas dores de cabeça passarão, se eu parar de ler e de costurar de vez e não fizer nenhum trabalho que force meus olhos, e prestar atenção para não chorar e usar os óculos que ele me receitou. Mas, do contrário, disse que dentro de seis meses certamente ficarei cega como uma toupeira. Cega! Anne, já pensou!

Depois da primeira exclamação, por causa do choque, Anne ficou em silêncio. Teve a sensação de que não conseguia falar. Depois, corajosa, mas com um nó na garganta, disse:

— Marilla, *não* pense nisso agora. Você sabe que ele lhe deu uma esperança. Se você for cuidadosa, não perderá a visão; e será maravilhoso se os óculos curarem suas dores de cabeça.

— Não chamo isso de muita esperança — replicou Marilla, com amargura. — Como vou viver, se não posso ler, nem costurar nem fazer nada do tipo? Tanto vale ficar cega... quanto estar morta. Quanto a chorar, não posso impedir as lágrimas quando me sinto sozinha. Ora, mas não adianta ficar falando sobre isso. Eu agradeceria se você me preparasse uma xícara de chá. Estou exausta. Não diga nada a ninguém, pelo menos por enquanto. Eu não aguentaria se as pessoas viessem aqui fazer perguntas e comentários, e sentissem pena de mim.

Quando Marilla acabou de almoçar, Anne convenceu-a a se deitar um pouco. Depois, subiu até o quarto e sentou ao lado da janela, na escuridão, sozinha com suas lágrimas e seu coração pesado. Como era triste ver como tudo mudou desde que se sentara ali na noite em que voltara para casa! Naquele momento, ela estava cheia de esperanças e alegria, e o futuro parecia cheio de promessas róseas. Anne sentia como se tivesse vivido anos desde aquele momento, mas adormeceu com um sorriso nos lábios e o coração em paz. Ela enfrentou corajosamente sua obrigação e encontrou nela uma amiga... como acontece quando se encara de frente o que é preciso fazer.

Alguns dias depois, numa tarde, Marilla caminhava devagar no pátio da frente, onde havia ido conversar com uma pessoa — um homem que Anne conhecia de vista como Sr. Sadler, de Carmody. Anne perguntou-se o que ele poderia ter dito para Marilla ficar com aquela expressão no rosto.

— O que o Sr. Sadler queria, Marilla?

Marilla sentou ao lado da janela e olhou para Anne. Desafiando a proibição do oftalmologista, seus olhos estavam cheios de lágrimas, e sua voz fraquejou quando respondeu:

— Ele ficou sabendo que coloquei Green Gables à venda e quer comprar a propriedade.

— Comprar a propriedade! Comprar Green Gables? — Anne achou que não ouvira direito. — Oh, Marilla, você não vai vender Green Gables!

— Não sei o que mais posso fazer, Anne. Pensei muito a respeito. Se os meus olhos estivessem fortes, eu poderia ficar aqui, cuidar das coisas e me virar com um bom empregado. Mas assim não posso. É possível que eu acabe completamente cega; e, de qualquer forma, não vou conseguir administrar as coisas. Oh, nunca pensei que veria o dia em que teria de vender minha casa. Mas as coisas acabariam ficando cada vez piores, até que ninguém mais ia querer comprar a propriedade. Cada centavo do nosso dinheiro estava naquele banco; ainda temos de pagar algumas despesas que Matthew fez no outono passado. A Sra. Lynde me aconselhou a vender a fazenda e ir morar em algum outro lugar... Com ela, imagino. Não vai dar muito dinheiro... O terreno da fazenda é pequeno e as construções são antigas. Mas será suficiente para viver, eu acho. Estou grata que você tenha conseguido aquela bolsa de estudos, Anne. Sinto muito que não tenha uma casa para você passar as férias; é isso, mas acho que você vai dar um jeito.

Marilla não aguentou mais e começou a chorar amargamente.

— Você não deve vender Green Gables — afirmou Anne, decidida.

— Oh, Anne, eu queria tanto não ter de fazer isso. Mas veja você mesma. Não posso ficar aqui sozinha. Eu enlouqueceria com os problemas e a solidão. E acabaria ficando cega... Sei que acabaria.

— Você não precisa ficar aqui sozinha, Marilla. Eu vou estar aqui. Não vou mais para Redmond.

— Não vai mais para Redmond? — Marilla levantou o rosto sulcado e olhou para Anne. — Ora, o que você quer dizer com isso?

— Exatamente o que eu disse. Não vou aceitar a bolsa de estudos. Decidi isso na noite em que você voltou da cidade.

Depois de tudo o que fez por mim, Marilla, acha mesmo que eu a deixaria sozinha com todas essas dificuldades? Estive pensando e fazendo planos. Vou contá-los para você. O Sr. Barry quer alugar a fazenda no ano que vem. Então você não tem de se preocupar mais com isso. E eu vou dar aulas. Vou me candidatar à escola daqui, mas não espero conseguir o trabalho porque sei que os diretores prometeram o cargo para Gilbert Blythe. Mas posso conseguir a escola de Carmody — o Sr. Blair me sugeriu isso ontem à tarde, quando estive na sua loja. Claro que não será tão agradável nem tão conveniente como trabalhar na escola de Avonlea. Mas posso morar aqui e ir e voltar de charrete, pelo menos enquanto o tempo estiver bom. E posso vir para casa nas sextas-feiras, durante o inverno. Vamos manter um cavalo para isso. Oh, já planejei tudo, Marilla. E vou ler para você e alegrá-la. Você não ficará entediada nem sozinha. E nós duas, você e eu, ficaremos muito confortáveis e seremos muito felizes aqui juntas.

Marilla a ouviu como uma mulher que estava vivendo um sonho.

— Oh, Anne, eu conseguiria ficar muito bem aqui, se você estivesse comigo, sabe? Mas não posso permitir que se sacrifique assim por mim. Seria terrível.

— Tolice! — respondeu Anne, alegre e rindo. — Não há sacrifício nenhum. Nada poderia ser pior do que desistir de Green Gables. Nada poderia me machucar mais. Nós não podemos nos separar deste velho e querido lugar. Já me decidi, Marilla. Não vou para Redmond; vou ficar aqui e dar aulas. E não se preocupe nem um pouco comigo.

— Mas as suas ambições... e...

— Eu continuo tão ambiciosa como antes. Só mudei o objeto das minhas ambições. Vou ser uma boa professora... e vou salvar seus olhos. Além disso, pretendo estudar aqui em casa e seguir um cursinho na faculdade por minha conta. Oh... Tenho mil planos, Marilla. Pensei neles durante uma semana. Darei o meu melhor aqui e acredito que a vida me retribuirá com o melhor. Quando terminei a Academia Queen's, meu futuro parecia se estender diante de mim como uma estrada reta, e eu acreditava que conseguia enxergar por muitos quilômetros. Agora, há uma curva na estrada. Não sei o que há depois dela, mas quero acreditar que haverá o melhor, sabe? Essa curva tem um fascínio próprio, Marilla. Eu me pergunto como será a estrada depois dela... Como será o verde glorioso e suave, a luz entrecortada e as sombras... As novas paisagens... As novas belezas... As curvas e as montanhas e os vales mais além.

— Acho que você não devia desistir dela — disse Marilla, referindo-se à bolsa de estudos.

— Mas você não pode me impedir. Tenho dezesseis anos e meio e sou "teimosa como uma mula", como a Sra. Lynde me disse certa vez — lembrou Anne, rindo. — Oh, Marilla, não sinta pena de mim. Não gosto que sintam pena de mim, e não há nenhuma necessidade disso. Fico feliz de todo o coração cada vez que penso que vou permanecer na querida Green Gables. Ninguém poderia amá-la mais do que você e eu... Então, não podemos nos desfazer dela.

— Que menina abençoada! — Marilla acabou cedendo. — Eu me sinto como se você me tivesse dado uma nova vida. Ainda acho que deveria insistir e obrigá-la a ir à faculdade... mas sei que não posso, então nem vou tentar. Você será recompensada por isso, Anne.

Quando o boato de que Anne Shirley desistira de ir para Redmond correu em Avonlea, e que pretendia ficar em casa e ensinar ali, houve muita discussão a respeito. A maioria da boa gente, que ignorava o problema dos olhos de Marilla, achou que ela estava sendo boba. A Sra. Allan não achava. E disse isso para Anne com palavras de aprovação que fizeram os olhos da menina se encher de lágrimas. E nem a boa Sra. Lynde achava. Uma tarde, ela passou em Green Gables e encontrou Anne e Marilla sentadas na porta, no entardecer quente e perfumado.

Elas gostavam de sentar ali quando o Sol começava a cair, as mariposas esvoaçavam pelo jardim e o cheiro de hortelã enchia o ar orvalhado.

A Sra. Rachel depositou sua pessoa vultosa em cima do banco de pedra ao lado da porta, atrás do qual crescia uma fileira de azevinhos compridos, rosa e amarelos, e expirou longamente numa mistura de cansaço e alívio.

— Puxa, como estou contente de poder sentar. Fiquei em pé o dia inteiro e noventa quilos são um pouco demais para dois pés ficarem carregando por aí. Ser magra é uma grande bênção, Marilla. Espero que valorize isso. Bem, Anne, soube que desistiu da ideia de ir para Redmond. Fiquei muito contente quando me contaram. Você já tem educação suficiente para qualquer mulher. Não acredito que as meninas tenham de ir à faculdade com os rapazes e encher a cabeça de latim e grego e todas aquelas bobagens.

— Mas vou continuar estudando latim e grego, Sra. Lynde — respondeu Anne, rindo. — Vou seguir meu curso de Humanidades bem aqui, em Green Gables, e estudar tudo que eu estudaria na faculdade.

A Sra. Lynde ergueu as mãos para o céu num horror sacrossanto.

— Anne Shirley, você vai acabar se matando.

— Nem um pouco. Eu vou florescer. Oh, não vou fazer nada de maneira exagerada. Como a mulher de Josiah Allen[1] diz, eu serei uma *mejum*.[2] Como eu não tenho nenhuma vocação para trabalhos manuais, terei muito tempo livre nas longas tardes de inverno. Vou dar aulas em Carmody, sabia?

---

[1] Marietta Holley (1836-1926), pseudônimo "Josiah Allen's Wife", humorista norte-americana. (N.T.)

[2] Espírito brincalhão, ou vidente; também pode significar "médio", "mediano". (N.T.)

— Não sei de nada disso. Acho que você vai dar aulas bem aqui, em Avonlea. Os diretores da escola decidiram contratar você.

— Sra. Lynde! — gritou Anne, ficando em pé com um pulo diante da surpresa. — Ora, mas pensei que eles haviam prometido o lugar para Gilbert Blythe!

— E assim foi. Mas, quando Gilbert soube que você havia se candidatado ao cargo, ele os procurou — eles tiveram uma reunião de negócios na escola naquela noite, sabe? —, informou que retiraria a candidatura dele e sugeriu que aceitassem a sua. Ele disse que ia dar aulas em White Sands. Claro que ele sabia o quanto você queria ficar com Marilla, e não posso deixar de dizer que foi muita consideração e gentileza da parte dele, isso foi. E também um verdadeiro sacrifício, porque ele terá de pagar a pensão em White Sands do seu próprio bolso, e todo mundo sabe que terá de trabalhar para pagar a faculdade. Então, os membros da diretoria decidiram aceitar você. Fiquei excitadíssima quando Thomas me contou, ao chegar em casa.

— Acho que não devo aceitar — murmurou Anne. — Isto é... Acho que não devo deixar Gilbert fazer um sacrifício tão grande por... por minha causa.

— Acho que agora você não pode fazer mais nada para impedi-lo. Ele já assinou a documentação e a entregou aos membros da diretoria de White Sands. Portanto, se você recusar agora, não vai ajudá-lo em nada. Claro que você vai aceitar o cargo de professora na escola. E vai se dar muito bem lá, agora que não há mais nenhum Pye. Josie foi a última deles, o que foi muito bom para ela, lá isso foi. Nos últimos vinte anos, sempre houve um ou outro Pye na escola de Avonlea, e acho que a missão deles na vida era tornar um mundo um lugar pior para os professores. Valha-me Deus! O que é aquele monte de piscadelas e cintiladas na janela dos Barry?

— É Diana dando um sinal, ela quer falar comigo — respondeu Anne, rindo. — Sabe, é um velho hábito nosso. Com licença, vou dar um pulo até lá para ver o que ela quer.

Anne correu pela ladeira dos cravos como um cervo e desapareceu entre as sombras dos pinheiros da Floresta Mal-Assombrada. A Sra. Lynde acompanhou-a com um olhar indulgente.

— Ela ainda tem muito de criança em si, de muitas maneiras.

— Ela tem muito mais de mulher, de outras maneiras — replicou Marilla, com um retorno momentâneo de sua antiga secura.

Mas a secura já não era mais a característica que definia Marilla. Como a Sra. Lynde disse para seu Thomas naquela noite:

— Marilla Cuthbert ficou *dengosa*. Isso sim.

Na tarde seguinte, Anne foi até o pequeno cemitério de Avonlea colocar flores frescas no túmulo de Matthew e regar a roseira escocesa. Ficou lá até o entardecer, aproveitando a paz e a tranquilidade daquele lugarzinho, com seus choupos cujo farfalhar lembrava um discurso baixinho e amigável, e com o capim que crescia solto entre os túmulos. Quando finalmente foi embora e começou a caminhar pela longa colina que descia até o Lago de Águas Cintilantes, a noite já estava caindo, e toda Avonlea estava a seus pés como uma névoa luminescente e onírica: "uma fantasmagoria de paz antiga". Havia um frescor no ar, como se um vento tivesse soprado o aroma de campos de cravos tão doces como o mel para lá. Entre as árvores das propriedades, as luzes das casas cintilavam aqui e ali. Mais além, estava o mar, enevoado e roxo, com seu murmúrio incessante e irreal. O poente era uma glória de cores que se misturavam suavemente, e o lago refletia-as todas em matizes ainda mais suaves. Anne sentiu um arrepio no coração com a beleza de tudo aquilo e abriu as portas da sua alma com gratidão.

— Querido e velho mundo — murmurou —, você é maravilhoso e estou contente de estar viva em você.

Um rapaz alto apareceu assobiando de um portão que ficava na metade da colina, antes da fazenda dos Blythe. Era Gilbert, e o assobio morreu nos seus lábios quando reconheceu Anne. Ele tirou o boné cortesmente e teria continuado seu caminho em silêncio, se Anne não tivesse parado e estendido a mão.

— Gilbert — disse, com as faces ruborizadas —, eu queria agradecer-lhe por ter desistido da escola por minha causa. Foi muita bondade sua... e quero que saiba o quanto apreciei seu gesto.

Gilbert segurou com avidez a mão que estava sendo oferecida a ele.

— Não foi bondade nenhuma da minha parte, Anne. Fiquei contente por poder prestar esse pequeno serviço a você. Vamos ser amigos depois disso? Você realmente me perdoou pelo meu velho erro?

Anne riu e tentou puxar a mão, em vão.

— Perdoei você naquele dia, no atracadouro, embora eu não soubesse. Que mula teimosa eu era... tenho sido... Ora, vou confessar tudo de uma vez: só tenho me lamentado desde aquele episódio.

— Vamos ser os melhores amigos, Anne — respondeu Gilbert, exultante. — Nós nascemos para ser bons amigos. Você já lutou o bastante contra o destino. Sei que podemos ajudar um ao outro de várias maneiras. Você vai continuar os estudos, não vai? Eu também. Vamos, eu a acompanho até sua casa.

Marilla olhou para Anne com curiosidade quando ela entrou na cozinha.

— Quem era aquele, subindo a ladeira com você, Anne?

— Gilbert Blythe — respondeu Anne, encabulada porque percebeu que estava ficando toda vermelha. — Cruzei com ele na colina dos Barry.

— Eu não sabia que você e Gilbert Blythe eram tão bons amigos, a ponto de você ficar parada no portão durante meia hora conversando com ele — disse Marilla, com um sorrisinho.

— Nós não éramos... Nós éramos bons inimigos. Mas decidimos que seria muito mais sensato se fôssemos bons amigos no futuro. Ficamos mesmo meia hora ali? Tive a impressão de que foram apenas alguns minutos. Mas, sabe, Marilla, temos cinco anos de conversa atrasada para colocar em dia.

Naquela noite, Anne ficou muito tempo sentada na janela, na companhia de uma sensação de paz e contentamento. O vento ronronava suavemente nos galhos da cerejeira e levava o perfume das hortelãs até ela. As estrelas cintilavam por cima dos pinheiros pontudos, e a luz na casa de Diana brilhava através da velha abertura.

Os horizontes de Anne haviam encolhido desde aquela noite em que se sentara ali, depois que voltou da Academia Queen's; mas, se o caminho que havia sido colocado diante dos seus pés teve de ser estreitado, ela sabia que as flores de uma felicidade tranquila brotariam ao seu redor. A alegria das boas amizades, de um trabalho honesto e de aspirações valorosas lhe pertenceria; e nada poderia tirar dela aquilo que era seu por direito de nascença: a imaginação, ou seu mundo ideal de sonhos. E sempre haveria aquela curva na estrada!

— "Deus no Céu, tudo em paz no mundo"[3] — Anne murmurou baixinho.

---

[3] Trecho de *Pippa Passes*, poema dramático de Robert Browning. (N.T.)

© *Copyright* desta tradução: Editora Martin Claret Ltda., 2018.

Direção
MARTIN CLARET

Produção editorial
CAROLINA MARANI LIMA / MAYARA ZUCHELI

Direção de arte
JOSÉ DUARTE T. DE CASTRO

Diagramação
GIOVANA QUADROTTI

Ilustrações de capa e guarda
LILA CRUZ

Tradução
ANNA MARIA DALLE LUCHE

Revisão
ALEXANDER BARUTTI E
WALDIR MORAES

Impressão e acabamento
CROMOSETE GRÁFICA

A ortografia deste livro segue o novo Acordo Ortográfico da Língua Portuguesa.

Dados Internacionais de Catalogação na Publicação (CIP)
(Câmara Brasileira do Livro, SP, Brasil)

Montgomery, L. M., 1874-1942
Anne de Green Gables / L. M. Montgomery; tradução Anna
Maria Dalle Luche – 2. ed. – São Paulo: Martin Claret, 2020.

Título original: Anne of Green Gables.
ISBN 978-65-86014-71-6

1. Ficção canadense I. Título

20-40647   CDD-C813

Índices para catálogo sistemático:

1. Ficção: Literatura canadense: C813
Cibele Maria Dias - Bibliotecártia - CRB - 8/9427

EDITORA MARTIN CLARET LTDA.
Rua Alegrete, 62 — Bairro Sumaré — CEP: 01254-010 — São Paulo — SP
Tel.: (11) 3672-8144 — www.martinclaret.com.br
2ª reimpressão – 2022

CONTINUE COM A GENTE!

 Editora Martin Claret
 editoramartinclaret
 @EdMartinClaret
 www.martinclaret.com.br

IMPRESSO EM PAPEL
Pólen
mais prazer em ler

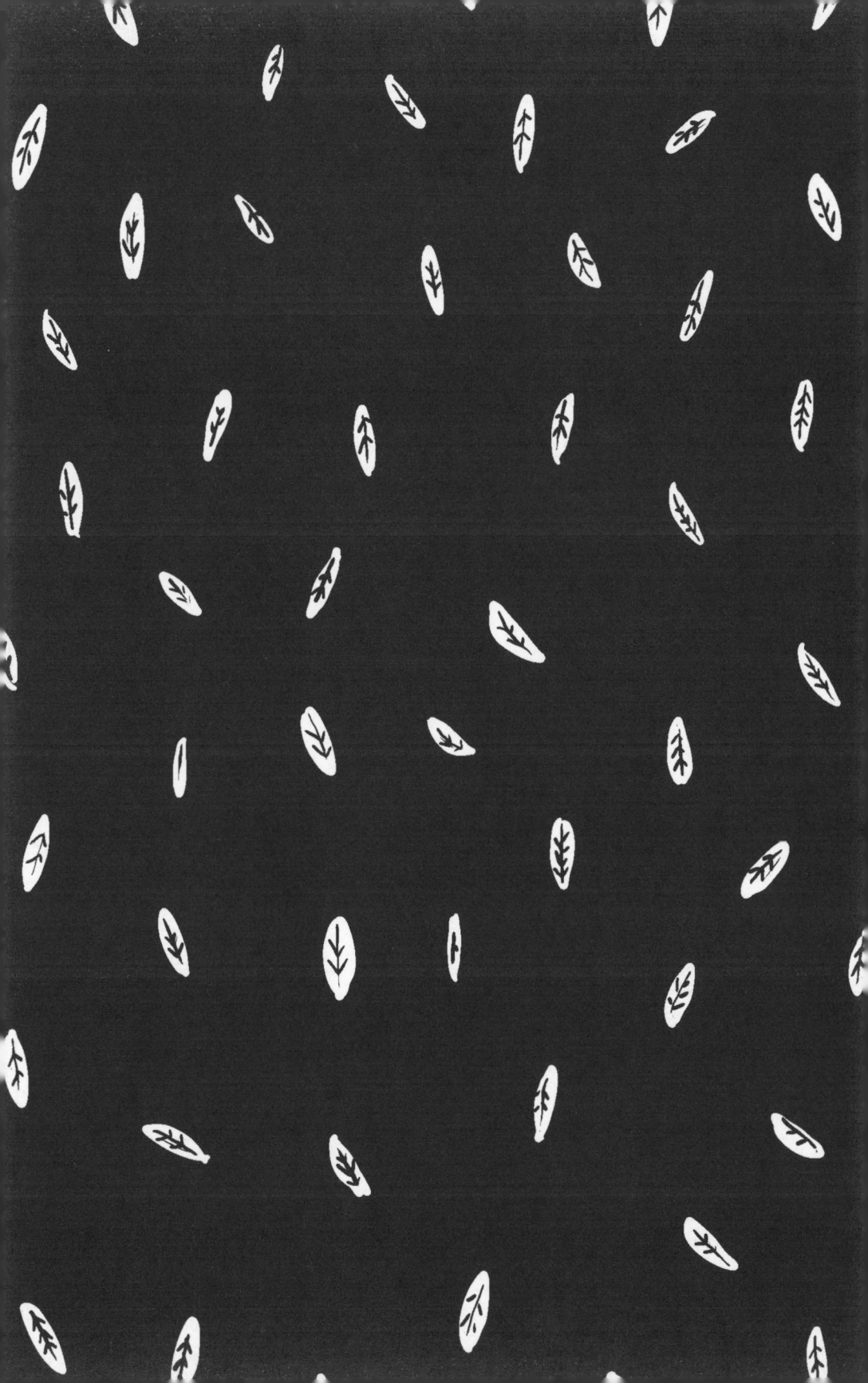